RESUMO DA ÓPERA

As histórias que contam as melhores óperas de todos os tempos

CB045272

A.S. Franchini

RESUMO DA ÓPERA

As histórias que contam as
melhores óperas de todos os tempos

L&PM EDITORES

Texto de acordo com a nova ortografia.

Capa: Ivan Pinheiro Machado. *Ilustração*: Alhobik/Shutterstock
Preparação: Patrícia Yurgel
Revisão: Lia Cremonese

CIP-Brasil. Catalogação na fonte
Sindicato Nacional dos Editores de Livros, RJ

F89r

Franchini, A.S. (Ademilson S.), 1964-
    Resumo da ópera: as histórias que contam as melhores óperas de todos os tempos / A.S. Franchini. – 1. ed. – Porto Alegre, RS: L&PM, 2013.
    400 p. ; 21 cm

    ISBN 978-85-254-2937-7
    1. Ficção brasileira. I. Título.

13-03579   CDD: 869.93
                               CDU: 821.134.3(81)-3

© A.S. Franchini, 2013

Todos os direitos desta edição reservados a L&PM Editores
Rua Comendador Coruja, 314, loja 9 – Floresta – 90220-180
Porto Alegre – RS – Brasil / Fone: 51.3225.5777

PEDIDOS & DEPTO. COMERCIAL: vendas@lpm.com.br
FALE CONOSCO: info@lpm.com.br
www.lpm.com.br

Impresso no Brasil
Inverno de 2013

Sumário

Prefácio – Óperas para ler – *A.S. Franchini* 7

Fidélio – *Ludwig van Beethoven* 9

Norma – *Vincenzo Bellini* 26

Carmen – *Georges Bizet* 44

Pelléas e Mélisande – *Claude Debussy* 62

Lucia di Lammermoor – *Gaetano Donizetti* 95

O elixir do amor – *Gaetano Donizetti* 110

O guarani – *Carlos Gomes* 134

Fausto – *Charles Gounod* 151

Rinaldo – *Georg Friedrich Haendel* 170

A flauta mágica – *Wolfgang Amadeus Mozart* 183

La Gioconda – *Amilcare Ponchielli* 212

La Bohème – *Giacomo Puccini* 231

Tosca – *Giacomo Puccini* 251

O barbeiro de Sevilha – *Gioacchino Rossini* 273

Salomé – *Richard Strauss* 296

Eugene Onegin – *Piotr Tchaikovsky* 308

Tristão e Isolda – *Richard Wagner* 327

A valquíria – *Richard Wagner* 340

Aida – *Giuseppe Verdi* 362

La traviata – *Giuseppe Verdi* 379

Bibliografia 399

Prefácio

Óperas para ler

A. S. Franchini

A ópera é um gênero musical que se caracteriza pela intensidade dramática. Tudo ali se faz por meio da exacerbação – exacerbação vocal, antes de tudo. Uma ópera é o triunfo da voz exclamada, não havendo ato importante que não se pratique sem o acompanhamento de um bom "dó de peito". Herdeira direta do teatro grego, em que os coros tinham papel de destaque, a ópera se tornou um gênero dramático no qual o canto assumiu o protagonismo da representação. Apesar de, na maioria dos casos, também possuir o chamado "recitativo" – parte do texto que é falado, e não cantado –, o canto, nesta modalidade de representação, foi elevado à categoria de arte suprema, a ponto de, muitas vezes, os compositores ingressarem no exagero das chamadas "coloraturas", meras peças de exibição vocal destinadas a pôr em destaque as virtudes vocais de prima-donas e tenores excepcionalmente dotados.

Alguns estudiosos sugerem que a voz elevada tenha se originado em razão da acústica precária dos primeiros teatros, e que, com o passar do tempo, os dotes vocais privilegiados dos cantores tenham se imposto naturalmente à apreciação do público, a ponto de se tornarem o centro das atenções. Seja como for, toda essa exacerbação vocal se coaduna com perfeição à alta dramaticidade de uma ópera. Numa ópera triunfa, cenicamente falando, quem expressa suas emoções de maneira mais intensa, daí a sucessão de gritos, espasmos, punhais em riste e outros paroxismos dramáticos que acabam fazendo com que a trama derive, muitas vezes, para a extravagância. Pois uma ópera só é verdadeiramente boa quando caminha, em perfeito equilíbrio, sobre dois fios estendidos: do sublime e do patético.

A música, no entanto, não é a única coisa que importa em uma boa ópera. Além de expressão musical, ela também é uma forma de expressão literária, uma vez que conta uma história, criada e desenvolvida no chamado "libreto", que nada mais é do que o seu roteiro. Talvez exista alguma "ópera abstrata" perdida por aí, mas a regra tradicional exige o enredo, a história palpitante que faz mover todas as engrenagens da encenação.

E aqui chegamos justamente ao propósito deste livro: o de divulgar as histórias que os personagens representam em cima do palco, já que todas elas surgiram de adaptações de obras literárias famosas, ou mesmo de histórias originais que inspiraram posteriormente os compositores das partituras a criarem suas melodias. A música, nesse caso, nada mais é do que a ornamentação melódica de um texto, não constituindo exagero, portanto, definir-se a ópera como uma *literatura cantada*.

As óperas que você vai ler a seguir são, antes de mais nada, criações literárias dos mais diversos autores – escritores e libretistas que se empenharam em nos contar histórias de amor, de renúncia, de heroísmo e de todos os sentimentos que enobrecem (e, eventualmente, também envilecem) o espírito humano. Todas gozam de um sucesso persistente e são, sem exceção, consideradas obras-primas do gênero. Os textos aqui apresentados são recriações livres dos textos originais e seguem o mesmo esquema cênico proposto nos libretos, com o desenvolvimento romanceado de todos os seus atos e cenas. A fim de acentuar a impressão de estarmos assistindo às óperas "ao vivo", como se estivessem transcorrendo num palco, escolhi narrá-las no modo presente.

Fidélio

de Ludwig van Beethoven

Fidélio, de 1805, foi a única ópera composta por Beethoven. Ainda que alguns críticos considerem que a ópera não seja o melhor meio de expressão para o talento do célebre compositor alemão, a maioria admite que a sua única experiência no gênero possua qualidades incontestáveis. Para muitos, ela alcançou a estatura de obra-prima graças à grandiosidade do tema e aos voos líricos incomparáveis desse verdadeiro gênio musical.

Fidélio tem uma trama simples e altamente melodramática, como manda a boa regra do gênero. Subintitulada "O amor conjugal", esta ópera exalta a conduta exemplar de uma esposa cuja devoção ao marido não se detém diante de nada, nem mesmo do sacrifício da sua própria vida. O enredo foi inspirado num fato real ocorrido durante a Revolução Francesa, dramatizado por Nicolas Bouilly. O elemento rocambolesco da troca de sexo – modo empregado pela esposa devotada para infiltrar-se na prisão onde jaz seu esposo – era um expediente muito utilizado nas tramas da época.

Beethoven fez mais duas versões desta ópera, já que a original havia sido um completo fracasso. A última, de 1814, tornou-se finalmente um sucesso, sendo a mesma que, ainda hoje, circula pelos palcos.

I
NA PORTA DA PRISÃO

Estamos em fins do século XVIII.

Nos arredores de Sevilha existe uma prisão imunda, onde os inimigos do rei estão encarcerados. Ali também estão presos, em muito maior número, os desafetos dos amigos do rei. Sob o pretexto de proteger a coroa, esses cortesãos inescrupulosos conseguem levar à prisão qualquer miserável que, por um motivo qualquer, tenha se tornado um empecilho às suas ambições.

Numa masmorra fétida está um prisioneiro chamado Florestan, homem íntegro e desgraçado. Por ter, num momento de total imprevidência, resolvido denunciar os crimes do diretor da prisão, Florestan viu-se obrigado a desfrutar dos horrores daquele antro infernal.

A prisão é uma espécie de vespeiro maldito, em torno do qual dezenas de vidas miseráveis gravitam. Como um polvo insaciável, ela lança para além dos muros os seus tentáculos, tornando todos, dentro e fora, seus virtuais prisioneiros.

Ao pé da torre está a peça minúscula e sufocante onde moram o carcereiro e a sua filha. O pai se chama Rocco; e a filha, Marzelline. Os dois são criaturas infelizes, pois não passam de lacaios de Don Pizarro, o diretor da prisão.

Marzelline está do lado de fora, engomando os trapos dos presidiários, um luxo irônico dispensado pela administração prisional. Ao pé dela está Jaquino, o porteiro da prisão, empenhado na sua luta diária e inglória de cativar a atenção da bela moça.

Um sujeito acabou de transpor o portão que dá acesso ao presídio e já se afasta rapidamente, permitindo que Jaquino retome as suas investidas sobre Marzelline.

– Pronto, agora me ouça! – diz ele, como um pedinte.

– Que sujeito maçante! Não vê que estou trabalhando? – diz ela, baixinho, a si mesma.

Marzelline tenta enfrentar com resignação a sua sessão diária de assédio, mas a insistência do porteiro mostra-se superior às suas forças.

– Por que não me deixa em paz, hein? – diz ela, afinal.

– Por favor, dê-me só um pouquinho da sua atenção!

A jovem, exausta, suspira, vencida.

– Está bem, fale de uma vez!

– Ah, assim emburrada eu não quero! Olhe-me com ternura!

É sempre assim. A simples atenção já não basta, devendo ser temperada com o condimento da ternura.

"Definitivamente, não devo ceder-lhe um palmo a mais de terreno!", pensa ela, antes de escutar algo absolutamente imprevisto:
– Marzelline, por que você não se casa comigo? Já escolhi até o dia!
– *O quê?!* Neste momento uma batida salvadora soa no portão.
– Chifres de Belzebu! – exclama Jaquino.

Enquanto ele vai ver quem é, a jovem suspira, aliviada, pois em certos momentos a teimosia do importuno chega a parecer-lhe assustadora.

Jaquino recebeu um embrulho, que põe logo de lado.

"Se o coitadinho soubesse que já escolhi Fidélio para meu esposo!", pensa ela, com alguma piedade.

E se a coitadinha soubesse que Fidélio não é um homem, mas uma mulher!, podemos bem pensar nós, pois a verdade é que Fidélio não passa de Leonora, esposa de Florestan, o prisioneiro mais odiado pelo sórdido Pizarro. Disfarçada de homem, Leonora conseguiu obter uma vaga de auxiliar do pai de Marzelline, o que lhe possibilita ter contato direto com o infeliz esposo.

Jaquino volta à carga, mas Marzelline sequer o olha, pois tem seu pensamento voltado para Fidélio.

– Que tal me dar já o seu sim? – diz Jaquino.
– Não, não! Jamais o darei, entendeu?

Diante da recusa categórica, Jaquino recomeça a ciranda das suas queixas: Marzelline é fria e feita de pedra, e seu coração desconhece a piedade.

A jovem, porém, mostra-se irredutível, pois sabe que diante do menor descuido o importuno pode readquirir novas esperanças.

– Por favor, Jaquino, deixe-me em paz!
– Mas como?! Não posso sequer estar na sua presença?

Neste momento batem novamente à porta. Oh, aquelas sacrossantas batidas! Aos ouvidos da jovem elas soam sempre como uma libertação!

Jaquino, rogando uma nova praga, vai ver quem é. Parece-lhe que já abriu aquela porta amaldiçoada mais de duzentas vezes. Quando ele regressa, porém, uma voz catarrosa surge do interior do cubículo, chamando-o à sua presença.

– Sangue de Judas...! – exclama Jaquino.

— Vamos, vá ver logo o que deseja meu pai! – diz a jovem, outra vez aliviada.

Enquanto o infeliz vai ver o que quer o velho, Marzelline volta a pensar no seu amado Fidélio. Desde a sua chegada ao presídio que a possibilidade de casar-se com Jaquino virou fumaça no seu espírito. Fidélio passou a ser a nova chama a arder em seu coração. De olhos fechados, ela pensa no quão feliz ela será no dia em que puder chamá-lo de esposo! Que felicidade quando puder desfrutar junto dele todas as doces rotinas de um lar!

Como que respondendo a uma invocação, dali a instantes surge Fidélio em pessoa. O jovem vem carregando um enorme embrulho. Os olhos de Marzelline brilham ao avistar seu amado.

— Papai, Fidélio está aqui! – exclama ela, alterada.

O jovem tem os cabelos presos por baixo de um gorro, enquanto o rosto, sujo com um pouco de carvão, dá a aparência de uma barba cerrada há pouco raspada.

— Ah, ele já voltou do ferreiro? – diz o velho pai de Marzelline, surgindo do interior do cubículo.

— Salve, mestre! – cumprimenta Fidélio, depositando no chão a sua pesada carga. – Aqui estão as provisões para os detentos, conforme o senhor pediu.

Junto com as provisões, ele deixa cair uma grossa corrente.

— Eis a maldita serpente de ferro! Atrasei-me porque o ferreiro demorou a consertá-la.

O velho Rocco toma a corrente nas mãos.

— Está sólida o bastante?

— Nem dez prisioneiros num cabo de guerra conseguirão arrebentá-la! Aqui está a fatura.

O velho toma o papel e analisa os custos, ansioso. "O danado consegue sempre extrair um descontinho a mais!", pensa ele, satisfeito. "Quer provar-me que será um bom esposo para a minha Marzelline!"

— Continue assim, rapaz, e terá logo o seu prêmio!

— Oh, não faço isso pela promessa! – diz Fidélio, sem jeito.

— Vamos, vamos! Sei bem o que quer!

Ao ouvir isto, Marzelline sente o coração palpitar. Fidélio sequer a cumprimentou, mas pelo empenho demonstrado fica mais do que evidente que não deixou de pensar nela um único instante. Ela o olha com esta certeza intensa e possessiva.

"Pobre menina! Não devo lhe encorajar mais as esperanças!", pensa Leonora-Fidélio.

Ao mesmo tempo, porém, sabe que não deve perder as graças do velho carcereiro, único meio que tem de obter acesso ao seu esposo aprisionado.

Enquanto isso, do vão da porta, um Jaquino aflito a tudo observa.

– Inferno e danação! Aí estão todos a tramarem novamente contra a minha felicidade!

– Assim que o governador retornar de Sevilha, farei de você o meu genro! – diz Rocco, para deleite de Marzelline e apreensão de Fidélio. Quanto ao pobre Jaquino, sente o desespero envolver-lhe a alma como uma mortalha gelada.

Ao perceber que sua filha está apaixonada, o velho decide lembrá-la também de algo que julga ainda mais importante para a felicidade conjugal: o ouro.

– O amor!... Bela coisa, sem dúvida! Mas não esqueçam que um casamento não se alimenta somente de amor, mas também de dinheiro. É o ouro reluzente que afasta as trevas das preocupações! Quem, à noite, janta somente o amor, na manhã seguinte levanta sempre com fome!

Neste momento, o espírito nobre de Fidélio sente o impulso de rebater a tese mercantil do velho.

– De fato, o ouro é importante, mestre Rocco, mas o que realmente importa para a felicidade conjugal é o amor. É o verdadeiro tesouro que há sobre a Terra!

Então, antes que o velho se inflame na defesa das suas convicções, Fidélio invoca um novo assunto.

– Mas há algo que considero tão importante quanto o amor: a confiança. E esta, infelizmente, ainda lhe falta com relação a mim.

– Ora, mas o que está dizendo? – diz o carcereiro, atônito.

– Perdoe a impertinência, caro mestre, mas isto sempre me vem à cabeça quando o vejo retornar dos calabouços, exausto e sem fôlego. Por que não permite que eu o acompanhe em suas descidas?

– Por mim aceitaria a sua ajuda, mas todos sabem que o regulamento proíbe que outra pessoa, além de mim, se aproxime dos prisioneiros.

– Fidélio tem razão – diz Marzelline, tomando o partido do amado. – O senhor não pode mais atender sozinho às necessidades de todos os detentos.
 – Bem, talvez eu possa abrir uma exceção – diz Rocco, cedendo. – Mas há uma cela da qual você não deverá jamais se aproximar! – Trata-se daquela onde jaz aquele pobre miserável, preso há mais de dois anos, não é mesmo? – diz, ansiosa, a esposa disfarçada.
 – Ele mesmo.
 – E por que o cercam de tanto mistério?
 – A nós isso não interessa. Além do mais, ele não permanecerá preso por muito tempo.
 – Oh, então ele será libertado? – exclama Fidélio, agradavelmente surpreso.
 O velho sorri cinicamente.
 – Completamente libertado, meu jovem. Ninguém é mais liberto que um morto.
 Fidélio fica branco e as pernas fraquejam.
 – O que diz?! Então irão executá-lo?
 – Não será preciso. Recebi ordens do diretor para reduzir drasticamente a sua ração. Nos últimos dias ele tem comido menos que um pinto, e logo deverá morrer de inanição, na mais completa escuridão.
 A verdade é que o marido de Leonora, além de mal alimentado, vive completamente às escuras, sem direito a um toco de vela.
 – Sem comida e sem luz! – exclama Marzelline, horrorizada.
 – Bem faz em evitar que Fidélio o acompanhe, poupando-o dessa negra visão!
 – Por quê? A mim nada importaria! – diz Fidélio, num engasgo.
 Rocco, neste instante, parece impressionado com o destemor de Fidélio.
 – Pensando bem, talvez seja bom que presencie essas coisas – diz ele, finalmente convencido. – Se pretende tornar-se meu sucessor, deve aprender a endurecer, desde já, o seu coração!
 E, assim, o carcereiro decide solicitar ao governador autorização para que seu assistente passe a acompanhá-lo nas suas visitas ao mais infeliz dos prisioneiros.

Antes, porém, que Rocco tome suas providências, o diretor da prisão chega junto com alguns soldados. Imediatamente o velho ordena a Marzelline e aos demais que se retirem.

– Vamos lá, carcereiro, alguma novidade? – diz Pizarro, no seu tom ríspido habitual.

– Nenhuma, sr. Diretor.

– E os documentos, onde estão?

– Ei-los.

Pizarro começa a ler os documentos, uma série de memorandos do governador destinados a melhorar as condições de vida dos infelizes prisioneiros.

– A mesma lenga-lenga demagógica de sempre! – diz ele, revirando as páginas. – Se fosse seguir à risca cada regrinha destas, concedendo-lhes todos estes privilégios, Sevilha inteira iria querer mudar-se para trás das grades!

No meio do palavrório burocrático, porém, há uma advertência endereçada expressamente a ele, diretor. O governador alerta-o de que o ministro pretende fazer, a qualquer momento, uma visita surpresa à prisão. "Chegou-lhe à orelha o boato de que andam ocorrendo muitas prisões irregulares em todo o reino, e Sua Excelência deseja saber se tal coisa é verdade", diz o governador.

– O miserável pretende é cortar despesas outra vez, mandando soltar os malfeitores! – rosna o vil Pizarro, encolerizando-se de uma vez. – Aqui só há malfeitores e conspiradores!

Então, subitamente lhe ocorre que o ministro, ao avistar Florestan atirado na mais sórdida das masmorras, certamente haverá de querer saber o motivo de tal tratamento.

"Ele é bem capaz de querer escutar o que esse miserável tem a dizer em sua defesa!", pensa ele, ao mesmo tempo em que concebe um meio de impedir que isso aconteça. "Muito bem, chegou a hora desse conspirador maldito saber que a vitória é finalmente minha!"

– Capitão, suba à torre de vigia e faça soar a corneta assim que avistar uma carruagem vindo pela estrada real de Sevilha! – diz Pizarro, num sonoro berro. – E muita atenção, pois a sua cabeça responderá por qualquer descuido!

Volta-se para Rocco. Na sua mão há uma bolsa recheada.

– Muito bem, carcereiro, chegou a sua hora de dar adeus à miséria. Tome isto; trata-se apenas de um adiantamento.

O velho, cujo amor pelo ouro bem conhecemos, fica encantado, o que deixa o diretor agradavelmente surpreso: não será preciso oferecer mais.
– O que devo fazer, sr. diretor, em troca de tamanha generosidade?
– Não se trata de generosidade, mas de um negócio. Conheço bem o seu imperturbável sangue frio. Por isso encarrego-o, agora, de uma altíssima missão.
– Uma altíssima missão! – exclama Rocco, numa ansiedade feliz. – Que missão é essa, senhor?
O diretor aproxima a boca da orelha do carcereiro e lhe sussurra:
– Matar um patife...!
– O que disse?
– Não entendeu? O Estado precisa que você liquide um de seus piores inimigos!
Rocco, porém, apesar de amar o ouro, sente-se horrorizado diante da ideia.
– Lamento muito, sr. Diretor, mas não posso fazê-lo!
– Imbecil! Não se trata de poder ou não poder, mas de executar uma altíssima ordem!
– Lamento, sr. Diretor, mas a atribuição de matar compete ao carrasco.
– Cão desdentado...! Está bem, então eu mesmo o farei! Desça já à masmorra e cave uma cova ao lado da cisterna. Eu descerei em seguida, sob a proteção de um disfarce.
Rocco, sem meios de desobedecer, tenta aliviar a sua consciência repisando o seu argumento de que a morte para aquele desgraçado será uma coisa boa, afinal.
– O punhal, para ele, talvez seja a sua verdadeira libertação – diz o velho.
– Para mim, estou certo de que será – diz Pizarro. – Vá, estrupício, vá de uma vez!
Rocco parte, enquanto o diretor toma o sentido contrário. Quase ao mesmo tempo emerge das sombras a figura de Fidélio. Seu rosto está tomado por uma profunda angústia.
– Então é verdade que o coração desse tigre desconhece, de todo, a piedade? – diz a esposa disfarçada.

Subitamente, porém, em meio à tormenta do desespero, volta a brilhar em seu peito a luz da esperança.

– Vem, ó esperança! Desce sobre a minha alma e expulsa dela o desânimo, para que eu possa cumprir com o meu sagrado dever de esposa!

Neste instante, Marzelline surge do interior da casa, a fugir sempre do seu incansável perseguidor.

– Oh, Jaquino, pelo amor de Deus, poupe-me dos seus odiosos lamentos!

– Mas para você eu era antes o doce Jaquino! O que houve para que tudo mudasse?

– Tudo não passou de um lamentável engano! Não vê, então, que há muito tempo amo Fidélio?

– Marzelline! Como espera que eu escute isso sem sentir rancor? Acha que irei tolerar tal desprezo sem buscar uma vingança?

Rocco, que esquecera de algo, reaparece e dá de cara com a filha e o pretendente.

– Brigando os dois, outra vez?

– O que quer, meu pai? Ele é como um sabujo, a me perseguir por toda parte!

Fidélio, ao ver que Rocco retorna, lhe dirige a palavra.

– Por que não permite, senhor, que os prisioneiros tomem um pouco de sol no jardim? Está um dia tão bonito, e isso certamente lhes dará um aspecto melhor.

– Não posso permitir sem a autorização do governador – diz Rocco.

Marzelline, contudo, ajuda Fidélio a convencê-lo, de tal sorte que logo em seguida os prisioneiros são conduzidos até a entrada do jardim. Entre os desgraçados, porém, não está o esposo de Leonora-Fidélio.

Um coro de alívio escapa do peito dos prisioneiros, quando veem-se finalmente transferidos das celas úmidas e trevosas para o brilho e o frescor da manhã.

– Que maravilha contemplar este sol! – entoam as vozes. – Que bênção aspirar este ar! Sim, a cela é um túmulo, enquanto a vida está aqui!

Um lamento, contudo, vem juntar ao júbilo uma nota amarga:

– Liberdade, oh, doce liberdade! Quando tornarás a ser nossa?

Ao mesmo tempo em que festejam e lamentam, os prisioneiros têm olhos e ouvidos atentos, acostumados que estão à vigilância dos seus opressores.

O dia transcorre até que Rocco, que havia saído para solicitar a autorização para que Fidélio pudesse acompanhá-lo às masmorras, retorna.

– E então...?! – diz Fidélio, agoniado.

– Hoje mesmo você descerá comigo aos calabouços – diz o velho, sorridente.

Fidélio, agradecido, lança-se aos braços do carcereiro, num transporte de gratidão.

– Iremos quando? Agora, já?

– Sim, mas leve consigo uma pá, pois devemos cavar uma sepultura.

Fidélio torna-se pálido como um sudário.

– Em nome de Deus! Enterrar quem?

– Florestan, o desafeto do diretor.

– Então ele já está morto...?

– Ainda não, mas é como se já estivesse. Vamos cavar a sua sepultura ao lado da cisterna. Como não deve mais receber alimentos, o melhor mesmo é que morra de uma vez.

– E quem irá cravar-lhe o odioso punhal? O senhor?

– Sou um carcereiro, e não um carrasco! – diz o velho, indignado. – O sr. Diretor se encarregará disso. Você parece já não ter mais a mesma vontade de descer, não é?

– Oh, tenho sim, sr. Rocco! Faço questão de acompanhá-lo!

– Então basta de conversa. Cumpramos com o nosso dever.

Neste momento Marzelline dá um grito de alerta.

– Papai! O sr. Pizarro está retornando!

O velho espreme o queixo, nervoso.

– Maldição! Ele não gostará nada de ver esta gente respirando ar puro! Vamos, recolham imediatamente às celas os prisioneiros!

Mas já não há mais tempo para nada, e Pizarro, com o ar encolerizado, vem pedir explicações ao carcereiro imprudente.

– Idiota! Quem lhe deu ordens para trazer para fora estes criminosos?

— Bem, sr. Diretor, é que, sendo hoje aniversário do rei, achei que seria digno de sua misericórdia conceder a desgraçados uma migalha de liberdade.

Os olhos de Pizarro procuram avidamente por entre a turba o prisioneiro odiado.

— Fique tranquilo, sr. Diretor – diz Rocco, compreendendo tudo. – Florestan ainda jaz em sua masmorra, à disposição da vossa ira. Por que desperdiçá-la com esses outros?

— Muito bem, mas devolva-os imediatamente às suas celas! Não quero saber de confusão aqui em cima. E que isso nunca mais se repita! Agora vá fazer a sua parte: cave de uma vez a maldita tumba e não torne a subir sem ter concluído a tarefa!

Fidélio e o velho carcereiro tomam o rumo indicado, mas, enquanto Rocco demonstra má vontade, Leonora traz o semblante repleto de radiosa esperança, pois terá a chance de impedir que o punhal de Pizarro desça sobre o peito do seu amado esposo.

II
NO CALABOUÇO

Estamos agora no horrendo calabouço onde Florestan jaz prisioneiro. Agrilhoado à parede de pedras úmidas e escuras, ele está sentado no chão, quase sem forças. Ao lado da cela está a cisterna, coberta de entulhos. Um único candeeiro ilumina com sua luz mortiça o ambiente soturno. Um odor insuportável de morte e degradação parece desprender-se de cada pedra daquele covil.

— Trevas e solidão!... Silêncio e abandono! – balbucia o sentenciado.

Após relancear as vistas pelo ambiente, algo que já fez vezes sem conta, ele parece deixar-se tomar por um impulso repentino de resignação.

— Cumpro a pena que me impôs a justiça divina, e dela não devo me queixar, pois, na época em que a primavera sorria para mim, atrevi-me a falar a verdade. Pois bem, a recompensa aqui está!

Florestan chacoalha as correntes, que parecem gargalhar.

— Consolação, só possuo verdadeiramente esta: a de ter cumprido com o meu dever.

As correntes movem-se sozinhas, produzindo nova risada.

Neste momento Rocco e Leonora-Fidélio chegam ao antro, por uma escada escura. Florestan observa, atentíssimo, aquela luz pequenina crescer, e é com o coração aos pulos que ouve a voz daquela que ainda não sabe ser sua esposa dizer:

– Vento do Gólgota! Que frio terrível faz aqui!

O ruído das ferramentas que trazem abafa o som da voz adorada, e Florestan aguça ainda mais os ouvidos.

– Comece a cavar, e logo passará o frio – diz o velho.

Leonora, com a mão em viseira sobre os olhos, tenta enxergar algo na penumbra.

– Onde está o prisioneiro?

– Ali, no canto – diz Rocco, apontando-o.

Leonora mal avista a figura encolhida do esposo.

– Parece morto!

– Tanto melhor. Vamos usar as ferramentas e fugir deste antro gelado.

O velho e a jovem travestida de homem põem-se a cavar no entulho, até que o primeiro finca a picareta numa sólida laje.

– Ajude-me a erguê-la – diz ele.

Rocco e Leonora consomem seu fôlego no esforço de erguer a laje.

– Vamos, força! – geme o velho, vergando as juntas, mas o esforço resulta inútil. – Teremos de quebrá-la! – diz ele, sentando-se sobre o entulho para tomar um gole da botija que trouxe consigo.

Enquanto isso, Leonora descobre que o prisioneiro se movimenta.

– O morto acordou – diz o velho. – Cave, enquanto converso com ele.

Rocco pergunta a Florestan se ele conseguiu repousar um pouco.

– Como hei de repousar nesta cloaca? – lamenta-se o cativo.

"Esta voz! É de Florestan!", pensa Leonora, caindo desmaiada sobre o entulho.

– Diga-me, pobre infeliz: deseja algo de mim? – diz o velho.

A pergunta traz uma entonação de quem já concede um último pedido.

– Sei que o senhor possui um bom coração, os seus olhos o dizem! – sussurra o prisioneiro. – Dê-me notícias de minha adorada esposa! Ela está em Sevilha!

Pobre homem! Se soubesse que ela ali ao seu lado, cavando a sua sepultura!

– Sinto muito, mas isso não posso fazer – diz Rocco, com uma entonação amigável.

– Canalha! Por que não? – grita o prisioneiro, tornando-se subitamente irado. – Diga-lhe que estou aqui, algemado a estas correntes!

Florestan, no seu desespero, encontra forças para chacoalhar mais uma vez as víboras de ferro que o mantêm preso à parede.

– Patife! Avise-a de que estou aqui!

– Não insista, pois isso não posso fazer.

Durante uma terrível fração de segundos o prisioneiro se vê, numa névoa de delírio, a estrangular o velho com suas próprias correntes, até o instante em que se reconhece sem forças para fazê-lo.

– Um gole d'água... – pede ele suplicante.

– Fidélio, traga o cântaro – diz Rocco.

Leonora, já recobrados os sentidos, corre até ambos, carcereiro e prisioneiro.

– Vamos, beba – diz Rocco, encostando o cântaro aos lábios secos do sentenciado.

Florestan reconhece, após o primeiro gole, que é vinho o que bebe. Os olhos de Florestan pousam, meio ébrios, sobre Fidélio.

– Quem é este? É carcereiro, também?

– É o meu aprendiz – diz Rocco, aproveitando a pausa para tomar, ele próprio, um bom gole. – Este jovem será o meu futuro genro.

– Aprendiz de carcereiro? – diz Florestan. – Bela profissão!

Leonora treme como uma vara, o que não escapa ao velho.

– Ainda treme, rapaz?

– Esta voz... Ela ecoa no fundo do meu coração!

– Sim, é uma voz terrível a dos sentenciados! – resmunga o velho, empinando a botija.

Subitamente, o vinho faz com que prisioneiro seja possuído por uma espécie de ternura.

– Obrigado, bom velho! – diz ele, devolvendo a botija. – Que os céus o recompensem!
– Pobre homem! Antes do que imagina, há de estar lá! – diz o velho, à parte.

Leonora, porém, sente o coração vacilar entre a dor e a euforia: "Aproxima-se a hora, esposo adorado, de vê-lo perecer sob o punhal ou de vê-lo libertado pelas minhas mãos!".
Leonora saca, então, do bolso um pedaço de pão.
– Tome! – diz ela, estendendo-o ao prisioneiro.
– Pare, não podemos alimentá-lo! – diz o velho, alarmado.
– Ora, pois o senhor já não lhe deu de beber? Que importa que também coma um naco de pão?
– Está bem, dê-lhe logo o alimento!
Florestan, a um passo do martírio, faz a sua última ceia de vinho e de pão. Depois, repete ao aprendiz a promessa, como se Deus fora, de também recompensá-lo no céu.
– Muito bem, basta de pieguices! – exclama Rocco. – É hora de levar adiante a coisa.
Apesar de meio embebedado, ele ruma até a porta e dá um assovio estridente.
– O horrendo sinal! – exclama Leonora, gelada de pavor.
Florestan também pressente que esse assovio é o anúncio fatal da sua morte.
– A catástrofe, afinal...! Então é verdade que jamais tornarei a ver minha amada Leonora!
– Não se desespere, pobre homem! – diz-lhe a esposa, sem poder se revelar. – Não esqueça que há uma Providência que vela incessantemente por você!
Neste instante surge à porta não a Providência, mas a Fatalidade sob a figura diabólica do diretor da prisão. Pizarro traz o rosto velado pelo manto, e é com a voz abafada que indaga ao carcereiro:
– Está tudo pronto?
– Sim, sr. Dire...
Um pisão providencial obriga Rocco a interromper-se.
– Ai! Só falta abrir a cisterna!
– Idiota! Se ainda falta abrir a cisterna, não está tudo pronto!
Depois, voltando-se para Fidélio, ordena-lhe que retire as correntes que mantêm o cativo preso à parede.

– Mas mantenha-o algemado – acrescenta Pizarro, vilão precavido.
Então, sacando o punhal das profundezas do manto, ele avança na direção de Florestan.
– Afaste-se, lacaio! – diz Pizarro a Fidélio, brandindo o aço.
Pizarro permanece com o braço erguido, tapando o rosto. Seus olhos, porém, lançam em direção a Florestan chispas de um ódio mortal.
– Que se rompa, de uma vez, o selo do segredo! – diz ele, descobrindo o rosto, afinal. – Sou eu quem vai executar a punição pela qual clamam todos os céus!
– Pizarro! – diz Florestan, após reconhecer os traços do seu rival. – Então é você, vilão infernal?
– Sim, sou aquele a quem denunciaste, e de quem tens, agora, todos os motivos para temer!
– Nada temo de um vil assassino!
O punhal se retorce nas mãos de Pizarro como um ente dotado de vida.
– Sangue de Lúcifer! – diz ele, se arremessando na direção do condenado.
Antes, porém, que o aço penetre o coração de Florestan, Leonora, em suas vestes de homem, interpõe-se entre ambos.
– Para trás, monstro perverso!
Diante da surpresa, as olheiras de Pizarro tornam-se ainda mais negras.
– Inferno e danação! Como ousa intrometer-se, vil lacaio?
– Antes que mate este homem, terá de perfurar o meu coração!
Leonora expõe o peito audaz.
– Saia da frente! – diz Pizarro, afastando com um empurrão a mulher que todos ainda supõem um intrépido jovem.
Leonora, contudo, em novo arremesso, interpõe-se outra vez diante do assassino.
– Antes que mate Florestan, terá de matar sua esposa!
Então, um estupor tremendo desce sobre o assassino e a vítima.
– Leonora! É você! – exclama Florestan.
A esta altura Fidélio já retirou o gorro, deixando escorrer sobre os ombros a cascata negra dos seus cabelos.

– Trovões do inferno! – grita o diretor. – Mas o que é isso? Sem saber o que fazer, Pizarro mantém o punhal paralisado, até o instante em que decide levar adiante a sua ira.

– Pois morrerão ambos! – diz ele, apontando o punhal para o peito de Leonora. – A megera morrerá primeiro!

Leonora, porém, saca das profundezas do seio uma pistola engatilhada.

– É o que veremos! – diz ela, colando o cano ao nariz do diretor.

Neste exato instante soa ruidosa, lá fora, a trompa do vigia. É a carruagem do ministro, que chega para a providencial inspeção ao presídio.

– Sangue de Judas! – exclama o assassino. – É o ministro!

Pizarro fica paralisado, até que Jaquino e dois guardas da comitiva ministerial surjam pela porta do calabouço.

– Os malditos já zombam de mim! – diz ele, ao ver Leonora abraçar-se a Florestan. – Vamos, carcereiro, saiamos daqui!

Rocco, porém, une-se à alegria do casal, deixando que Pizarro suba sozinho.

***

Estamos no pátio, outra vez. No mesmo jardim onde outrora os prisioneiros haviam respirado um pouco o ar da liberdade, estão o ministro Don Fernando e Pizarro. Os prisioneiros, apesar de momentaneamente libertos, estão de joelhos diante daquela autoridade que representa o rei. Suas vozes erguem louvores ao ministro, na esperança, talvez, de obterem um perdão providencial das suas penas.

– Justiça e clemência, de mãos dadas, nos vêm à porta do calabouço!

Pizarro, desgostoso de clemências, opta por imaginar-se a personificação da justiça.

– De pé, todos – ordena o ministro. – Vocês não são escravos, mas homens livres.

Neste instante Leonora, já em vestes de mulher, surge com seu esposo Florestan. Rocco, o velho carcereiro, os acompanha.

– Que fazem aqui? – exclama Pizarro, lívido outra vez.

– Quem são estes? – pergunta o ministro.
– São Florestan e sua esposa Leonora – diz o carcereiro.
– Imbecil! Quem lhe permite falar? – diz o diretor.
– Silêncio, você! – exclama Don Fernando, voltando-se para o casal. – Então você é Florestan, o homem nobre e amante da verdade, a quem julgava já morto?
– Sim – diz Rocco –, e ela, a glória das mulheres da Espanha! Leonora apresentou-se a mim como um aprendiz chamado Fidélio, um rapaz tão devotado que já o havia eleito para ser o meu futuro genro.

Marzelline, ao escutar essas palavras, quase sucumbe, fulminada pela mais horrenda decepção.

– E este homem pérfido que jaz ao seu lado – diz o velho, empolgado pelo exemplo de coragem daquela mulher – pretendia fazer-me cúmplice do assassínio do mais justo dos homens.

Encolerizado, Don Fernando ordena que prendam Pizarro, e que seja concedida a liberdade a Florestan.

– Que sua virtuosa esposa o liberte das cadeias!

Leonora, radiante de felicidade, libera o esposo dos grilhões, que caem, embolando-se no chão como serpentes para sempre desprovidas de vida.

Norma
de Vincenzo Bellini

A ópera *Norma*, baseada na tragédia *Norma* ou *O infanticídio*, do dramaturgo Louis Alexandre Soumet, constitui-se, na verdade, na quarta versão de uma mesma obra. Soumet baseou sua peça num romance do ultrarromântico Chateaubriand, que, por sua vez, pescou o tema de Eurípedes. *Norma*, com efeito, é uma recriação do mito de Medeia, pois tal como na tragédia grega a heroína desta ópera também se vê enganada por um dominador estrangeiro e, louca de ciúmes, intenta vingar-se dele repetindo o mesmo crime hediondo perpetrado pela mítica amante de Jasão. Norma, porém, vivendo em tempos menos bárbaros, termina por dar um rumo mais nobre à sua ira.

Vincenzo Bellini, apesar de ter vivido apenas 34 anos, compôs onze óperas, das quais *Norma*, estreada em 1831, tornou-se a mais famosa. Criada para causar "arrepios de horror", segundo a estética belliniana, ela é um típico exemplar do "bel canto", um tipo de ópera voltado à brilhatura vocal da protagonista (foi composta especialmente para Giuditta Pasta, uma das divas do canto lírico do século XIX). Sua ação transcorre na Gália, durante a ocupação romana, e se constitui, entre outras coisas, num veículo de exaltação do "glorioso passado druida", conforme preconizava o exotismo romântico da época.

I
UM SONHO TERRÍVEL

Gália, século I a.C.
Nesta época, os romanos, senhores de quase toda a Europa, também dominam os gauleses. Submetidos à tirania romana, os

druidas, sacerdotes do culto celta, constituem-se no principal instrumento de defesa da população gaulesa contra as arbitrariedades praticadas pelo invasor.

Ao lançarmos um primeiro olhar sobre a Gália oprimida, avistamos um bosque fechado, no interior do qual um punhado de sacerdotes nativos presta culto a uma de suas principais divindades, o deus Irminsul. Cultuar os deuses é a forma que os gauleses têm de preservar diante do invasor a sua identidade e a sua cultura, e por isso não abrem mão de realizar esse ato a um só tempo religioso e político.

É noite, e diante do carvalho sagrado e do altar de pedra está Oroveso, o sacerdote supremo dos druidas. Ao redor dele estão os demais sacerdotes e um número expressivo de guerreiros gauleses, pois a fé, naqueles dias, anda sempre com a espada ao alcance das mãos.

Oroveso ordena aos druidas que observem o horizonte:

– Quando a lua nova aparecer, a sacerdotisa virá podar o carvalho sagrado! – diz ele, repetindo a velha fórmula ancestral.

A sacerdotisa hábil nas artes da poda se chama Norma, e é filha de Oroveso. Seu pai espera que ela induza o deus ao ódio contra o invasor.

– A paz nos é funesta! Que Irminsul volte sua ira contra o pérfido romano! – clama Oroveso, hábil em misturar a religião com a política.

Terminada a sua invocação, Oroveso ordena a todos que se retirem para o interior do bosque, onde aguardarão o momento de retornar juntamente com a podadora sagrada.

Livre da presença dos druidas, o local torna a estar em paz e silêncio, mas por pouco tempo, pois logo em seguida surgem dois romanos. Um deles é a mais alta figura da Gália: o procônsul romano Pollione. Junto dele está o jovem Flávio, seu ajudante e confidente.

– Pode vir. Os bárbaros supersticiosos já partiram – diz Pollione, avançando.

– Graças a Júpiter! – diz Flávio, espiando para todos os lados. – Não suporto essa ralé e suas práticas bárbaras! Esses degenerados são tão atrasados que ainda praticam o sacrifício humano!

Pollione observa o carvalho e o altar com uma expressão que beira o asco.

– São uns pobres coitados, adoradores de deuses falsos. Não possuem inteligência bastante para compreenderem nossos majestosos deuses, os únicos verdadeiros.

– Deveríamos, em honra de Diana, derrubar esta árvore e fazer em pedaços esta mesa de pedra blasfema! – diz Flávio. – Não está vendo as marcas de sangue e a calha maldita por onde o sangue sacrificial escorre? A natureza não inventa essas coisas!

– Esqueça. Ainda não julgo necessário destruir as suas crenças.

– Pois eu as considero perigosíssimas. Elas têm sido o instrumento ideal para esses druidas malditos disseminarem as suas ideias de revolta. Norma não lhe disse, certa feita, que a morte vive neste bosque? Ela bem sabe o que diz!

Ao escutar este nome, Pollione sente um calafrio nervoso.

– Norma! Norma! Estou farto dessa louca!

Pollione foi amante da sacerdotisa e teve dois filhos com ela. Mas, com o passar do tempo, a paixão esfriou e uma segunda sacerdotisa, chamada Adalgisa, usurpou o seu lugar no coração instável do procônsul romano.

– Quer dizer que agora odeia Norma? – pergunta Flávio, divertido.

– Sim, desde que ela tomou o partido do seu deus colérico e inimigo de Roma. Em nome dele, Norma é capaz de praticar as piores atrocidades! Prefiro lançar-me da Rocha Tarpeia a permanecer ao lado dessa bruxa demente!

Flávio sorri discretamente: incriminar a infeliz que se abandona é, sem dúvida, um bom recurso para tirar o peso da consciência.

– E quando conhecerei Adalgisa? – pergunta ele curiosíssimo.

– Em breve. Oh, se você a visse! Ela é uma flor de candura!

– Mas ela não é também sacerdotisa do falsíssimo deus?

– Sim, mas não é fanática como a outra.

– É mesmo? Então ela ama mais a você do que ao deus?

Pollione, em que pese a sua vaidade colossal, não pode ocultar os seus temores.

– Francamente, ainda não sei. Mas o que realmente me preocupa é a reação que Norma terá ao saber que pretendo voltar a Roma com a sua rival.

Flávio, então, na tentativa de descontrair o clima, explode num riso franco:

– Rá, rá! Se bem conheço a megera, você há de passar por um mau bocado!

O procônsul se torna bruscamente irado.

– Silêncio, idiota! Não brinque com isso! Mal sabe você que nesta mesma noite tive um sonho ruim, que me pareceu o mais negro e tormentoso presságio!

– Que sonho horrendo?!

– Estávamos eu e minha adorada Adalgisa no templo de Vênus, em Roma, a nos casarmos – começa Pollione a dizer. – Ela, envolta em alvíssimos véus e com os cabelos enfeitados de flores, tomava diante de mim o aspecto da perfumada Flora, a solicitar as bênçãos da deusa. Os turíbulos emanavam alvíssimo incenso, até que, de repente, tudo se escureceu e um horroroso manto negro, vindo do nada, desceu sobre Adalgisa. Ao mesmo tempo, um raio pavoroso, mais terrível que todos os já lançados por Júpiter, destruiu o altar, enchendo o meu coração do mais negro pavor!

Pollione faz uma pausa para enxugar o suor da terrível recordação.

– Isso foi tudo...? – pergunta Flávio.

– Calado! Há, ainda, o pior! Nem bem cessara o terrível estrondo quando Adalgisa, envolta no manto, desaparece, tragada pelo Tártaro profundo, de onde ouço os pedidos desesperados de socorro dos meus dois filhos amados. Enquanto eles gritam, Norma, como se estivesse encarnada na estátua de Vênus, vomita um riso cruel de vingança!

Flávio, mais assombrado que o próprio sonhador, tenta acalmar o procônsul:

– Crê, então, que Norma seria capaz de se vingar nos próprios filhos? Não, não! Fique tranquilo, Pollione: Vênus suprema não permitiria tal monstruosidade!

– Idiota! Pois não foi exatamente o que o sonho me disse?

Neste instante o sino ritual soa sinistramente no interior do bosque, anunciando o retorno da procissão dos druidas e da sua temível escolta armada.

– Os sacrificadores estão retornando! – diz Flávio, assustado. – Vamos sair daqui!

Mas o procônsul, tomado de ira contra os devotos de Irminsul, desvencilha-se e grita:

— Nada disso! Vamos ficar e dizer a esses cães druidas algumas boas verdades romanas!

Flávio, atarantado, agarra o manto do procônsul e tenta tirá-lo à força dali.

— Júpiter misericordioso! Irão sacrificá-lo sobre a pedra se o descobrirem aqui!

— Pois tome a espada e impeça-os! – diz o procônsul, urrando com todas as forças: — Filhos de uma cadela gaulesa! Venham provar o aço romano!

— Não, não! Pelo amor de Vênus!

— Largue-me, patife! Vou botar fogo neste bosque maldito e destruir o deus que tem me separado de Adalgisa! Venham, cães infernais!

Felizmente, antes que os druidas irrompam do bosque, Flávio consegue convencer o procônsul a segui-lo na fuga.

***

— Que gritaria era essa? – pergunta Oroveso, ao reaparecer.

O velho druida dirige a pergunta à sua filha Norma, que tanto pavor tem infundido no procônsul. A mulher, cujo nome sugere um anagrama das palavras Roma e Amor, é uma jovem de aspecto aparentemente sereno. Seus olhos, porém, denunciam um ódio ardente a borbulhar em seu peito.

— Devem ser os gritos de algum centurião beberrão – diz a druidesa.

Alguns risos explodem entre os guerreiros.

— Esteja certa, ó, suprema sacerdotisa, de que se o tal centurião nos caísse nas mãos, lhe arrancaríamos as vísceras pelas costas! – diz um deles.

Ao escutar isso, os olhos de Norma quase chegam a fechar-se.

— Calado, estúpido! Quem vos deu autorização para fazer comentários?

Norma segura uma foice dourada, e ninguém duvida de que seja capaz de usá-la para propósitos muito mais terríveis do que a singela poda de uma árvore.

Os druidas espalham-se ao redor do altar e do carvalho sagrado, enquanto o coro entoa versos piedosos a Irminsul, "o deus que anuncia, nos céus, o horror".

Norma, empunhando a foice, aproxima-se do carvalho sagrado. Tomada por uma espécie de transe místico, ela dá início ao ritual da poda, enquanto aconselha os gauleses a esperarem a hora certa para empunharem, outra vez, a espada de Breno, o herói gaulês.

Ao escutarem o nome heroico, todos os peitos se inflamam de um patriotismo ardente, desejosos de saber da sacerdotisa que predições ela tem a fazer acerca da libertação da Gália.

Norma declara enxergar "nos livros secretos do céu" uma página encharcada de sangue.

– Ali está inscrito o nome maldito de Roma! – grita ela, com uma estridência rouca.

Entrando em detalhes, ela anuncia que Roma perecerá por si mesma, como um cupinzeiro apodrecido cujas paredes implodem.

Essa revelação não provoca grande entusiasmo entre os guerreiros, sedentos que estão de uma pilhagem apocalíptica na cidade inimiga, e menos ainda a conclamação que Norma faz, em seguida, à lua, após cortar o primeiro ramo do carvalho.

– Virai para nós, ó lua, o vosso semblante, sem nuvens ou véus, e difundi sobre estes bosques sagrados a vossa paz! – diz a druidesa, encerrando o rito.

Para aplacar, no entanto, a sede de vingança que borbulha em seu peito, ela põe às suas palavras este acréscimo viril e reanimador:

– Que o bosque sagrado seja liberto dos profanos malditos! E, quando o deus irado clamar pelo sangue romano, minha voz se erguerá, conclamando ao massacre!

Oroveso, inflamado pela parte final, acrescenta mais esta ameaça:

– Massacrados sejam todos! E que o infame procônsul seja o primeiro!

Norma não pode juntar ao coro a sua voz. Seu coração, apesar de repleto de ódio contra o invasor, ainda mantém intacta a paixão pelo antigo amante. Mal sabem todos que ela se sente capaz de abjurar até mesmo da fé e da pátria em favor do adorado procônsul.

"Que pereçam nas chamas Irminsul e a Gália!", pensa ela, em sua alucinante paixão.

Norma, porém, é despertada do seu devaneio blasfemo com o anúncio da dispersão do grupo. Cumprido o ritual, os revoltosos já podem retornar às suas casas para mais um dia de vil sujeição.

***

Depois que Oroveso e os druidas se retiraram, Adalgisa, a nova amante do procônsul, surge solitária no bosque.

– Graças a Vênus que os loucos já se foram! – diz ela, num suspiro.

Adalgisa, apesar de também ser druidesa, atualmente só tem olhos para a figura do procônsul, a ponto de ter adotado secretamente a crença romana.

Naquele local ermo e misterioso ela e o supremo mandatário da Gália se conheceram, tendo desfrutado de momentos tórridos de luxúria sobre o altar de Irminsul.

– Que Irminsul e a Gália afundem no oceano! – diz ela, irritada, ao ver espalhadas pelo chão as marcas das sandálias dos guerreiros gauleses. – Gentalha! Bárbaros! – diz ela, num mau latim, sentindo-se já uma autêntica cidadã romana.

Uma espécie de gozo se apodera da boca de Adalgisa enquanto ela repete estas injúrias hipnóticas como um mantra hindu. "Diana sagrada, como será maravilhoso o dia em que eu não fizer mais parte dos *piolhos gauleses*, como diz Pollione!", pensa ela, num júbilo secreto. "Que homem viril! Com que desdém superiormente romano pronuncia expressões deliciosas como *a escória bárbara* ou *o rebotalho da Gália*! Ah, que adorável será odiar junto dele!"

Enquanto Adalgisa devaneia, Pollione e seu ajudante a espiam, ocultos entre os arbustos.

– Está vendo? – diz Pollione. – É a minha adorável Adalgisa!

Flávio a observa, admirado da sua beleza.

– É linda, de fato! – diz ele, enquanto o procônsul toma a sua mão.

– Não há perigo. Vamos até ela!

Ao ver o seu amado aproximar-se, Adalgisa abre um sorriso divinal.

– Pollione amado! Você, aqui! – diz ela, com a voz entrecortada pela emoção.

De repente, porém, ela altera drasticamente a sua conduta.
– Por favor, deixe-me! – diz ela, espalmando a mão. – Estava orando a Irminsul.
– O que quer ainda com este Irminsul maldito, inimigo do nosso amor? – pergunta Pollione, frustrado. – Ore a Cupido, o deus que nos há de favorecer!
– Não quero mais saber de amor nenhum! – diz ela, negaceando.

Pollione está certo demais do seu amor, pensa ela. É preciso, pois, que sinta o medo da perda. Afinal, não foi justamente pela extinção desse medo que ele deixou de amar a Norma?

Pollione, com os lábios trêmulos, enche-se de mágoa.
– Ore, então, ao seu deus, e ofereça-lhe o meu sangue numa bandeja!
– Diante de Irminsul eu era pura e casta, e agora me tornei perjura e leviana!
– Pois venha comigo, e torne a ser pura e casta em Roma! – grita ele. – Cupido a receberá de braços abertos!

Ao escutar isso, é a vez de Adalgisa sofrer o temor da perda.
– Quer dizer que vai mesmo partir?
– Amanhã, ao amanhecer – diz o procônsul.
– *Amanhã*?! Mas e eu?
– Venha comigo!
– Está bem, partirei com você amanhã!
– Nos encontraremos aqui?
– Sim, aqui mesmo!

E assim, docemente jurados, ambos se separam.

***

Estamos agora na casa de Norma. Ela mora num recanto escondido do bosque, juntamente com os dois filhos e uma serva chamada Clotilde.

Norma está inquieta e não para de abraçar e beijar ardentemente os seus filhos. De repente, porém, sem qualquer transição, repele-os brutalmente.
– Basta, deixem-me!

Virando-se para o interior da casa, dá um grito rouco:

— Clotilde! Leve estas crianças daqui!

A serva, mais espantada da mudança brusca do que as crianças, arregala os olhos.

— Por que repeliu as pobrezinhas? — pergunta ela, após tê-las levado para o quarto.

— Não sei dizer! Há algum tempo sinto uma mistura de sentimentos com relação a elas! Ora as amo com fervor louco, ora as abomino como se não fossem filhas do meu ventre!

— Por Irminsul! O que está dizendo, minha senhora?

Norma sente um ímpeto selvagem de mandar Irminsul, a serva e as próprias crianças para os abismos de Plutão, o deus bárbaro dos romanos, mas se contém.

— Pollione foi convocado para regressar a Roma — diz ela, como a explicar-se.

"Muito bem, o procônsul outra vez!", pensa Clotilde. "Sempre o miserável!"

— E pretende levá-la?

Norma chacoalha a cabeça, angustiada.

— Nada me disse a respeito.

— Então é porque não pretende — diz Clotilde.

— Não pode ser! Não terá a coragem de abandonar a mim e às crianças!

Neste ponto ouvem-se, lá fora, os passos apressados de alguém.

— Veja quem é! — diz Norma, esperançosa. — Certamente é Pollione!

Mas não é Pollione, e sim Adalgisa.

— O que quer aqui a estas horas? — diz-lhe Norma, sem saber, ainda, que está diante da rival.

— Preciso revelar-lhe um segredo! — responde a visitante, com olheiras de aflição.

Assaltada pelo terror súbito da decisão que acabara de tomar, Adalgisa resolvera aconselhar-se com a suprema druidesa antes de partir. Nas últimas horas ela descobrira que um deus a quem se amamentou no berço não se desmama num instante, e que Irminsul colérico, com certeza, irá sepultá-la nas profundezas do oceano antes mesmo que desembarque em Roma.

Atropelando as palavras, ela revela, então, a paixão que a obriga a abandonar a sua pátria e o próprio deus da sua devoção.

Norma escandaliza-se ao escutar o relato.

– Louca! Abandonar nosso deus majestoso por um reles homem?

– Um romano! – balbucia a jovem. – Para minha vergonha, um romano!

Norma suspende o rosto da jovem e aplica-lhe uma vigorosa bofetada.

– Sua vil! Pretende, então, trair Irminsul e a Gália por causa de um romano opressor?

Irada, Norma obriga a jovem a contar toda a história. Enquanto ouve o relato, Norma relembra sua própria história, tão infamante quanto aquela que agora escuta. Adalgisa não sonega sequer os instantes delirantes de luxúria transcorridos sobre o altar de Irminsul.

– Blasfema! – grita Norma, aplicando-lhe outra bofetada, embora esteja tomada pela piedade. – Muito bem. Em nome de Irminsul, você está perdoada.

– Perdoada? – gagueja a jovem.

– Sim, nosso deus é pleno de amor. Parta com o homem que ama e que sejam ambos felizes, sob as bênçãos de Irminsul!

Norma declara Adalgisa liberta dos votos, possibilitando-lhe, assim, casar-se com o estrangeiro. Depois, tomando o rosto da outra nas mãos, lhe diz com voz afetuosa:

– Diga, agora, minha querida, quem é o homem a quem tanto ama.

Adalgisa não chega a pronunciar o nome de Pollione, já que o próprio ingressa pela porta naquele exato instante. Pelo olhar ardente que a jovem lhe lança, Norma compreende imediatamente que se trata do mesmo homem que ela ambiciona.

– Então é este o romano?! – exclama Norma, com a voz rouca de ira.

Pollione empalidece horrivelmente.

– Traidor! – grita Norma ao procônsul, ao mesmo tempo em que se desvencilha da outra como de uma víbora. – Trema por mim, traidor, e trema também pelos seus filhos!

Depois, voltando para Adalgisa, lhe grita, num mesmo tom:

– Desgraçada! Antes tivesse morrido que amado esse monstro, pois assim como ele repudiou a mim irá também repudiá-la!

Agora é a vez de Norma revelar o seu segredo.

– Este romano maldito foi meu amante, e dele são os meus dois filhos!

– Basta, louca! – grita Pollione, tomando Adalgisa pela mão. – Vamos embora!

– Pérfido! – grita Norma, com os olhos em brasa e as unhas em garra.

Pollione, mais que assustado, está impressionado com essa demonstração prodigiosa de ódio. Nem nos momentos mais ardentes de luxúria Norma mostrara-se tão empolgada!

– Não, não! Eu também ficarei! – grita, de repente, Adalgisa, inconformada em descobrir-se a segunda. – Prefiro morrer do que tomar por esposo um marido perjuro!

Nesse instante soam os sinos druídicos, convocando Norma ao seu ofício sagrado. Os sinos badalam o toque da morte – o toque que convoca os gauleses finalmente para a revolta contra o invasor.

– Está ouvindo? – diz Norma ao procônsul com um sorriso. – Os sinos ordenam o extermínio do invasor!

Pollione, tornando-se perverso outra vez, lança este desafio antes de retirar-se:

– Sua estúpida! Este sino não dobra para Roma, mas para a Gália e o seu falsíssimo deus!

II
O SACRIFÍCIO

Mesmo após a partida de Pollione e Adalgisa, Norma permanece transtornada. Enquanto perambula pela sala, ela escuta a tosse de um de seus filhos. Eles dormem placidamente em seu quarto, sem desconfiar do propósito terrível que, a alguns passos dali, o coração da própria mãe começa a engendrar.

Tomando um lampião, Norma entra silenciosamente no quarto. Ao avistar a cama onde as duas crianças dormem, lado a lado, seu coração experimenta um misto de raiva e ternura. Num gesto automático, ela saca das profundezas do seu manto o punhal sacrificial, que sempre carrega consigo.

"Pobres infelizes!", pensa ela, enxugando com a própria lâmina uma lágrima furtiva. "Que destino os aguardará aqui ou em Roma, na condição de bastardos e enjeitados?"

De repente, porém, ao lembrar do procônsul, sua piedade se converte em ira punitiva.

"É preciso que os filhos paguem pelo crime paterno! Que dor maior poderia sofrer o vil traidor?"

Nesse instante, porém, uma voz interior lhe grita, desesperada: "Louca! Pretende, então, executar nos inocentes a sua sórdida vingança?".

– Pois muito bem, uma vingança! – rosna Norma, desafiadoramente. – São filhos do criminoso, e devem expiar pelo seu crime!

Agora ela está aliviada: o ódio triunfou, e ela já pode utilizar o punhal. A alguns centímetros da ponta está o peito da primeira criança, a respirar placidamente. Basta um único gesto para que Norma a dispense dos trabalhos e aflições deste mundo.

– Amada! – sussurra a louca. – De quantos dissabores estou prestes a liberá-la!

Então, quando o punhal já se despenca para a morte, Norma dá um grito, atirando-o para longe:

– Não! Não!

Abraçada aos filhos, ela entrega-se a um pranto cheio de remorso.

***

Ao escutar a gritaria, a serva entra no quarto de olhos esbugalhados.

– Em nome de Irminsul, o que se passa aqui? – grita ela, mais alto que os gritos da mãe e dos filhos.

– Clotilde! – grita Norma. – Traga Adalgisa de volta, imediatamente!

A serva sai correndo para executar a ordem, enquanto Norma sente-se radiante.

– Os culpados devem morrer, não os inocentes! – diz ela, convicta do que deve ser feito.

Dali a pouco, Adalgisa reaparece.

– Tome para si os meus filhos – diz a superiora.

– Seus filhos... para mim?

– Não posso tê-los ao meu lado: um destino funesto me aguarda. Leve-os até o acampamento romano, onde está o pai deles.

– Entregá-los a Pollione?

– Sim, você e ele os criarão! Espero que aquele homem, de quem não me atrevo mais a pronunciar o nome, lhe seja um marido menos cruel.

– Pollione, meu marido? Jamais!

– É preciso! É o único meio que tenho de livrar meus filhos de um futuro de ignomínia!

Adalgisa, porém, já tomou a sua decisão.

– Não, não pode ser! A você, e não a mim, pertence o procônsul! – diz ela, empenhada em tornar-se, ela própria, a mártir suprema do amor.

– Mas, minha menina... você não o ama? – diz Norma.

– Nem a ele, nem a homem algum! Doravante, ocultar-me-ei, para sempre, de todos os homens!

Diante disso, Norma se lança aos prantos nos braços da amiga, e assim abraçadas as duas sacerdotisas selam seu pacto divino de união e amizade.

***

Enquanto as duas amigas se reconciliam, em meio às trevas da noite o ódio da revolta continua a incendiar os corações dos gauleses. Um grupo deles, armado até os dentes, anda em busca do procônsul e acaba de chegar próximo do bosque sagrado dos druidas.

– O miserável ainda não partiu! – diz o líder guerreiro, rangendo os dentes. – Isso significa que ainda pretende enfrentar-nos!

– Ouçam, alguém se aproxima! – diz outro, de repente, sacando a espada.

O líder gaulês se adianta e logo descobre a identidade do intruso.

– Não se assustem, é Oroveso! – anuncia ele.

O velho druida aproxima-se com a face marcada pelo desgosto.

– Trago péssimas notícias! Pollione não é mais o procônsul!

– Péssima notícia? – exclama o soldado. – Ora, isso é uma ótima notícia!

– Não é, não! – exclama Oroveso. – Um general romano, mil vezes mais impiedoso, tomou o seu lugar! Em breve seremos caçados como lebres por toda a Gália!

O guerreiro retira o capacete e arranca os cabelos.
– E Norma, o que diz? Ainda deseja a paz?
Oroveso faz um gesto de impotência.
– Só ela sabe. Não quis me dizer.
– E o senhor, o que pretende fazer?
Curvando a cabeça, Oroveso deixa vir à tona toda a sua impotência:
– Pretendo curvar-me completamente ao destino e apagar, o mais rápido possível, os vestígios desta malfadada revolta.
Ao escutar isso, o guerreiro exclama iradamente:
– Quer dizer que vamos recair na submissão abjeta?
– Submissão não, mas dissimulação. Vamos nos aquietar para que Roma pense estar tudo em paz outra vez. Infelizmente, a hora da vitória ainda não soou para nós.
E assim os gauleses se veem mais uma vez na triste contingência de terem de se submeter.

* * *

Enquanto Oroveso e seus guerreiros preparam-se para mais alguns anos de subserviência, Norma está no templo do bosque. Adalgisa lhe avisara que Pollione pretendia encontrá-la naquele local para empreenderem juntos o retorno a Roma.
– Pollione, arrependido, terminará por levar-me! – diz ela, esperançosa.
Mas, em vez do ex-procônsul, quem surge de repente é a sua serva.
– Clotilde, que faz aqui?
No melhor estilo gaulês, a serva responde:
– Trago más notícias. Seja forte!
– Diga logo o que houve!
Pollione pretende raptar Adalgisa, dentro ou fora do templo!
– Patife! – grita a druidesa, arremessando-se ao altar de Irminsul.
Enfurecida, Norma aplica três golpes sobre o escudo do deus, perturbando o sono das aves que ainda teimam em habitar as cercanias das moradas dos deuses.
– Já chega! – diz Norma, com os olhos incendiados. – A partir de agora o sangue romano jorrará em torrentes por toda a Gália!

Oroveso e os guerreiros acorrem até Norma, tomados de espanto.

– Minha filha! O que a levou a brandir o escudo de Irminsul? – diz o velho.

– O escudo chama ao combate! Vamos, guerreiros, entoem já o cântico de fúria e de sangue!

Sem esperar uma nova convocação, os guerreiros começam a entoar em uníssono a versão gaulesa do seu velho canto marcial. Era um belo canto: falava de quão numerosos os guerreiros eram – sendo tantos quantos os troncos dos bosques gauleses – e do quanto a sua ferocidade se igualaria à das feras quando caíssem sobre o pérfido romano. Havia a promessa de que os machados gauleses, ao fim do combate, estariam tintos de sangue até o cabo e de que as águas impuras do Loire correriam com um rumor fúnebre. As palavras "sangue" e "morte" pontuavam majestosamente os versos, como dois estribilhos aterradores, enquanto a marcha evoluía para um tom vagamente bucólico ao comparar as hostes romanas com espigas de milho ceifadas, até que a águia romana despencava ao solo, enquanto o deus Irminsul, montado gloriosamente sobre o sol, contemplava o triunfo gaulês e a derrocada romana.

Tudo é entusiasmo e confiança, até que Clotilde surge com mais uma funesta notícia:

– Horror! – grita a serva.

– Sangue de Irminsul! O que foi desta vez? – diz Norma.

– Um romano blasfemo invadiu o claustro das virgens noviças!

Logo em seguida, Norma sente um arrepio de júbilo ao ver o ex-procônsul surgir escoltado por quatro gauleses enfurecidos. Ele traz o manto em tiras e o rosto coberto de hematomas. A vingança divina começa a surtir seus maravilhosos efeitos!

Oroveso, no último grau do enfurecimento, agarra Pollione pelos cabelos e grita:

– Cão romano! Quem lhe deu autorização para invadir o claustro sagrado?

Pollione, num ímpeto de ódio, cospe um catarro sangrento nas barbas alvas do druida.

– Pode me matar, bode gaulês, mas nada direi!

Então Norma, adiantando-se, lança este brado irado, que retumba pelo bosque:

– Afastem-se todos! Cabe a mim punir o sacrílego!

Pollione observa com espanto a face irada e ao mesmo tempo deliciada da druidesa. "Como ama odiar...!", pensa ele, enquanto a ex-amante, após extrair do interior do manto o mesmo punhal com o qual quase matara seus filhos, avança em sua direção.

Mas Norma continua a não ter forças para matar o homem que ama.

– O que houve? Mate-o de uma vez! – grita Oroveso, sedento da vida do romano profanador.

– Não posso, não posso! – grita ela, deixando cair o punhal.

– Vamos, maldita! Vingue o nosso deus!

– Não posso... Antes preciso interrogá-lo...

Ela implora que a deixem a sós com o homem que deve matar. Oroveso e os soldados obedecem, deixando-a com Pollione.

– Agora somente eu posso salvar a sua vida! – diz a druidesa, saboreando o seu momento de vingança. – O que acha disso?

Pollione, ingressando na diplomacia, abaixa a cabeça e resmunga, vencido:

– O que deseja que eu faça?

– Quero que deixe Adalgisa em paz para sempre.

– Não, isso não! O meu amor é maior do que o temor da própria morte!

Norma sente um desfalecimento interior. Quem lhe dera ser ainda capaz de inspirar àquele homem palavras parecidas!

– Prometa que a esquecerá, ou terei de matá-lo! – grita ela.

– Não...! Prefiro morrer a renunciar a Adalgisa!

– Desgraçado, está vendo isto? – grita ela, mostrando o punhal. – Por sua causa cheguei a apontá-lo contra o peito dos meus próprios filhos!

– Louca! Seria capaz de matá-los por uma estúpida vingança?

– Sim! Graças a você, maldito, cheguei a esse ponto!

– Dê-me então o punhal para que eu mesmo o enterre em meu peito!

– É pouco! Só você não basta, é preciso que todas as víboras romanas pereçam!

– Mas e quanto a Adalgisa?

– A perjura será queimada viva!
– Não! Poupe a vida dela e enterrarei agora em meu peito o punhal!
Pollione tenta tomar a arma, e Norma grita pelos druidas:
– Venham todos!
Oroveso e os demais retornam às pressas.
– Este cão romano aliou-se a uma sacerdotisa do templo! – diz ela.
Gritos de ira levantam-se entre os gauleses.
– Maldita seja! Quem é a perjura?
Então, Norma, arremessando longe o punhal e as insígnias de druidesa suprema, anuncia, para espanto supremo de todos, que a traidora é ela própria.
– O que disse? – grita Oroveso.
– Acendam a fogueira! – ordena ela, soturnamente.
– Ela mente! Não somos amantes! – grita Pollione.
Mas Norma está determinada a pôr um fim ao seu dilema.
– Uma arquidruidesa não mente jamais – diz Norma, serena. Depois, voltando-se para Pollione, lhe diz à meia-voz:
– Se este é o único meio de estarmos juntos, que pereçamos juntos na morte!
Pollione, transtornado, não sabe se admira ou amaldiçoa aquele gesto extremo de amor, mas, ao ver que a fogueira já arde e que o desfecho é inevitável, decide reconciliar-se com a mãe dos seus filhos.
– Pois seja assim. Morreremos juntos, selando a nossa reconciliação!
Então, quando os dois já estão amarrados ao pé da fogueira, Norma pede, pela última vez, que seu velho pai lhe dê atenção.
– Minta, minha filha! Declare-se inocente e eu a salvarei! – sussurra-lhe o pobre velho.
– Não, meu pai. A verdade é sagrada – diz Norma. – E é em nome dela que agora lhe digo que sou mãe de dois filhos. São filhos meus e do homem com o qual morrerei.
– Filhos... *do romano*?
– Sim, meu pai. Agora pode ver a quanto chega a minha culpa.
– Os bastardos não podem viver! São crias do pérfido romano!
– Salve-os! Salve-os! Tenha piedade dos inocentes!

Então, diante da última súplica da filha, Oroveso cede.

– Está bem, eu os pouparei – diz ele, com os olhos lavados de lágrimas.

Oroveso dá um beijo na filha e afasta-se, a fim de que a pira vingativa seja acesa.

– Adeus, meu pai! – grita Norma, enquanto uma nuvem de fumaça começa a ocultá-la das vistas dos vivos. – Que Irminsul o abençoe!

Pollione, apesar de amarrado, consegue desvencilhar uma das mãos e, após agarrar a mão da mulher que voltou a amar, morre resignadamente ao seu lado.

Carmen

de Georges Bizet

Uma das óperas mais populares de todos os tempos, *Carmen* é considerada também uma das mais inovadoras. Seu formato eclético (que inclui, além do canto, diálogos falados) e o tema "realista" (tachado, na época, de imoral e vulgar) provocaram severas críticas, a ponto de a ópera tornar-se um verdadeiro escândalo. Além da insubmissa cantora de *habaneras*, Georges Bizet põe em cena coros entoados por meninos de rua, operárias e até mesmo foras da lei, como os contrabandistas do terceiro ato. Bizet conseguiu introduzir quase tudo em sua obra-prima, desde a farsa mais alegre até a mais intensa tragédia, a ponto de transformá-la numa obra atípica no universo sisudo e esquemático das óperas tradicionais.

Adaptada da famosa novela de Prosper Mérimée, *Carmen* estreou nos palcos franceses em 1875. Bizet jamais chegou a ver o reconhecimento público da sua ópera favorita, já que morreu três meses após a sua mal recebida estreia, com apenas 37 anos de idade.

I
A CIGANA E DON JOSÉ

É um dia de sol numa fervilhante *plaza* de Sevilha. O quartel militar dos dragões de Alcalá arde sob um calor escaldante. Ao lado está a fábrica de tabaco, de onde sai um grupo ruidoso de operárias. Os dragões ficam eufóricos diante do surgimento das alegres cigarreiras.

Um cabo, chamado Morales, põe logo os olhos em Micaela, uma das mais belas jovens do grupo.

– Vejam todos, a pombinha parece perdida! – diz ele aos companheiros. – Vamos ver o que ela procura!

Morales aproxima-se de Micaela e lhe diz, sem rodeios:

– Procura alguém, minha querida?

– Sim, procuro um cabo – diz a bela jovem.

– Ora, viva! Pois não precisa procurar mais!

– Não é você – diz ela, imperturbável. – Procuro por Don José; conhece-o?

– Don José? É claro que o conheço!

Micaela fica subitamente alegre.

– Que bom! E onde posso encontrá-lo?

– Aqui mesmo, mas somente quando houver a troca da guarda. Enquanto ele não vem, não quer esperá-lo em nossa modesta casa?

Morales indica o quartel, enquanto os demais dragões exultam.

– Obrigada, eu volto quando se der a troca – diz ela, afastando-se às pressas.

– Espere, a troca vai acontecer logo!

Mas Micaela, assustada, já partiu, enquanto Morales deixa cair os braços.

– Ai de mim, a rolinha voou!

O cabo e seus companheiros retomam a vigília até que uma marcha militar anuncia a chegada dos soldados que os devem render. À frente do grupo vem o tenente Zúniga, e, misturado aos soldados, está Don José. Zúniga ordena aos soldados que descansem, enquanto Morales cochicha a Don José:

– Uma doce pombinha de saia azul e tranças pendentes esteve à sua procura!

Don José a reconhece imediatamente.

– É Micaela...!

Enquanto se procede à troca da guarda, um grupo de crianças de rua aproveita para entoar uma marcha infantil.

Tará-tatá, toca a corneta!
Com a guarda que entra, entramos também!
Ombros pra trás, peito pra fora!
É a guarda que vai, e a guarda que vem!

O tenente, que é novo no destacamento, está curioso sobre a fábrica de cigarros e as suas operárias.
– É ali que elas trabalham? – pergunta ele a Don José.
– Sim, senhor – responde o soldado.
– E que tais são elas?
– As mais levianas possíveis, senhor.
– Levianas, hein? Mas isso não o impede de estar de olho na mais bela delas!
O tenente sorri maliciosamente, enquanto Don José, vexado, admite:
– É verdade, senhor, eu a amo. Mas, veja, elas estão retornando!
Os soldados e os desocupados das ruas observam o desfile das operárias. Todas trazem cigarros nos lábios e um sorriso provocante de desdém. Elas cantam uma canção cujo refrão diz assim:

Sobe a fumaça como a nuvem ao céu,
E as almas envolve num doce véu.
Juras de amor; há quem não as faça?
Promessas vazias, tudo fumaça!

Os soldados e os desocupados negam veementemente, em tom jocoso, que pratiquem a falsidade, até que uma voz se levanta:
– E a Carmencita, onde está?
Como num passe de mágica, surge, então, Carmen, uma belíssima mulher com trejeitos alegres de cigana.
– Olá, rapaziada! – diz ela, em festiva descontração.
Todos gritam, eufóricos.
– Diga, Carmen, quando nos amará?
É sempre a mesma pergunta, e para ela Carmen tem sempre a mesma resposta:
– Quando? Quem sabe amanhã! Ou talvez nunca! Mas hoje eu sei que não será!
Um "oh!" magoado sai das bocas dos seus admiradores.
– Seus bobinhos. Não sabem, então, que o amor é uma ave esquiva, que não se deixa aprisionar? – diz ela, num tom professoral. – O amor é um ciganinho, sem lei e nem rei: uma hora está aqui, dali a pouco já não está!

Ao ver, porém, Don José, Carmen atira uma rosa na sua direção.

– O amor é um ciganinho inconstante. Se não me ama, eu o amo. E quando amá-lo, o melhor é se precaver...!

Neste momento a sirena da fábrica ordena às operárias que voltem ao trabalho. Don José, depois de ver as operárias desaparecerem, olha para a rosa que jaz aos seus pés.

– Se existem bruxas, Carmen é uma delas! – diz ele, aspirando a rosa.

O aroma inebriante provoca sobre ele o mesmo efeito de um disparo. Como quem foi picado por um espinho, ele deixa cair a rosa novamente a seus pés.

– José!... Finalmente o encontrei!

Quem diz isso é a sorridente Micaela, que ainda não retornou ao interior da fábrica.

– Meu anjo, que alegria! – responde ele, escondendo a flor com o pé.

– Veja, trouxe uma carta de sua mãe – diz ela, estendendo-lhe o envelope.

José toma a carta, enternecido.

– Dentro há um algum dinheiro, mas há outra coisa ainda mais valiosa que ela me encarregou de lhe entregar.

– O que é?

– Isto.

Micaela fica na ponta dos pés e um beijo maternal estala na bochecha do soldado, fazendo com que ele reviva a sua infância feliz, transcorrida na saudosa aldeia natal.

De repente, ao enxergar a rosa caída aos seus pés, José descobre que aquele beijo lhe parece mesmo enviado pela Providência.

"Minha mãe certamente me protege, mesmo de longe! Quem sabe não estive a um passo de ver-me prisioneiro daquela feiticeira?"

– Volto hoje mesmo para a aldeia – diz Micaela, cortando o fio dos pensamentos do jovem cabo. – Amanhã estarei novamente com sua mãe.

– Então diga a ela que seu filho José a ama e venera. E transmita a ela este beijo.

José beija a face de Micaela e começa a ler a carta.

– Daqui a pouco eu volto – diz a jovem, afastando-se.

Carmen

José lê a carta, firmando cada vez mais em sua alma o propósito de casar-se com Micaela, até que uma gritaria infernal, vinda da fábrica, põe fim à sua concentração.

– Bruxas danadas, o que estão aprontando ali? – pergunta o tenente Zúniga.

As cigarreiras chegam, espavoridas, clamando por socorro e discutindo entre si.

– Foi a Carmencita quem começou a briga! – diz uma, com as mãos nas ancas.

– Não, sua mentirosa, não foi ela! – diz outra, apontando-lhe o dedo.

O certo é que Carmen, por um desentendimento qualquer, se atracara com uma tal Manuelita.

– Basta deste berreiro! – diz Zúniga, berrando mais alto que as mulheres. – José, pegue dois homens e faça aquelas sirigaitas sossegarem!

Dali a pouco José retorna, trazendo pelo braço a irrequieta Carmen.

– Muito bem, o que houve? – diz o tenente.

– Uma briga, senhor – diz o cabo.

– O que tem a dizer, rapariga?

Carmen, porém, em vez de responder, cantarola mais uma de suas canções debochadas.

– Basta de cantorias, responda o que lhe perguntei!

Mas ela prossegue a cantar.

– *Meus segredos eu os guardo, e os guardo muito bem! Tralalá, tralalá!*

– Quer cantar, então? Pois vai cantar para as paredes da prisão! Guardas!

As inimigas de Carmen se adiantam, comemorando.

– Muito bem, para a prisão!

– Bruxas! – diz ela, atirando-se aos cabelos de duas adversárias ao mesmo tempo.

– Vamos, levem-na! – diz o tenente, irritadíssimo.

Então Carmen, liberando as mãos, as oferece docilmente a José.

– Docinho! Vai mesmo me levar para a prisão? – sussurra-lhe ela ao ouvido.

– São ordens, *señorita* – diz José, forçando uma sisudez que a sua pouca idade torna ridícula.

– Oh, malvadinho! Não quer mesmo livrar a sua *señorita*?

– Não posso, já disse.

– Oh, vai me livrar, sim, e sabe por quê? Porque você me ama!

– O que diz? Eu, amar você?

– Sim, docinho, pois a flor que lhe atirei estava enfeitiçada.

José pisoteia com fúria a flor, para divertimento da *señorita*.

– Rá, rá, rá! Bem se vê que o encanto já fez efeito!

– Basta! Nem mais uma palavra!

Carmen, provocadora, se aproxima ainda mais.

– Deixe eu lhe dizer uma coisinha, querido. Amanhã vou cantar a seguidilha na taberna de Lillas Pastia, perto das muralhas de Sevilha. Eu pretendia ir com meu namorado, mas o despachei ainda outro dia, e agora não tenho mais com quem ir! É tão triste a uma *señorita* divertir-se sozinha, e um prazer verdadeiro só se desfruta a dois!

José permanece indiferente, mas atentíssimo às palavras sussurradas por ela.

– Sim, meu soldadinho, tenho mil pretendentes, mas que posso fazer se todos já me aborrecem? A minha alma está livre para um novo amante que quiser consolá-la.

– Silêncio, já disse!

– Não embrabeça, docinho, falo para mim mesma! Amo um certo soldado que não é tenente nem oficial. Mas, para uma cigana como eu, é como se fosse um general!

Neste momento José sente suas resistências ruírem.

– Carmen...! – sussurra ele. – É verdade o que diz?

– Sim, meu docinho! A sua Carmencita jamais lhe mentiria. Dançaremos a seguidilha e beberemos a manzanilha!

– Soldado, o que está esperando? – diz, de repente, o tenente.

José empertiga-se, escarlate feito um pimentão.

– Quando partirmos lhe darei um empurrão – diz a cigana. – Caia, e o resto é comigo.

José cumpre a sua parte atrapalhadamente, mas é o bastante para que Carmen, desvencilhando-se da patrulha, consiga livrar-se e desaparecer na multidão.

Um coro de risos explode entre as mulheres, deixando o tenente desmoralizado diante dos seus comandados.

II
O TOUREADOR

O tempo passou, e o tenente Zúniga, esquecido já da desonra sofrida às mãos da cigana, está agora sentado ao lado de Carmen e de outras *señoritas* numa ampla mesa da taberna de Lillas Pastia. O ruído feroz de *guitarras*, pandeiros e castanholas é quase ensurdecedor. Enquanto sapateadores exímios fazem tremer as tábuas de pinho, metralhando-as com os golpes vertiginosos dos seus tacões, bailarinas rodopiantes fazem esvoaçar, como aves epiléticas, os seus véus diáfanos e escarlates. Carmen, adiantando-se, começa a cantar a sua seguidilha, na qual, com palavras vibrantes, reproduz tudo quanto se passa naquela zorra infernal.

Ao terminar a canção, Frasquita, uma das ciganas, dirige-se ao tenente.

– *Señor*, o taberneiro Pastia avisou que o fiscal pretende fechar a taberna.

– Então, vou-me embora – diz ele, com a taça cheia na mão. – Você vem, Frasquita?

– Lamento, esta noite não posso, *teniente*!

– E você, Carmencita, ainda está zangada comigo?

– Claro que não! – diz ela, alisando-lhe as suíças grisalhas e respingadas de cerveja.

– Não está braba por eu ter mandado prender aquele soldado inepto que, no outro dia, deixou você escapar?

– Se mereceu a pena...

– Fique tranquila, já mandei soltá-lo.

– *Tanto mejor* – diz ela, quase indiferente.

Neste momento se ouve, de fora da taberna, um coro ruidoso:

– Viva o toureiro! Viva Escamillo!

O toureiro irrompe, em seguida, na taberna, conduzido nos braços do povo. Seus dentes reluzentes estão todos à mostra, pois acabou de chegar, vitorioso, de uma vibrante tourada em Granada.

– Oh, aí estão os valorosos soldados! – diz Escamillo, ao ser colocado no chão. – Os toureiros se entendem às mil maravilhas com os soldados, pois ambos adoram lutar!

Seu bigodinho fininho, que mais parece uma risca traçada a lápis, está perfeitamente reto sobre o sorriso triunfante.

— Amigos, um toureiro sempre sonha acordado em combate, pois sabe que em pleno desafio uns *ojos negros* o admiram, e que o amor o espera!

Um coro de concordância une-se à voz de Escamillo.

— Então, *compañeros*, quando o touro, finalmente liberto, arremete e derruba o cavalo, tudo na arena fica em suspenso! As *bandarillas* vibram nas suas costas, enquanto seus cascos, furiosos, pisoteiam o seu próprio sangue! "Toureiro, em guarda! É a sua vez!", ruge a plebe, a uma só voz! Mas ele, toureiro, ainda assim não esquece que os *ojos negros* o admiram, e que o amor ainda o espera!

— Oh, sim, o amor! – gritam todas as vozes, e, mais que todas, a voz apaixonada de Carmen, pois percebe os olhos do toureiro postos apaixonadamente sobre si.

— Diga-me, bela cigana, quem é você?

O bigodinho do galã está, agora, radicalmente inclinado.

— Carmen...! – diz ela. – Carmencita, se preferir...

— Pois, Carmencita de Sevilha, na próxima tourada gritarei bem alto o seu nome!

Escamillo, com a pressa que governa os corações turbulentos, anuncia à sua nova admiradora que, desde já, a ama perdidamente.

— *Señor*, talvez fosse melhor não me amar – diz ela, indicando disfarçadamente o tenente, que a reclama.

— *Muy bien*! – diz o toureiro, suspendendo o seu ímpeto viril. – Eu saberei esperar!

Carmen lhe diz baixinho que é doce ter esperanças, antes de ir despedir-se do tenente.

***

Aproveitando a saída dos soldados, dois contrabandistas conhecidíssimos em Sevilha penetram furtivamente no recinto da taberna. Frasquita, uma das ciganas da casa, chama-os, apressada.

— Vamos, digam logo quais são as novidades!

— Temos belos planos, mas precisamos de vocês! – diz Dancairo, um dos contrabandistas.

— São mesmo bons planos?

— Ótimos, Frasquita! – diz Remendado, o segundo contrabandista.

— E precisam mesmo de nós, mulheres?
— *Por supuesto!* – diz Dancairo, animadamente. – Quando se trata de ludibriar, é sempre bom ter mulheres por perto!
— Está bem, iremos! – diz a cigana, lisonjeada.
— Nada disso! Eu não irei! – diz Carmen, para surpresa geral.
Os dois contrabandistas insistem, mas ela se mostra irredutível.
— Por que não quer ir? – pergunta um deles.
— Querem mesmo saber? – diz ela, pousando as mãos nas ancas. – Não irei porque estou apaixonada!
Um coro de risos explode por toda a taberna.
— Esta é boa! A Carmencita apaixonada!
— Que seja! Mas por que não conciliar o amor com o dever? – diz Remendado.
Carmen, porém, balança energicamente a cabeça.
— Desta vez, meus caros, darei primazia ao amor!
— Mas quem é o novo felizardo? – diz Dancairo, curioso.
— Ninguém importante – diz Carmen. – Um soldadinho que, outro dia, se deixou prender por minha causa.
— Ora, vejam só! Um milico galante e *caballero*!
Como em resposta, todos veem o próprio Don José surgir na entrada da taberna.
— É um dragão *muy guapo!* – dizem todos, admirados.
— Por que não o leva conosco? – sugere Dancairo, com a imediata concordância de Remendado.
José se aproxima de Carmen, enquanto os demais partem, deixando-os sozinhos na taberna.
— Ora, viva! Já saiu da prisão? – diz ela, sem qualquer culpa ou remorso.
— Estive preso por dois meses – responde o cabo, num tom amuado.
— Mas por que esta cara? Será que o meu soldadinho *valiente* está arrependido?
No mesmo instante a mágoa do soldado cede ao terror de perder a amada.
— Oh, não, Carmencita! Se o fiz por você!
— Sabia que o seu tenente esteve aqui se divertindo conosco?
José fica subitamente escarlate.

– Como?! Com você, também?
– Oh, com ciúmes, agora?
– É claro! Eu sou muito ciumento!

Carmen, em resposta, vibra as castanholas e se requebra ao redor do jovem atordoado.

– Espere, ouça! – diz ele, alterado. – Os clarins do regimento estão soando!
– E daí?
– É o toque de recolher! Preciso voltar ao quartel para a chamada!
– Ora, tolinho! Então prefere ir perfilar-se diante do tenente do que estar junto a mim?
– Carmencita! Eu tenho que ir!
– Então vá!

Carmen arremessa longe o quepe do soldado, num trejeito que torna impossível definir se é de raiva ou de alegre deboche.

– Carmen, eu te amo!
– Rá, rá, rá! Diga isso ao tenente quando ele chamar o seu nome!
– Você não tem o direito de duvidar do meu amor!
– Pois eu duvido!

Então José saca algo do bolso, que Carmen olha com desdém.

– O que é isso?
– É a rosa que você me lançou! Durante os últimos dois meses a tive sempre comigo, no inferno da prisão! A rosa está murcha, mas o amor que devora o meu coração está mais vivo do que nunca. Carmen, eu te amo!
– Mentira! Se me amasse me levaria para longe, para as distantes montanhas! Iria comigo, e somente comigo, esquecido *para siempre* de tenentes e quartéis!
– Não, isso seria desertar!
– Prefere, então, desertar do nosso amor? Pois vá, eu já disse!
– Carmen...!
– Eu te odeio! Adeus!

Neste momento alguém esmurra a porta.

– Carmen, você ainda está aí?
– É o tenente! – diz José, atarantado.

Uma mão cheia de bijuterias suadas tapa a sua boca.
– Silêncio...!
Subitamente, a porta vem abaixo com um estrondo terrível. Na moldura esfacelada da porta José e a cigana veem a figura descomposta do tenente.
– Um oficial graduado trocado por um reles soldado! Não é, com certeza, uma bela troca! – diz Zúniga, com os olhos chispantes.

Depois, fixando os olhos em José, ele ruge:
– Vamos, soldado, apresente-se!
– Não, senhor... – balbucia José.
– O que disse?!
– *Não irei...!*

Zúniga desembainha o seu sabre, que assovia na bainha, enquanto Carmen vai postar-se entre ambos. Diante dos seus gritos, surgem das escadas as ciganas, além do taberneiro e dos dois contrabandistas.

Com dificuldade, os três homens conseguem desarmar Zúniga, que imediatamente reconhece Dancairo e Remendado como dois perigosíssimos foras da lei.

– Em muito má hora o meu tenente ciumento resolveu voltar – diz Carmen, enquanto os contrabandistas, de garruchas na mão, o mantêm imobilizado.

– Queremos convidá-lo para um delicioso passeio – diz Dancairo, zombeteiramente.

Remendado enfia o cano gelado na narina do oficial.
– Então, *teniente*, o que acha de vir conosco?

Zúniga não precisa pensar muito para tomar a sua decisão. Enquanto isso, Carmen volta-se para José.

– E quanto a você, rapazinho? De que lado está?
– Estou do seu lado – balbucia José, intimidado diante do tenente.

– Ora, ora! Um tanto desanimado! Bem, quando descobrir como é bela a vida em liberdade se mostrará mais entusiasmado!

E assim partem todos para a sua jornada infernal pelas montanhas.

III
NAS MONTANHAS

É noite escura na região montanhosa e desabitada situada nos arredores de Sevilha. Uma série de rochedos se recorta contra o céu como silhuetas agachadas de gigantes. O vento cortante espalha com sua vassoura gelada o cascalho solto em todas as direções.

Um ruído de passos anuncia o surgimento, em seguida, de uma figura humana no topo do rochedo mais alto. É um contrabandista. Ele traz dependurado num dos ombros o clavinote característico dos bandoleiros. Do outro ombro pende um fardo.

Esse contrabandista é o primeiro de vários que, do mesmo modo que ele, vão fazendo suas aparições intercaladas ao som do vento que assovia sem cessar.

Uma voz indistinta anuncia:

– Vejam, *compañeros*! Lá embaixo está o caminho da nossa fortuna! Mas, cuidado! A estrada, como sempre, oculta várias ciladas!

Don José, Carmen e os dois contrabandistas da taberna também ali estão, irmanados com os demais na mesma conspiração. Dancairo e Remendado estão alegres e cantarolam uma rapsódia rústica, espécie de hino dos bandoleiros que infestam as montanhas.

> Muito boa esta nossa profissão,
> Mas olho vivo e rijo coração!
> Pois, na estrada, o vil soldado,
> Escondido está por todo lado!

Súbito, uma voz forte de comando põe fim à cantoria.

– Vamos fazer pouso aqui. Deste ponto controlaremos a estrada e veremos se o contrabando poderá passar sem problema algum.

Enquanto todos se acomodam, José tem os olhos fitos na planície que se estende bem abaixo dos seus olhos tristes.

– Lá embaixo – diz ele a Carmen – vive uma pobre e idosa mulher que ainda acredita que eu seja um homem bom e honesto!

Carmen dá um bocejo e diz com ar de desentendida:

– Quem é essa velha chata?

– Por favor, não deboche! – diz o ex-soldado, remoído pelo remorso. – Estou falando da minha pobre mãe!

— Pois então vá correndo para o colo da sua *madrecita*! Já vi que você não é *hombre* bastante para estar entre nós, nem para tomar parte em nosso plano!

Neste momento, José se torna ameaçadoramente sombrio.

— Por que está sempre sugerindo que a deixe? Se você disser mais uma vez que não me quer...

Sua voz tornou-se rouca e seus olhos parecem lançar faíscas.

— Vamos, *mocito valiente*, complete a sua ameaça! Irá me matar, é isso?

José não diz mais nada, e mesmo que dissesse a coisa se tornaria inaudível, já que Mercedes e Frasquita resolveram colocar ruidosamente as cartas para ver que espécie de sorte feliz as aguarda neste mundo. Após submeterem os papeluchos a um estudo atentíssimo, elas recebem a revelação de que, num tempo muito próximo, conhecerão velhotes ricos que não tardarão a morrer, deixando-as livres e ricas como rainhas. Carmen, sedenta de bons prognósticos, também deseja consultar as cartas.

— Vejamos o que elas reservam para mim...!

As cartas, porém, reservam-lhe apenas a morte.

— Inferno e danação! — diz Carmen, atirando as cartas no chão.

Após embaralhá-las outra vez com os dedos trêmulos, a cigana puxa novamente a primeira carta, apenas para deparar-se, novamente, com a figura sarcástica da caveira. O ruído de gravetos sendo empilhados para uma fogueira parece soar como o riso da Morte, e Carmen, atirando para o alto todas as cartas, corre na direção de Dancairo, que havia saído para inspecionar as redondezas.

— Alegria, pessoal! — diz ele, sorridente. — Tudo indica que não há soldados pela estrada!

Depois, ordena a José que vá vigiar do alto da montanha.

— O caminho está completamente livre? — indaga Frasquita.

— Sim, pelo menos até o desfiladeiro, onde avistei três guardas fronteiriços. Mas eles não serão problema! — diz o bandoleiro, acariciando a sua adaga.

— Não, esqueça a violência! Deixe os fiscais conosco! — diz Carmen, descendo o decote até quase o umbigo, enquanto um coro de risonha concordância explode entre as outras ciganas.

Estando acertado, então, que as ciganas irão à frente para ludibriar os fiscais, todos retiram-se para o interior de uma gruta, onde decidem passar o restante da noite.

***

Assim que os malfeitores adormecem, uma figura esquiva surge cautelosamente. É Micaela, a jovem cigarreira apaixonada por José. O amor mais puro e devotado a conduziu até ali.

"Eu sinto que o meu pobre José está aqui!", pensa ela, a esgueirar-se por entre as pedras com passos de verdadeira corça. "Ele foi raptado por aquela feiticeira infame!"

Na verdade, não foi somente o amor, mas também o dever que a levou às montanhas, pois a mãe de José a incumbira de vigiar os passos do seu filho.

De repente, ao olhar para o alto de um rochedo, os olhos de Micaela surpreendem a imagem do seu amado soldado.

"*Madre de Diós*! É José...!", pensa ela, arremessando-se naquela direção.

José, porém, ao divisar aquele vulto que avança rapidamente nas trevas, não hesita em fazer a pontaria no seu clavinote.

– Quem vem lá? – grita ele, pronto para efetuar o disparo.

Micaela, apavorada, atira-se para detrás de uns arbustos. Agachada, ela vê flutuar no alto a figura do seu amado, até que uma segunda figura surge do nada, respondendo à pergunta do vigia.

– Por todos os chifres de todos *los toros de España*! Não atire! Sou Escamillo, o toureiro!

– *Damnación*! O que um maldito toureiro veio fazer aqui? – grita José.

– O amor me trouxe até aqui! Onde está Carmen?

"Mais um que o amor arrasta à *perdición*!", pensa José, antes de ordenar ao intruso que dê meia-volta:

– Vá embora, ela não lhe pertence! Um passo mais e o matarei!

Escamillo, porém, não se deixa impressionar.

– Eu seria indigno do meu amor se lhe obedecesse, pois um apaixonado não hesita em arriscar a própria vida para estar ao lado da mulher que idolatra!

Uma vertigem de ciúme quase faz José disparar a sua carga mortal.
– Carmen pertence a outro homem! Vá embora! – diz ele, sem revelar que é ele próprio.
– Não, não! Ela era amante de um soldadinho miserável que desertou do exército! Felizmente, pela *gracia de Diós*, esse romance já deve ter acabado, pois os amores de Carmen não duram mais que seis meses!
– Se veio buscá-la, há um preço para que a entreguemos! – ruge José.
– Um preço? Muito bem, eu o pagarei, seja qual for!
– O preço é uma espada atravessada no seu coração!
Neste instante Escamillo compreende tudo. Aquele homem armado no topo do rochedo é José! Com a coragem revigorada pelo ciúme, porém, ele ousa desafiá-lo.
– Ora, então quer dizer que é você o desertor...! – exclama o toureiro.
José desce correndo do rochedo até estar face a face com o rival. José abandona a arma de fogo e empunha seu florete. Escamillo faz o mesmo, e logo ambos começam a duelar ferozmente.
O ruído dos gritos e do retinir dos metais acabam acordando a maioria dos quadrilheiros, que se arremessam para fora da gruta. Carmen e Dancairo são os primeiros a chegar, no exato instante em que Escamillo, após tropeçar, está à mercê do aço do rival.
– *Perros del infierno*! Parem já com isso! – diz a cigana, impedindo o golpe fatal.
Escamillo ergue-se, encantado por ver-se salvo pela amada.
– Carmen! Salvo por *usted*...!
Depois, já em total segurança, promete para José a sua revanche.
– Ainda tornaremos a nos enfrentar!
Antes de sair, Escamillo ainda encontra ânimo para convidar a todos para compareçam à tourada que executará em Sevilha.
– Muito bem, chega de arruaça! – diz o chefe dos contrabandistas. – Todos ao dever!
O dever sagrado de um criminoso é cometer os seus crimes, e assim todo o grupo começa a dirigir-se para a estrada, onde deverá levar a cabo o plano longamente arquitetado. Antes, porém,

Remendado avista alguém escondido entre os arbustos e logo consegue capturar a jovem espiã.

– Micaela! O que faz aqui? – diz José, aturdido.

– Vim para levá-lo de volta à sua mãe, que não cessa de chorar por você!

Um coro de risos explode entre os bandoleiros e as ciganas, mas é Carmen quem põe fim à bagunça.

– A garotinha está certa! – diz a cigana a José. – Vá de uma vez!

– Está me mandando embora de novo? – diz ele, ofendidíssimo.

– Sim, o seu lugar não é aqui, mas com a sua *madrecita*!

– O que você quer eu bem sei! É ficar com o seu novo amante!

– José, ouça o que ela diz e venha comigo! – diz Micaela, lavada em lágrimas.

– Não, meu anjo, eu não posso! – diz ele, pesaroso. – Vá sozinha, pois já estou condenado!

– Sua mãe está morrendo, José!

Diante dessa horrenda revelação, ele decide reconsiderar.

– Está bem, eu vou. E quanto a você – diz ele, mirando a cigana –, alegre-se com a minha partida, mas não se esqueça de que eu voltarei!

E assim José parte com Micaela, deixando Carmen e os bandidos livres para executarem o seu plano criminoso.

IV
SANGRE Y MUERTE

O tempo passou, e estamos agora numa ensolarada *plaza* de Sevilha. É dia de *corrida de toros*, e, tal como sucede em todos os feriados, o povo está agitadíssimo. É dia de comer e de beber até cair. Os vendedores estão por toda parte, ávidos por arrancar até a última moeda do povo.

– A dois quartos! A dois quartos! – é o refrão que mais se ouve por toda praça.

Vinho, leques e laranjas são os artigos mais disputados, e o comércio só cessa quando os toureiros irrompem na *plaza*. Uma algazarra infernal se levanta entre o povo ao avistar o brilho das lanças dos *matadores*, que estão suspensas ao céu. Logo atrás, surgem os picadores e os bandarilheiros, quase tão enfeitados quanto os toureadores.

E é então que vemos surgir, finalmente, o grande astro, Escamillo. Tendo ao lado a sua nova amante – uma linda e esfuziante Carmen –, ele surge na praça, em triunfo. Os dentes do toureador reluzem ao sol, enquanto sua amante, magnificamente trajada, arremessa rosas para o povo.

Escamillo faz juras de amor à sua nova amante.

– Adorado! Eu também o amo! – diz ela, radiante. – Quero cair morta neste instante se jamais amei antes outro homem como agora amo a *usted*...!

O alcaide também não tarda a aparecer, e é manhosamente misturado aos triunfadores do dia que ele consegue obter uma aclamação de empréstimo.

Está tudo neste pé quando Frasquita consegue aproximar-se de Carmen para fazer-lhe uma advertência sinistra:

– Cuidado, amiga! José está misturado entre o povo!

Carmen, porém, está tranquila.

– Nada tema! Se ele tentar algo, eu o convencerei a desistir.

Então, antes que alguém possa prever, José materializa-se repentinamente a dois passos da cigana.

– Me disseram que você estava aqui – diz ela, ostentando um ar de serenidade.

Ao ver a amada tão segura de si, José fraqueja mais uma vez.

– Não vim para ameaçá-la, mas para suplicar que fique comigo! – diz ele implorando.

Como uma deusa, porém, a cigana emite o seu decreto fatal:

– Lamento, mas não posso. Não menti quando lhe disse que entre nós estava tudo acabado!

– Carmen, ainda podemos nos salvar! – diz José, em desespero. – Salvemo-nos juntos!

Carmen, então, olhando aquele que, desde já, pressente ser o seu algoz, anuncia a sua decisão:

– Ainda que morra, não cederei. Eu não o amo mais.

José, atônito de desespero, leva as mãos às orelhas.

– Não diga isso! Se for preciso, eu me tornarei bandoleiro!

– Esqueça. Sempre vivi livre, e livre também hei de morrer.

Escamillo já havia se retirado, e agora ouvem-se as aclamações do povo dentro da arena.

– É ele, o seu novo amante! – diz José, amargurado.

De repente, porém, ele se torna sombriamente determinado.

– Carmen, de qualquer jeito você virá comigo!

Na arena o touro já sangra, picado pelas bandarilhas e pela espada do toureador. José, com o coração recoberto de espinhos, decide fazer sua última e desesperada investida.

– Maldita! Você não voltará para os braços dele!

Um punhal brilha, agora, em sua mão.

– Pelo meu sangue, você não irá!

José ergue o punhal e vê-se uma faísca no meio da multidão.

Do lado de dentro da arena, um coro frenético anuncia a morte do touro. Do lado de fora, outro grito selvagem ecoa: é Carmen, a cigana, quem tomba sem vida.

Pelléas e Mélisande

de Claude Debussy

Um dos marcos da música erudita moderna, a ópera *Pelléas e Mélisande* baseou-se na peça homônima de Maurice Maeterlinck. Foi a única ópera completa escrita por Claude Debussy, que levou oito anos para completá-la. A estreia deu-se sob um clima de controvérsia, já que Maeterlinck queria que sua amante fosse escolhida para o papel principal. Debussy discordou, e a disputa foi parar nos tribunais. No fim das contas, o compositor venceu, e a estreia ocorreu a 30 de abril de 1902.

Pelléas e Mélisande é uma ópera diferente das tradicionais, produto que é do modernismo francês de fins do século XIX. Onírica e antinaturalista, ela se passa numa época imprecisa, de contorno medieval. Debussy, desprezando o gosto popular, elimina as árias espalhafatosas da ópera tradicional, substituindo-as por duetos de um lirismo rarefeito e quase despojado de melodia, mais próximo do recitativo. A narrativa cênica também foge do convencional, composta por episódios desconexos, nos quais a correspondência simbólica assume o lugar da lógica causal e da investigação psicológica.

I
NO BOSQUE

Reino de Allemonde.
O rei, doente, está inválido: Arkel, seu pai, governa em seu lugar.

O rei é casado com Geneviève, que tem dois filhos: Pelléas, o mais novo, e Golaud, o mais velho (este, viúvo, tem um filho chamado Yniold).
É a família real de Allemonde.

* * *

Um bosque, onde corre um riacho.
O bosque está situado num reino rival de Allemonde. Golaud foi enviado para lá a fim de pedir a mão da princesa Ursule. Com esse casamento, Arkel, rei de Allemonde, espera pacificar os dois reinos.
Golaud perambula por ali, em busca de um javali flechado. O animal fugiu, deixando um rastro de sangue sobre um tapete de folhas amarelas: antes pequenos córregos escarlates, o rastro é feito agora de minúsculos rubis do formato de lágrimas.
O javali erra por algum lugar. Também pode estar escondido num covil, ou mesmo morto.
Golaud, seguindo o rastro, está a um passo de desistir.
– Perdi-o de vista – diz ele a si mesmo.
Não parece excessivamente frustrado.
– Talvez eu próprio esteja perdido.
Golaud também não parece excessivamente preocupado.
Calmamente, ele ergue a cabeça. Quer escutar o latido dos seus cães.
– Terão eles perdido o meu rastro, como perdi o da caça?
Após escutar o silêncio sepulcral do bosque, murmura novamente:
– Todos perdidos, os cães, a caça e o caçador.
Golaud cogita então em regressar.
– Voltarei pelo mesmo caminho – diz ele pronto a rastrear a si mesmo.
Antes, porém, escuta algo vindo do interior da floresta muda.
– Alguém chora – diz ele, com uma curiosidade morna.
Tendo desistido da caça, Golaud desiste também de retornar e toma o rumo do lamento.
Após penetrar ainda mais na floresta, ele avista uma mulher. Ela está sentada, de costas, abraçada aos dois joelhos estreitamente

Pelléas e Mélisande

unidos. Seus cabelos estão presos no alto da cabeça, deixando soltas apenas algumas mechas douradas que lhe descem desde a nuca.

Silente, ele aproxima-se e lhe toca, muito de leve, no ombro.

Num pulo, ela põe-se em pé, dando todos os indícios de que planeja fugir.

– Não fuja, não lhe farei mal – diz ele.

Não as palavras, mas o tom calmo com o qual ele as profere é que a faz desistir da fuga.

– Por que chora aqui sozinha? – indaga ele, tocando-lhe novamente.

– Não me toque, ou me lançarei ao rio – anuncia ela.

– Não a tocarei – diz ele, indo encostar-se em uma árvore.

Diante disso, ela acalma-se um pouco.

– Vê...? Ficarei aqui, de tal modo que minha mão não possa alcançá-la – diz ele, esticando-a, como se de fato pretendesse alcançá-la.

A jovem olha fixamente a mão, até ter certeza de que não a alcançará.

– Alguém lhe fez mal? – pergunta ele, quase num sussurro.

A jovem balança afirmativamente a cabeça.

– Quem lhe fez mal? – insiste Golaud.

– Todos.

– Que espécie de mal?

– Não posso, não quero dizer.

– De onde você vem?

– Fugi e perdi-me aqui.

"Todos vêm perder-se aqui", pensa Golaud, enquanto a jovem observa tudo ao redor, como quem suspeita de uma ameaça.

A floresta continua muda e escura, mas não ameaçadora.

Golaud, destacando-se da árvore, caminha em direção ao rio. O brilho de algo atraiu-lhe o olhar.

– O que é aquilo ali no fundo? – diz ele à estranha.

No fundo, misturado aos seixos, há um objeto dourado, cuja forma arredondada o movimento contínuo da água torna desconexa e irregular.

– É a coroa – diz ela, como quem lembra subitamente de algo.

– Como foi parar ali?

– Foi ele quem me deu.

– Ele quem?
– Caiu enquanto eu chorava.
– Deixe, então, que eu a apanhe – diz Golaud, arregaçando a manga rendada.

Mas a jovem, num ímpeto, impede-o de realizar o resgate.
– Deixe-a onde está.
– Deixá-la...?
– Não a quero mais. O que eu quero é morrer.

Os dois olham para a coroa – uma espécie de tiara, que continua a reluzir dentro d'água como se diz que reluzia o ouro das ninfas nas águas do Reno.
– A água é rasa – insiste Golaud. – Não prefere que eu a apanhe?
– Se a retirar, eu me lançarei em seu lugar – diz ela, acreditando um tanto tolamente que irá morrer naquele trecho comprovadamente raso.
– Quem é você? – pergunta ela, finalmente.
– Sou Golaud, neto de Arkel, rei de Allemonde.

A jovem estranha que ele se anuncie neto de alguém.
– Seus cabelos já estão prateados – diz ela, observando-o melhor.
– Sim, nas têmporas – diz ele, sem se incomodar.

Golaud movimenta a cabeça para os lados para exibir melhor os fios prateados. Ao fazê-lo, os fios grisalhos da barba também se destacam.
– A barba também começa a pratear – diz ela.

Quando ela deixa de observar os fios prateados, encontra os olhos dele fixos nos seus.
– Por que mira meus olhos? – pergunta ela.
– Seus olhos não piscam. Nunca fecha os olhos?
– Eu os fecho à noite – diz ela, muito séria.

Sua seriedade impede que Golaud tome o comentário como um gracejo.
– Você parece um gigante – diz ela, atentando, de repente, para a estatura de Golaud.
– Um homem como os outros – diz ele, do alto.
– O que faz aqui?
– Perdi a caça. Quantos anos você tem?

– Estou com frio.
– Quer vir comigo?
– Mélisande.
– Mélisande? É esse o seu nome?
– Prefiro ficar aqui.
– Não pode ser. Ficará só e com frio.
Golaud estende a mão para levá-la.
– Não me toque – diz ela.
– Por favor, não grite. Não a tocarei mais.
Mélisande torna-se quase ofendida.
– Não gritei. Eu nunca grito.
– Não ri também?
Mélisande arregala os olhos: que a julguem capaz de rir quase lhe provoca o riso.

Golaud e Mélisande ficam de repente sem ter o que dizer. Ou talvez não queiram dizer o que ainda tenham porventura a dizer – se é que ainda têm algo a dizer.

Rapidamente, as trevas da floresta se adensam: as folhas verdes tornam-se cada vez mais escuras, e as figuras de Golaud e Mélisande começam a perder a sua tridimensionalidade.

– Aonde você vai? – pergunta ela, finalmente.

Golaud olha ao redor, como quem procura, sem muito empenho, uma saída.

– Não sei, também estou perdido.

***

O castelo de Arkel. Um aposento no interior. Da janela avista-se apenas o galo de metal do alto da catedral gótica vizinha, girando aleatoriamente, ao sabor da instabilidade do vento.

A rainha Geneviève tem nas mãos uma carta escrita por seu filho Golaud ao meio-irmão mais jovem. Diante dela está Arkel.

Lentamente, a rainha desdobra a folha. O ruído do desdobrar se junta ao ruído de fora do galo de metal girando no alto da catedral de Allemonde. O verso da carta está em branco, mas ela não deixa de estudá-lo antes de passar ao anverso, onde está o texto redigido por Golaud.

Geneviève começa a ler. Sua voz não denota emoção alguma, sendo alta apenas o suficiente para que Arkel a ouça.

Pelléas: casei-me com uma jovem da qual não sei nada a não ser o seu nome. Ela estava perdida no bosque onde eu próprio me perdi no dia em que a encontrei (ignoro quem se perdeu primeiro). É inútil perguntar o que lhe aconteceu antes de chegar ali: ela chora muito e não diz nada. Seu nome é Mélisande; casamo-nos há seis meses. O que lhe peço é que prepare o espírito de minha mãe e, mais que tudo, o de nosso avô Arkel, pois, apesar da sua bondade, temo muito o seu julgamento. Quero que faça o seguinte: se ele agradar-se, acenda uma lanterna no terceiro dia após o recebimento desta carta, no alto da torre que dá para o mar. Saberei, então, ao chegar, se Arkel aprovou ou não a minha escolha. Caso reprove, seguirei para um lugar distante, e de lá nunca mais voltarei.

Geneviève termina a leitura e volta a olhar o verso vazio da carta. Arkel rompe, então, o silêncio, afirmando nada ter a dizer sobre o assunto.

– Nunca vemos senão o reverso do destino – acrescenta, logo em seguida.

Provando, porém, ter algo a dizer sobre o assunto, ele continua:

– Enviei-o àquele reino para pedir a mão da princesa Ursule, e não para se casar com uma mulher estranha que, mesmo após o casamento, permanece sendo um mistério.

Arkel faz uma pausa para respirar, enquanto Geneviève permanece em silêncio, lendo o verso vazio da carta. Ela poderia ficar para sempre lendo aquelas linhas vazias: todas as cartas do mundo, escritas ou por escrever, estão inscritas ali.

– Golaud estava triste após a perda da esposa – diz Arkel, descobrindo que ainda lhe resta um pouco mais a dizer sobre o assunto. – Casando-se com Ursule poria fim à sua tristeza e ao ódio existente entre nossos reinos. Mas como porá fim à tristeza de um homem uma mulher que só sabe chorar?

Geneviève ergue os olhos da carta e diz, placidamente:

– Talvez ter alguém para chorar junto dele ajude a consolá-lo. Não, ela não diz isso. Ela apenas imagina-se dizendo.

– Enfim, será como ele quiser – diz Arkel, conformado. – Por que contrariá-lo? Golaud sabe melhor de si do que eu. Eu nunca contrariei o destino: talvez, neste mundo, nada aconteça em vão.

Arkel não afirma que nada acontece em vão, estando apenas inclinado a crer que nada acontece em vão.

– Golaud foi sempre sério e prudente, só pensava no pequeno Yniold – diz Geneviève. – Que estranha mudança operou-se em sua alma? Que faremos agora?

Neste instante, Pelléas entra no aposento.

– Quem entrou? – pergunta Arkel, pois não enxerga tão bem quanto escuta. Na verdade, ele não enxerga quase nada, pois é praticamente cego.

– É Pelléas, o seu neto – diz Geneviève.

Pelléas avança até o avô, que vê apenas um vulto nebuloso crescer na sua direção.

– Fique a favor da luz – diz Arkel – para que eu possa enxergá-lo melhor.

Pelléas faz o que o avô diz e quase desaparece, misturado à luz ambiente (ficando contra a luz, como estava, sua silhueta ao menos permanecia nítida).

Pelléas traz nos olhos inchados a marca do choro.

– Você andou chorando, Pelléas? – pergunta o avô.

Arkel intui isso não por ter visto os olhos inchados de Pelléas, mas pelo fato de o neto fungar insistentemente.

– Junto com a carta de Golaud, recebi também uma de meu amigo Marcellus declarando-se à beira da morte – diz Pelléas ao avô, com voz entristecida.

Arkel, sem compreender o nexo que possa haver entre uma coisa e outra, repete a pergunta:

– Por que esteve chorando, Pelléas?

– Marcellus pede que eu vá para junto dele. Ele diz saber exatamente o dia em que morrerá.

– É mesmo? E quando será?

– Ele disse que se eu me apressar chegarei a tempo.

– Isso não é dizer exatamente quando.

– Ele diz que não há tempo a perder.

– No entanto, deverá aguardar mais um pouco – diz o avô. – Não sabemos o que esperar do regresso do seu irmão.

– Mas Marcellus está à morte...

– Seu pai também está à morte. Pretende abandoná-lo em troca do amigo?

– Mas não sabemos quando morrerá...
– Por isso mesmo. Pode morrer ainda antes que o seu amigo.

Geneviève, então, intrometendo-se, diz a seu filho que vá acender a lanterna no alto da torre.

Arkel olha fixamente para o vulto leitoso de Geneviève.

– Na carta, Golaud pede que Pelléas acenda a lanterna em sinal de que o senhor está de acordo com seu casamento – explica ela. – Do contrário, ele dará outro rumo ao seu barco.

– Eu sei disso, você leu na carta – diz Arkel, quase ofendido, pois em momento algum pretendera contestá-la. Ele simplesmente olhara fixamente para o vulto leitoso de Geneviève.

***

Na entrada do castelo de Arkel, Geneviève e Mélisande entram juntas pelo portão.

– Oh, estas trevas! Este bosque é tão escuro! – diz Mélisande.

Mélisande cobre os olhos como se as trevas ferissem seus olhos.

– Não estamos em um bosque trevoso – diz Geneviève –, mas nos jardins do castelo real.

Porém, como nos jardins do castelo real há quase tudo que há num bosque trevoso – árvores, sombras em profusão e até mesmo um pequeno córrego –, Mélisande permanece assustada.

Geneviève, a fim de acalmar a sua nora – ou talvez porque pense realmente assim –, acaba por dizer-lhe, afinal, que também teve essa mesma má impressão quando ali chegou pela primeira vez.

– Tudo me parecia envolto pelas trevas – diz ela. – Vivo aqui há mais de quarenta anos, e posso afirmar-lhe que há locais neste bosque onde jamais penetrou um único raio de sol.

A concordância da sogra não faz com que Mélisande fique mais calma. Pelo contrário.

– Oh, estas sombras. É terrível.

– Calma, não se assuste – diz Geneviève. – Olhe para o mar e verá a claridade.

Mélisande procura, aflita, a claridade do mar, mas, estando de costas para ele, procura em vão.

De repente, porém, escuta um ruído.

– De onde vem isso? – pergunta ela, assustada. – Parece vir abaixo de nós.

Geneviève não entende o que a nora quer dizer com "abaixo de nós".

– Não, não, vem de lá, adiante – diz ela, apontando para o mar.

A voz de Pelléas faz-se ouvir da direção do mar.

– É Pelléas – diz sua mãe. – Deve estar exausto de aguardar a sua chegada.

– Mas ele sequer nos viu chegar.

– Viu, sim, mas fez que não viu. Ou escondeu-se de você e Golaud, sem saber o que fazer.

Geneviève está a um passo de admitir que Pelléas, de fato, não viu coisa alguma, quando resolve levar a sua nora em direção ao mar, de onde se origina a voz.

– Vamos, lá está mais claro – diz Geneviève, conduzindo Mélisande pela mão.

No caminho, Mélisande vai recolhendo algumas flores, até ter um pequeno maço de ciclamens na mão. Ao chegarem perto do mar, porém, as duas constatam que ele também está sombrio.

– Olá, minha mãe – diz Pelléas, surgindo, afinal.

Ele tem os cabelos umedecidos pela maresia, mas não parece cansado.

– Parece que teremos tempestade outra vez – diz ele, vagamente excitado.

Nas últimas noites tem chovido torrencialmente, e aquela noite promete repetir as anteriores.

– Mas tudo parece tão calmo... – diz Mélisande.

– Não se engane – diz o jovem. – Mesmo que tudo pareça tranquilo, não ousaria embarcar nesta noite de maneira alguma. Quem ousar fazê-lo estará, certamente, embarcando para sempre.

Neste instante ouvem-se os gritos de alguns marinheiros, em alto-mar, que acabam de partir para sempre. Eles gritam algo semelhante a "*Hoé! Hisse, hoé! Hoé! Hoé!*" – um palavreado que a distância torna incompreensível.

– O que eles dizem? – pergunta Mélisande.

– *Hoé! Hisse, hoé! Hoé! Hoé!* – responde Pelléas.

– O que quer dizer isso?

– É o grito de partida dos marujos.

– Mas o que quer dizer?
– Que eles estão partindo.
Os três olham fixamente para o mar.
– Vejam, o navio deve passar naquele trecho mais claro – diz Pelléas, apontando. – Quando passarem por ali poderemos ver melhor as suas luzes.

Não ocorrendo a nenhum dos três que poderão ver as luzes ainda melhor se olharem para o trecho escuro – onde, por força do contraste com as trevas, se tornarão ainda mais nítidas –, eles permanecem de olhos fixos no trecho de maior claridade.

Uma névoa, porém, surge do nada, dificultando a visualização do navio.

Mélisande pensa consigo mesma que é a primeira vez que vê uma névoa preceder uma tempestade quando enxerga finalmente uma luz.

– Vejam, é a luz do navio.
Mas Pelléas a corrige:
– Não é do navio. É a luz do farol.

Mélisande vê, então, outra luz afastando-se em direção ao alto-mar.

– Lá adiante. É o navio com suas velas abertas. Foi o navio que nos trouxe.

Mélisande sente uma vaga tristeza ao ver o navio que a trouxe regressar sem ela.

– Má sorte de quem tiver embarcado. Fará uma péssima viagem – diz Pelléas, consolando inadvertidamente Mélisande.

Neste instante Geneviève decide regressar sozinha ao castelo, deixando Mélisande aos cuidados de Pelléas.

– Vou ver o pequeno Yniold – diz ela, referindo-se ao filho de Golaud.

Os dois estão numa elevação rochosa, e Pelléas oferece a mão para ajudar Mélisande na descida.

– Tenho os ciclamens na mão – diz ela, negando a sua.
Pelléas pega-a pelo braço, então, e a ajuda a descer.
No meio da descida Pelléas anuncia, bem à maneira allemondesa, que *talvez* parta no dia seguinte.

– Partir...? – diz Mélisande, sem compreender. – Por que partir...?

II
O ANEL

Jardins do castelo. Uma fonte.
Meio-dia. Sol a pino.
O calor sufocante torna o jardim, nesta hora, ainda mais silencioso. Um silêncio quente e mortiço.
Pelléas e Mélisande estão ali.
– Venho sempre refrescar-me aqui nesta hora do dia – diz ele a Mélisande.
Pelléas espana a água da fonte com a mão e molha o rosto.
– O calor hoje está sufocante – diz ele, enquanto se refresca.
Mélisande se aproxima e impressiona-se com a claridade da água.
– Nunca vi água assim tão clara – diz ela, sem, no entanto, ousar tocá-la.
– Está sempre fresca como o inverno – diz Pelléas.
– A água é gelada...?
– Fresca.
– Como o outono – diz ela, tornando a admirar a fonte.
– Gostou da nossa fonte?
– Como se chama?
– A fonte?
– Gostei. Gostei muito.
– Meu nome é Pelléas, já lhe disse.
– A água é claríssima.
– Fresca como o inverno.
– Parece abandonada.
– Nós a chamamos de "Fonte dos Cegos".
Mélisande observa que a água, como tudo o mais no jardim, é silente.
– Se não a turbarem, como fiz há pouco, nem mesmo se ouve o seu fluir – diz Pelléas.
– Fonte dos Cegos – repete Mélisande.
Pelléas, julgando tratar-se de uma indagação, esclarece:
– Acredita-se que seja milagrosa. Segundo a crença, ela abre os olhos dos cegos.

Mélisande está a um passo de perguntar por que Arkel, o soberano cego, não vem ali lavar os olhos, quando Pelléas, talvez lendo seu pensamento, esclarece a sua dúvida:
– Hoje em dia não cura mais os cegos.
– Talvez por isso esteja abandonada.
– Desde que o rei ficou cego, todos deixaram de vir aqui.
– Todos os cegos?
– Todos os frequentadores.
Mélisande caminha ao redor da fonte.
– Este lugar é muito solitário – diz ela, após dar uma volta completa.
– Sente-se ali no mármore da pia – indica Pelléas.
No local há uma tília, debaixo da qual o sol jamais penetra, segundo Pelléas.
– Vou sentar-me ali – diz ela, sentando-se na pedra de mármore.
Mélisande toca o mármore liso. Apesar do calor ele está frio, quase gelado. Inclinando-se, ela tenta enxergar o que porventura haja nas profundezas da água.
– Se algo brilhar lá no fundo, decerto poderei ver – diz ela, dobrando o corpo.
Pelléas, assustado, intervém:
– Não se incline demais. As águas talvez sejam tão profundas como o mar.
Mélisande não se detém a refutar esse exagero. Espichando uma das mãos, ela tenta tocar a água.
– Dê-me a outra mão, pode ser perigoso – diz Pelléas, estendendo a sua.
Mélisande rejeita a ajuda.
– Não quero molhar as duas mãos – diz ela, talvez porque Pelléas ainda esteja com a mão molhada.
Mélisande, intrigada, observa as suas próprias mãos, como se as visse pela primeira vez.
– Elas parecem estar doentes – diz ela, num tom quase clínico.
Esquecida das mãos, ela inclina-se outra vez – aumentando tanto o grau de inclinação que sua longa cabeleira se solta e os fios mergulham dentro d'água.
– Mélisande, seus cabelos – diz Pelléas, inclinando-se também.

A cabeleira de Mélisande é tão comprida que ela espalha seus longos fios dourados por uma boa extensão do lago, ao redor de onde eles estão. Ela fica um bom tempo observando os fios flutuarem como finíssimas cobras d'água, ou como delgadíssimos raios de sol.

Então, erguendo-se, ela retira a cabeleira da fonte. Os fios escorrem-lhe agora todos pelo corpo, fazendo com que a água acumulada desça-lhe até os pés.

– Foi também ao pé de uma fonte que Golaud a encontrou?
Mélisande responde que sim.
– O que Golaud lhe disse?
– Nada. Não lembro.
– Não lembra se disse algo?
– Não lembro nada do que disse.
Mélisande volta a olhar para o espelho d'água.
– Ele queria me abraçar.
– Abraçá-la?
– Estava perto de mim.
– E você queria abraçá-lo?
– Não.
– Por que não?
– Vi algo ali – diz ela.

Pelléas, a princípio, julga que ela não quisera abraçar o meio-irmão por ter visto algo no fundo da outra fonte, mas logo compreende que ela fala daquela fonte atual.

– Vi algo passar ali – repete ela, quase excitada. – Brilha como este anel.

Mélisande retira a aliança de casamento e começa a atirá-la para o alto e, neste mesmo instante, o sino da catedral começa a soar, distante, as doze badaladas do meio-dia.

– Cuidado, ela pode cair na água – diz Pelléas, receoso que de fato caia.

– Tenho as mãos firmes – diz ela, lançando o anel cada vez mais para o alto.

Pelléas observa o pequeno objeto girar sobre si mesmo, lançando pequenos reflexos, até vê-lo finalmente mergulhar nas profundezas da fonte.

O sino acaba de soar, distante, a décima segunda badalada.

– Aí está, caiu – diz ele, como quem constata um fato.
Os dois se aproximam da água para investigar as profundezas.
– Acho que o vi – diz ele, apontando.
– Onde? – diz ela.
– Lá embaixo.
Mélisande, no entanto, abandona repentinamente a busca.
– Não, não era ele.
– Era sim, brilhava lá no fundo – insiste Pelléas.
– Perdeu-se – diz ela, quase resignada.
– Espere, ainda vejo o brilho.
– Perdeu-se.
Mélisande volta a sentar-se no mármore frio.
– Que faremos agora? – pergunta ela.
– Bem, afinal tratava-se apenas de um anel – responde Pelléas. – Talvez o encontremos em outra hora. Ou encontraremos outro anel.
– Não, não o encontraremos – diz Mélisande, quase desinteressada. – Nem este nem outro.
Mélisande olha para as mãos e depois para o alto.
– Subiu demais e caiu com muita força.
Pelléas dá-se conta, de repente, de que já está tarde, e pede a Mélisande que retorne com ele.
– Voltaremos outra hora para procurá-lo.
Mélisande acata a sugestão de Pelléas e os dois abandonam o retiro da fonte.
– Que diremos se Golaud perguntar pelo anel? – questiona ela.
– A verdade.

***

O castelo. O quarto onde Golaud e Mélisande dividem o mesmo leito.

Golaud está acamado. Mélisande está ajoelhada à sua cabeceira.
– Não se preocupe, não foi nada – diz ele, tentando acalmá-la.
– O que houve? – pergunta ela. – Como tudo se passou?
– Foi ao meio-dia, lembro bem. Estava caçando, quando meu cavalo se assustou. Acabara de soar a décima segunda badalada.

– Galopava àquela hora?
– Perseguia uma raposa.
– O cavalo se assustou?
– Pareceu enlouquecer e foi de encontro a uma árvore.
– Uma árvore.
– Tombamos os dois, ele por cima de mim.

Golaud aspira profundamente, dando em seguida um suspiro igualmente prolongado.

– Parecia que todo o bosque tinha desabado sobre mim.

Mélisande encosta a cabeça sobre o travesseiro do esposo.

– Mas agora estou bem – diz ele, acalmando-a. – Meu coração é forte.

Mélisande reergue a cabeça e só então vê uma mancha de sangue no travesseiro.

– Vou trocá-lo, está manchado – diz ela.
– Não precisa – diz ele.
– Mas há uma mancha de sangue.
– Não importa. Sou feito de ferro e de sangue.

Mélisande pede que ele feche os olhos.

– Ficarei a noite toda velando o seu sono.
– Não é necessário – diz ele.

Percebendo, no entanto, que ela chora, Golaud indaga o motivo.

– Creio que estou doente – diz ela.
– Doente...? – espanta-se ele, suspendendo a cabeça.
– Sinto-me infeliz.
– Por que infeliz? Alguém lhe fez algum mal?
– Ninguém.
– Então o que houve?
– Vem de mim mesma, é algo mais forte que eu.

Golaud torna-se subitamente desconfiado.

– Serei eu o problema? Pretende, acaso, me abandonar?
– Gostaria de ir embora com você – diz ela, com franqueza.
– Irmos embora, os dois? Por quê?
– Sinto que não viverei muito tempo aqui.
– Deve haver uma razão mais forte, mais concreta – diz Golaud. – Pelléas, quem sabe?
– Pelléas...?

– Sim, tenho percebido que ele quase não fala com você.
– Nos falamos pouco, acho que ele não gosta muito de mim.
– Não se incomode com isso, é o seu jeito.
– Meu jeito? Ele não gosta do meu jeito?
– Não, não. Estou falando do jeito dele.
– Mas eu não desgosto do seu jeito.
– Ele foi sempre assim, um tanto arredio. Mas é jovem, irá mudar, você verá.

Mélisande balança a cabeça.
– O problema não é esse, Golaud.
– Qual é o problema, então? O castelo? Acha-o triste e sombrio?

Mélisande nada diz.
– Bem sei que ele é antigo e triste – diz Golaud. – As pessoas também são velhas e tristes. E os bosques sempre sombrios. Mas, se quisermos, podemos infundir alegria em tudo isso.

Mélisande nada diz.

A verdade é que em Allemonde não se vê ninguém espontaneamente alegre, chova ou faça sol, o que não significa dizer que sejam todos infelizes. Demonstrar alegria talvez os constranja, ou simplesmente não faça parte da sua natureza. Talvez se alegrem mesmo (uma espécie austera de contentamento) pelo fato de não se sentirem obrigados a demonstrar alegria.

– Alegria, Mélisande, não é algo que se sinta o dia todo – sentencia Golaud.
– Não a sinto em momento algum do dia – diz ela, e só não diz também que se sente triste o dia todo porque esse arremate poderia soar como um gracejo, vulgarizando assim sua tristeza.

Mélisande ergue a cabeça e olha para a janela imensa que há no quarto.
– Aqui nunca se vê o céu – diz ela, observando as nuvens onipresentes.

Depois, corrige-se:
– A única que vez que o vi foi esta manhã.

Desta vez Golaud se impacienta.
– Ora, Mélisande, isso decerto não é motivo para tristeza. Chorar por não poder ver o céu é coisa de criança, minha querida. Logo o verão estará de volta e verá o sol todos os dias.

Pelléas e Mélisande

Aquele inverno decerto é atípico, pois no mesmo dia Pelléas e Mélisande buscavam refúgio na fonte para o calor escaldante do meio-dia.

Golaud toma as mãos da esposa, enquanto pronuncia palavras de afeto um tanto desajeitadas:
– Estas mãos tão finas e delicadas... Poderia esmagá-las como um maço de flores.

De repente, porém, dá pela falta de algo:
– Onde está a aliança?
– Creio que caiu – diz ela.
– Caiu? Onde? Talvez a tenha perdido.

Mélisande já vai dizer que é tudo a mesma coisa, mas opta por dizer uma mentira:
– Perdi-a naquela gruta que há à beira-mar.
– A gruta?
– Sim, apanhava algumas conchas para Yniold, e ela escorregou da minha mão. Perdeu-se no mar.

Golaud torna-se inconformado.
– Precisamos reencontrá-la já.
– Agora não é possível, está escuro.
– É preciso reencontrá-la agora mesmo – insiste Golaud. – Prefiro perder qualquer coisa a perder a aliança que lhe dei. Volte à gruta e a reencontre.
– Está escuro, Golaud. Não posso ir lá sozinha.
– Leve alguém. Peça a Pelléas que a acompanhe, mas vá imediatamente.

Mélisande, escondendo o choro, parte em busca do anel.

**

Pelléas e Mélisande estão na entrada da gruta onde não se perdeu anel algum.
– Está escuro, mas daqui a pouco a lua surgirá por entre as nuvens, permitindo que entremos – diz Pelléas, acalmando a esposa de Golaud.

Pelléas pergunta, em seguida, se Mélisande já entrou na gruta.
– Nunca – diz ela.

– Mas é preciso que a conheça – diz ele. – Terá de descrevê-la a Golaud, para que ele acredite que realmente esteve aqui no dia em que perdeu o anel.

Mélisande não se mostra nem um pouco empolgada para entrar.

– É uma gruta bela, cheia de sombras azuis – diz Pelléas, tentando animá-la.

O ruído forte do mar impressiona até mesmo Pelléas.

– O mar não parece estar feliz esta noite – diz ele.

De repente, a lua surge, iluminando o interior. Lá dentro estão três velhos mendigos, dormindo escorados na parede.

Mélisande aponta, assustada, para eles.

– Não se assuste, são apenas três mendigos que não têm onde morar – diz Pelléas. – Há muita miséria neste país.

– Por favor, vamos embora – diz Mélisande.

– Está bem, mas não grite, não devemos acordá-los.

Mélisande olha-o quase irritada.

– Eu nunca grito – diz ela, quase gritando.

Mélisande adianta-se e retorna sozinha.

– Voltaremos noutro dia – diz Pelléas, um pouco atrás.

III
OS CABELOS

Torre do castelo.

Da janela, Mélisande penteia sua imensa cabeleira. Pela primeira vez desde a sua chegada ela está num estado próximo da alegria, a ponto de cantarolar uma canção:

> Meus longos cabelos descem
> Desde o alto da torre,
> Meus cabelos o esperam
> Quase ao pé da torre.
> O dia inteiro o esperam,
> O dia inteiro o esperam.

Mélisande anuncia na canção que nasceu ao meio-dia de um domingo, justo no instante em que Pelléas passa embaixo da torre, no trajeto da ronda.

Ao ver a janela aberta, ele para, admirado.
– Mélisande, é você? Que faz aí, cantando como uma avezinha perdida?
– Escovo meus cabelos para a noite – diz ela.
– É a primeira vez que a vejo fazer isso da janela.
– Faz muito calor na torre, e a noite está muito bela.
– Incline a cabeça um pouco mais – diz ele.
Mélisande fica um pouco constrangida.
– Oh, estou terrível assim.
– Está linda – diz Pelléas. – Vou subir. Quero beijar sua mão.
– Não, não deve – diz ela, assustada.
– Eu preciso – insiste ele. – Amanhã devo partir.
Ao escutar isso, Mélisande fica verdadeiramente assustada.
– Partir? Não, não. Para onde?
– Partirei, é preciso. Mas antes quero beijar sua delicada mão.
– Não lhe darei a mão se for embora.
Pelléas acata rapidamente a condição:
– Aguardarei.
Mélisande, porém, desvia o foco da conversa.
– Uma rosa.
– A sua mão.
– Vejo uma rosa ali.
– Dê-me a sua mão.
– Entre as sombras, lá está.
Pelléas olha, contrafeito, para as sombras.
– São ramos de um salgueiro – diz ele.
Mélisande, entretanto, não admite ter confundido duas coisas tão diferentes:
– É uma rosa – insiste ela. – Veja na penumbra.
Pelléas olha de novo, quase aborrecido.
– Não é uma rosa, depois verei. Dê-me agora a sua mão.
Mélisande inclina-se, mas Pelléas ainda assim não a alcança.
– Incline-se mais – pede o jovem.
– Não posso, estou quase caindo – diz ela.
Neste momento, seus cabelos se soltam e caem como uma longa cortina, envolvendo Pelléas num manto de fios soltos e vaporosos. Ele aspira o aroma das madeixas que brincam ao redor do seu rosto.

Mélisande tenta recolher os fios, mas Pelléas os retém entre as mãos.

– Não mais os deixarei – diz ele, beijando os fios. – São macios e doces, parecem caídos do céu.

Mélisande, quase em pânico, implora a Pelléas que solte seus cabelos.

– Alguém pode vir – diz ela, mas Pelléas enrola os fios entre os seus dedos.

– Meus beijos sobem pelos fios, não os sentiu ainda? – diz ele, inebriado. – Eles sobem ao longo dos seus cabelos até alcançarem sua boca.

Neste ponto, Mélisande sofre um susto verdadeiro ao sentir algumas pombas passarem rentes ao seu rosto.

– São apenas as pombas da torre – diz Pelléas. – Você as assustou.

– Não, elas me assustaram. Mas não voltarão mais.

– Por que não?

– Perderam-se na escuridão. De lá não voltarão.

De repente, ela enxerga um vulto vindo na direção de Pelléas.

– Vá embora – sussurra ela, para baixo. – Golaud está chegando.

Golaud chega rapidamente e depara-se com a cena do meio--irmão emaranhado nos cabelos da sua esposa. Sua reação, no entanto, é inesperada:

– O que está havendo aqui? – diz ele, surpreso. – Que hora escolheram para brincar?

Olhando para o alto, ele censura a esposa:

– Mélisande, não se incline tanto ou vai cair!

Golaud ajuda Pelléas a se desemaranhar dos cabelos e parte com ele, não sem antes recomendar à esposa que vá dormir, pois já é quase meia-noite.

Mélisande recolhe a longa cabeleira, enquanto a voz do esposo some na distância:

– Crianças. Duas crianças.

**

Golaud conduz Pelléas ao subterrâneo do castelo através de uma escada espiralada, talhada na pedra.

– Nunca veio aqui? – pergunta o primeiro.

– Uma vez, há muito tempo – responde o segundo.

Um odor fétido se acentua à medida que ambos se aprofundam na descida. Os degraus largos estão parcialmente cobertos pelo limo. Uma aura esverdeada paira em alguns trechos.

– Ali, está vendo? – diz Golaud, apontando para uma porção de água estagnada.

O odor fétido se torna quase insuportável.

– O odor da morte – diz Golaud.

Após deixarem a escada eles chegam à beira de um abismo (há um abismo nos subterrâneos do castelo).

– Veja o que há lá embaixo – diz Golaud.

Pelléas inclina-se um pouco, mas nada vê.

– Cuidado, eu o segurarei.

Pelléas estende a mão, mas Golaud rejeita-a, pegando-o pelo braço.

– A mão pode escorregar – explica ele.

Pelléas observa o abismo, seguro pelo braço.

– Vê o fundo? – diz-lhe o meio-irmão, balançando a lanterna.

– Sim, acho que vejo.

Pelléas, contudo, está mais assustado com as reverberações da lanterna do que com o nada que há lá embaixo.

– Estou sufocando – diz ele. – Retornemos.

– Sim, retornemos – diz Golaud.

Os dois retornam à entrada do subterrâneo. Pelléas dá um suspiro de alívio, enchendo os pulmões de ar fresco.

– Respirar lá embaixo é como respirar veneno – diz ele ao meio-irmão.

Um odor de flores recém-regadas chega às suas narinas, dilatando-as. Ao aspirar ele ergue a cabeça e avista Geneviève e Mélisande juntas, na janela da torre, protegidas pela sombra.

– Veja, Golaud, lá estão nossa mãe e Mélisande – diz Pelléas.

Golaud, porém, tendo novamente uma atitude inesperada, faz o que deixara de fazer no momento em que encontrara Pelléas enovelado nos cabelos de Mélisande.

– Aquela brincadeira de ontem à noite não deve se repetir –

diz ele, secamente. – Mélisande está prestes a dar à luz. Qualquer emoção poderá lhe ser fatal. Você é mais velho que ela (menos criança, quero dizer) e deve demonstrar-lhe o erro no qual incorreram, deixando de procurá-la. Porém, seja sutil: abandone-a sem que ela perceba a sua intenção – acrescenta em seguida.

***

Diante do castelo. Noite fechada.

O pequeno Yniold está no colo de Golaud. Acima deles fica a janela da torre onde Mélisande aprecia pentear a sua longa cabeleira.

– Estamos bem debaixo do quarto da sua nova mãe – diz Golaud ao filho.

Yniold olha para cima.

– Mélisande deve estar fazendo suas orações – diz o pai.

O tempo passa e Golaud volta a falar:

– Diga-me, Yniold, você tem visto seu tio Pelléas muitas vezes junto da mamãe?

Yniold confirma.

– Sim, várias vezes, quando o senhor não está lá.

– O que eles fazem?

– Eles brigam.

– Brigam?

– Brigam.

– Brigam por causa do que, Yniold?

– Por causa da porta.

– Por que haveriam de brigar por causa da porta?

– Para que ela fique aberta ou fechada.

Golaud reflete um pouco.

– Amanhã lhe farei um arco com flechas. Quer?

Yniold balança a cabeça afirmativamente.

– Quero um arco grande com flechas grandes.

– Diga-me, agora: sobre o que os dois falam quando estão juntos?

– Serão flechas grandes?

– Muito grandes. Mas diga-me: o que eles dizem?

– Que eu irei crescer.

– Você?

– Sim, que serei muito grande quando crescer.
– E de mim, Yniold? Eles falam algo de mim?
– Falam.
– Falam de mim mesmo? E o que falam?
– Que vou ser grande como o senhor.
– Só isso?
– Só isso.
O tempo continua a passar. Uma coruja pia e um gato mia.
– Eles nunca mandam-no passear quando estão juntos? – pergunta Golaud.
– Nunca, eles ficam com medo quando não estou lá.
– Medo? Medo do quê?
– Eu os ouço chorar.
– Os ouve chorar?
– Sim.
– Por que os ouve? Não os vê?
– Não, está sempre escuro.
– Choram na escuridão!
– E eu choro com eles, pois também tenho medo.
Golaud leva mais algum tempo para falar, como se estivesse encontrando dificuldades para encontrar as palavras adequadas.
– Diga-me, Yniold: já os viu se beijarem? – pergunta ele, por fim.
Yniold pensa um instante e responde:
– Não.
– Não se beijam?
– Sim.
Golaud se impacienta:
– Vamos, diga: se beijam ou não?
– Uma vez, quando estava chovendo.
– Beijaram-se quando chovia? Mostre-me como.
Yniold, rindo, dá um beijo na boca do pai. Depois alisa a boca, como se a tivesse machucado.
– Papai, sua barba espeta! Está cinzenta, papai, e os seus cabelos também.
Yniold passa a mão nos cabelos e na barba do pai, como se pretendesse remover a cinza que as torna grisalhas.
Uma luz se acende acima deles. No quarto de Mélisande.
– Quer brincar, Yniold? – diz Golaud.

– Sim, quero! – responde o garoto, eufórico.
– Ótimo, vamos brincar de espiar a mamãe.
– Espiar a mamãe? Como?
– É fácil, vou suspendê-lo até a janela.
– O senhor é alto, papai! Por que não espia o senhor?
– Bem sei que sou alto, mas não alto o bastante.

Golaud toma o filho nos braços e o ergue até ele estar com a cabeça na altura da janela. Como o gigante que leva o anão na cabeça, assim é Golaud neste momento.

Yniold, no alto, consegue enxergar o interior do quarto.
– Está vendo algo? – sussurra embaixo Golaud.
– Sim, sim! – grita o garoto.

Golaud desce-o às pressas, bem no instante em que Mélisande, escutando o barulho, surge na janela. Ela olha para baixo e em todas as direções – até mesmo para cima – mas nada vê.

Golaud e Yniold estão ocultos na sombra. O garoto está com a boca tapada pela mão do seu pai.
– Não fale alto quando eu lhe perguntar algo, entendeu?

Ele destapa a boca do filho.
– Se eu não falar, como o senhor me escutará?
– Eu ouço bem, a noite está silenciosa. Vamos de novo.

Golaud suspende o filho outra vez, e logo a cabeça do garoto retorna à janela.
– Diga-me, Yniold: Mélisande está só?
– Há muita luz.
– Está só?
– Sim.
– Tem certeza?
– Sim, está só, ela e o tio Pelléas.
– Pelléas...? Ele está com sua mãe?

Golaud aperta demais o garoto e ele dá um grito:
– Ai, está me machucando, papai!
– Psit, não foi nada – sussurra Golaud. – O papai vai tomar mais cuidado. Agora me diga o que eles estão fazendo.
– Estão olhando a luz.
– Só isso?
– Sim, olham a luz. Estão parados e nunca fecham os olhos.

Tornando-se assustado, Yniold começa a lamuriar-se:

– Papai, eu quero descer, estou com medo!
– Não, diga-me mais, conte-me mais!
– Não, não! Eu vou gritar!
Então, diante do pânico do garoto, Golaud o recolhe e ambos desaparecem na treva.

IV
A ESPADA

O castelo. Um aposento.
Pelléas e Mélisande encontram-se, por acaso. Pelléas, tomando-a pela mão diz-lhe que devem encontrar-se aquela noite.
– Tenho algo a dizer-lhe! – exclama ele, nervoso, mas acaba dizendo ali mesmo o que planejava dizer à noite: – Meu pai está salvo, o médico curou-o!
No seu rosto, porém, há mais aflição que felicidade:
– Estive há pouco com ele. Ele tomou-me a mão e disse que eu tinha "o rosto sério e sereno das pessoas que não devem viver muito".
– Ele ainda está doente – diz Mélisande, tentando esconjurar a profecia.
– Ele disse que devo viajar. Decidi seguir o seu conselho.
Pelléas consegue dar vazão, em meio à tristeza, à alegria que também sente pela recuperação do pai.
– Todo o castelo parece reviver – diz ele.
Neste instante, porém, ouve passos vindo na sua direção.
– Adeus, Mélisande, à noite nos veremos – diz ele.
– Onde?
– Na Fonte dos Cegos. Será a última vez em que nos veremos.
Mélisande torna-se aflita.
– Não, não diga isso. O verei sempre, Pelléas.
– Não, não poderá mais me ver, por mais que o deseje – diz ele, retirando-se.
Mal Pelléas desaparece, o velho Arkel surge no aposento.
– Com a graça de Deus, agora que meu filho curou-se, voltaremos a ter alegria neste castelo – diz ele a Mélisande. – Para você também serão dias ditosos: você é muito jovem para conviver com o hálito da morte.

Mélisande não consegue se alegrar, pois está triste com o anúncio da partida de Pelléas.

Arkel, porém, não percebe, e toma um aspecto pensativo antes de recomeçar a falar:

– Na idade em que estou adquiri alguma fé na constância dos fatos. Criaturas jovens e belas tendem a espalhar beleza e juventude ao redor. Caberá a você dar início a esta nova era de felicidade.

Arkel estende as mãos na direção de Mélisande.

– Até hoje só lhe dei um único beijo, na sua chegada. Os lábios da velhice também sentem a necessidade de às vezes roçarem a face de uma mulher ou de uma criança para espantarem o espectro da morte. Teria receio, minha neta, de receber o beijo de um pobre velho?

– Meu avô, não tenho sido infeliz aqui – diz ela, desculpando-se ou desconversando, enquanto Arkel aproxima-se ainda mais, a ponto de ficar-lhe face a face.

– Quando a morte está próxima, sentimos necessidade da beleza – diz ele, sem dar-se conta de que a obriga a aspirar, uma vez mais, o hálito da morte.

Antes, porém, que Mélisande ceda aos rogos do velho, Golaud surge abruptamente.

– Pelléas vai partir hoje à noite – anuncia ele.

Ele tem algumas manchas de sangue no rosto, que Arkel, apesar de cego e da distância, consegue avistar milagrosamente:

– O que houve, Golaud? – pergunta ele. – Há sangue no seu rosto.

– Não é nada, rocei-o em alguns galhos.

Mélisande oferece-se para limpar o sangue, mas Golaud a rejeita friamente:

– Não me toque, nem fale comigo. Vim buscar a minha espada.

Intimidada, ela aponta para o genuflexório, onde a espada costuma repousar.

– Encontraram mais um camponês morto de fome – diz ele.

– Onde? – pergunta Arkel.

– Junto ao mar. Parece que decidiram vir morrer todos sob as nossas vistas.

Diante da suspeita de que se trate de alguma insólita forma de protesto, todos se calam.

— Vamos, dê-me a espada — grita ele à sua esposa.
Mélisande toma a espada, mas sua mão treme nervosamente.
— Por que o medo? — diz Golaud. — Não vou matá-la.
Depois, ao observar a expressão da esposa, torna-se ainda mais irascível:
— Pare de me olhar como a um mendigo. Não vim lhe pedir esmola.
Mélisande o olha, assustada.
— Procura algo nos meus olhos? — diz ele. — Talvez eu encontre algo também nos seus.
Golaud olha para Arkel.
— Veja estes olhos, meu avô. São os olhos da vaidade.
Arkel, penalizado, toma a defesa de Mélisande.
— Não, Golaud, são os olhos da inocência.
Golaud dá um riso de escárnio.
— Inocência! Seriam capazes de dar lições de inocência ao próprio Deus!
Após fitar Mélisande mais de perto, ele desiste de entender o que se passa por detrás daqueles olhos.
— Posso descobrir com mais facilidade os segredos do outro mundo que os segredos destes olhos.
Golaud, então, num ímpeto de ira, agarra Mélisande pelos cabelos e a arrasta pela sala.
— Rastejará de joelhos, à minha frente! — diz ele, usando os cabelos como rédeas. — Isso, à direita, agora à esquerda! Para diante, para trás!
Golaud gargalha, insanamente, até o avô ordenar-lhe que pare com aquilo.
— Vá, não lhe dou a menor importância — diz ele, liberando-a. — Aguardarei a ocasião certa.
Golaud desaparece, e Mélisande também, deixando o velho a sós com seus pensamentos:
— Se eu fosse Deus, teria piedade do coração humano!

***

A fonte do jardim.
Yniold está ali, tentando erguer sozinho uma enorme pedra. Ele reclama que ela é mais pesada que qualquer coisa — que ele ou o

próprio mundo –, mas insiste em movê-la. Embaixo dela está um brinquedo seu – um disco de ouro – que ele tenta reaver.

Próximo dali escuta-se o balir de alguns carneiros.

– Pobres cordeiros, já está escurecendo, e eles têm medo do escuro – diz Yniold, sem deixar de fazer todos os esforços para mover a pedra, porém sem sucesso.

Yniold abandona, por fim, a pedra e vai correndo acompanhar os carneiros.

– Está escuro e eles perderam o caminho para o estábulo.

Assim que Yniold sai, Pelléas surge.

– Hoje é a última noite – diz ele a si mesmo. – Agi como uma criança, brinquei com o destino. Vou informá-la de que vou fugir, fugir como um cego foge de um incêndio.

Pelléas perambula, impaciente, à espera de Mélisande.

– Já é tarde, não virá. Só me resta partir, levando comigo apenas as recordações, como quem leva um saco cheio de água. Não, eu preciso vê-la uma última vez para dizer-lhe o que faltou dizer.

Neste instante Mélisande finalmente aparece.

– Você veio – diz ele.

Ao vê-la sob a luz da lua ele lhe pede que venha ocultar-se sob o galho de uma tília.

– Não, quero ficar sob a claridade – diz ela, assustada.

– Não, é perigoso, podem vê-la da janela da torre.

– Pouco importa. Quero que me vejam.

– E Golaud?

– Dormia quando saí.

– Por que se atrasou?

– Golaud teve um pesadelo.

Pelléas percebe que Mélisande tem um lado do vestido rasgado.

– Prendi-o num prego da porta – diz ela, avaliando o estrago.

– Pobre avezinha assustada – diz ele. – Posso ouvir daqui o bater do seu coração. Ele bate exatamente como o meu.

– Por que escolheu este lugar?

– Estivemos aqui há vários meses. Mélisande, eu vou partir.

– Por que diz sempre que vai partir?

– Tenho de lhe dizer o que você já sabe.

– Não sei de nada.

– Não sabe por que devo partir?
– Não, não, não sei...
Pelléas toma-a, então, nos braços e a beija ardorosamente:
– Vou partir... porque... amo você.
Mélisande retribui os beijos e a declaração:
– Eu também o amo.
– Sua voz... quase não a ouço... parece provir do fim do mundo. Desde quando me ama?
– Desde sempre, desde que o vi.
– A sua voz desce como a chuva sobre o meu coração. Está mesmo dizendo a verdade?
– Sim, eu nunca menti, a não ser para o seu irmão.
– Não pode existir mulher mais bela em toda a Terra. Por que parou de respirar?
– Estou olhando para você.
– Por que me olha tão séria? Deixe-me vê-la melhor.
Pelléas faz menção de retirar Mélisande das sombras e levá-la de volta para a luz da lua.
– Não. Estamos mais próximos na escuridão.
Neste momento os dois ouvem o barulho dos portões do castelo sendo fechados.
– Fecharam. Não podemos mais entrar – diz Pelléas.
O ruído das correntes provoca em Mélisande uma espécie de alívio desesperado.
– Melhor assim.
Quase em seguida, ela ouve o estalar das folhas mortas que juncam o chão.
– Passos! Alguém está vindo! – diz ela, assustada.
– É o vento – diz Pelléas, abraçando-a.
Mélisande, ao abraçá-lo novamente, observa a sombra dela e de seu amante.
– Ali, atrás da árvore, ele está ali! – grita ela, apontando para onde suas sombras terminam.
– Ele quem?
– Golaud. Ele está ali. Tem uma espada na mão.
Mélisande faz menção de separar-se dos braços do amante, mas ele aperta-a com mais firmeza.
– Não se mova. Façamos de conta que não o vimos.

– Ele viu o nosso beijo! – diz ela, aterrorizada.
– Fuja quando eu ordenar.
– Não, não! Ficarei com você!

Pelléas toma o rosto da amante nas mãos e lhe dá um beijo de adeus, mas é um beijo tão intenso que nenhum dos dois consegue desgrudar os lábios – e é assim, tendo Mélisande nos braços, que Pelléas é golpeado mortalmente por seu meio-irmão Golaud.

Ao ver Pelléas cair ensanguentado aos seus pés Mélisande fica petrificada, mas logo é impelida a fugir ao perceber a expressão feroz que se desenha no rosto de seu esposo.

Mélisande se arremessa em direção ao bosque, perseguida por Golaud.

V
A MORTE

No castelo.

O quarto onde Golaud e Mélisande dividiam o mesmo leito.

Mélisande está deitada, enquanto o médico tenta minimizar o desespero da família.

– É apenas uma pequena ferida – diz ele. – Não seria capaz de matar um pássaro.

O doutor olha para Golaud, autor da pequena ferida.

– Não se recrimine: se tiver de morrer, não será por causa dela.

Arkel, que também está ali, desconfia do laconismo do doutor.

– Há silêncio demais neste quarto. Um mau sinal. Parece que a alma dela esfriou para sempre.

– Perdi a cabeça – diz Golaud, desolado. – Eram como dois irmãos a abraçarem-se.

Mélisande acorda subitamente.

– Abram a janela – murmura ela.

Pela janela grande ela assiste o começo do crepúsculo.

– É o sol a se pôr? – pergunta ela.

– Sim, é o sol – responde Arkel. – Como se sente?

– Como me sinto? – diz ela, intrigada. – Bem, é claro, muito bem. Nunca me senti tão bem, embora pareça que saiba algo.

– Como assim? – pergunta Arkel.

Mélisande deixa cair a cabeça sobre o travesseiro.
– Não sei... não sei o que digo, estou confusa.
– Você esteve doente, e delirou nos últimos dias – diz Arkel.
– Mas agora está bem.
Mélisande, recebendo nos olhos os últimos raios do sol, não consegue enxergar as pessoas que estão no aposento.
– Está só o senhor aqui comigo? – pergunta ela.
– Não, estão também o doutor e... mais uma pessoa...
– Há mais alguém...? Quem é?
– Ele está aqui, mas não lhe fará mal. Está arrependido, e sairá se você desejar.
– Quem é ele?
– Seu esposo Golaud.
– Golaud? Por que não se aproxima?
Golaud, com os olhos cheios de lágrimas, ajoelha-se ao pé do leito.
– Mélisande...!
Ela o observa, impressionada.
– Golaud... como emagreceu... e envelheceu...
Golaud pede a Arkel e ao médico que o deixem a sós com a esposa.
– Mélisande, você me perdoa? – pergunta ele, assim que os demais deixam o aposento.
– Sim, o perdoo. Mas o que há para perdoar?
– Foi tudo culpa minha, desde o começo. Eu sinto que vou morrer, e por isso lhe peço que me diga a verdade: você ama Pelléas?
– Sim. Onde está ele?
– Quero saber se o amou de uma maneira proibida. Vocês pecaram?
– Não, não pecamos. Por que pergunta?
– Mélisande, diga a verdade, pelo amor de Deus! Não minta na hora de morrer!
Mélisande o olha, confusa:
– Sou eu, então, quem vai morrer?
– Sim, morreremos os dois, primeiro você e depois eu! Por isso peço que não minta, eu a perdoarei de tudo, mas não minta na hora de morrer!

– Vou morrer?
– Sim...! Por favor, Mélisande, diga a verdade, depressa!
Mélisande começa novamente a variar:
– A verdade, a verdade... – murmura ela, como se esta palavra tivesse deixado de fazer sentido.

Ao ver que Mélisande não está em condições de nem de mentir nem de dizer a verdade, ele pede aos demais que retornem ao aposento.

– É inútil, morrerei sem saber... – diz ele, desesperançado.
– Arkel, meu avô, o senhor está aí?– pergunta Mélisande.
– Sim, minha menina.
– É verdade que o inverno já começou? Sinto frio e não vejo mais folhas nas árvores.
– Quer que feche a janela?
– Quando o sol se puser no mar. Sinto medo do frio.
– Quer ver sua filha?
– Filha...? Que filha...?
– Você teve uma filha, ela acabou de nascer.
– Traga-a – diz ela, tentando estender os braços.

Mélisande, porém, está tão fraca que o ancião segura o bebê para ela.

Mélisande observa o rosto da criança.
– Não ri. Logo vai chorar. Tenho pena dela.

Neste instante as criadas entram e perfilam-se na parede, feito espectros.

– Por que estão aí, enfileiradas? Quem as chamou? – pergunta Golaud, irritado.

As criadas permanecem espectralmente mudas.
O velho Arkel, mesmo assim, as repreende:
– Silêncio, falem baixo. Mélisande adormeceu.
Golaud olha assustado para ela, mas o médico o acalma:
– Não, ela ainda respira.

De repente, ela estende os braços. Dos seus olhos fechados escorrem algumas lágrimas.

– O que ela quer? A quem ela quer? – diz Golaud.
– A filha, sem dúvida – diz Arkel. – É a luta da mãe contra...

Golaud começa a chamar por Mélisande, mas Arkel ordena que todos a deixem em paz.

– Não a perturbem, não sabem o que é a alma.
– Não é culpa minha. Não é culpa minha! – grita Golaud.
– Silêncio – diz Arkel. – A alma humana é silenciosa, gosta de partir sozinha, ela sofre timidamente.

As criadas, como autômatos, põem-se ao mesmo tempo de joelhos.

– Elas têm razão – diz o médico, esclarecendo tudo.

Arkel põe suas mãos encarquilhadas sobre os ombros do neto.

– Ela partiu, Golaud. Uma criaturinha pequena e misteriosa, como todo mundo. Parece a irmã mais velha da sua própria filha.

Depois, entregando a criança nos braços de Golaud, Arkel lhe diz que a retire dali.

– Ela deve viver, agora, no lugar da mãe. É a vez da pobre pequena.

Lucia di Lammermoor

de Gaetano Donizetti

A ópera *Lucia di Lammermoor* baseia-se numa história do escritor escocês Sir Walter Scott, e teve sua estreia em setembro de 1835, no Teatro San Carlos, de Nápoles.

Seu enredo é negro e folhetinesco, encaminhando-se desde o começo para a tragédia, que se completa na cena final com a morte do último integrante do triângulo amoroso fatal. A ambientação gótica de um castelo escocês envolto pela névoa e o elemento doentio da loucura completam o quadro desta que é, sem dúvida alguma, uma das óperas mais mórbidas da história.

Donizetti foi um dos autores mais produtivos do seu tempo, tendo composto mais de setenta óperas, das quais *Lucia di Lammermoor* – um dos expoentes máximos do estilo "bel canto" – é, talvez, a mais famosa. *O elixir do amor* e *Don Pasquale* são outros títulos sempre lembrados do compositor.

Donizetti alterou a nomenclatura inglesa dos personagens, e é graças a isso que podemos ver personagens com nomes italianos num castelo escocês.

I
O CASTELO DE RAVENSWOOD

Estamos em Lammermoor, na Escócia, em fins do século XVII. O ambiente é o do magnífico castelo dos Ravenswood, ocupado agora pelos Ashton, uma das mais tradicionais e infelizes famílias da Escócia.

Situado numa colina varrida pelos ventos e cercada por uma vegetação rala, quase que totalmente sepultada sob uma quantidade enorme de pedregulhos, o castelo é o ambiente propício para o desenvolvimento de estados mentais doentios e de aparições sobrenaturais. Não existe castelo escocês que desconheça o registro, em algum momento da sua história, da ocorrência de alguma dessas duas coisas, e o castelo dos Ravenswood está prestes a honrar essa incômoda tradição.

Como acontece com toda a nobreza europeia, os Ashton, atuais proprietários do castelo dos Ravenswood, também estão a um passo da ruína, uma vez que uma longa tradição de ociosidade, herdada dos seus antepassados, os desabituou do trabalho. Diz a tradição que eles só suam para caçar lebres e exercitar a libido desregrada. Diante desse quadro, a união entre as famílias da nobreza através do casamento se tornou um assunto vital, ligado à própria sobrevivência da estirpe.

Lucia Ashton, habitante do castelo, está às voltas, neste momento, com o dilema de toda donzela da nobreza escocesa: o de casar-se contra a vontade com um nobre em melhor situação financeira. Seu irmão Enrico é o idealizador desse arranjo que poderá livrar os Ashton da ruína – ruína para a qual ele mesmo os encaminhou ao envolver-se em mais uma conspiração fracassada contra a coroa inglesa (depois da caça e a prática da luxúria, esta é a terceira ocupação mais amada pela nobreza escocesa).

Enrico escolheu Lorde Arturo Bucklaw para ser o salvador da família. Ele, além de ter várias propriedades rentáveis – das quais a maior parte ainda não está imobilizada pelos grilhões da hipoteca –, possui também um número pequeno de dívidas, todas perfeitamente administráveis.

O verdadeiro dilema da questão, porém, está nisto: Lucia ama Edgardo di Ravenswood, pertencente a uma família rival dos Ashton, antiga proprietária do castelo.

– Como ousa pretender se casar com este canalha? – é o que lhe diz, todo dia, seu irado irmão. – Não sabe que esse odioso Ravenswood quer me ver morto?

– Não admira, depois que você matou o pai dele e apropriou-se de todos os seus bens! – diz Lucia, sem ocultar o que todo mundo sabe.

Esse é o quadro das coisas, tais como presentemente se passam, no lado de dentro do castelo.

* * *

Observemos, agora, o lado de fora do castelo.

Estamos no amplo e descuidado jardim, onde a urtiga, após empreender uma vitoriosa campanha de extermínio contra todas as flores, tornou-se soberana incontestada. Mergulhados na salutar neblina matinal da Escócia, ali estão Normanno, o chefe da guarda, e Raimondo, o tutor de Lucia. Ambos conversam sobre o único assunto que pode interessá-los no momento, que é o destino dos seus empregos. Como ele está diretamente ligado ao casamento da jovem, é sobre isto que ambos conversam.

De repente surge, de dentro do castelo, a figura de Lorde Ashton. Seu aspecto é o de um homem com os nervos à flor da pele.

– O que houve, sr. Enrico? – pergunta-lhe Normanno. – Parece incomodado.

– E não é para menos! – diz Lorde Ashton. – Aquele demônio do Edgardo não cessa de assediar a minha irmã! Graças a ele, não consigo convencê-la de que a salvação de nossa linhagem depende do seu casamento com Lorde Arturo.

Raimondo, o tutor de Lucia, tenta defendê-la.

– Pobre menina! Tente compreendê-la, sr. Enrico! Ela perdeu há pouco a mãe, e ainda não se sente madura para enfrentar um casamento. É a dor, meu senhor, que a faz esquivar-se do amor!

Normanno, neste instante, intervém.

– Está certo, sr. tutor, de que a srta. Lucia tem se esquivado do amor?

– Por que diz isso? – pergunta Lorde Enrico. – Ela tem se encontrado com aquele patife?

– Com todo o respeito, sr. Enrico – explica o administrador –, não há quem não saiba em toda a redondeza que a sua irmã ama o sr. Edgardo desde o dia em que ele a salvou daquele touro bravo.

– De novo essa história ridícula! – esbraveja Lorde Ashton.

Todos na região conhecem a história: Lucia estava, certo dia, a orar no túmulo da sua mãe quando, de repente, um touro furioso surgiu correndo em sua direção. Quando tudo parecia perdido, um tiro explodiu no ar e o touro caiu morto. Edgardo fora o seu salvador, e desde então eles haviam começado um romance proibido.

— Diga-me, Lucia tem se encontrado com esse bastardo? – pergunta Enrico.

— Todos os dias, ao amanhecer – diz Normanno.

— Onde se encontram?

O administrador lhe passa a informação, no mesmo instante em que chega um grupo ruidoso de caçadores. Como normalmente acontece, todos estão cheios de novidades para contar.

— Que novidades trazem? – pergunta o chefe da guarda.

— Temos uma daquelas! – diz o líder dos caçadores. – Retornávamos exaustos, ainda há pouco, quando resolvemos fazer um pouso na torre abandonada. O senhor adivinha quem nos surgiu, então, a todo galope, em seu cavalo?

— Não sou adivinho. Diga logo.

— O sr. Edgardo! Parece que ele não se acostumou ainda com a perda do seu castelo!

— Miserável! – grita Enrico. – Pois eu lhes digo que ainda matarei esse miserável!

***

Estamos agora numa área desolada, situada ao pé das ruínas da torre abandonada. Lucia, envolta em sua capa negra, está sentada ao pé da Fonte das Sereias. Uma chuva miúda peneira sem cessar, enquanto o vento impertinente arranca-lhe seguidamente o capuz, deixando seus cabelos negros perolados de gotas. Já é a quarta vez que uma saraivada de vento faz com que as mechas se espalhem no ar, lançando pérolas em todas as direções.

Lucia, tensa e exausta, aguarda a chegada do seu amor proibido. Uma sereia decapitada lhe faz companhia, com seus seios de pedra lavados pela chuva. O telhado que dava cobertura àquele recanto desmoronou há muito tempo, tornando o gramado entulhado por seus restos encharcados. Por entre eles fluem grossos veios de água, arrastando os cadáveres de tordos de bicos escancarados e mudos. Lucia ama esse recanto sinistro, e quer que ele permaneça como está até o Dia da Ira do Senhor.

Enquanto aguarda a chegada de Edgardo, Lucia retira do interior do manto um pequeno volume, mas a chuva tornou-se mais forte, encharcando rapidamente as suas amadas páginas amareladas. Justo quando vai guardar o volume outra vez, ela deixa-o cair, desastradamente, no interior da fonte.

– Maldição! – grita ela, ao ver o volume submergir.

Mesmo dentro d'água é possível ler as letras douradas da lombada, anunciando o título: *Hórridos mistérios*, a novela gótica preferida de Lucia, escrita por Peter Will. Com um gesto rápido, ela resgata o livro da água, justo no instante em que surge Alisa, sua confidente.

– Por que demorou? – pergunta Lucia, angustiada.

Alisa, completamente encharcada, está de mau humor.

– Que loucura é esta? – diz ela, torcendo os cabelos. – Não sabe que seu irmão anda desconfiado?

– Sim, eu sei – diz Lucia, com um ar culpado.

De repente, porém, ao erguer os olhos para a fonte, ela parece hipnotizar-se.

– O que houve?

– Foi ali... – sussurra Lucia.

– Ali o quê?

– Foi ali que um Ravenswood, possuído pelo ciúme, estrangulou a esposa.

– Bela história!

– Acabei de ver o fantasma da pobre infeliz...!

– Ora, tolice! Não há fantasma algum ali!

– Ela estendia-me a mão azulada! Parecia pedir que eu fosse até ela!

– Por que não a chamou, como toda a gente? Era muda?

– Por favor, Alisa, não brinque! Essa pobre alma sofredora tinha algo a me dizer!

– O que a pobrezinha disse, afinal?

– Nada disse, mas vi a água da fonte tornar-se, de repente, rubra como o sangue.

Alisa, então, suspeitando que o estado mental da amiga se agrava, repete-lhe, pela milésima vez, o mesmo conselho:

– Lucia, pelo amor de Deus, esqueça os mortos e ouça este

conselho bem claro de uma viva: *desista desse amor funesto*! Está claro que ele só lhe trará desgraça!

— Não posso esquecer Edgardo! Quando estou junto dele sinto a névoa da desesperança dissolver-se e o céu abrir-se, banhando minha alma num sol glorioso de afeto!

Ao ver que Lucia não fará o menor esforço para libertar-se daquele desejo, Alisa desiste:

— Está bem, fique quietinha aí enquanto vou ver se Edgardo já chegou.

Dali a instantes ela avisa Lucia da sua chegada.

— Oh, Edgardo, que bom que você veio! — diz a jovem, lançando-se em seus braços.

Edgardo, porém, traz uma notícia desagradável para ambos:

— Amanhã, bem cedo, deixarei a Escócia.

— O que disse?

— Vou para a França, onde poderei lutar melhor pelo futuro da nossa amada Escócia.

Tomada por uma vertigem de desgosto, Lucia quase cai fulminada.

— Vai me abandonar, então, por causa da Escócia...?

— É preciso — diz ele. —Talvez com esse gesto eu possa reconquistar o respeito do seu irmão, um homem perverso, sim, mas um patriota tão sincero e apaixonado como eu.

Ao escutar isso, Lucia chega muito perto da fúria:

— Você só pode estar brincando! Enrico matou seu pai, e você ainda quer a sua amizade?

— Lucia, é preciso pacificar os ânimos! Mais que ninguém, eu desejei ver seu irmão morto, fiz mesmo o juramento, sobre a tumba do meu pai, de que iria matá-lo um dia. Mas desde que a conheci, adorada Lucia, senti minha ira abrandar-se, estando disposto até mesmo a perdoar o seu irmão para que possamos viver juntos aqui ou em qualquer outro lugar!

Diante disso, Lucia torna-se dócil e compreensiva outra vez.

— Está bem, vá, mas não demore!

Antes de partir, porém, Edgardo pede a Lucia que se torne sua esposa ali mesmo.

— Veja, trouxe um par de alianças!

Lucia encanta-se com a ideia deste casamento secreto, conhecido apenas deles e de Deus, e é assim que, após trocarem alianças, eles passam a considerar-se como marido e esposa.

II
O CASAMENTO

Alguns meses se passam e Lorde Enrico está em seu escritório, no castelo. Normanno, o chefe da guarda, acaba de entrar.

– Boas notícias! A srta. Lucia virá para a cerimônia! – diz ele.

– Conseguiu convencê-la? – diz Enrico, aliviado. – Ela aceitou a ideia de se casar?

– Bem, não exatamente.

– Nem depois que interceptamos todas as cartas daquele canalha que foi se esconder na França?

– Isso ajudou um pouco, é fato. Ela está muito decepcionada e já começa a crer que ele a esqueceu. Mesmo assim, ainda reluta em casar-se com Lorde Arturo.

– Então é chegada a hora de utilizarmos isto! – diz Arturo, sacando uma carta falsa, na qual Edgardo declara seu amor a uma prostituta parisiense.

– Será que ela vai acreditar? – diz Normanno.

– Claro, o ciúme é crédulo como uma velha carola. Agora vá até a cidade e traga de uma vez a besta do noivo.

Normanno sai, deixando Enrico a sós com o seu prazer.

– Após ler estas linhas, aquela teimosa se convencerá!

As horas passam até que Lucia, finalmente, surge à porta. Seu rosto parece ter sido aspergido com cinzas, e os olhos estão quase vidrados. O irmão tenta animá-la abrindo um grande sorriso:

– Anime-se, Lucia! Hoje se acenderão para você os círios do himeneu!

Lucia escuta a frase com o ar ausente de uma catatônica. A expressão ridícula "os círios do himeneu", contudo, grava-se em seu cérebro como um carimbo em brasa.

– Minha cara irmã, é hora de esquecer o passado e alegrar-se com o presente – diz Enrico. – De hoje em diante, seu coração passará a pertencer a um dos melhores homens da Escócia!

Em má hora, porém, Enrico pronuncia tais palavras. Lucia, como uma loba ferida a quem se retira do sono atormentado remexendo o espinho, lança um grito de ira:

– É impossível! Já me casei com Edgardo!

Enrico arregala os olhos.

– O que está dizendo?

Lucia, num relato desconexo, fala de seu encontro com Edgardo ao pé da fonte. Ao descobrir, porém, que foi uma cerimônia inócua, sem a participação da lei ou da Igreja, Enrico se acalma:

– Sua idiota romântica! Não sabe que tal casamento não possui valor algum?

– Possui, sim, nos nossos corações e no coração de Deus onipotente!

Então, tomando a carta forjada, ele atira-a brutalmente ao rosto da irmã.

– Louca! Leia isto! Veja, então, o quanto aquele canalha lhe foi fiel!

A carta estala no rosto de Lucia como uma bofetada e cai a seus pés. Após juntá-la, ela começa a ler as terríveis mentiras ali escritas – uma carta repleta de erros ortográficos e expressões de baixo calão.

– E então, teimosinha? Convenceu-se, afinal? – pergunta o irmão, com um sorriso triunfante.

Lucia termina de ler e deixa cair o papel outra vez.

– *Os círios do himeneu* – murmura ela, imersa outra vez no seu desatino.

– Um vil sedutor! Eis o seu amado Edgardo! – diz Enrico, enquanto do lado de fora do castelo ouve-se o estrondo de rojões, anunciando a chegada do noivo.

– Alegre-se! – diz Enrico. – É o seu verdadeiro esposo quem chega!

– *Os círios do himeneu...*

Num último esforço, Enrico tenta apelar para a sinceridade.

– Escute, Lucia! Bem sei que o seu futuro esposo não passa de um cretino endinheirado! Mas é preciso, não compreende? O rei Guilherme está morto, e a bruxa Maria irá sucedê-lo no trono! Nosso partido está arruinado, e só você pode nos salvar de algo que poderá terminar com a nossa decapitação. Ou casa-se com esse idiota ou nossas cabeças rolarão pelo chão na Torre de Londres!

– *A Torre de Londres... os círios do himeneu...*

Lucia delira outra vez, e seu irmão também não está muito longe disso.

– Morreremos os dois, compreende? O machado inglês também descerá sobre o seu pescoço!

– *O machado inglês... A Torre de Londres...*

Enrico observa a irmã, e decide, afinal, que o melhor mesmo é que ela permaneça neste estado de confusão: pelo menos não poderá se negar a tomar parte na cerimônia nupcial.

Com um gesto de desdém, ele decide ir dar as boas-vindas ao seu futuro cunhado – o homem providencial que irá livrá-lo, ao mesmo tempo, da ruína e de uma irmã desequilibrada.

*****

No majestoso salão do castelo de Ravenswood realiza-se, agora, a cerimônia de casamento de Lucia e Arturo. A elite de Lammermoor – composta por mais de uma centena de convidados ávidos por comida, bebida e escândalos – espalha-se como um exército de abelhas zumbidoras por todo o salão. A tradicional névoa escocesa, habilíssima em introduzir-se pelas menores frestas, torna turvas as luzes dos archotes espalhados por toda parte, dando ao ambiente um tom espectral.

Arturo, avançando até Enrico, senhor do castelo, estende-lhe a mão, ao mesmo tempo em que arreganha as bochechas de máscara num esfuziante sorriso.

– Aqui venho, caríssimo Ashton, como seu amigo, irmão e defensor!

Lorde Arturo, apesar da idade avançada, ainda possui feições toleráveis, mas quando sorri, expondo dois dentões equinos – um traço característico da sua estirpe –, torna-se o mais horroroso dos homens.

Enrico abraça o homem que está prestes a salvar-lhe, literalmente, a cabeça.

– É com honra e regozijo extremos que recebo em meu castelo a nobre estirpe dos Bucklaw!

Vagamente frustrado por ver coletivizada uma bajulação que espera sempre individual e personalíssima – a paixão pela bajulação é outra marca distintiva da sua estirpe –, Lorde Arturo não consegue impedir que suas bochechas esbranquiçadas de talco murchem um pouco.

– Onde está minha noiva? – pergunta ele, ansioso.

– Ela já deve chegar – diz o anfitrião, impingindo-lhe, logo em seguida, esta mentira: – Se Lucia estiver entristecida, não repare. É a dor do luto por sua falecida mãe.

Mas Arturo não é o bobo que Enrico imagina, e por isso trata de tirar logo as suas dúvidas.

– Diga-me, caríssimo Enrico: é verdade que Edgardo ousou se aproximar de minha noiva?

Enrico infla o peito como um peru da Escócia antes de responder:

– Sim, o patife bem que tentou, mas afirmo-lhe que o impedi da maneira mais viril!

Neste momento Lucia faz sua entrada providencial, cercada por Alisa e pelo tutor.

– Sim, a pobrezinha chora, de fato! – diz o noivo, arreganhando outra vez os dentões.

"Feia besta!", pensa Enrico, sentindo pela primeira vez uma pena sincera da irmã. Rapidamente, ele toma Lucia pela mão e a conduz até o seu pretendente.

– Lucia, este é Lorde Arturo, seu futuro esposo.

Arturo oferece o seu mais franco sorriso, e a jovem, assustada, retrocede dois passos. Enrico, porém, postado atrás dela, impede que ela siga caminhando de costas até a saída.

– Louca! Onde pensa que vai? – rosna-lhe ele ao ouvido.

Lucia, frente a frente com a criatura que lhe oferecem por esposo, entra em pânico.

– Deus misericordioso...! – grita ela, com os olhos vidrados.

Lucia, durante uma terrível fração de segundos, imagina ter diante de si Nuckelavee, o mais horrendo dos monstros do folclore escocês.

– Cretina! – cochicha-lhe ferozmente o irmão. – Dê-lhe a mão para o ósculo conjugal!

Repentinamente, Lucia recai na sua hipnose.

– *Ósculo conjugal* – repete ela, estendendo mecanicamente a mão.

Lorde Arturo, ao depositar um beijo nos dedos aduncos da noiva é assaltado pela recordação de uma expressão muito utilizada pelo seu avô devasso: "Dedos recurvos de espremer o punhal!".

– Dirijamo-nos agora à mesa para firmarmos o pacto nupcial – diz o irmão, apressando as coisas.

– *Pacto nupcial* – repete Lucia, como um autômato.

Lorde Arturo toma a pena e assina às pressas o documento. Depois, ao repassá-la à noiva, sente nova premonição: Lucia parece segurar a pena como quem agarra um punhal e rabisca seu nome.

– Deus seja louvado! Está feito! – diz Enrico, como quem retira um Himalaia das costas.

Mas mal profere estas palavras e os portais do inferno se abrem.

– Que balbúrdia é essa? – diz ele, ao escutar gritos vindos da entrada.

São gritos coléricos e também um galope de passos nervosos. Logo em seguida surge diante de todos Edgardo de Ravenswood. Envolto em sua capa gotejante de viagem, ele avista Enrico e lhe lança um grito de ira:

– Cão danado! O que se passa aqui?

Lucia, ao ver o amante, arregala os olhos.

– Edgardo... Você voltou...!

Edgardo, surdo ao chamado, repete a sua pergunta:

– Que se passa aqui, demônio? Explique-se!

Diante da ofensa, Enrico adianta-se, encolerizado:

– Retire-se, bastardo! Lucia acaba de se casar com Lorde Arturo Bucklaw!

– Louco! Que disse? Lucia, casada? – grita Edgardo.

– Sim, bastardo! Retire-se ou mandarei expulsá-lo daqui a chicotadas!

Lucia, amparada por Alisa, parece oscilar entre a vida e a morte.

– Não vê que minha irmã delira por sua causa? – grita ainda Enrico, apontando para ela. – Se tem no peito um coração que não seja o dos tigres, abandone-a para todo o sempre!

A resposta de Edgardo é sacar a espada, e logo uma dezena de outras também são desembainhadas. O ruído estridente dos metais ecoa nas paredes, pois o silêncio é total no salão.

Então, ao ver que uma chacina está prestes a acontecer, Raimondo, o tutor de Lucia, coloca-se entre o invasor e os defensores da honra do castelo.

– Bárbaros e infiéis! Que se respeite, neste castelo, a potestade suprema de Deus!

– *Potestade suprema de Deus* – repete Lucia, mecanicamente, enquanto os homens, envergonhados, restituem as espadas à suas respectivas bainhas.

– O que faz aqui, afinal? – pergunta Enrico ao invasor, um tom abaixo do grito.

– Lucia jurou-me lealdade! Somos esposos perante o céu!

– Mentira! Deus onipotente acabou de abençoar o único e verdadeiro casamento de minha irmã!

Enrico estende o contrato.

– Veja você mesmo! É a assinatura de Lucia!

Edgardo toma o contrato e o leva, enfurecido, até a jovem.

– Você assinou isto de livre vontade?

Pálida como a folha, Lucia fecha os olhos e confirma com um soluço envergonhado:

– Sim, eu assinei...!

Num ímpeto selvagem, Edgardo arranca a aliança do dedo e a joga aos pés da amada.

– Devolva a minha aliança! – ruge ele.

– *Edgardo...! Não...!*

– Devolva a aliança, infiel!

Lucia, derrotada, retira o último laço que a une a Edgardo.

– Agora basta! – diz Enrico, farto de escândalos. – Retire-se de uma vez!

– Não! Matem-me antes que se cumpra o ritual! – diz Edgardo, expondo histericamente o peito. – Que a infiel pisoteie sobre o meu sangue antes de alcançar as bênçãos de Deus!

–Vamos, imbecis! Retirem daqui este louco! – ordena Enrico aos guardas.

Cinco trogloditas fardados apoderam-se de Edgardo e o arrastam para fora do castelo.

III
A LOUCA NA ESCADA

Após a saída de Edgardo, começa a cerimônia religiosa, seguida do baile. Embora não haja mais clima algum para festejos, Enrico pede aos músicos que toquem somente valsas e galopes alegres.

– Pode ser que a música anime a minha irmã, lá em cima – diz ele, após ver Lucia subir as longas escadarias, como um espectro de si mesma, ao lado do seu novo esposo.

Não mais que uma hora se passa, e os pares continuam a dançar animadamente no amplo salão. Os homens, vestidos com a saia escocesa, rodopiam velozmente com suas esposas e amantes. O tutor de Lucia, porém, homem mais afeito às coisas do céu, só consegue enxergar em toda essa falsa alegria o prenúncio negro de uma grande tragédia.

– Algo de terrível se prepara ainda para esta noite! – diz ele a si mesmo.

De repente, sem que ninguém perceba, um vulto feminino começa a descer as escadas. Vestida de negro e com os cabelos desgrenhados, a mulher desce os degraus com os olhos vidrados e o passo incerto dos loucos. Raimondo é o primeiro a avistá-la.

– Deus todo-poderoso! É Lucia!

A cada novo degrau que ela desce, mais pares deixam de dançar, até estarem todos completamente imóveis. Na metade do trajeto, Lucia se imobiliza e fixa a multidão com seus olhos injetados de sangue. Num gesto instintivo, ela ergue o braço para defender-se da luz dos archotes e um punhal ensanguentado faísca em suas mãos.

– Um punhal! – grita uma voz anônima no meio do salão.

Cem gritos histéricos de mulheres unem-se numa só voz e vão ecoar no teto do salão, altíssimo e côncavo como o de uma catedral. Lucia, desvairada, começa a delirar.

– Ouça, Edgardo... é o hino nupcial...! – grita ela, enquanto lágrimas de escárnio e de dor lhe escorrem pelo rosto. – Sentemos ao pé do altar...! É para nós que o hino soa...!

Raimondo sobe velozmente as escadas e desaparece, enquanto a louca, de punhal na mão, continua a delirar, de olhos fixos nos archotes:

— *Os círios do himeneu...!* Veja, Edgardo amado...! Eles ardem por nós...!

Dali a instantes Raimondo retorna de olhos vidrados. Quase louco, ele também, anuncia do alto da escadaria a mais espantosa das notícias:

— Misericórdia de Deus! Arturo está morto!

— Não, não! — grita Lucia, espumando pela boca. — Edgardo não está morto! Edgardo fugiu de mim, mas não está morto!

Enrico sobe os degraus e toma o punhal das mãos da irmã.

— Maldita! O que você fez?

Agora não são mais os olhos terrenos da irmã a fixarem Enrico, mas os olhos sobrenaturais de um ser atormentado que já deixou de pertencer a este mundo.

— Edgardo amado...! No céu hei de orar por ti e de aguardá-lo!

Antes que Lucia se jogue aos pés do irmão, confundindo-o com o amante perdido, Enrico se desvencilha, enojado, e desce as escadas, gritando como um possesso:

— Louca! No inferno é que haverão de estar!

Lucia gargalha, indiferente, como se o local do reencontro já não lhe importasse, e logo em seguida cai sem sentidos sobre os degraus

***

O dia amanhece. Os convidados, excitadíssimos com os acontecimentos, já partiram. Todos levam na alma a certeza de terem presenciado um evento terrível e extraordinário, digno de ser inscrito nos anais sangrentos da Escócia. Na parte de fora do castelo, junto ao cemitério e à capela, está Edgardo. Ele está orando aos seus antepassados.

— Eis tudo quanto resta de uma estirpe infeliz! — diz ele, olhando tristemente para o mausoléu da sua família. — Logo estarei junto a vós, pois sem Lucia a vida será como um deserto para mim!

Edgardo ainda ignora que Lucia já é uma viúva, e por isso lança um olhar revoltado para as janelas ainda iluminadas do castelo.

— Alma pérfida! Enquanto me desespero, ela exulta nos braços de outro homem! Que a sua presença seja proibida diante do meu túmulo!

Neste momento alguns retardatários saem do castelo e, ao avistarem o amante rejeitado, pressentem que a noite ainda pode esconder um último lance de tragédia.

– Pobre Lucia! – diz um do grupo. – A um passo da morte!

Edgardo, escutando, toma-o pelo braço:

– O que disse? Lucia às portas da morte?

– Então não sabe? A louca matou o esposo e agora agoniza sob uma febre ardente.

– Não! Não!

Então, uma voz piedosa adianta-se e sussurra-lhe:

– Lucia, em seus últimos momentos, geme e clama por você.

Edgardo cai de joelhos, sentindo-se o último dos homens. Instantaneamente Lucia está redimida em seu coração, pois prova maior de amor do que esta homem algum pode esperar.

Edgardo é deixado a sós com sua dor, até o instante em que ouve soar o sino dos moribundos. Erguendo a cabeça, ele murmura:

– O sino dos mortos! Ele soa por você, Lucia amada, e por mim também!

Fazendo um esforço supremo, ele põe-se em pé outra vez e ruma para a entrada do castelo, justo no instante em que Raimondo, pesaroso, surge de dentro.

– Onde vai, infeliz? – diz ele, detendo-o. – Lucia não pertence mais a este mundo!

Edgardo retrocede alguns passos.

– Não está mais entre nós? Então já posso juntar-me a ela!

Sentindo que é a sua vez de dar a prova suprema do seu amor, Edgardo saca da cintura um punhal e, sem qualquer hesitação, enterra-o no coração.

Raimondo corre até o moribundo e, aproveitando o sino que ainda ecoa na névoa gelada, faz uma prece conjunta pelos dois amantes, finalmente unidos na morte.

O elixir do amor
de Gaetano Donizetti

Antes de realizar a sinistra *Lucia di Lammermoor*, Gaetano Donizetti compôs *O elixir do amor*, uma das óperas cômicas mais apreciadas de todos os tempos.

O elixir do amor fez sua estreia em Milão, em 12 de maio de 1832. Como muitas das realizações bem-sucedidas, ela surgiu de um improviso: como o autor da ópera que estava programada para estrear nesta data atrasou a entrega da obra, Donizetti foi encarregado de criar uma ópera às pressas para ocupar o espaço. Aproveitando árias de outras óperas suas – dentre elas a famosa *Una furtiva lacrima* –, ele enxertou-as na sua nova obra (que não era exatamente nova, sendo, na verdade, uma adaptação da ópera *O filtro*, composta dez anos antes por Daniel Auber).

Tal como aconteceu com o personagem do barbeiro Fígaro, na ópera de Rossini, o personagem secundário do dr. Dulcamara, fabricante do elixir que dá nome à ópera, acabou por se tornar o personagem mais amado pelo público, convertido em arquétipo do charlatão simpático.

I
O DR. DULCAMARA

Estamos no começo do século XIX, numa aldeia do País Basco, na Espanha.

É meio-dia, e às margens de um córrego descansam alguns camponeses exaustos. Debaixo de uma árvore está Adina, a jovem mais bela e rica da região. Ela está com um livro na mão e tem ao lado outra jovem, bem menos rica, mas quase tão bela quanto ela.

Esta segunda jovem se chama Gianetta, e apesar de não ter livro algum nas mãos, também filosofa lá à sua maneira.

– Bendito meio-dia! – diz ela, enxugando o suor do pescoço que ainda lhe escorre depois da manhã inteira lavando roupas às margens do córrego. – Que seria de nós se não fosse esta pausa abençoada!

Gianetta abana-se com o lenço, enquanto Adina vira a página do seu livro, sem lhe prestar a menor atenção. Um pouco mais adiante, porém, escondido atrás de outra árvore, alguém observa a leitora atentamente, julgando-a digna de toda a atenção:

– Como é linda e culta! – diz o espião, um pobre camponês chamado Nemorino. – Que distância há entre ela, rica e culta, e eu, pobre camponês ignorante!

Nemorino pergunta a si mesmo se conseguirá fazer aquela linda jovem apaixonar-se por ele um dia.

– Haverá algum sábio capaz de me ensinar a arte de se amado?

Lá adiante, Adina dá uma gargalhada. Ela não ri das pretensões do aldeão – está muito longe para escutar os seus resmungos –, mas da aventura com a qual se delicia nas páginas do seu livro.

– Que história maluca! – diz ela, rindo-se toda.

Gianetta, curiosa, espicha o olho para a vizinha.

– Que está lendo de tão divertido? – diz ela, tentando ler a lombada do livro.

– *Tristão e Isolda*! – diz Adina, encantada.

– Do que trata?

– É uma história de amor bela e ao mesmo tempo bizarra!

– Naturalmente. Qual não é?

Adina balança decididamente a cabeça.

– Nenhuma é extravagante como esta, asseguro-lhe!

Gianetta, que já viveu diversos romances bizarros, custa a crer.

– Conte-nos a história, então!

– Em resumo, é a seguinte – diz Adina, semicerrando o livro –: Tristão era um cavaleiro que se apaixonou pela bela Isolda; ele não tinha a menor esperança de vir a ser amado por ela até o dia em que encontrou um mago poderoso que lhe deu um frasco contendo um poderoso elixir do amor.

Nemorino, tendo se aproximado sem ser percebido, também escuta a conversa das donzelas.

O elixir do amor

– Um elixir do amor! – diz ele, baixinho. – Quem dera arrumasse um desses pra mim!

– Tão logo Tristão tomou o primeiro gole da mágica poção – continua a relatar Adina –, Isolda sentiu-se perdida de amores por ele. Desde então ninguém mais foi capaz de fazê-la deixar de amar aquele a quem antes só desprezara!

Apesar do aplauso das demais camponesas, Gianetta não parece muito impressionada:

– Agora entendi por que você achou a história cretina: ela está mal contada. Para que Isolda se apaixonasse seria preciso que *ela própria* bebesse a poção, ao invés de Tristão, que já está apaixonado.

– Eu não disse que a história é cretina, mas bizarra! – corrige Adina.

– Dá no mesmo. Bem, e o que vem depois? O livro conta somente essa bobagem?

– Claro que não! Há mil e uma peripécias, até mesmo um dragão que Tristão deve enfrentar!

– Dragões?! Detesto contos de fadas.

Neste instante, porém, soa de dentro do bosque a corneta do regimento militar que está de passagem pela região. Um estrondo de tambores acompanha a marcha dos soldados, liderados por um certo Belcore, oficial ainda jovem, mas já suficientemente impertinente.

– Aí está o seu dragão! – diz Gianetta, cerrando os olhos e cobrindo o rosto com o lenço.

Belcore, em seu traje reluzente de oficial, aproxima-se de Adina com um ramalhete colorido.

– Um ramalhete em troca do coração da mais bela das aldeãs! – diz o galanteador.

Adina recebe o ramalhete, embora não lhe agrade a pretensão do seu admirador.

– Um ramalhete apenas, sr. presunçoso? Ofereça-me o bosque inteiro e começaremos a nos entender – diz ela, aspirando um tanto desdenhosamente o perfume das flores.

– As mulheres adoram os soldados – diz ele, cada vez mais convencido. – Os homens de armas agradam sempre às deusas do amor! Não se rendeu a própria Vênus aos encantos de Marte?

– A sua modéstia de espadim é realmente tocante – diz Adina, cada vez mais aborrecida.

Gianetta, ao lado, com o rosto coberto pelo lenço, dá um suspiro de tédio. O lenço sobe alguns centímetros antes de tornar a pousar no mesmo lugar.

– Diga-me, Adina amada: quando nos casaremos, afinal? – pergunta Belcore, ousando tudo.

– Meu senhor, eu não tenho pressa alguma em resolver esse assunto – responde a jovem. – Aliás, esse assunto não deveria sequer ser tratado publicamente.

Nemorino, o aldeão desprezado, escuta a conversa com o coração na mão:

– Se Adina aceitar se casar com este fanfarrão eu me enforcarei!

– Adina, por que pensar tanto sobre isso? – diz o oficial, voltando à carga.

Outra vez ouve-se um suspiro, e o lenço sobe e torna a cair.

– Na guerra e no amor não convém vacilar! Tanto num quanto noutro há sempre um vencedor! Por que não se entregar de uma vez?

Adina, tornando-se agora realmente irritada, exclama:

– Mas vejam só o atrevido! Com quem pensa estar lidando? Acha que sou um pedaço de terra qualquer a ser invadido e conquistado?

Belcore, sentindo que passou dos limites, pede, então, à jovem que permita que ele descanse com seus soldados naquele prado.

– Descansem à vontade, mas afastados de mim, pois quero retomar em sossego a minha leitura – diz ela, dando ordem também aos ceifeiros para que retornem à lida do campo.

Assim que todos se afastam, Adina acomoda-se melhor sob a árvore, reabrindo o seu amado volume.

– É a minha chance! – diz Nemorino, aproximando-se furtivamente.

Adina está relendo a página anterior para relembrar direito o trecho onde parara quando ouve os passos do camponês estalarem sobre as folhas. Ao vê-lo, o canto direito do seu lábio entorta-se visivelmente.

– Srta. Adina, eu poderia lhe dar uma palavrinha?

Mas a jovem não está mais para gentilezas, e prefere ser rude às claras:

– Sr. Nemorino, será que agora terei de aturar o senhor? O que faz aqui? O seu tio não está doente na cidade, reclamando os seus cuidados?

– Que o meu bom tio me perdoe, mas não consigo me afastar de você!

– Pois deveria! Ele não está às portas da morte? Vá assisti-lo antes que ele mude as disposições do testamento, legando todos os seus bens a algum espertalhão.

– Ora, e o que me importa?

– Deveria importar muito! Quer ser pobretão o resto da vida?

– Estando perto de você sou o mais ricos dos homens!

– Pois se quer começar mesmo a estar perto de mim comece por estar perto do seu tio.

– Se eu pudesse oferecer-lhe conforto, você então me amaria?

– Não. A única coisa que eu quero agora é ler o meu livro.

Nemorino enterra os dedos nos cabelos e começa a lamuriar-se.

– Que hei de fazer, então, para que goste de mim?

– Não deve fazer nada, pois de nada adiantaria. Eu não amo ninguém, entendeu? Sou caprichosa e inconstante, qualquer fagulha de desejo que se acende em meu peito se apaga com a mesma rapidez.

– Por que você é assim?

– Ora, tonto! Por que o vento sopra pra lá e pra cá? Sou volúvel como ele, e isso basta!

– Não posso deixar de gostar de você mesmo assim!

– Por que não?

– Porque uma força maior me impele para você, assim como o rio busca o mar!

– Pois trate de procurar outro mar para desaguar. Nada o impede.

– O meu amor impede!

– Troque de amor. O amor é como uma porta: quando uma se fecha, outra se abre. Existem mil portas pelo mundo afora; vá curar o seu amor com um novo amor.

– Não posso, pois só amo você!

Adina dá uma gargalhada.

– Você é um tolo romântico. Deveria fazer como eu faço. Não existe nada melhor para manter um coração leve e livre do que trocar de amores.

– Como poderia trocar algo pelo qual sou capaz de morrer?

– Tolice. Troque de amor e não morrerá.

– Para mim é impossível trocar meu único amor!

– Tenha um segundo, e o primeiro deixará de ser único.

Ao ver, então, que Nemorino vai choramingar o resto da tarde, Adina faz o que já deveria ter feito há muito tempo: manda-o embora e vai se deliciar com o seu livro debaixo da árvore.

***

Os camponeses estão agora espalhados pelo vilarejo. A praça central está bastante movimentada, pois é a hora da tarde em que todos estão ocupados com seus afazeres.

No centro da praça está a Taberna da Perdiz, um dos dois pontos de referência do lugar (o outro, naturalmente, é a igreja). O seu dono está ali parado, observando o vai e vem do povo com um palito enfiado num dos cantos da boca.

De repente, soa o toque distante de um trompete.

– O que foi isso? – diz uma velha, carregando uma cesta.

– O toque de um trompete, minha senhora – diz o taberneiro, solícito.

A velha ignora a ironia e espicha o pescoço para descobrir a origem do ruído. Logo ele torna a soar, ainda mais forte.

– Estranho! Não é um clarim militar, nem o chamado do pároco! – diz ela, curiosíssima.

– Do pároco?! – surpreende-se o taberneiro. – Minha senhora, eu juro que daria uma garrafa do meu melhor clarete para ver o senhor padre chamando os fiéis, pelas ruas, com uma corneta.

– No Dia do Juízo o senhor verá! – diz a velha, dando-lhe as costas e indo em direção ao ruído.

O ruído vem descendo por uma das ruazinhas, por detrás das casas, e se torna quase ensurdecedor no instante em que revela a sua origem.

– Ora, vejam! – diz o taberneiro, passando o palito, com a língua, para o outro canto da boca.

Uma carruagem dourada entra refulgindo pela praça. No comando dela, um simples homem.
– Quem será? – dizem as vozes.
– Algum barão! – sugere alguém.
– Talvez algum duque! – propõe outro.
Um lacaio trajado como um aio medieval é quem toca o trompete, o que talvez ajude a explicar a confusão do povo. O condutor da carruagem, no entanto, não é um deus nem um duque, mas apenas um médico – ou um "físico", como então se diz.
Após suspender a marcha do veículo, o doutor ergue-se, retirando da cabeça a sua enorme cartola. Seu traje se parece muito com o de um ilusionista: uma camisa branca de mangas bufantes, enfeitada com uma gravata verde-limão, cujo nó cheio de laços faz lembrar um pé de alface. Uma casaca roxa de botões perolados lhe desce até abaixo da cintura, bifurcando-se no dorso como a língua de uma cobra. Ao colocar-se em pé, ele deixa ver, também, a sua calça marrom gizada de listras brancas finíssimas.
A primeira impressão que esse senhor transmite é a de se tratar de um grande homem, não só por sua elevada estatura, mas pelo magnetismo do seu rosto, ao mesmo tempo austero e atraente.
– Que olhos redondos! – diz a senhora da cesta.
– Que nariz adunco! – diz outra camponesa.
– Que suíças formidáveis! – diz uma vendedora de castanhas.
Então, quando o silêncio se faz, o grande homem começa a se apresentar:
– Digníssimo povo deste belíssimo vilarejo! Se a distância desta terra ainda não lhes permitiu escutar os ecos do meu grandessíssimo renome, quero que saibam que sou um grande físico, de saber enciclopédico, cujo nome a fama espalhou por toda a Espanha!
Os camponeses olham assombrados para a figura, sem nada dizer.
– Chamo-me dr. Dulcamara. Alguém, porventura, já escutou esse nome famosíssimo?
As cabeças dos camponeses movimentam-se de lá para cá.
– Sr. corneteiro, eu não lhe disse que ir ao País Basco é ir longe de verdade? – diz ele ao garoto do clarim, com uma gargalhada

encantadora. – Dr. Dulcamara, pois, é o meu nome, conhecido em todos os recantos do universo e do... do...

Os camponeses continuam a fitá-lo, embasbacados.

– ...e dos mais diversos lugares!

Um primeiro aplauso soa isoladamente na praça.

– Muito obrigado! Se quiserem seguir o exemplo do meu gentil aprendiz, fiquem à vontade. Uma boa batida de palmas ajuda a circular o sangue! Uma grande coisa a circulação do sangue!

O taberneiro, espécie de relações públicas do vilarejo, lhe dirige afinal a palavra:

– Diga-nos, dr. Dulcamara, que cura tem aí para as nossas doenças?

As suíças do doutor voltam-se para o proprietário da Taberna da Perdiz.

– A cura completa, nada menos que isso! Não é por acaso que, por onde eu passo, os hospitais ficam esvaziados!

– E os cemitérios lotados! – grita uma voz sarcástica e anônima.

Um coro de risos explode, engrossado pelo riso vigoroso do próprio doutor, que trata de sacar logo do bolso uma garrafinha contendo um líquido escuro.

– Conhecedor profundo das virtudes curativas das nossas plantas, elaborei este maravilhoso composto de ervas capaz de curar todas as moléstias humanas! – diz ele, erguendo o produto para que todos o vejam. – Eis o famosíssimo *Elixir Dulcamara*, que tanta glória tem angariado ao meu nome!

Após exibir os títulos e os certificados – que somente uma águia letrada poderia ler daquela distância –, ele começa a enumerar todas as qualidades desse produto extraordinariamente versátil, capaz ao mesmo tempo de curar uma dor de dentes e de exterminar ratos e insetos.

– Aos idosos, além de curá-los, devolve-lhes também a pele lisa da juventude!

Dulcamara também promete aos anciãos a capacidade de repetirem as mesmas proezas amorosas de Abraão e Sara, tornando-se capazes até mesmo de procriarem em idade avançadíssima.

– Asmáticos, paralíticos, diabéticos e anêmicos também estão ao alcance da cura, bastando a ingestão continuada, durante algumas semanas, destas garrafinhas milagrosas! E sabem quanto custa cada uma? Cem escudos, dirão? Quarenta? Trinta? Vinte? Nada disso, meus amigos! Para vocês faço hoje uma oferta inédita e inacreditável: *um escudo*! Sim, senhores, apenas *um único escudo* por cada garrafa!

Ao escutar tal oferta, os camponeses se arremessam em direção à carruagem dourada como mariposas ao redor da lamparina.

– Gaetano, as garrafas! – grita Dulcamara ao moço do trompete. – E não esqueça o saco!

O saco é o lugar onde os escudos são depositados em troca de cada garrafa. Em pouco tempo ele está abarrotado de moedas, enchendo de satisfação a alma do renomado droguista.

Dentre os compradores do elixir está Nemorino, o camponês miserável apaixonado por Adina.

– Esse homem possui o dom de fazer milagres! – diz ele, admirado.

Nemorino aproxima-se do doutor e lhe pergunta, ansioso:

– Sr. doutor, poderia dar-me uma palavra?

– Diga lá, meu caro.

– Queria saber se o senhor pode resolver o meu problema.

– Uma consulta? Vai lhe custar um escudo.

Nemorino remexe os bolsos, mas seu último escudo foi-se com a garrafa que adquiriu.

– Está bem, por hoje é cortesia – diz o doutor, farejando um bom otário.

– O senhor possui segredos magníficos, não é?

– Minha carruagem é uma caixa de Pandora às avessas: dela só saem curas e benesses para a humanidade. Mas o que tem você, meu jovem, está doente?

– Sim, doutor! Estou doente de amor!

Dulcamara abre um largo sorriso.

– Oh, é claro! Quem, na sua idade, escapa a esse sarampo juvenil? Deseja curar-se, então?

– Não, não! Quero amar ainda mais a bela Adina!

– Já imaginava! Mas, então, o que quer que eu faça?

– Quero que ela me ame também. O senhor, porventura, não teria consigo o elixir de Isolda?

– "Elixir de Isolda"? Nunca ouvi falar.

Dulcamara resmunga para si mesmo: "Diacho! Já andou por aqui uma concorrente!".

– Que virtudes possui esse tônico? – interessa-se ele.

– É um elixir do amor, sr. doutor!

– *Um elixir do amor*! – exclama Dulcamara, batendo na testa. – Por que não disse antes? Na sua idade, ele é de primeira necessidade, e eu possuo o melhor de todos: o *Elixir do amor Dulcamara*!

– Mas eu queria o elixir de Isolda...

– Esqueça essa Isolda! Agora lembro perfeitamente dela: uma mulherzinha desonesta que desonra a nossa classe vendendo elixires inócuos! Gaetano, traga o nosso autêntico elixir do amor!

– *Elixir do amor...?!* – indaga o aprendiz, sem saber o que fazer.

Dulcamara lança-lhe um olhar chispante que diz tudo, e depois volta-se para Nemorino.

– Meu elixir do amor é infalível e insuperável, você vai ver!

– Que maravilha! Quanto custa?

– Uma moeda de ouro, apenas, e terá a felicidade para o resto da vida!

– Uma moeda de ouro! – diz Nemorino, vasculhando novamente os bolsos.

Ele não possui moeda alguma, mas lembra imediatamente do tio doente.

– Espere, vou buscá-la, é logo ali!

– Vá lá, meu jovem! – diz o doutor, ao mesmo tempo em que chama o aprendiz: – Vamos, pegue a garrafa rosa vazia, meta-lhe o rótulo e a zurrapa. Rápido!

Dali a pouco Nemorino volta, ofegante, com a moeda de ouro.

– Bela moeda! – diz o doutor, raspando-a com a unha. – Você tem um tesouro guardado?

– Meu tio me emprestou.

– Ah, o seu tio! Uma grande vantagem possuir um tio assim!

Dulcamara entrega, então, a garrafa a Nemorino, que a recebe extasiado.

– Adina, agora, haverá de me amar! – diz ele, alisando amorosamente o frasco.

– Calma, não é a lâmpada de Aladim! – diz o doutor, jocosamente, ao mesmo tempo em que resmunga baixinho para si: "Tolo igual a este nunca vi!".

O elixir do amor

– De que modo devo usá-lo? – pergunta Nemorino.
– Sendo um elixir, meu filho, o melhor é bebê-lo!
O camponês abre a tampa e cheira o conteúdo.
– Pffffui! Parece zurrapa! – diz ele, com uma careta.
– Bordeaux, meu garoto! Meus elixires são feitos à base do mais fino Bordeaux! E feche essa tampa! O vapor é parte constituinte da química.
Neste instante, Nemorino relembra a observação de Gianetta:
– Mas, espere, eu já estou apaixonado! Não seria melhor que, em vez de mim, Adina o bebesse?
– Nada disso, quem deve beber é você! – diz Dulcamara, irritado.
Após tomar a garrafa, ele mostra o rótulo com o dedo:
– Leia aqui: o efeito do tônico é "osmótico-irradiante"!
– *Osmótio* o quê...?
– Você bebe e a garota se apaixona, entendeu? Química transubstancial!
Dulcamara desce da carruagem e se prepara para ir à hospedaria.
– Espere! – diz Nemorino. – Quando devo procurá-la?
Dulcamara dá um suspiro de impaciência:
– Beba um gole a cada hora, até esvaziar a garrafa. Amanhã estará vazia.
"E eu bem longe daqui!", sussurra ele, tomando o rumo da estalagem.
– Não revele nada à donzela, nem a ninguém, ouviu bem?
Nemorino sorri, olhando para o elixir, certo de que Adina será sua. Sua vontade, no entanto, de conquistá-la é tão grande que ele resolve tomar logo o primeiro gole. Após destapar a garrafinha com as mãos trêmulas de emoção, ele experimenta o elixir – na verdade, um vinagre ordinário temperado com algumas ervas escolhidas ao acaso e adoçado com uma colher de melaço.
– Hum, que delícia! – diz Nemorino, enganado pelo melaço.
Ele tapa a garrafa, mas não resiste a dar uma segunda bebericada.
– Vamos apressar as coisas! – diz ele, dando outro longo gole.
Influenciado pelo vinho e pelas douradas promessas do charlatão, ele começa a sentir um calor delicioso espalhar-se por todo o corpo.

— Estará Adina sentindo o mesmo? – diz para si, antes de empinar outra vez a garrafa.

Nemorino aproveita para sacar do seu alforje um pedaço de queijo e de pão, começando a fazer uma verdadeira refeição. Após terminá-la, ele guarda a garrafa vazia e sai cantarolando em direção ao bosque onde crê que Adina ainda esteja. Ela, porém, está vindo justamente pela rua e, ao ver o seu admirador, tenta esconder-se atrás de uma árvore.

— Irra! Lá vem o importuno!

Nemorino cantarola alegremente, o que deixa Adina intrigada.

— Nemorino alegre? Esta é nova! Desde que o conheço só o vejo lamuriar-se!

Saindo, então, de seu esconderijo ela resolve ver que novidade é aquela. O camponês, no entanto, ao avistar a sua amada, é assaltado pelo temor de que o elixir não faça efeito.

— Amanhã! O doutor foi bem claro, só devo vê-la amanhã! – diz ele, desviando os olhos.

Adina fica ofendidíssima, não pelo desdém, mas pela má encenação.

— Ora, o tolo! Faz que não me vê! Pensa, então, que não lhe percebo o estratagema?

Adina, porém, picada pelo despeito, não consegue resistir à tentação de ver Nemorino rastejar outra vez a seus pés. Ao passar por ele, porém, não é sequer cumprimentada.

— Mas que idiota! Deve estar louco se pensa que vou voltar para lhe implorar atenção!

Adina dá mais quatro ou cinco passos e para. Aquilo não pode ficar assim.

— Vou desmascará-lo! – diz ela, retornando.

Ao vê-lo com a mesma indiferença, ela então gargalha:

— Muito bem, sr. chorão! Vejo que aprendeu a lição!

Nemorino a observa com o ar distante.

— Lição? Que lição?

— A de desprezar quem não nos quer! – diz Adina. – Mas, no seu caso, não funciona: nunca ouviu dizer que quem desdenha quer comprar?

Nemorino, sabendo-se mau ator, logo confessa:

— Está bem, eu estou testando-a. Mas o desprezo é sincero!

Adina fica aturdida.
– Sincero? Não, não pode ser. E o amor que sentia?
– Esquecerei-o. Basta que me determine a isso.
– Fico feliz, pois voltarei a ter sossego.
– Só mais um dia, e tudo terá acabado.
– Apenas um dia?
– Um dia, apenas.
– Que tolo! Pensa, então, que um amor se esquece da noite para o dia?
– Amanhã acabará – "E você, então, irá me amar!", pensa ele.
– As cadeias do amor não se desfazem. Amanhã estarão ainda mais pesadas!

Neste instante surge Belcore. Como bom soldado, ele canta-rola uma canção de taberna:
– *No amor ou na guerra o assédio, cedo ou tarde, leva ao tédio!*
Adina, ao vê-lo, sente pela primeira vez uma real satisfação.
– Olá, Belcore! Chegou em boa hora!
Nemorino, porém, não pensa assim:
– Lá vem o enfadonho!
Adina, fazendo-se de dengosa, pergunta ao oficial:
– Então, sr. Belcore, ainda persiste no seu cerco?
– Troia está sitiada, minha cara, mas resiste bravamente.
– Mas o seu coração não lhe diz que, cedo ou tarde, cederá?
– Se ainda restar forças ao amor! Se ele ainda quiser!
– Certamente que ainda haverá de querer!
Ao escutar esta promessa velada, Belcore derrete-se todo:
– Então irá aceitar, finalmente, se casar comigo?
– Talvez.
– Quando?
– Logo.
– Dê-me um prazo. Quantos dias?
– Seis dias.
Ao escutar isso, Nemorino, que estava mortificado, alegra-se subitamente:
– Rá, rá! Seis dias, está ótimo assim! "Se preciso apenas de um...", pensa ele.
– Do que está rindo, roceiro? – diz Belcore, ameaçando puxar o espadim.

Nemorino redobra o riso:
– Seis dias! Rá, rá! Seis diazinhos!
Adina, perplexa, diz a si mesma, indignada:
– Não demonstra a menor tristeza! Pior ainda: ri-se como um tonto!
Antes, porém, que ela lhe diga umas boas, Gianetta aparece correndo.
– Ei, sargentinho! Sua tropa anda atrás do senhor! – diz ela, entregando-lhe um papel.
Belcore lê a mensagem: é uma convocação do seu capitão.
– Justos céus! Devo partir amanhã!
– *Amanhã...?!* – exclama Adina.
– Amanhã de manhã! – exclama Belcore, desolado. – Não é possível!
Então, voltando-se em desespero para Adina, implora para que ela antecipe o seu prazo:
– Não posso esperar os seis dias, amada! Casemos hoje mesmo e amanhã partiremos juntos!
Nemorino sente a alma gelar:
– Hoje mesmo...!
Adina, vendo o terror do camponês, sente-se novamente senhora da situação:
– Casarmo-nos hoje? Por que não?
– Espere, Adina! Deixe para casar amanhã! – diz Nemorino, intrometendo-se.
– Ê, paspalho! Que tem que se meter no assunto? – grita Belcore, voltando-se para Adina. – Casemo-nos hoje, amada! Amanhã partiremos!
Nemorino, às costas do sargento, agita o dedo para Adina, em sinal de desesperada negativa. Depois, faz outro sinal, indicando o dia seguinte.
– O que está fazendo aí? – diz Belcore, ao voltar-se. – Vou dar um jeito de uma vez em você!
Belcore saca, finalmente, o seu espadim e avança contra Nemorino.
– Não se case, Adina amada! – grita ele, esquivando-se aos golpes. – Espere mais um dia, apenas mais um dia!

O elixir do amor

– Maldito, eu o farei calar a boca! – diz Belcore, perseguindo em círculos o seu rival desesperado.

– Espere mais um dia! – repete Nemorino, esquivando-se aos golpes, mas sem abandonar o combate.

Num desses negaceios, ele deixa cair a garrafa do elixir fajuto.

– Deixe-o! – grita Adina, apontando para a garrafa. – Não vê que o pobre está bêbado?

– Pois vou furá-lo então como a um odre!

– Deixe-o, é um pobre coitado! Porque me ama, imagina que devo corresponder-lhe!

Depois, estendendo o braço ao sargento, convida-o a ir com ela ao tabelião.

– Ao tabelião? – diz Belcore, com os olhos radiantes.

– Sim, não é lá que se oficializam os casamentos? – diz Adina, olhando não para o futuro noivo, mas para o pobre camponês.

Desmascarado, Nemorino é o retrato do desespero humano.

– Doutor, socorro! – começa a gritar Nemorino. – Socorro, doutor!

– Acho que está louco, em vez de bêbado – diz Gianetta, juntando a garrafa.

Nemorino toma-lhe a garrafa e continua a gritar:

– Ai de mim, acuda-me, doutor, que vai tudo por água abaixo!

– Esqueçam-no! – diz Adina. – Gianetta, avise todas amigas para tomarem parte na festa que logo se fará! Ainda hoje me caso, e um grande banquete acontecerá!

Adina dá o braço ao seu noivo e ambos partem em direção ao cartório, deixando Nemorino em desespero, a clamar pelo doutor.

II
O CASAMENTO

Estamos agora nos jardins da casa de campo de Adina, onde se realiza a cerimônia de casamento. Um toldo colorido foi estendido, cobrindo um amplo espaço, permitindo que todos os convidados se abriguem do sol abrasador. Numa grande mesa estão sentados Adina e seu noivo, acompanhados de Gianetta e do dr. Dulcamara.

Belcore, erguendo-se, propõe um brinde:

— Ao amor e ao vinho, deuses que nos compensam de qualquer fadiga ou aborrecimento!

Enquanto Belcore faz o seu discurso, Adina procura Nemorino com os olhos, sem avistá-lo.

"Bem que eu gostaria de vê-lo agora com a sua empáfia!", pensa ela, vingativa.

Encerrado o brinde, o dr. Dulcamara sugere à noiva que faça um dueto com ele, cantando a "Barcarola da Pequena Gondoleira e do Senador Três Dentes". Ela aceita e ambos começam a cantar a história dos amores do tal senador, um homem rico, mas feio, com uma moça pobre, mas bela.

"Ele tem ducados, e ela encantos", diz a letra, mas, para desgraça do senador, ela deseja se casar com um certo Zanetto, que, além de ser muito mais jovem que ele, ainda possui todos os dentes na boca. O senador tenta defender a sua causa, alegando que "o amor é leve e passageiro, enquanto que o ouro é sólido e indestrutível", mas a gondoleira, ainda assim, o desdenha, preferindo o tal Zanetto.

Quando a canção termina, todos aplaudem com entusiasmo.

— Parabéns, doutor! — diz Adina. — Além de médico, é um grande cantor!

— Obrigado, obrigado! — diz ele, enxugando o suor com seu lenço de bolinhas. — De fato, sou mestre de todas as artes!

Neste instante, chega o tabelião, um tanto atrasado.

— Finalmente, sr. tabelião! — grita Belcore, aliviado.

— Um brinde ao avalista do amor! — grita Dulcamara.

Adina cumprimenta o tabelião, embora insista em aguardar Nemorino.

"Ousará estragar a minha vingança?", pensa ela, franzindo os lábios.

— Que houve, adorada? — indaga-lhe o noivo. — Que nuvenzinha é esta no olhar?

Belcore ordena ao tabelião que dê início à cerimônia, mas Adina pede que se transfira a assinatura do contrato nupcial para a noite.

— À noite? — exclama o noivo, atônito.

— Para que adiantar o clímax? — diz ela. — À noite teremos fogos de artifício.

O elixir do amor

E, com isso, o banquete se encerra. O dr. Dulcamara, com o estômago repleto, resolve trocar o seu elixir infalível por uma salutar caminhada pelos jardins.

Nemorino, que estivera espiando a tudo de longe, aproveita que o doutor está sozinho e aproxima-se discretamente.

Ao reconhecer o camponês a quem vendera seu elixir de araque, o doutor fica pálido de susto:

– Oh, você! – diz ele. – Como está, meu jovem?

– Como poderia estar? – diz Nemorino, quase aos prantos. – Estou desesperado, a mulher que amo está a um passo de se casar com outro!

Dulcamara, reassumindo a segurança, indaga ao camponês:

– Mas e o elixir? Tomou-o como indiquei?

– Tomei-o todo, doutor!

– Então vá vê-la! Se bebeu o elixir, tudo está resolvido!

– Eu tenho medo, doutor! E se ela me recusar?

– Que medo, rapaz? Já não lhe disse que o elixir é infalível?

– Mas e se o efeito já tiver passado?

– Oh, esses jovens de hoje! No meu tempo fazíamos tudo isso de cara limpa!

Então, a fim de reforçar a confiança do jovem, o doutor saca uma garrafa que traz sempre consigo.

– Vamos, tome mais esta e vá falar com ela! Como espera que ela se apaixone por um fantasma?

Nemorino, porém, está sem dinheiro, e o dr. Dulcamara não é amigo de caridades.

– Fale lá com o seu tio, estarei aguardando na Taberna da Perdiz.

Ao ficar sozinho outra vez, Dulcamara cogita em criar um novo produto: o elixir da coragem.

– Seguramente, não faltarão compradores por todo este mundo!

***

Nemorino vai correndo falar com o tio, mas, como ele está às portas da morte, não consegue obter a sua moeda de ouro. Para piorar, na volta encontra com Belcore, que também está incomodado.

– Essas mulheres são mesmo geniosas! – diz ele a si mesmo. – Por que esperar até a noite?

Ao erguer a cabeça, ele avista o rival vindo em sua direção. Nemorino está com uma cara tão desesperada que Belcore não consegue deixar de indagar-lhe a razão:

– Que cara de choro é esta, paspalho?

– Preciso de dinheiro, mas não tenho onde obtê-lo!

– Ninguém manda ser um lavrador miserável – diz Belcore, estufando o peito cheio de insígnias. – Torne-se soldado como eu e disporá de vinte escudos por mês.

– Vinte escudos?

– Sim, e adiantados!

Nemorino, que não vê por mês nem um terço disso, sente-se tentado.

– Mas e a vida de militar, é mesmo boa?

– Não há melhor! Honra e glória, sem falar das mulheres!

– Mulheres...!

– É claro, elas adoram soldados! Qual dos dois você acha que elas preferem: o homem que manuseia a enxada ou a espada? O amor adora esvoaçar ao redor do som de um tambor!

Nemorino, um pacífico homem do campo, começa a se convencer de que deve se tornar, ele também, um homem de armas se quiser triunfar no coração de Adina.

– E os vinte escudos...? – pergunta ele.

– Recebe no ato, ao se alistar. Se quiser, tenho comigo a ficha do alistamento. É só assiná-la e entrará na posse dos vinte escudos e de uma nova e emocionante vida!

Nemorino está tão desesperado que assina logo o documento e, ao receber a bolsa com os escudos, vai correndo até a taberna, onde o dr. Dulcamara o aguarda.

– O rato caiu na ratoeira! – diz Belcore, esfregando as mãos. – De agora em diante está subordinado a mim, como um reles recruta. No primeiro deslize colocarei-o bem aferrolhado numa cela, ou então perfilado diante do pelotão de fuzilamento!

Nemorino consegue uma nova garrafa do elixir do amor e toma-a inteira enquanto regressa à casa de Adina. Esta garrafa é tão inócua quanto a anterior, mas o que ele ainda não sabe é que um

O elixir do amor

acontecimento ao mesmo tempo infausto e feliz acaba de acontecer: seu tio morreu, deixando-lhe toda a sua fortuna como herança.

Gianetta, a mulher mais bem informada de toda a região, é a única a saber do acontecimento, e está comentando o fato com suas amigas, enquanto aguarda o recomeço dos festejos do casamento de Adina.

– Vejam, lá vem o novo milionário! – diz ela às amigas.

Nemorino, que até então não despertara o menor interesse em qualquer uma das camponesas, torna-se subitamente alvo dos olhares ardentes de todas.

Logo começam os cochichos entre elas:
– Sabem, olhando bem ele não parece tão feio assim!
– Feio de que jeito? Eu nunca o achei feio!
– Aquele nariz meio torto até que lhe dá um charme especial!
– Não há nariz torto nenhum! É um nariz aquilino!
– Tem um porte esbelto, também!
– E aqueles cabelos! Uma boa lavada, uma loção e estará um fidalgo!

Nemorino se aproxima e pergunta por Adina, e imediatamente todas o cercam, cobiçosas. Um princípio de briga chega a se estabelecer entre elas, deixando-o assombrado.

"É o efeito do elixir!", pensa ele, enquanto as camponesas o arrastam para um banco, situado sob um florido caramanchão.

Nemorino tenta se desvencilhar das suas novas adoradoras, mas elas o retêm com mil elogios.

– Meu Deus, não era isso o que eu queria! – diz ele, tentando desvencilhar-se. – Se todas me amarem, como terei sossego com minha Adina?

Dali a pouco chegam juntos o dr. Dulcamara e Adina.

– Mas o que é isso? – diz Adina, incrédula de ver o seu ex--adorador cercado de afagos.

Dulcamara não está menos estupefato, chegando mesmo a crer, pela primeira vez, no poder miraculoso do seu elixir.

Ao ver o doutor, Nemorino tenta em vão se desvencilhar:
– Doutor, socorro! Dê-me um antídoto!
– O que o doido está dizendo? – pergunta Adina.
– Espere aqui que eu vou ver – diz o doutor.

Ao chegar lá, porém, descobre que Nemorino não tardou a gostar da situação – afinal, é a primeira vez na vida em que se vê alvo das atenções de todas as mulheres.

Gianetta acabou de convidá-lo para ser o seu par no baile do casamento, e ele imediatamente aceitou, provocando a inveja nas demais.

– Não, ele será o meu par! – grita uma, puxando-o por um braço.

– Não mesmo, será o meu! – grita outra, puxando-o pelo outro.

Então Dulcamara, fazendo uso da sua autoridade de sábio, dá um grito maior que todos os outros:

– Silêncio, gralhas...!

Mas nem assim as gralhas silenciam, obrigando Adina a intervir para pôr as coisas em pratos limpos.

– Nemorino, é verdade o que Belcore me disse?

– Quem é Belcore? – pergunta ele, quase em êxtase.

– Meu noivo, idiota!

– Ah, sim! O que o seu noivo idiota disse?

– Que você se tornou um soldado. É verdade?

– Soldado eu...? Oh, sim, é verdade, agora também sou um soldado! – diz ele, gargalhando. – Bem me disse o seu noivinho que as moças adoravam a nós, homens de armas!

– Você está cometendo um erro, Nemorino! – diz Adina, mas o camponês mal consegue escutá-la, disputado que continua a ser por Gianetta e todas as outras.

– Oh, castigo miserável! – diz ela a si mesma. – Ter de amar quem me despreza!

Dulcamara, por sua vez, também está mais preocupado consigo mesmo:

– É a glória! Meu elixir dará a volta ao mundo! Uma chuva de ouro descerá sobre mim!

Nemorino é finalmente arrastado dali, deixando Adina e o doutor a sós.

– O senhor pode me explicar o que está acontecendo? – solicita ela, atônita.

– Perfeitamente! – diz o doutor, alisando as suíças. – Você está diante do maior inventor do século, ou quem sabe mesmo de todos os tempos!

– Que disparate é esse?

– O elixir, minha cara! Tudo isso é efeito do meu Elixir do amor Dulcamara! – diz ele, retirando uma das garrafinhas do bolso para mostrar à jovem.

Assim que ela pega a garrafa, porém, o doutor a arranca das suas mãos, assaltado por um súbito temor: "Ainda não patenteei o elixir! É uma temeridade deixá-lo em mãos estranhas!".

Como se estivesse de posse da lendária pedra filosofal dos alquimistas, Dulcamara enterra a garrafa nas profundezas do bolso do seu casaco.

– Isto aqui é uma preciosidade, um milagre da minha invenção!

– Ora, o senhor está louco!

– Louca era a tal Isolda, ao tentar apossar-se do meu invento!

– O senhor está passando bem? Que Isolda é essa, em nome de Deus?

– Uma falsária que anda vendendo um elixir ordinário, mal copiado do meu!

– Ai, eu desisto! O senhor quer dizer que ele bebeu deste elixir?

– Do meu, do meu! – grita o doutor, exaltando-se.

– Explique-se com calma – diz Adina.

Dulcamara explica, então, todos os passos que levaram Nemorino a se tornar o Casanova do País Basco.

– Quer dizer que ele estava apaixonado, de fato, por mim?

– Claro, menina! Ele mesmo não lhe disse isso várias vezes?

– Sim, sim! – diz Adina, confusa. – E vendeu sua liberdade para poder adquirir o licor?

– Quase o mesmo. Alistou-se no exército em troca de alguns ducados.

Adina, ao saber do sacrifício que Nemorino fez da própria liberdade, deixa a raiva de lado e se enternece até o último fio dos cabelos.

– Adorado! E tudo para obter o meu amor!

– No fim das contas, saiu-lhe o prêmio muito maior – diz o doutor, não sem alguma ironia.

– Muito maior será o estrago que farei naquelas desavergonhadas! – diz Adina, outra vez enfurecida. – E pensar que aquele nobre coração era só meu!

– Pelo que vejo, você também passou a amá-lo – diz o doutor. – Não me espanta nem um pouco, pois ninguém está a salvo dos poderes do meu licor.

Adina, rendendo-se, confessa o seu estado miserável.

– Sim, doutor, eu amo Nemorino! Quem dera ele voltasse a me amar!

Então, descobrindo ali uma nova oportunidade para comprovar as virtudes do seu elixir, ele retira de novo a garrafa do casaco e o oferece a Adina.

– Vamos, beba-o inteiro e logo ele estará rendido novamente aos seus pés.

– Funcionará? – diz ela, disposta já a acreditar.

– Beba logo! Funcionará às mil maravilhas!

Antes de beber, porém, ela hesita:

– Ao beber não choverão sobre mim todos os homens? Eu só quero Nemorino!

– Não se preocupe. Os dois tendo bebido, ficarão enfeitiçados apenas um pelo outro.

Antes de beber, porém, ela fica paralisada outra vez.

– Ah, meu Deus, o que foi agora? – exclama o doutor.

– Não, não o quero assim! – diz ela, devolvendo o elixir. – Quero que ele me ame pelo que sou, e não por um feitiço! Se algum licor tiver de enfeitiçá-lo, terá de ser aquele diluído em meus olhos!

– Pelo visto essa danadinha entende mais de feitiços do que eu! – diz o doutor a si mesmo.

E é assim que Adina decide reconquistar o seu amado pelo feitiço da sua própria alma.

***

Nemorino, a esta altura, já enjoou de todas aquelas mulheres penduradas em seu pescoço. Nenhuma delas pode equiparar-se à sua adorada Adina.

– Eu vi! Eu vi, sim! – diz ele, retornando ao caramanchão onde deixara Adina e o doutor. – Vi uma lágrima furtiva despontar em seus olhos! Era uma lágrima de despeito e de inveja por ver-me nos braços de todas aquelas outras!

Ao chegar ao caramanchão Adina está só.

– Como está linda, assim triste! Devo me fazer outra vez de indiferente até que se declare?

Adina, porém, já o viu e vem falar com ele.

– Quer dizer que vai partir junto com Belcore? Por que decidiu se tornar um soldado?

Nemorino, a exemplo de Adina, decide então também pôr um fim aos fingimentos:

– Era o único meio que tinha de cativá-la, minha amada!

– Não é mais, meu amor! – diz ela, mostrando o contrato de alistamento.

– O que é isto? – diz ele, tomando o papel que ele próprio assinou algumas horas antes.

– Comprei-o de Belcore. Cabe agora a você destruí-lo e permanecer na sua terra, ou então partir para sempre junto com o regimento.

Adina e dá as costas, como quem vai embora.

– Espere, aonde vai? – diz ele, angustiado.

– Adeus.

– Vai embora por quê?

– Devo ir.

– Sem dizer-me mais nada?

– Nada mais.

Então, estendendo o contrato de volta, ele anuncia a sua decisão.

– Se a minha decisão não lhe importa, então parto hoje mesmo.

– Importa, sim, importa muito!

– Você me ama, então?

– Sim, amo muito!

– Que ventura! Você me ama!

– Amo! E você... também me ama?

– Amo, amo muito mais!

Enquanto os dois se abraçam, Belcore surge à frente do seu regimento, estando de partida. Gianetta e as demais jovens também o acompanham. Após sacar a espada, o sargento a agita na direção do rival:

– Agora já posso enfrentá-lo como a um homem de armas, e não como um reles camponês!

Adina, porém, interpõe-se entre ambos.

– Pare, Belcore! Nemorino é o verdadeiro noivo do meu coração!

Ao ver-se recusado, Belcore decide, então, não se humilhar diante do seu regimento.

– Muito bem, sua inconstante, fique com o plantador de nabos! Cada qual tem o que merece! O mundo está cheio de mulheres que não haverão de me recusar!

Antes que Belcore parta, o dr. Dulcamara ainda tenta fazer um último negocinho.

– Leve-o – diz ele, oferecendo seu elixir. – Garanto que não haverá de lhe faltar mulheres!

Depois que o sargento parte com a sua tropa, o próprio doutor revela a Nemorino que seu tio faleceu, deixando-o como herdeiro universal de todos os seus bens.

– Nemorino, então, está rico? – diz Adina, tonta de espanto.

– Sim – diz Gianetta, olhando com fúria para Dulcamara. – Fui eu quem contou a novidade ao doutor enxerido!

Dulcamara, fazendo-se de bobo, saca a sua garrafinha e continua a falar:

– Tudo por arte do meu maravilhoso elixir!

– Como assim? – dizem todos.

– Minhas caras amigas: este elixir sobre-humano tem o dom não só de despertar o amor, como o de atrair a riqueza!

Com um estalar dos dedos, ele chama seu ajudante.

– Ande, pateta, traga o coche! Temos negócio grande à vista!

Assim que a carruagem chega, ele sobe à boleia e começa a distribuir o elixir, enquanto o ajudante recolhe as moedas no saco de pano, que não tarda a encher.

E assim, enquanto os camponeses aglomeram-se como abelhas ao redor do favo, Adina e Nemorino aproveitam a confusão para irem desfrutar, afastados, dos deliciosos efeitos do mágico licor.

O guarani

de Carlos Gomes

No dia 19 de março de 1870, estreou em Milão, no Teatro alla Scala, a ópera *O guarani*, do compositor brasileiro Antonio Carlos Gomes.

Apesar de integrar, para muitos, o segundo escalão das grandes óperas universais, a obra de Carlos Gomes obteve, desde a sua estreia, uma boa aceitação, e continua a ser apreciada até hoje por muitos cultores do belo canto.

Baseada no romance homônimo de José de Alencar, a história se adaptou muito bem aos palcos graças às peripécias rocambolescas da trama, centrada basicamente nos desafios que o par romântico central deve superar para alcançar a felicidade. Os ingredientes a mais da ambientação exótica e do herói silvícola também contribuíram para enfeitiçar o público europeu, eterno apaixonado pelo mito do bom selvagem.

Carlos Gomes fez algumas modificações no romance original, e uma das mais importantes foi a transformação do vilão Loredano, originalmente italiano, num aventureiro espanhol chamado Gonzáles, a fim de evitar constrangimentos na estreia. Quanto ao aspecto musical, Carlos Gomes inovou ao incluir uma cena de balé no terceiro ato, ousadia estilística que, segundo o crítico inglês Julien Budden, teria inspirado o compositor Verdi a fazer o mesmo em *Aida*, a sua ópera mais famosa.

I
O CASTELO DE DOM ANTÔNIO

Dom Antônio Mariz era, no ano de 1560, um dos pioneiros da ocupação portuguesa no Brasil. Personagem histórico, tinha seu castelo erguido no Rio de Janeiro e vivia em atrito permanente com os indígenas, especialmente os aimorés, que não estavam gostando da ocupação das suas terras pelos homens brancos de além-mar.

Vemos a esplanada do castelo de Dom Antônio, cercada por uma floresta luxuriante. A gritaria infernal das araras e dos papagaios mistura-se ao canto estridente dos caçadores, que retornam felizes da mata após mais uma expedição bem-sucedida de pilhagem e devastação. Nesta época, é preciso dizimar os animais e devastar as florestas a fim de aumentar a penetração do português no território agreste. Quanto aos índios, vistos pelos colonizadores como pouco mais que piolhos aderidos à terra, devem ser escravizados ou simplesmente exterminados.

Os caçadores, liderados por um certo Gonzáles – mercenário espanhol metido por conta própria em terras tropicais –, avançam espalhafatosamente para o centro da esplanada. Depois de colocar um fim na toada pouco inspirada dos caçadores, o espanhol dirige a palavra a Álvaro, outro aventureiro igual a ele, mas de filiação portuguesa. Apesar de andarem quase sempre juntos, ambos estão sempre a um passo do confronto, e é movido por esse ânimo que Gonzáles grita ao português:

– Pronto, lusitano! Já pode correr para o interior do castelo e pôr um fim aos seus mil suspiros! E que um macaco me coma as orelhas se eu escutar mais um único deles!

Álvaro, português esquentadiço, se irrita logo com a provocação, e seus bigodões lusitanos agitam-se de raiva quando dá a resposta:

– E quem lhe deu o direito, cão espanhol, de enumerá-los todos?

Gonzáles, em vez de sacar o punhal toledano, arreganha os dentes e dá, em troca, uma sonora gargalhada.

– Paz, *hombre de Diós*, paz...! – diz ele, exibindo a sua dentição devastada.

Ruy e Alonso, dois serviçais de Dom Antônio, também dão um riso apaziguador.

– Gonzáles, tenha piedade do sr. Álvaro. O *pobrecito* está apaixonado!

Acontece que o espanhol, a exemplo do português, também está apaixonado pela filha do dono do castelo, uma linda jovem chamada Cecília.

"*Sangre* de Castela se não vou, um dia, tirá-lo do meu caminho!", pensa Gonzáles, a acariciar o cabo da sua adaga. "Mas por enquanto devo simular tanto o ódio quanto o amor!"

De repente, porém, o clima de disputa é suspenso com o anúncio da chegada de Dom Antônio, o fidalgo dono do castelo e pai da adorável jovem em disputa.

– Finalmente os tenho de volta! – diz Dom Antônio, num misto de alívio e censura. – Enquanto vocês estavam na mata, nos sobreveio um perigoso infortúnio.

O velho fidalgo, apesar da idade avançada, ainda tem o porte altivo.

– O que houve, Dom Antônio? – pergunta Álvaro, curioso.

– Um dos nossos homens matou, por acidente, uma índia aimoré, e agora os cães malditos querem vingança.

Gonzáles, num ímpeto instintivo, saca a sua adaga e grita, exaltado:

– *Hay que sangrar estes perros todos del infierno!*

Os outros aplaudem furiosamente a ideia, juntando vivas entusiásticos ao dono do castelo, mas são logo silenciados pelo famoso berro autoritário de Dom Antônio:

– Calados, todos! Vocês não sabem, ainda, que um valoroso cacique da tribo dos guaranis salvou a vida da minha filha?

Um espanto espesso desaba como uma cortina sobre todos os homens.

– Um guarani salvou a vida de dona Cecília? – pergunta Álvaro, incrédulo.

– Sim, ela estava sozinha na mata quando foi surpreendida por um grupo de aimorés – diz o velho, emocionado. – Mas esse bravo índio, do qual lhes falei, livrou-a das mãos assassinas, restituindo-a ilesa ao castelo.

– Quem é ele, afinal? – diz Ruy. – Queremos conhecê-lo!

Como em resposta, surge, vindo do castelo, o salvador de Cecília.

– Aí está ele – diz Dom Antônio, apresentando-o. – Ele se chama Peri. É um espírito nobre que o Deus todo-poderoso, em sua infinita sabedoria, misturou na raça vil dos selvagens.

Peri, vestido como um português, avança com passadas firmes. Seu olhar é franco e límpido, e nele não se observa traço algum de soberba ou malícia.

Gonzáles, ao ver Peri deter o passo, grita-lhe:
– *Adelante, bugre! No hay que tener miedo!*
Peri, em resposta, ergue ainda mais a fronte ampla e da cor do bronze.
– Cacique sou dos guaranis, e não sei o que seja o medo!
Dom Antônio intervém rapidamente:
– Peri demonstra respeito a mim, como um chefe diante de outro, apenas isso – diz ele, estreitando nos braços o salvador da sua filha.
Todos ficam pasmos diante desse ato, menos Álvaro, que compreende tudo.
"Danação! Dom Antônio já considera Peri como um verdadeiro português!", pensa ele, tremendamente inquieto.
– E então, bravo guerreiro, que novidades traz dos malditos aimorés? – indaga o velho fidalgo.
– Os aimorés planejam, em silêncio, a sua vingança – diz Peri, velho conhecedor das táticas do inimigo, uma vez que guaranis e aimorés vivem uma rixa perpétua desde o começo dos tempos.
Dos paços do castelo surge Cecília, cantarolando os versos de uma canção que fala do retorno breve do seu amado.
"Amada! É a mim que ela espera!", pensa Álvaro, de olhos postos na doce figura, enquanto Gonzáles tem os olhos postos no odiado rival.
– Cecília, minha filha – diz Dom Antônio, ao avistá-la. – Venha cá receber aquele que escolhi para ser o seu esposo.
Cecília, uma linda jovem de cabelos loiros e cacheados, avança com graciosa leveza, a ponto de seus pés parecerem pisar sempre meio centímetro acima do chão.
– Ele... *meu esposo*? – diz ela, gaguejando.
– Sim, eu! – responde Álvaro, alçando a bigodeira.
A recepção fria da jovem, porém, enche de despeito a alma do lusitano.
– O que houve, bela donzela? Terei, porventura, a surpreendido?
Cecília, de olhos baixos voltados para Dom Antônio, diz apenas isto, em muda resignação:
– Cedo à vossa vontade, meu pai.
Uma careta de contrariedade desfigura o rosto de Álvaro de maneira tão intensa que uma das pontas do bigode quase chega a

entrar-lhe pela orelha. Antes, porém, que ele possa dizer algo, o badalar do sino da capela do castelo vem convocar todos os corações piedosos para o ato diário de devoção à Santíssima Virgem.

– De joelhos, pecadores! – ordena Dom Antônio, subitamente alterado.

Dom Antônio é um beato extremado, cujo culto fanático à Virgem roça quase a demência. Num brado ensurdecedor, ele repete a oração de todos os dias, concluindo numa intimação brutal para que todos confiem na proteção da Santíssima Virgem.

Enquanto Dom Antônio debulha fanaticamente o seu rosário, Gonzáles combina um encontro secreto com os *compañeros* Ruy e Alonso.

– Ao cair de *la noche*, na gruta do selvagem...!

Peri, no entanto, que tem um ouvido no céu e o outro na terra, escuta tudo e decide ir lá também, a fim de descobrir o que trama aquele espanhol de maus dentes.

Dom Antônio encerra a sua oração puxando a espada e lançando aos céus este brado feroz de desafio:

– Já temos a proteção da Suavíssima Virgem! Que venham os cães aimorés!

Todos gritam urras à Virgem Maria, transfigurada, na iminência do conflito, em Minerva guerreira. Dom Antônio convoca todos os homens para que o acompanhem ao castelo, onde deverão preparar suas armas para o combate que se aproxima. Antes, porém, que Peri os acompanhe, Cecília o chama.

– Espere, Peri, quero falar-lhe.

Peri se detém, algo surpreso.

– Diga, filha do Grande Chefe Branco.

Cecília aproxima o seu rosto e diz, num tom evidente de mágoa:

– Por que me evita?

Peri, com os olhos postos nos lábios escarlates da jovem, sente-se confuso.

– Não devo me aproximar de você, pois sou de outra raça.

– Você é o meu anjo tutelar, o homem nobre que salvou a minha vida!

– A filha do Chefe Branco pertence ao sr. Álvaro, a quem já deu o seu consentimento.

– O sentimento filial do dever o fez, e não o meu coração!

Então, ao ver que Cecília de fato o ama, Peri resolve abrir, ele também, o seu coração.

– Uma força suprema arrasta-me para você. Dardos mais agudos que as flechas aimorés cravam-se, um após outro, no meu peito, tornando impossível esquecê-la.

De repente, porém, Peri lembra do encontro marcado pelo espanhol, e anuncia que deve partir.

– Uma conjura está em andamento, e devo evitá-la.

– Conjura? Alguém conspira contra meu pai?

– Várias pessoas.

– Quem?

– Só direi quando puder acusá-los. Enquanto isso, melhor será que a filha do Chefe Branco retorne ao castelo.

– Está bem, mas cuide-se, bravo guarani! Não suportaria vê-lo morrer!

A jovem despede-se com um terno olhar, enquanto Peri vai tratar de salvar, pela segunda vez, a vida daquela que já pode chamar de sua amada.

II
A GRUTA DO SELVAGEM

A Gruta do Selvagem é uma caverna situada nos arredores do castelo de Dom Antônio. Situada no limiar da floresta densa, tornou-se para os portugueses uma espécie de posto avançado da civilização, onde o homem branco, temeroso dos ardis ocultos da selva, prepara as suas próximas investidas. Os selvagens, por sua vez, veem a gruta como o último baluarte da selva contra a invasão dos rapineiros brancos, e assim o local, ora nas mãos de uns, ora nas mãos de outros, está sempre em perpétua disputa.

No presente momento, a Gruta do Selvagem está em poder dos portugueses.

Ao colocarmos nossos olhos sobre ela, podemos ver, do lado de fora, a figura de Peri, a espionar. Do lado de dentro, por sua vez, estão três homens de cócoras. Um archote tinge de amarelo os seus chapelões desabados, enquanto eles cochicham estas palavras de traição:

— *Hay en las tierras del viejo una valiosa mina de plata*! — diz uma das vozes, que podemos facilmente identificar como a do aventureiro Gonzáles.

— Uma mina de prata? — diz Ruy, secundado por Alonso: — Como sabe?

— *Perros del infierno*! Que lhes importa? Sei de fonte segura! — diz o espanhol. — O que devemos fazer é tratar de provocar *una sedición* a fim de nos apossarmos de toda *la plata*!

Diante de uma proposta tão sedutora, Ruy e Alonso não hesitam em selar o pacto com o espanhol.

— Mas não é *solamente esto que busco* — diz Gonzáles, a quem o muito não basta. — Ambiciono, *más que todo, a la mano de Doña Cecília*!

Gonzáles ergue um pouco a cabeça, fazendo com que o reflexo do archote acrescente um tom âmbar aos seus olhos.

— *Perro* danado! Quer tirá-la, então, do *pobrecito* do Álvaro! — diz Ruy, divertido.

Os três chapelões oscilam numa mesma cadência de riso.

— *Por supuesto! La muchacha estará muy mejor em mis manos*!

Então, Peri, não podendo conter mais a sua ira, anuncia de forma desassombrada a sua presença.

— Cães traidores!

Como num raio, Ruy e Alonso enterram os chapelões na cabeça e, após se esgueirarem para fora, como ratazanas, desaparecem na selva. Já Gonzáles, decidido a eliminar o espião, investe como um celerado para fora da gruta, de punhal fremente na mão.

— *Perro del infierno...! Tengo esto para usted!*

A adaga se estorce em sua mão, sedenta do sangue do bravo guarani, mas este, ignorando o brilho mortífero do aço, fita altivamente os olhos do espanhol.

— Traidor da sua própria gente! — grita ele e, antes que Gonzáles possa latir alguma resposta, agarra-o com firmeza pelo pulso. Não é uma mão, mas um torniquete de músculos de bronze que passa, a partir dali, a esmagar com força bestial o punho desmilinguido do espanhol. Gonzáles, arreganhando os cacos dos dentes, tenta conter, a todo custo, o grito abjeto de rendição, até que, sentindo esfarelarem-se os ossos, rende-se miseravelmente.

– *Basta, por la Virgen*! – geme ele, enquanto o punhal tomba sobre o pó.

Peri, decidido a poupar a vida do miserável, ordena-lhe simplesmente que abandone as terras de Dom Antônio.

– Se tornar a vê-lo por aqui, meu coração não conhecerá, outra vez, o perdão!

– Partir?! Para *donde*? – diz o espanhol, tentando comover aquele nobre peito que ele julga ingênuo.

– Escolha, vilão: a fuga ou a morte! – diz o índio, terminativo.

Então Gonzáles, dando-se conta de que bem pouca coisa tem a perder – já que nada o impede de quebrar, logo adiante, a promessa –, faz o que dele se espera.

– *Muy bien, yo lo prometo!*

– Verme...! Promete o quê?

– Prometo que abandonarei, *para siempre*, as terras de Dom Antônio.

Gonzáles desaparece dentro da selva, enquanto Peri regozija-se por ter salvo, pela segunda vez, a vida da sua adorada Cecília.

***

Naquela mesma noite o pérfido Gonzáles vai reunir-se aos seus dois comparsas no esconderijo dos mercenários, uma cabana rústica onde a pior laia trama as suas próximas patifarias. Não há um único banco ou tamborete naquele covil da desonestidade que não esteja preso por correntes ao pé da mesa solidamente pregada ao chão.

Gonzáles, festivamente recepcionado, está à cabeceira da mesa junto com Ruy e Alonso. Ao redor dele está um grupo de cerca de 25 degredados que a lei portuguesa enviou para o inferno verde do Brasil, a fim de expiarem os seus crimes. Todos têm nas mãos canecas transbordantes da zurrapa que uma feiticeira guarani cozinha, dia e noite, num caldeirão.

Gonzáles, como chefe do bando, anuncia que irá despejar ouro sobre a cabeça de todos quantos o ajudarem a apossar-se das terras de Dom Antônio. (Por conta própria, ele converteu a prata em ouro, para melhor convencimento.) Felizes, os bandidos juntam suas vozes para entoar a Canção dos Aventureiros, uma versalhada imoral que exalta a vida criminosa, liberta dos deveres e guiada exclusivamente "pela mira do mosquete".

Quando soa a meia-noite, entretanto, Gonzáles coloca a sua garrucha sobre a mesa e anuncia aos seus comparsas que é chegada a hora de pôr o plano em ação.

– *Adelante, compañeros*, e que nenhum olhar traia nossa mais secreta *intención*!

E assim partem todos para desapossar Dom Antônio de Mariz de suas amadas terras.

***

As doze badaladas noturnas já soaram e Cecília está sozinha em seu quarto. Ela está à janela e tem nas mãos uma guitarra andaluza. Dedilhando as cordas com delicadeza, ela entoa os versos de um fado melancólico que fala das desventuras de um certo "príncipe que não queria amar", mas que a visão súbita de uma bela jovem obrigou, certo dia, a render-se à doce tirania do amor. Cecília vê na figura imaginária do príncipe a imagem do seu amado Peri. Após deixar cair desconsoladamente a guitarra, ela retorna à sua cama.

Assim que a jovem acomoda a cabeleira dourada no travesseiro perfumado de alfazema, Gonzáles, como um morcego noturno, penetra no aposento pela mesma janela onde ela suspirara o seu fado. Pé ante pé, ele aproxima-se do leito onde Cecília já adormeceu. Um sorriso doce torna ainda mais belas as suas feições, o que só faz redobrar a cobiça do invasor.

– *Sangre del demónio*! Dormindo fica ainda *más chica*! – diz ele, lutando contra si mesmo para não cometer uma loucura. – Ah, se você me amasse, linda donzela, que homem nobre e digno eu seria...!

Gonzáles está imerso no seu delírio quando Cecília, sentindo o mau odor do invasor, desperta.

– Mãe protetora! Quem é você? – grita ela, colando ao rosto as palmas das mãos.

– Psiu, nada tema! – diz o invasor. – O amor mais puro guiou os meus passos até você!

– Amor?! – diz ela, perplexa. – Seu monstro! Não corrompa tão sublime palavra!

– Adorada! Veja as minhas mãos! – diz ele, subitamente inspirado. – Delas goteja o sangue que só o seu puro amor poderá um dia limpar!

Gonzáles ainda tem as mãos estendidas, como num ofertório, quando uma flecha vinda da janela assovia no ar e as trespassa. Um grito medonho sacode o quarto. Com as mãos lavadas de um sangue agora bem real, o espanhol saca a garrucha e corre até a janela, de onde efetua, às cegas, um disparo.

Alertados pelos ruídos pavorosos do grito e do tiro, os ocupantes do castelo acorrem até o quarto da jovem. Álvaro, o prometido de Cecília, é o primeiro a chegar.

– Cão infernal! O que faz aqui? – grita ele a Gonzáles.

Cecília, na ausência do seu amado guarani, atira-se aos braços do seu segundo salvador, invocando-lhe, aos prantos, a proteção.

Mas os comparsas do pérfido espanhol não tardam, também, a entrar em cena.

– *Muy bien, compañeros*! – diz Gonzáles, triunfante. – Peguem *la muchacha*!

Álvaro, porém, sacando o florete, põe-se bravamente entre ela e os invasores.

– Para trás, malditos!

Como aviso, ele aplica com a lâmina afiada um fendente velocíssimo sobre a face do invasor mais próximo, arrancando-lhe parte do nariz.

Neste ponto Peri ingressa no quarto pela mesma janela. Olhando para a face atônita do espanhol, ele reconhece imediatamente o traidor.

– Maldita hora em que poupei o seu sangue negro! – diz o cacique, irado.

Dom Antônio presencia tudo com o mais absoluto espanto, até que um grito escapa da sua boca, fazendo tremer as pelancas do seu pescoço:

– Infames! Uma conjura debaixo do meu teto!

Mas, neste instante, um mal ainda maior, vindo de fora do castelo, vem se abater sobre todos. Um lacaio de olhos arregalados anuncia que os aimorés acabam de cercar o castelo. O ruído infernal dos gritos dos selvagens penetra pela janela, fazendo eriçar os cabelos da nuca do velho fidalgo.

– Às armas! Às armas! – grita ele, enlouquecido.

Dom Antônio conclama todos os cristãos a defenderem o castelo, mesmo que para isso seja preciso exterminar até o último dos aimorés. Todos tomam seus arcabuzes, espadas e alabardas, e, numa gritaria endemoniada, abandonam o castelo para lançar-se contra o bárbaro agressor.

– À vitória! Pela Virgem e por El-Rey! – urra Dom Antônio, de espada em punho.

O sol nascente se ergue por detrás das torres do castelo, lançando sobre os bravos cristãos uma aura dourada de luz. Dom Antônio de Mariz, com lágrimas nos olhos, compreende que ela anuncia o triunfo da fé verdadeira sobre a mais negra barbárie.

III
OS PRISIONEIROS

É noite, e o combate já se encerrou, com o triunfo absoluto da mais negra barbárie.

Estamos agora no acampamento dos aimorés vitoriosos, onde Cecília, prisioneira na oca central, aguarda a sentença fatal que porá um fim medonho à sua vida. Do mesmo modo como fazem os portugueses após obterem uma vitória espetacular, os aimorés tagarelam animadamente entre si, entrecortando as falas com estampidos de risos, que a pobre moça, na incompreensão do medo, julga obscenos e dirigidos a si. Do lado de fora da oca, grandes grelhas fumegam sinistramente, espalhando por toda a taba o odor abominável de carne humana assada.

Cecília está imersa em suas apreensões quando o cacique, vestido apenas com uma trombeta rudimentar presa à cintura, adentra a oca. No ato, ela reconhece o estranho objeto como sendo um fêmur humano. Logo em seguida, é obrigada a fixar o rosto do morubixaba, pintado com uma tinta vermelha que não admite outra origem que não a do sangue humano. O velho despeja sobre o seu rosto um amontoado de frases iradas, das quais só compreende o refrão "cães portugueses", mil vezes repetido, até o instante em que ele, imprevistamente, encanta-se com sua cabeleira dourada. Tomado, então, por um fascínio selvagem, o cacique decide que Cecília, em vez de escrava, se tornará a sua rainha.

— *Tu, rainha... minha tribo...!* – grita o cacique, fazendo com que Cecília compreenda, afinal, o destino que lhe espera.

Neste momento um grupo de aimorés se aproxima ruidosamente da oca, solicitando a atenção do cacique. Eles trazem Peri amarrado com a muçurana, uma corda grossa muito utilizada por eles em seus rituais antropofágicos.

Ao ver o seu amado guarani, Cecília sente sua alma renascer.

— Peri!... você vive, então!

A alegria do guarani é idêntica à da jovem, a ponto de ele esquecer a própria desgraça.

— Cecília salva! Deus seja louvado!

Tomado por uma vertigem de ciúme, o velho cacique identifica em Peri um perigoso rival, e decide providenciar a sua rápida execução. Mas, como nem mesmo ele, com todo o seu poder, possui autoridade para suprimir o ritual ancestral que deve preceder a morte do prisioneiro, ordena aos comandados que deem início a ele.

Peri, amarrado ao poste da execução, é deixado ali com sua amada Cecília, para que se cumpra o preceito da vigília que antecede o pavoroso ritual.

— Diga-me, amado Peri, o que foi feito de meu pai? – pergunta ela, assim que ambos são deixados a sós.

— Seu pai ainda vive – diz o guarani, para grande alívio de Cecília.

— Peri, tente fugir!

— Fugir à execução é a suprema desonra para um chefe guarani! Se o fizesse, perderia, para sempre, a condição de homem honrado, tendo de viver o resto da vida como um renegado das selvas, companheiro dos morcegos e das cobras!

— Deixe, então, que eu morra em seu lugar!

— Cecília amada! Através da minha morte posso salvar a sua vida e também a de seu pai.

Cecília, surpreendida pela novidade, cobre os olhos e chora, implorando que ele não morra por ela, mas já é tarde, e o cacique e os seus homens retornam, prontos para darem início à parte final da execução.

— Ainda não! – diz o cacique aimoré. – O golpe fatal pertence a mim!

Antes de vibrar o golpe que porá fim à vida de Peri, o cacique invoca as bênçãos de Tupã – um retardo mais que providencial, já que, logo em seguida, escuta-se o estrondo de uma fuzilaria.

Instantaneamente, cerca de dez aimorés tombam ao chão, dilacerados. Em resposta, o cacique ordena que os seus bravos arremessem flechas nos agressores – um punhado de portugueses sobreviventes, comandados por Dom Antônio.

– Matem todos esses cães! – grita o velho fidalgo, ordenando nova e devastadora carga.

Uma fumaça branca é cuspida da boca dos arcabuzes, e mais uma dezena de aimorés desaba estraçalhada sobre o pó, ao mesmo tempo em que Cecília, aproveitando-se da balbúrdia, liberta Peri do jugo da muçurana, jogando-se com ele ao chão.

– Abaixe a cabeça! – diz ela a Peri, grudando o nariz no chão, enquanto a chuva de balas e de flechas mistura nos céus a ponto de obstruir a luz do sol. O cacique aimoré, recebendo uma carga certeira no peito, tomba morto ao chão, provocando imediato terror em suas hostes.

O corpo do bravo chefe aimoré é retirado às pressas do local, fazendo com que o confronto finalmente cesse. Dom Antônio, arremessando longe a espada, corre a abraçar a sua filha, o mesmo fazendo com o valoroso chefe guarani, a quem já vê, também, como seu próprio filho.

IV
O FIM DO CASTELO

Uma tocha solitária, fincada numa pilastra, ilumina frouxamente os subterrâneos do castelo de Dom Álvaro de Mariz. Num dos cantos há uma pilha de barris de pólvora, capaz de arrasar o castelo inteiro até os seus fundamentos.

Neste ambiente opressivo estão escondidos os conspiradores, como ratos num porão, no aguardo do retorno do velho fidalgo. Enquanto as paredes do castelo vertem água, como um gigante de pedra a suar de aflição, os mercenários continuam a tramar a sua conspiração, mesmo sob a ameaça do retorno iminente dos aimorés.

– Que morra Dom Antônio! – grita Gonzáles, o chefe dos conspiradores.

Há muita prata em jogo para que o mercenário espanhol se resigne a fugir, e por isso, ele já tomou as suas providências, arquitetando uma nova traição.

– Consegui fazer um acordo com *los índios* – anuncia ele.

– Que espécie de acordo? – pergunta alguém.

– Indiquei-lhes o caminho para adentrarem o *castillo*.

Um ar de terror se desenha em todas as faces.

– O que disse? Vamos permitir que os aimorés invadam o castelo? – espanta-se Alonso, estupefato. – Somente Dom Antônio é capaz de meter medo nos selvagens!

– *Cabrón de los infiernos*! – ruge Gonzáles, irado. – *Entonces no sabes* que ele nos condenou a *la muerte*? Depois de matar os selvagens, podem estar certos de que *el viejo, sin la menor piedad*, ordenará a nossa morte! Que outra coisa esperam desse *viejo* vingativo?

Alonso comunica a Gonzáles que Álvaro, o pretendente de Cecília, morreu às mãos dos aimorés, o que torna a defesa do castelo ainda mais incerta.

– Menos mal que tenha morrido, pois era tão nosso inimigo quanto o velhote! – diz o espanhol. – Eu quero saber o que foi feito da *muchacha* e do índio seu amante!

– Ambos foram salvos por Dom Antônio.

– O índio também deve morrer, além do *viejo*!– sentencia rapidamente Gonzáles. – Agora ouçam: o que importa, a partir de agora, é que, com a entrada dos aimorés no castelo, estaremos livres para nos apoderarmos destas terras *e de todo el oro* escondido!

– Mas e os aimorés?

– O que há com eles? *No pasan* de selvagens imbecis! Tudo quanto *quieren* é destruir Dom Álvaro e expulsar *los lusitanos* de suas terras. *El oro no* lhes interessa!

O que o espanhol ainda não sabe é que Dom Antônio já entrou secretamente no castelo, juntamente com Peri e sua filha, e escuta toda a conversa atrás da porta que dá acesso ao subterrâneo.

– Canalhas...! – diz ele, baixinho, a Peri, que está ao seu lado.

Então, ao ver que jamais poderá impedir o triunfo dos aimorés, agora ajudados pelos conspiradores, o velho fidalgo toma a mais drástica decisão de toda a sua vida. Após retirar-se dali até uma cripta mais afastada, ele a comunica ao guarani:

– Peri, quero que fuja juntamente com a minha filha.

— O que diz, Dom Antônio? Pretende derrotar sozinho os índios e os traidores?

— Sim — responde o fidalgo, com férrea decisão. — Há um meio certo de destruir até o último dos meus inimigos!

— Que meio é esse, senhor?

— Pretendo explodir o castelo!

— Mas... isso seria a destruição da sua maior obra!

— Para um português, o maior feito é ter uma morte honrada!

— Pois bem, permanecerei convosco até o fim!

— Não, a sua incumbência é a de salvar a minha filha.

Dom Antônio tem algo mais em mente, mas reluta em dizer.

— Álvaro, como bem sabemos, está morto — diz ele, afinal. — Lástima que você seja um pagão! Se assim não fosse, eu chegaria ao extremo de entregar-lhe a mão de minha querida filha, pois você mostrou ser um bravo guerreiro!

Peri, então, diante dessa perspectiva maravilhosa, não hesita em comunicar o fidalgo de que está disposto a abjurar a sua fé pagã e passar a venerar, dali por diante, o deus dos portugueses.

— Vai venerar o Deus único, meu bom jovem, o deus de todos nós! — diz Dom Antônio, passando a improvisar, rapidamente, um ritual de batismo para o guarani.

Peri ajoelha-se, enquanto o fidalgo lhe estende, como se fora uma cruz, o guarda-mão invertido da sua espada.

— Jure, sobre esta cruz, a sua fé perpétua no Deus de Nosso Senhor Jesus Cristo!

Peri, de cabeça baixa e alma contrita, confirma o seu juramento.

Cecília entra correndo na peça com uma tão terrível quanto esperada notícia:

— Meu pai!... Peri!... Tomem as armas, pois os aimorés já estão no castelo!

Dom Antônio faz com que Peri se reerga e lhe diz, com autoridade:

— Agora você já é um cristão! Ordeno que abandone imediatamente o castelo, levando consigo a minha amada Cecília!

A jovem tenta resistir, mas o guarani lhe explica que não há mais tempo para tentar outra solução.

— Seu pai pretende sacrificar a sua vida por você.

— Não! Não! Morreremos juntos, então!
Mas o fidalgo é enérgico na sua recusa:
— É uma ordem que dou a vocês dois: fujam, e levem no peito a memória do meu feito mais valoroso!
Com um olhar severo, Dom Antônio ordena que retire Cecília da sua presença.
— Adeus, filha adorada! Adeus, bravo guerreiro! Os céus não admitem que eu tenha outra atitude!
Peri carrega nos braços a jovem, que já perdeu os sentidos, e foge para longe do castelo, enquanto Dom Antônio permanece ainda alguns instantes no local, a fim de permitir que eles estejam a salvo do verdadeiro inferno que pretende fazer desencadear em todo o castelo. Após ajoelhar-se e encomendar sua alma a todos os santos do paraíso, Dom Antônio, apoiando-se na espada como no bordão dos peregrinos, põe-se novamente em pé e brada com todas as suas forças:
— Pela Virgem Santíssima e pela destra de Samuel, invoco a ira sagrada do Senhor dos Exércitos!
Dom Antônio desce os degraus que conduzem ao subterrâneo onde estão reunidos os conspiradores e mete-se pela porta com a espada numa das mãos e a garrucha engatilhada na outra. Seu aspecto não é mais o de um homem, mas o de um ser transfigurado, capaz de tudo para concretizar as suas intenções.
— Traidores infames! — brada ele. — Agora pagarão por todos os seus crimes!
Gonzáles, ao ver que o velho está sozinho, transforma o seu terror no escárnio mais abjeto.
— Ora, vejam! *El viejo* ficou louco de vez!
Ao imaginarem que o velho não representa risco algum, os demais também o recebem com risos.
— Deixe de *tonterías, viejo*! — diz Gonzáles, apontando para cima. — Os aimorés já tomaram todo *el castillo*! Fizemos um pequeno acordo com *estos selvagens del infierno*, bastando que *lo* entreguemos em *sus manos* para que tenhamos salva *nuestra* pele! *Después* disso, partirão, deixando para *nosotros el castillo* e todas *las tierras llenas de plata y de oro*!
Enquanto o espanhol pronuncia suas palavras, o velho fidalgo aproveita para aproximar-se rapidamente da pilha dos barris.

– Alto lá! Nem *más un passo!* – diz Gonzáles, compreendendo tudo subitamente.

Mas, antes que qualquer um dos seus adversários possa reagir, Dom Antônio toma nas mãos o archote e o arremessa na direção dos barris.

– *Perro viejo de todos los infiernos!* – grita Gonzáles, no mesmo instante em que uma multidão de aimorés invade o esconderijo subterrâneo.

Mas já não há mais tempo para nada: surge um clarão súbito e terrível e, uma fração de segundos depois, o castelo inteiro salta pelos ares numa explosão apocalíptica.

Ao longe, e em segurança, Peri e Cecília, tomados pela mais reverente admiração, assistem à última proeza terrena praticada por Dom Antônio, o fidalgo mais ilustre da casa dos Mariz.

Fausto
de Charles Gounod

Definida como uma versão "adocicada e doméstica" do drama imortalizado por Goethe, a ópera Fausto tornou-se um sucesso absoluto desde a sua estreia em 1859 – o que não impediu que o orgulho germânico, para não ver confundidas as duas obras, tivesse trocado o seu título, em terras alemãs, para Margarethe, o nome da heroína (que, na ópera original, recebe o nome afrancesado de Margarida).

A verdade é que existem inúmeras versões da lenda do dr. Fausto, e as de Gounod e de Goethe são apenas mais duas que fluem a partir dessa lenda antiquíssima.

Gounod fez uma primeira versão bastante mais extensa do que aquela que se convencionou apresentar nos palcos, mas ela terminou encurtada durante os ensaios, favorecendo-se as peripécias trágicas do par central em detrimento dos divagações metafísicas que, nas versões mais literárias, são sempre o assunto principal – algo perfeitamente compreensível.

I
O GABINETE DO DR. FAUSTO

Estamos na Alemanha, no século XVI – uma época em que, obcecados pelo diabo, os alemães são capazes de enxergá-lo até mesmo dentro das xícaras.

O dr. Fausto, médico famoso e alquimista nas horas vagas, está encerrado no seu gabinete de estudos, a espremer os miolos sobre uma pilha de pergaminhos embolorados. As páginas amareladas estão recobertas de caracteres góticos e de gravuras extravagantes, representando panelas, retortas e criaturas de rabo comprido a remexê-las com um sorrisinho suspeito.

O dr. Fausto está insatisfeito consigo mesmo, daí a razão de procurar nos segredos da alquimia a solução para os seus aflitivos problemas pessoais.

Mas quais seriam os seus aflitivos problemas pessoais?

Basicamente, ele não se conforma com o fato de ter se transformado em um velho. É verdade que, como todo intelectual, ele inclui outras motivações metafísicas na hora de verbalizar a sua angústia existencial – o drama da finitude humana, o martírio inútil do sofrimento, a absurda fragilidade humana diante de um cosmo esmagadoramente infinito –, mas não nos enganemos: o que deixa o dr. Fausto *realmente incomodado* é o fato de não ser mais um jovem.

Os relógios – cerca de quinze, espalhados por toda a casa – anunciam que a noite se encerra e que um novo dia se inicia. Então, emergindo da sua névoa esotérica, o dr. Fausto atira os braços para cima, num total desconsolo:

– Nada! É em vão que interrogo a natureza! Não adianta continuar a perder o meu tempo: não existem respostas para as questões que tanto me afligem!

Em vez, então, de deixar de lado também as perguntas, o dr. Fausto decide entregar-se de corpo e alma ao mais negro desespero.

– Basta! Chegou a hora de colocar um ponto final neste horror!

O ponto final é de execução maravilhosamente simples, bastando-lhe abrir um vidrinho de veneno que apanhou da gaveta e ingerir dele um único e substancioso gole.

O veneno tem uma coloração convidativa: um verdinho levemente anil, e seu aroma se assemelha a um chá de frutas cítricas, previamente adoçado.

– Vida maldita! Não é em ti, mas na morte que encontrarei abrigo para a minha angústia! – discursa ele, com o vidro suspenso.

O dr. Fausto adora discursos e já está na quinta ameaça de ingerir o gole fatal quando ouve soar, do lado de fora, a voz de algumas jovens. Elas chamam por uma companheira que, apesar do dia já claro, ainda dorme.

– Eia, dorminhoca! Ande, acorde! – dizem as vozes, num tom áspero e elevado.

O dr. Fausto, escutando, faz o gesto de quem espanta um enxame de moscas.

– Sumam, sumam! Não passam de ecos ilusórios da alegria humana!

Ele já se dispõe a beber, de uma vez, o seu trago fatal quando ouve outras vozes – desta vez de um grupo de camponeses que, já àquela hora, marcham com suas enxadas no rumo de mais um dia de árdua servidão. No meio da algazarra, alguém lembra de dar graças a Deus, sabe-se lá por quê.

– Deus...! – exclama o doutor, detendo a mão outra vez. – Deus?! Mas de que me serve Deus? Que solução pode oferecer à minha angústia?

Ele sabe que, mesmo tendo ressuscitado os mortos, Deus não pôde – ou não quis – realizar o milagre do rejuvenescimento. Sabe também que é muitíssimo improvável que, àquela altura, vá realizá-lo na pessoa de um herege descrente.

– Fé e ciência! Que sejam malditas para sempre! – grita ele, em desespero.

Então, num momento de completo desvario, o doutor resolve apelar ao Diabo.

– Muito bem, agora só resta você, Príncipe das Trevas! Venha, potestade maligna, e prove os seus dons, suplantando Deus e a Ciência!

Como num passe de mágica, a figura do Maligno se materializa no espelho e, logo em seguida, com a facilidade de quem transita de um aposento para o outro, põe o pé para fora e penetra em nossa dimensão terrena.

– Quem é você? – gagueja o doutor.

– Quem você acha? Não acabou de me invocar?

Mefistófeles, assumindo os ares do seu século, apresenta-se trajado como um fidalgo alemão, embora sua figura, com a capa atirada ao ombro, o chapéu de pluma inclinada e o longo espadim à cinta, também sugira, de algum modo, a de qualquer um dos Três Mosqueteiros.

– Por que está pálido? – pergunta o fidalgo infernal. – Acaso tem medo de mim?

– Não – diz o doutor, coberto de suores.

– Duvida, então, dos meus poderes?

— Duvido de tudo, mas o melhor mesmo é que desapareça daqui!

Mefistófeles, torcendo o bigode em gancho, parece surpreso.

— Sr. duvidador! Quer dizer, então, que me fez sair do conforto do meu lar apenas para me dizer que descrê dos meus poderes e me escorraçar de volta, como a um lacaio?

— Meu senhor, eu sou um descrente convicto, e, portanto, não creio nos vossos dons nem nas vossas promessas!

Mefistófeles, erguendo as sobrancelhas, explode numa gargalhada.

— Rá, rá, rá! "Descrente convicto!" Esta é boa!

O dr. Fausto, sentindo-se desfeiteado, exclama, irritado:

— Pois saiba que com esses ridículos trejeitos circenses o senhor mais parece um Satanás de opereta do que o temível opositor de Deus!

Ofendido diretamente nos brios, Mefistófeles torna-se subitamente sério.

— Basta! Diga logo o que quer, pedaço de argila! É ouro o que quer?

— Não, a riqueza não me tenta, pois me encontro muito bem de posses.

— Quer, então, a glória? Ou o poder?

— Que disse?! *A glória*?! Mas que glória pode haver em ser aclamado pelos tolos? *Poder*?! Mas o poder implica mandar, e quem manda também é um serviçal, dependente da obediência de lacaios! Não, muitíssimo obrigado! A glória e o poder não passam, para mim, de dois trapos velhos que a vaidade humana veste como se fossem mantos perolados e tecidos com fios de ouro!

— Danação, como fala! Que diabos quer, afinal, tecelão de discursos?

— Quero de volta a juventude! Com ela posso, se quiser, conquistar tudo o mais!

Mefistófeles, envergonhado, enterra as unhas nas palmas das mãos.

"Idiota! É claro, como não pensei nisso antes?"

— Quero possuir outra vez o fogo da juventude! – diz o dr. Fausto, inflamando-se. – Possuir jovens beldades e vê-las retorcerem-se de prazer nos meus braços, como nos dias da minha virilidade!

— Está bem, já entendi! Posso conceder-lhe de novo a juventude – diz Mefistófeles.

Fausto arregala os olhos, descrente outra vez do que ouve.

— Pode mesmo? E o que deseja em troca?

— Que me sirva adiante, tal como agora o sirvo.

Imediatista como a maioria dos ambiciosos, o dr. Fausto sela o pacto.

— Está bem, selemos o pacto! – diz ele, enquanto o Diabo retira um imenso livro das profundezas do seu manto.

— O que é isso?

— O meu livro de assentamentos – diz Mefistófeles, atirando, com estrondo, sobre a mesa, o cartapácio envolto por grossas correntes e um pesado cadeado.

Muita poeira se levanta, mergulhando os dois contratantes numa nuvem de ácaros. Placidamente, o Diabo vasculha os bolsos em busca da chave que tornará possível a abertura das páginas dispostas em ordem alfabética.

— Aqui está! – diz ele, afinal, inserindo uma chave do tamanho de um martelo no buraco do cadeado. Destravadas as páginas ancestrais, Mefistófeles folheia-as meticulosamente, em busca da letra "F".

— "B"... "C"... "D"... – resmunga ele.

— Sim, e depois do "E", vem o "F"! Vá de uma vez para o "F"! – diz o doutor, agoniado.

O Diabo suspende a operação para lançar um olhar gélido na direção do contratante.

— Está insinuando, por acaso, que não conheço o alfabeto?

O breve instante de tensão é ultrapassado quando o Diabo recomeça a folhear. Após virar algumas páginas, ele chega finalmente aonde quer.

— Muito bem, assine! – diz ele, apontando uma linha em branco com a unha adunca. Na outra mão ele tem um tinteiro transbordante e uma pena de corvo.

Fausto toma a pena e mergulha-a no tinteiro. Ao retirá-la, porém, percebe que ela goteja uma suspeitíssima tinta escarlate.

— O que é isso?

— A tinta dos pactos! Vamos, assine!

O dr. Fausto, porém, impressionado, hesita.

– O que espera? – grita o Diabo. – Sabe escrever, eu imagino!

O doutor, devolvendo a pena ao tinteiro, anuncia que decidiu pensar melhor.

– O senhor compreende... trata-se de um negócio muito sério!

Erguendo os olhos aos céus, Mefistófeles suspira.

– Eu sabia! Como sempre, a dúvida.

– É a minha alma que está em jogo! – diz o doutor, suarento.

– O que está em jogo é isto – diz Mefistófeles, apontando para o mesmo espelho de onde saíra. Ali começa a formar-se, como numa névoa, uma imagem feminina. Avaliando por baixo as ambições do seu contratante, ele oferece ao doutor a visão de uma costureirazinha razoavelmente sedutora do burgo decadente onde ele vive.

O dr. Fausto, vendo a possibilidade de ter novamente ao alcance das mãos reumáticas um corpinho jovem como aquele, sente evaporar-se completamente o medo e arranca a pena das mãos do Diabo. Após mergulhá-la inteira no tinteiro, assina floreadamente o seu nome no livro fatal.

– Pronto! – diz o doutor. – Agora cumpra com a sua parte devolvendo-me a juventude!

Mefistófeles, porém, como um escrivão metódico, ocupa-se antes em guardar os seus apetrechos. Após fechar o livro e passar a chave duas vezes no cadeado, ele pega o vidrinho de veneno que o doutor estivera para beber e resmunga algo sobre ele.

– Pronto, beba – diz o Diabo.

– Espere aí, charlatão! Que truque é esse? – exclama o doutor. – Este é o vidro de veneno que estive a ponto de tomar!

Mefistófeles dá um suspiro de tédio.

– Não há mais veneno algum aí dentro. Beba de uma vez que ainda tenho muitas almas a desencaminhar.

Abandonando, de repente, toda a sua antiga descrença, o dr. Fausto deposita toda a sua fé no Pai da Mentira e bebe, num único gole, o conteúdo do vidrinho. Uma sensação muito parecida com a que tomou o espírito de Eva ao mordiscar a maçã insinua-se no seu sistema nervoso central, e logo ele está convertido num jovem esbelto outra vez. Após correr ao espelho e ver sua figura maravilhosamente remoçada, o doutor volta-se para o diabo:

– E a bela donzela, quando a verei?

– Ainda hoje, mas se não quiser que ela ria na sua cara pare de usar essas expressões de velho.

Encantado com o chiste diabólico, o doutor ri como um perdido:

– Tem razão, rá, rá, rá...! *Bela donzela...*! Que ridículo, meu Deus!

– Irra! E pare de invocar esse nome, também! Não há mais nada entre você e Ele!

Então, antes de partir, Mefistófeles estende a mão ao rejuvenescido doutor:

– Até um dia, meu novo cliente!

Mas Fausto está tão feliz que decide solicitar a companhia do seu benfeitor para uma pequena "ronda de prazer" pelos lupanares mais suspeitos do burgo.

– Vamos fazer uma farra daquelas! – diz ele. – É tudo por minha conta!

Mefistófeles sorri cinicamente.

– Pode ter certeza disso!

O doutor não compreende direito a sutileza infernal, mas ri do mesmo jeito.

– Então, vai resistir ao convite?

– Está bem – diz ele, decidido a fazer uma pausa na sua obra de perdição. "O que não faltam por aqui, afinal", pensa ele, "são idiotas dispostos a meterem a alma no inferno!"

E assim os dois novos sócios partem juntos em direção à região mais pecaminosa da cidade.

II
A TABERNA

Fausto e Mefistófeles erram pelas vielas tortuosas do burgo por cerca de duas horas, até avistarem uma taberna. Na sua fachada há uma tabuleta pintada com o desenho do deus Baco. Mefistófeles, arrependido de ter aceitado o convite de perambular por aquele antro imundo, está, no entanto, com tanta sede que, influído pelo desenho da tabuleta – o velho deus grego, a empinar uma jarra inteira de vinho –, decide fazer um pouso ali, a fim de molhar a garganta.

Nem bem entra, o Pai da Mentira se atira, exausto, num banco. Seus cascos fendidos estão latejando, e sua língua parece ter sido empanada com uma mistura de cinzas e sal grosso. Apesar de a gritaria e a fumaça verdadeiramente infernais que ali reinam darem-lhe uma sensação vagamente familiar, Mefistófeles está pouquíssimo à vontade.

– Bodegueiro dos infernos! – grita ele. – Traga um tonel de vinho!

Fausto olha extasiado para um grupo de estudantes que, a plenos pulmões, zurra uma canção pertencente ao repertório clássico das tabernas. A letra, previsível, fala do amor incondicional ao vinho e da glória que há em um sujeito beber a noite inteira até cair desmaiado sobre o próprio vômito.

Fausto sente os olhos inundarem-se de lágrimas, pois a canção o faz recordar os seus velhos dias de juventude. A canção é exatamente a mesma, e os rostos sentimentais e babujados que a entoam, embora não sejam os mesmos da sua juventude, têm a aparência exatamente igual. Trata-se de uma invocação à juventude e ao prazer que não comove nem um pouco o espírito soturno de Mefistófeles, pouquíssimo amigo das alegrias humanas. Os "Devotos do Barril" – assim se chama a confraria dos beberrões – prosseguem com a sua cantoria, engrossada pelas vozes de um grupo de soldados que acaba de entrar.

– Belo ofício o desta gente – diz Mefistófeles, sem especificar a razão.

Logo atrás deles entra um grupo de moças descontraídas.

– Belo ofício *mesmo* é o desta outra gente! – diz Fausto, com uma gargalhada.

Contrariado pelo mau gracejo, Mefistófeles torna-se ainda mais azedo.

– Silêncio! Bebamos! – diz ele, empinando o barril.

Entre os soldados está um rapaz chamado Valentino. Ele traz na mão uma medalhinha que ganhou de sua irmã para lhe dar sorte no campo de batalha. Essa irmã é aquela mesma criatura angelical que Fausto avistou, horas antes, no espelho do seu gabinete.

– Siebel, venha cá! Quero que me prometa uma coisa! – diz ele ao seu melhor amigo.

Siebel recebe a incumbência de cuidar de Margarida durante a ausência do irmão.

– Pode estar certo de que o farei! – diz Siebel, abraçado efusivamente ao amigo.

Valentino, tomado por uma crise violenta, começa a fazer uma oração aos céus pelo bom sucesso das armas alemãs, enquanto Mefistófeles, recuperando parte do seu bom humor, começa a rir.

– Orações numa taberna! Essa é boa! Oh, esses homens! Não sei por que ainda perco meu tempo em transviá-los, se eles sabem muito bem perderem-se por si mesmos!

Um tanto alterado pelo vinho, Mefistófeles ergue-se de um pulo e vai misturar-se com o grupo ruidoso dos estudantes.

– Gostam, então, de cantarolar? Deixem-me lhes cantar algo de verdade, garotos!

Wagner, outro dos amigos de Valentino, observa o estranho, intrigado.

– É uma boa canção?

– Divina! – diz Mefistófeles, subindo sobre uma mesa.

Alteando a voz, o homem do chapéu de pluma entoa, então, uma versalhada em honra do bezerro de ouro e do culto insano que os homens lhe devotam.

– "E Satanás comanda o baile!" – diz o refrão, que todos repetem sem desconfiar de quem está a lhes cantar. Wagner, no auge da embriaguez, ergue um brinde ao cantor.

– Deixe-me ler o seu destino! – diz Mefistófeles, tomando-lhe a mão, como uma cartomante. – Mau, mau! – diz ele, após um ligeiro exame.

– O que é mau, sr. Cavanhaque?

– Esta linha, está vendo? Diz que você morrerá em combate!

Sem dar tempo à reação, Mefistófeles toma também a mão de Siebel.

– Ih, mau para você, também!

– Mau? Mau o quê?

– Está vendo esta linha? Aqui diz, pobre jovem, que você nunca mais tocará uma flor sem que ela murche! Pobrezinha da Margarida!

– Margarida? – exclama Valentino, intervindo. – Como sabe o nome da minha irmã?

— Quanto a você, tome cuidado, garoto! Vai terminar seus dias por mãos bem conhecidas!
— Quem é você, afinal, orelhudo? Por que diz tais baboseiras?
Mas Mefistófeles já se desvencilhou, e agora tem nas mãos um barril com a figura de Baco.
— Vamos, larguem desse vinagre e venham provar da minha bebida!
Mefistófeles enche as taças de todos com o vinho espumante do seu barril, que, apesar de pequeno, parece inesgotável.
Valentino, farto das profecias sinistras do estranho, arremessa ao chão a sua taça.
— Basta, tagarela! Não beberei mais nada que saia da sua pipa!
Ao cair no chão, porém, o vinho se incendeia, assustando a todos.
— Pelo inferno! Quem é você? – diz Valentino, desembainhando a espada, mas antes que possa fazer uso dela a lâmina desprende-se do cabo, caindo ridiculamente ao chão.
Mas Valentino não é o bobo completo que o Diabo pensa ser, e reconhecendo nele, finalmente, a figura do Tentador, apresenta-lhe o cabo em forma de cruz.
— Vade retro, cão infernal!
Os demais sacam as espadas e fazem o mesmo, apresentando ao Diabo o cabo em forma de cruz das suas espadas. Imediatamente o Príncipe das Trevas empalidece e recua de costas até o seu banco, onde, desabando, se aquieta.
— Basta, fedelhos! Deixem-me quieto! – diz ele, com um rosnado forte o bastante para dissuadir qualquer um de levar adiante a discussão.
Apesar de saberem que o Diabo em pessoa está entre eles, a festa prossegue normalmente, sem que ninguém pense em fugir correndo dali.
— Então, meu sócio, vai me apresentar, afinal, a mulher do espelho? – pergunta Fausto ao Diabo.
Mefistófeles não quer confessar, mas sente que a criatura angelical está protegida por uma aura divina mais forte do que ele.
— Não se afobe – diz o Diabo, cruzando as pernas. – Uma hora a ovelhinha aparece.

E, de fato, a hora esperada não tarda. Junto com um grupo de recém-chegados, aparece, finalmente, a doce Margarida.

– Ali está ela! – diz o Diabo. – Reconhece-a?

Sim, Fausto reconhece nos traços da jovem o anjo regenerador que deve restituir-lhe as delícias da juventude e do amor – pois, sem uma mulher ao lado, de que adianta a um homem ser jovem?

– O que está esperando? Vá falar logo com ela! Os zangões estão todos em volta!

Mas é Siebel quem primeiro se aproxima da jovem.

– Maldição! – diz Mefistófeles, interpondo-se rapidamente entre os dois.

– Você de novo! – diz Siebel, entre irritado e assustado.

A expressão do Diabo, porém, é tão assustadora que o jovem retrocede, deixando o campo aberto para que Fausto vá fazer a sua corte.

– Posso acompanhá-la, linda jovem? – diz ele, ofertando-lhe o braço.

Mas Margarida, para surpresa dele, ignora o convite, pois imagina estar sendo alvo de uma zombaria: "Um jovem de tão nobre condição jamais iria se interessar por mim!", pensa ela, afastando-se a passos ligeiros.

E assim, com esse retumbante fracasso, encerra-se a primeira investida do Fausto rejuvenescido.

III
NO JARDIM

Estamos no dia seguinte. Siebel está sozinho nos jardins da casa de Margarida, e pede às flores que o auxiliem na sua empreitada amorosa.

– Por favor, lindas flores, sussurrem para ela palavras perfumadas! Digam-lhe que Siebel a ama de todo o coração!

O rival de Fausto parece empenhado na conquista de Margarida. Tomando uma margarida – a mesma flor que empresta seu nome à amada –, ele lhe faz o mesmo pedido, mas, para sua horrenda surpresa, a vê murchar entre os seus dedos. Sem compreender nada, ele apanha outra flor e o mesmo acontece, até que, na terceira tentativa, relembra a negra predição do Diabo.

– Feiticeiro maldito! Você me amaldiçoou!

Então, ao ver uma pia de água benta, próxima da capela onde Margarida faz suas orações, o jovem corre doidamente para lá. Após mergulhar os dedos na água santa, ele apanha outra margarida.

– Viva! – grita ele. – Aqui está, demônio, a sua resposta!

Siebel faz um grande molho com todas as espécies de flores ali existentes e o deixa pendurado no caramanchão, alguns instantes antes de Fausto e seu companheiro infernal surgirem com o mesmo propósito.

– O idiota pensa que pode me derrotar com um maçozinho de flores! – diz Mefistófeles a Fausto. – Espere, enquanto providencio um tesouro infinitamente maior!

Mefistófeles mete a mão no gibão e retira uma caixinha pequena e dourada. Quase no mesmo instante Margarida anuncia a sua chegada por meio de sua voz delicada, obrigando Mefistófeles a depositar a caixa ao lado do buquê e, em seguida, desaparecer.

– Quem será aquele jovem nobre que pareceu demonstrar interesse por mim? Seria mesmo verdade, ou apenas zombava da minha pobre condição?

Margarida, sentando-se próxima ao caramanchão, cantarola uma canção sobre um certo rei lindíssimo de Thule, cuja esposa, ao morrer, deixou-lhe uma taça de ouro fino. O rei lindíssimo passou a beber, desde então, apenas naquele sagrado cálice, e quando o fazia seus olhos enchiam-se de lágrimas saudosas. Então, um dia, o rei lindíssimo adoeceu – cantarola, ainda, Margarida – e em seu leito de morte, ele sorveu da taça o seu último e enfraquecido gole antes de morrer.

Margarida, por algum motivo, apreciava muito essa canção, que a Mefistófeles, contudo, só provocou um enorme bocejo. Fausto, ao contrário, julgou-a magnífica, embora sua paixão pela jovem possa ter influenciado seu julgamento. Durante alguns minutos a jovem esteve ainda embevecida, até o instante em que seus olhos foram pousar, inadvertidamente, no buquê depositado sob o caramanchão.

– Um buquê! Só pode ser obra do pobre Siebel!

Margarida apanha o buquê e, ao mesmo tempo em que aspira o perfume das flores, avista a pequena caixinha dourada.

— Que lindo objeto será este? – pergunta, com os olhos a reluzirem.

Ao tomá-lo nas mãos, percebe uma chave dependurada.

— Devo ou não abri-lo? – diz ela, a girar a pequenina chave entre os dedos.

Então, cedendo à curiosidade, ela introduz a chave no estojo. Um jorro de luz ilumina a sua face, fazendo com que um sorriso, ao mesmo tempo de espanto e alegria, se desenhe em seu rosto.

— Meu Deus, são joias! As mais belas que eu já vi!

Sem pestanejar, ela enfeita-se toda com brincos, colares e anéis, até encontrar um espelhinho no fundo do estojo.

— Vejamos como fiquei! – diz ela, cedendo à vaidade.

Ao mirar-se no espelho, a surpresa é total: nunca Margarida se vira tão linda! Impossível que o moço da taberna não fosse se render, agora, aos seus encantos!

Neste instante, Mefistófeles decide que é hora de retornar à cena junto com Fausto.

— Muito bem, moleirão, vamos lá, chegou a nossa hora!

— Quem são vocês? – grita Margarida, assustada, tirando rapidamente as joias.

— Por que as retira? – diz o Diabo, sorridente. – Estava tão bela!

— Elas não me pertencem, encontrei-as por acaso!

— Ora, fique com elas! – diz Fausto, intrometendo-se. – São para você!

— Para mim?

— Sim, fui eu que as deixei ali, para que você as apanhasse!

Fausto dá o braço a Margarida, e desta vez ela o aceita.

— Caminhemos um pouco – diz ele, enquanto o Diabo, à distância, os observa. – Você vive sozinha?

— Com um irmão, apenas. Mas, como ele foi para a guerra, fiquei só, pois já há alguns anos perdi minha mãe querida, além de uma irmã que era um verdadeiro anjo.

Margarida observa um sorriso deliciado no rosto de Fausto e o toma logo por deboche.

— Por que está rindo? Ri de mim, não é? – pergunta ela, muito próxima da mágoa.

— Oh, não, minha adorada! – exclama Fausto, aterrorizado.

Mas para ela as coisas estão muito claras: Fausto debocha dela, e por isso ela o abandona, pondo-se a correr pelo saibro do jardim.

Felizmente, Fausto está jovem outra vez, e pode sair no encalço da jovem.

– Espere, adorada, não fuja!

Mefistófeles, enquanto isso, arrumou algo parecido para si. Após topar com uma viúva, vizinha de Margarida, viu-se assediado por ela com maléfica determinação, tendo de usar de toda a sua arte para desvencilhar-se da megera.

– Esta é boa! A velha bruxa querendo laçar o Diabo! – diz ele, após conseguir escapar e ir esconder-se atrás de um arbusto. Dali ele observa, com razoável segurança, como andam as coisas com o seu desajeitado sócio. Ambos estão muito bem ocultos por uma folhagem espessa.

– Muito bem, é agora ou nunca! – diz o Diabo, lançando um feitiço sobre os dois enamorados. – Que Cupido lhes ensine todos os mistérios da sua arte!

Um bom tempo se passa antes que ambos, razoavelmente recompostos, retornem. Infectados pelo veneno das flechas de Cupido, estão ardentemente apaixonados e, após repetirem um sem-número de juras de amor, separam-se sob a promessa de se encontrarem novamente.

IV
O DUELO

Um ano se passou, e Fausto e Margarida são agora pais de um lindo filho. Fausto, porém, não gostou da ideia, tendo abandonado Margarida à sua própria sorte. Desde então, a jovem, malvista pela sociedade – ela jamais chegara a casar-se com Fausto –, tenta redimir-se do seu erro pedindo perdão a Deus e a todos os santos, estando praticamente o dia todo na igreja.

Enquanto reza, Mefistófeles a observa oculto atrás de uma coluna.

– Esses cristãos são impagáveis! – sussurra ele, divertido. – Pecam até dizer chega, e quando não têm mais o que pecar vêm para cá, muito santamente, lavar a sua alma!

Decidido a impedir que Margarida obtenha o perdão, ele conclama seus demônios a perturbarem-lhe a oração.

– Gritem, perturbem! – ordena ele aos demônios.

Imediatamente estabelece-se uma balbúrdia verdadeiramente infernal: vozes, ventos e assobios redemoinham ao redor da jovem num verdadeiro turbilhão, enquanto ela leva as mãos aos ouvidos.

– Está ouvindo? – diz Mefistófeles. – É a voz do inferno reclamando o seu castigo!

Mefistófeles continua a atormentar a jovem, garantindo que para ela não há mais perdão possível, até vê-la cair desmaiada sobre o chão gelado.

***

Margarida continua a levar a sua vida infeliz, até o dia em que seu irmão Valentino retorna da guerra. Seria um dia de festa e de júbilo se ela não tivesse de rever o irmão no lastimoso estado moral em que se encontra.

– O que pensará de mim? – indaga-se ela, ao ver as tropas desfilarem pelas ruas estreitas e enlameadas da sua velha cidade.

A primeira pessoa que Valentino vê, em meio aos seus colegas de farda, é Siebel, o amigo do peito que deixara encarregado de velar pela honra da irmã.

– E então, Siebel, como vão as coisas? Margarida está bem?

Siebel gagueja:

– Margarida?... Está bem... Está na igreja...

Um sorriso ilumina o rosto de Valentino.

– Querida irmã! É bem mesmo ela, sempre devotíssima! – diz ele, com uma gargalhada feliz. – Deve estar agradecendo aos céus pelo meu retorno!

Siebel se torna ainda mais desconcertado.

– Que cara é esta? – pergunta-lhe Valentino. – Vamos já para casa tomar um bom vinho!

– Não, pelo amor de Deus, não faça isso!

– Meu caro Siebel! O que está havendo aqui?

Valentino, desconfiadíssimo de que algo nefasto aconteceu na sua ausência, corre até a sua casa, seguido de perto por Siebel, que tenta impedi-lo a todo custo.

– Largue-me, patife! – diz o soldado, espalmando-lhe uma bofetada. – Quero ver Margarida!

Valentino entra na casa aos trambolhões, junto com Siebel. Logo em seguida também surgem Fausto e Mefistófeles. O Diabo, com um violão atirado às costas, mais parece um farrista de taberna.

Fausto para diante da porta.

– Vamos, o que espera para entrar? – diz o Diabo.

– Cale-se, maldito! Temo trazer o infortúnio para Margarida!

– Já trouxe, ao abandoná-la! Agora, chegou a hora de explicar-se com o irmão.

Valentino, percebendo as duas figuras do lado de fora, vai correndo interpelá-los. Após escancarar a porta, grita-lhes, alucinado:

– Farristas! O que querem aqui?

Mefistófeles mostra o violão, com um sorriso de deboche.

– Pode retornar, cavalheiro. A serenata não é para você!

– Cão infernal! – grita Valentino, sacando a espada. Após vibrar um golpe certeiro no instrumento do Diabo, o deixa em pedaços.

– O que houve, cavalheiro? Não aprecia a boa música?

Valentino, porém, não está para graças, e retruca selvagemente:

– Calado, palhaço! Quero saber qual de vocês foi o patife que desonrou a minha irmã!

Mefistófeles, voltando-se para Fausto, o intima a responder.

– Então? Vai deixar isso sem resposta?

– Não devo, ele é irmão de Margarida!

– Podia ser o irmão do papa! Ele o está desafiando, não vê? Enfrente-o!

– Não, não!

– Eu garantirei a sua vitória, vamos!

Valentino, encomendando-se a Deus e a todos os santos, prepara-se para o terrível combate. Lembrando da medalha que sua irmã lhe dera, ele a arranca e joga longe, enojado.

– Medalha maldita! Não quero mais a sua proteção!

Imediatamente, Fausto e Valentino empunham os floretes e atracam-se num duelo vigoroso, atirando e aparando estocadas.

– Limite-se a estocar, que os golpes eu aparo! – diz Mefistófeles, até o instante em que Valentino, errando um golpe, recebe outro certeiro no peito e cai desfalecido.

– *Touché*! – diz o Diabo. – Agora, tratemos de fugir!

Margarida, impedida de evitar o duelo, sai agora de casa e joga-se sobre o corpo do irmão.

– Irmão querido! Perdoe a desonra que lancei sobre nós!

Mas o irmão não está nem um pouco disposto a perdoá-la.

– Morro por sua causa! Mesmo que alcance o perdão do Céu, que você seja maldita em todos os dias que lhe restem sobre a Terra!

E é assim, maldizendo a irmã, que Valentino entrega a alma ao Criador.

V
A NOITE DE WALPURGIS

Estamos, agora, nas montanhas de Harz, situadas nas imediações do burgo onde todos esses fatos terríveis se desenrolaram. Ao redor de uma enorme fogueira, bruxas desnudas e demônios de aspecto caprino dançam e cabriolam enlouquecidamente. É o famoso Sabá, a festa mais importante das bruxas. Mefistófeles trouxe Fausto consigo, a fim de mostrar-lhe o momento máximo da sua consagração.

– Veja, estamos no meu império! – diz o Diabo, vaidoso. – Aqui todos me exaltam, inteiramente submetidos a mim!

– Para mim, chega! – diz ele, fazendo menção de se retirar, mas Mefistófeles o impede.

– Aonde pensa que vai, medroso? Não está apreciando?

Então, com um gesto, o Diabo faz a montanha rachar-se em duas, revelando no seu interior um palácio dourado e majestoso. Ali há um salão repleto de mesas cobertas das mais finas iguarias. Rainhas e cortesãs da Antiguidade ali se deliciam, revelando para um Fausto um tanto surpreso que nem tudo no inferno, afinal, são castigos e expiações.

– Aí está! – diz Mefistófeles, como um elegante mestre de cerimônias. – Aproveite para tomar parte neste esplendoroso festim até o amanhecer!

Fausto, com os olhos extasiados, julga reconhecer Cleópatra, Nefertiti e até mesmo a famosa Messalina, a quem a fama imortalizou a ponto de tornar seu nome sinônimo de uma mulher "de má conduta".

De repente, porém, Fausto entrevê, perdida no meio daquelas devassas, a figura de Margarida.

– Margarida! Em nome de todos os santos! O que faz ela ali? – grita ele.

Mefistófeles dá uma risada magnífica.

– Ora, por que o espanto? É um lugar muito apropriado para ela!

Mas antes que Fausto possa responder o palácio desaparece, só restando a figura da jovem infeliz. Agora, no entanto, ela está coberta de farrapos e adormecida no leito imundo de uma prisão.

Fausto, mesmo de longe, entrevê algo no pescoço da jovem.

– O que é aquilo? Parece um laço vermelho!

Antes, porém, que se esclareça o mistério, Margarida desaparece.

– Espere! Eu preciso vê-la! – grita Fausto. – Ela precisa de mim!

– Está bem, se é o que quer! – diz o Diabo, carregando Fausto nos ares até a prisão onde a infeliz ingressou recentemente por conta de um terrível crime: o assassinato do seu próprio filho.

∗∗∗

Fausto e Mefistófeles entram na cela por um passe de mágica. Margarida – a pobre e louca Margarida! – dorme sobre a pedra fria o seu sono atormentado, enquanto, do lado de fora, dois homens de martelo em punho levantam o cadafalso ao mesmo tempo em que parecem disputar entre si para ver qual dos dois canta de maneira mais horrível.

Mefistófeles, tomando as chaves da cela do bolso do carcereiro, estende-as a Fausto.

– Vamos, aproveite que o imbecil está embriagado e liberte a sua amada.

Fausto, observando a ex-amada, sente a alma cobrir-se de remorsos.

– Eu! Fui eu o responsável por isso tudo!

Ao escutar a voz de Fausto, Margarida desperta.

– Fausto! Você, aqui? – diz ela, sem poder acreditar.

O ex-velho convida a ex-donzela para que escape à morte que a espreita, mas ela rejeita a solução ao enxergar a silhueta do Diabo no fundo da cela.

– *Ele*...! – grita ela, apontando. – Livre-se dele, Fausto! Ele só quer a nossa perdição!

Mefistófeles aproxima-se, fingindo uma solicitude extrema:

– Donzelinha, quanta tolice! Não vê, então, que estamos aqui para livrá-la da morte? Se não se apressar em fugir, daqui a pouco irá balançar os seus lindos pezinhos no ar gelado lá de fora!

Mas Margarida rejeita a oferta.

– Nojento! Nojento! – grita ela, exaurida, reunindo suas últimas forças para lançar um grito de socorro e piedade aos anjos do céu. – Deus misericordioso, em Tuas piedosas mãos entrego a minha alma pecadora! – diz ela, antes de tombar morta sobre o chão.

E então as paredes desabam e a alma de Margarida é arrebatada aos céus por um grupo farfalhante de anjos. Fausto cai de joelhos, de alma contrita, enquanto Mefistófeles, aniquilado em sua soberba, curva a cabeça diante da espada refulgente do Arcanjo.

Rinaldo
de Georg Friedrich Haendel

Rinaldo fez sua estreia nos palcos ingleses em 1711. Escrita em italiano por um compositor nascido na Alemanha e radicado na Inglaterra, a ópera é uma curiosa mistura da exaltação italiana com o espírito beligerante inglês, temperada ainda pela névoa fantástica alemã. Haendel construiu sua ópera com base em episódios extraídos e recriados livremente de duas famosas obras italianas: *Jerusalém reconquistada*, de Torquato Tasso, e o popularíssimo *Orlando furioso*, de Ludovico Ariosto.

A trama de Rinaldo se desenrola durante a Primeira Cruzada – na verdade, um mero pano de fundo histórico para um enredo delirante, em que feiticeiras mouras montadas em carros puxados por dragões e sereias de vozes maviosas convivem normalmente com guerreiros sarracenos e cristãos empenhados em sua guerra santa pela posse de Jerusalém. Como se vê ao longo de toda a ópera, Haendel sentiu-se perfeitamente à vontade para recriar o clima feérico dos velhos contos de fadas medievais.

I
O RAPTO DE ALMIRENA

Estamos às portas de Jerusalém, durante a Primeira Cruzada, travada entre 1056 e 1099. Os exércitos cristãos, comandados por Goffredo – ou, mais exatamente, Geoffrey de Bouillon –, mantêm um cerco ferrenho à Cidade Santa, que está sob a posse dos maometanos.

Goffredo, instalado no acampamento cristão, está tão convicto da vitória que já a festeja abertamente com Rinaldo, um de seus melhores cavaleiros.

— Graças à Ira Divina estamos a um passo de expulsar esses cães infiéis da Cidade Santa! – diz o rei, num misto de gozo e alívio. – Assim que o sol despontar outra vez por sobre estes muros sagrados, a verdadeira fé voltará a ser cultuada na Cidade de Deus!

— Devemos render graças a Deus, é verdade, mas também ao valor do vosso braço, pois graças a ele os cães de Mafoma* já choram a sua derrota! – diz Rinaldo, no mesmo tom.

Goffredo, apesar de apreciar as virtudes cristãs da humildade, delicia-se imensamente com o elogio do cavaleiro e lhe endereça um sorriso tal que o estimula a concluir seu discurso com o pedido de casamento endereçado a Almirena, filha de Goffredo.

— Decerto que sim! Derrotados os infiéis, a mão da princesa será sua! – diz o rei, tão feliz que não chega a perceber o estratagema do pretendente.

Almirena está ali perto, e acompanha tudo com olhos ávidos. É uma das mais belas princesas do seu tempo, e se torna duplamente bonita ao ver o sorriso de vitória que o seu amado cavaleiro lhe endereça.

Ela aproxima-se do pai e dá ao noivo votos de pleno sucesso na última arremetida que os cristãos pretendem fazer contra os mouros.

— Derrote esses cães amaldiçoados, amado Rinaldo! Quando retornar, encontrará meu coração pronto para ser seu!

Mal Almirena acaba de pronunciar essas palavras quando um arauto muçulmano, fazendo soar o seu instrumento, aproxima-se das hostes cristãs.

— Cão infiel, o que deseja aqui? – pergunta Goffredo, sacando febrilmente a espada.

O arauto faz-se acompanhar de dois soldados, mas nem assim parece muito seguro de si.

— Trago a vossa alteza palavras amenas do meu senhor – diz o mouro.

— São as mesmas que trazem esses outros dois, de alfanje em punho? – questiona o rei.

---

* "Mafoma" é uma forma depreciativa utilizada pelos cristãos para designar Muhammad, o profeta sagrado do Islã. (N.A.)

Os soldados recebem a ordem do líder para relaxarem.

– Meu rei e senhor deseja ter convosco uma entrevista – diz ele.

Rinaldo, inclinando a cabeça, sugere ao rei que permita o ingresso do rei mouro no acampamento.

– Se as suas palavras não soarem ao nosso gosto, o tomaremos como refém!

A reação de Goffredo, porém, é tão surpreendente quanto violenta:

– Silêncio! Então imagina que eu iria violar as sagradas leis da guerra?

Rinaldo, vexado, compreende a bobagem que acabou de proferir, algo que até mesmo a doce Almirena, por meio de um olhar ácido de censura, parece confirmar.

Goffredo baixa a espada e diz respeitosamente ao arauto:

– Que venha o vosso rei. Pela minha honra, asseguro-vos que terá garantida a sua segurança.

Antes que os mensageiros partam, Goffredo ainda lhes oferece um gole de água limpa, pois no interior das muralhas assediadas os sarracenos sedentos já bebem até mesmo a urina dos seus cavalos.

***

Dali a algumas horas Argante, o rei sarraceno, deixa Jerusalém sitiada e dirige-se ao acampamento do seu rival cristão. Junto dele vai um séquito numeroso.

Argante vai negociar os termos da sua rendição; é isso o que, em sutis e floreadas palavras, ele pretende comunicar ao rival. Para que a embaixada, no entanto, não pareça tão abjeta, convém ao rei em vias de ser humilhado que advirta o vencedor das inconstâncias da sorte.

– Lembrai-vos, ó rei, de que a Fortuna é mais infiel do que aqueles que rendem um culto blasfemo ao Deus único, e que, se hoje ela vos é favorável, amanhã vos poderá ser adversa.

Goffredo não gosta nem um pouco da arrogância daquele que vem pedir misericórdia.

– Senhor rei de hereges, guardai para vós os vossos paganismos, que aqui não esperamos bom ou mau resultado senão das mãos de Nosso Senhor Jesus Cristo, que vós ímpios, em vossa obstinada cegueira, não reconheceis como a encarnação do Deus Altíssimo. O decreto da minha vitória e o da vossa derrota já foi firmado nos céus, restando apenas que manifesteis, em poucas palavras, que espécie de misericórdia viestes me implorar na hora do vosso desespero.

Argante tenta resgatar a sua dignidade do melhor modo possível, substituindo a rendição por algo menos definitivo e humilhante.

– Senhor rei, há aqui dois fortes enganos: o primeiro é o de supor-me pagão, quando vós é quem verdadeiramente o sois, acostumado a render a homens mortais a adoração devida apenas ao Deus Uno e Indiviso. O segundo engano está em julgar que venho oferecer a minha rendição, quando, na verdade, venho apenas estabelecer os termos de uma trégua, prevista em todos os códigos civilizados de guerra e autorizada pela Potestade Suprema.

– Que não é a vossa, adorador do falsíssimo Mafoma...! – grita Goffredo, finalmente enfurecido.

Rinaldo, porém, interfere, conseguindo que o seu rei conceda ao inimigo uma trégua de apenas três dias. Isso ajudará os cristãos a prepararem as forças para a hora tão esperada da pilhagem da cidade.

***

De volta ao interior das muralhas, Argante decide valer-se dos meios empregados por sua amante, uma feiticeira chamada Armida, a fim de reverter o curso da guerra. Deus, por algum motivo sobrenatural que o sarraceno não consegue alcançar, parece prestes a permitir a vitória dos cristãos.

Quando avistamos novamente Argante, ele tem os olhos postos fervorosamente no céu. Ao contrário do que poderíamos esperar, porém, ele não ora ao seu deus, mas aguarda apenas o aparecimento nos céus da carruagem da sua amante, que é, ao mesmo tempo, feiticeira e a poderosa rainha de Damasco.

– Onde está você, fiel companheira? – grita ele aos céus. – Estará vigiando os movimentos dos cães infiéis, a fim de tornar vãos os seus ataques?

Dali a instantes a carruagem da rainha-feiticeira surge nos céus. As narinas dos dragões que a movimentam, do tamanho de dois pires, expelem jatos de labaredas, enquanto suas bocas urram ensurdecedoramente.

– Enfim, Armida amada! – grita o sarraceno. – Não suportava mais a sua ausência!

Armida faz jus ao seu nome horrendo, tratando-se efetivamente de uma das mulheres mais feias já postas no mundo por Allah. Graças, porém, ao seu duplo poder, terreno e sobrenatural, sua feiura desfruta de um acatamento geral e respeitoso.

Inimiga de reencontros emotivos, Armida trata de comunicar logo as descobertas que fez durante as suas investigações aéreas.

– Os cães infiéis só poderão ser derrotados se antes derrotarmos o favorito de Goffredo!

– Em nome de Allah, quem é esse cão de Satanás?

– Rinaldo é como ele se chama! Enquanto esse cão idólatra estiver à frente dos exércitos inimigos, não teremos esperança de vitória!

– Então voltarei lá, sob qualquer pretexto, e cortarei fora eu mesmo a cabeça dessa víbora cristã! – diz Argante, determinado.

– Não, deixe comigo! Sei de um meio muito mais eficaz para destruí-lo!

Argante sente uma onda de ternura pela amante feia invadir-lhe a alma, mas antes que ele possa expressá-la Armida, inimiga de despedidas sentimentais, se atira de volta ao seu carro e aos seus dragões e se arremessa novamente aos céus, feito uma Erínia maometana.

**

Rinaldo e a doce Almirena estão, agora, trocando juras de amor num jardim instalado num oásis, situado nos arredores de Jerusalém. Os pássaros cantam sobre os galhos, enchendo o pequeno Éden de uma música natural e rejuvenescedora.

Os dois amantes estão desfrutando de sua felicidade quando subitamente o sol é encoberto. Rinaldo e Almirena imaginam que se trate apenas de uma nuvem, e continuam a beijar-se apaixonadamente. Mas, curiosamente, em vez de diminuir, o calor aumenta, e logo eles descobrem a razão: é a carruagem da feiticeira moura que se aproxima, descendo dos céus com seus dragões cuspidores de fogo.

– Rinaldo! – grita a jovem, apavorada.

O cavaleiro saca a espada e coloca-se destemidamente à frente da princesa.

– De que inferno saiu, feiticeira? – grita ele, enfurecido.

Instantaneamente Armida compreende que aquele cavaleiro é muito perigoso e muda seus planos. Melhor será, em vez de lutar contra o audaz cavaleiro, raptar-lhe a dama.

– Entregue-me a donzela ou meus dragões a reduzirão a um monte de carvão!

– Maldita! Não a entregarei, mesmo que com o raio na mão me exija o trovão!

– Cão idólatra! – diz ela, erguendo as mãos para o céu. Após fazer uma série de invocações, uma nuvem negra desce dos céus. Aproveitando-se da distração de Rinaldo, a feiticeira puxa Almirena para si, e ambas são envolvidas pela fumaça espessa.

– Almirena...! – grita Rinaldo, metendo-se, ele também, dentro da nuvem.

O cavaleiro vasculha as trevas brancas até sua mão agarrar um pulso feminino.

– Almirena, é você...?

Rinaldo precisa saber, pois, se não for a princesa, ele está pronto a enterrar a espada no peito da criatura que agora tem prisioneira.

Mas antes que possa haver uma resposta a nuvem se levanta, revelando quem, de fato, o cavaleiro agarra.

– Sangue de Judas! – grita Rinaldo, largando o pulso de uma criatura ainda mais repugnante que a bruxa de Damasco: trata-se de uma Fúria infernal, uma das criaturas geradas do sangue de Urano. Ao lado dela está outra igualzinha. Rinaldo conjetura se não serão sua amada Almirena e a bruxa perversa, convertidas ambas nessas duas monstruosidades. – Digam, de uma vez, quem são, megeras infernais, ou as matarei num único golpe!

As duas criaturas lançam um riso semelhante ao chacoalhar de um saco cheio de guizos. Seus dentes em ponta gotejam veneno, e seus olhos emitem chamas rubras. Diz a lenda que a deusa Atena havia suavizado-lhes o caráter, convertendo-as nas Benevolentes, mas Rinaldo sabe, agora, tratar-se de mais uma sórdida mentira inventada pelo paganismo diabólico.

– Somos, sim, duas legítimas crias do inferno!, – gritam elas, pondo-se, logo em seguida, a cuspir e a arremessar sobre o cavaleiro coisas horríveis e abjetas extraídas de si mesmas.

– Servas amaldiçoadas de Mafoma! Digam de uma vez para onde a sua ama perversa levou Almirena ou as farei em pedaços!

Mas as Fúrias continuam a rir, até o instante em que o chão, abrindo-se a seus pés, as remete de volta para as trevas do Hades pagão.

Rinaldo, desolado, vai comunicar ao rei cristão o rapto da sua filha.

– Almirena raptada? – grita Goffredo, levando as mãos à cabeça. – Mas que espécie de cavaleiro é você, que a deixou ser raptada por uma simples mulher?

– Não era uma simples mulher, alteza, mas uma bruxa maometana!

– Então trate de resgatá-la, para isso você é cavaleiro! Ouça-me: no topo daquela montanha – diz ele, apontando – vive um mago poderoso, conhecedor dos segredos das estrelas e das virtudes curativas de todas as ervas. Ele nos auxiliará a resgatar a minha doce filha!

E aqui está o quanto pode o desespero: Goffredo, rei cristão e inimicíssimo de paganismos, deve recorrer agora ao auxílio de um mago idólatra para ter de volta a sua filha.

II
O RAPTO DE RINALDO

Goffredo e Rinaldo caminham o dia inteiro até chegarem próximos do mar. Ali encontram uma barca que tem por condutora uma bela jovem. Ao seu redor saltitam como golfinhos duas adoráveis sereias, transplantadas do mar Egeu para as águas do Oriente Médio.

– Se deseja, audaz cavaleiro, reencontrar a sua doce Almirena – diz a condutora –, convém nesta barca tomar já o seu lugar.

Rinaldo fica em dúvida, pois pode se tratar de uma cilada. Mas as sereias, percebendo seus temores, começam a cantarolar, reeditando o assédio que, nos dias do paganismo, lançaram a Odisseu.

– Cuidado, Rinaldo, essas criaturas não são de confiança! – adverte o rei.

Acontece que Rinaldo, apesar de cristão, é profundo conhecedor dos mitos gregos, e após observar bem as duas criaturas conclui não se tratar das mesmas sedutoras descritas na *Odisseia*. Aquelas eram mulheres com corpos de aves, e não uma mistura de peixe com mulher, como são estas.

Mas, apesar de não serem as mesmas, nem por isso deixam de ser menos astutas e perigosas, e continuam a emitir o seu canto hipnótico.

Rinaldo, decidido a correr o risco, decide então embarcar.

– Não faça isto! – grita Goffredo.

– Devo fazê-lo! – responde Rinaldo. – Se são enviadas da bruxa, me levarão, ao menos, até onde a doce Almirena está!

E é exatamente o que acontece: mal embarca, Rinaldo desaparece em alto-mar, junto com a barqueira e as duas sereias.

***

Estamos agora em Damasco, nos jardins aprazíveis do palácio encantado de Armida. Enquanto a princesa raptada chora sua desgraça, o rei mouro a observa penalizado.

– Não chore tanto, menina, pois assim me entristeço também!

Argante, apesar de apaixonado pela princesa cristã, age com cautela, não deixando que Armida perceba o que se passa em seu coração.

– Diga-me, jovem adorável, o que devo fazer para pôr fim ao seu tormento, e eu o farei! – diz ele, baixinho.

A jovem olha para o rei sarraceno, desconfiada.

– Ajudar-me, vós? Isso são artimanhas vossas e da velha bruxa!

Mas Argante lhe garante que não.

– Sou seu amigo, doce beldade, e quero apenas ajudá-la!

– Dê-me, então, a liberdade!

Argante engole em seco.

– Mas veja, minha adorada, é demasiado o que me pede!

— Demasiado é o que a vossa tirania me impõe! Deixe-me sair daqui, miserável!

Enquanto Argante tenta seduzir Almirena, a feiticeira Armida, noutro local do palácio, convoca os espíritos das trevas para que lhe tragam Rinaldo, também seu prisioneiro.

— Chegou a hora de castigar o terror dos exércitos assírios! — diz ela, sacando a espada. — Soldados, tragam o prisioneiro!

Dali a instantes ela vê chegar diante de si, conduzido por dois espíritos infernais, a figura do cavaleiro cristão. Mas, apesar de aprisionado, Rinaldo continua de cabeça erguida, e é com estas rudes palavras que interpela a sua algoz:

— Liberte Almirena, bruxa muçulmana, ou provará da minha espada!

Armida sente algo acender-se em seu coração. "Como é jovem e másculo", pensa ela, estabelecendo, no mesmo instante, a comparação com o seu velho amante árabe. "Oh, este tórax de pedra! Estas barbas negras e revoltas!"

E é assim que Armida paga na mesma moeda a infidelidade do seu velho amante, também às voltas com a ilusão de ser ainda capaz de obter, às portas da senilidade, o amor desinteressado da juventude.

— Muito bem, cavaleiro audaz, eis-me vencida! De bom grado me converto, agora, de carcereira em prisioneira do vosso coração!

Rinaldo, porém, não está à venda:

— Feiticeira maldita, não quero o seu amor!

— Não diga isso, adorado! Dou-lhe o meu coração!

— Só se for para arremessá-lo aos cães!

Armida, no último estágio do desespero, desaparece e retorna dali a pouco transformada, por artes da sua bruxaria, na princesa cristã. Com o aspecto rejuvenescido da jovem, está certa de que conseguirá obter o amor do cavaleiro.

— Rinaldo, amado! — diz a bruxa, disfarçada. — Eis-me aqui, toda para vós!

Mas o cavaleiro, num relance, observa na pele da falsa princesa as manchas da idade, desvencilhando-se dela com um empurrão enojado.

— Afaste-se, megera!

Armida, no último grau do despeito, ordena então às Fúrias que repitam em Rinaldo o castigo de Orfeu, fazendo-o em pedaços, mas no último instante detém as suas garras.

– Não, esperem! Ele é belo demais!

Vencida, ela ordena aos espíritos infernais que levem o prisioneiro de volta à prisão, ao mesmo tempo em que, esquecendo-se de abandonar as adoráveis formas de Almirena, vai em busca do velho amante sarraceno.

Argante, porém, que já não tem os mesmos olhos penetrantes de Rinaldo, pensa tratar-se da princesa cristã, e a recebe como seu fosse a própria e adorável jovem.

– Minha florzinha de Sião, o que faz aqui sozinha? Como conseguiu escapar?

A bruxa, dando-se conta do engano, vai esclarecer as coisas, mas Argante está impaciente por comunicar-lhe esta maravilhosa novidade:

– Ouça, meu anjo: vim apenas para avisar-lhe que logo estará liberta das cadeias daquela velha megera que tão cruelmente a aprisionou!

Armida arregala os olhos de espanto, e Argante, feliz do efeito alcançado, roça na face dela a sua mão enrugada.

– Anjo! Faça isso por muito lhe querer, compreende? Não quero mais os amores daquela bruxa velha, cuja pele fede a sebo!

Num ímpeto nervoso, Argante abraça-se à amada, cobrindo seu pescoço de beijos. Ao liberá-la do abraço, porém, descobre que esteve abraçado não à Virgem de Sião, mas à Bruxa de Damasco.

– Armida...! Você...!

– Traidor infame! Por esta traição, velho sarraceno, retiro-lhe, nesta guerra que move contra os idólatras cristãos, todos os poderes do Estige!

Argante, também agora ofendidíssimo, abandona Armida.

– Tanto melhor, serva do Diabo! Para defender Allah e o Profeta basta a minha espada!

E, com este novo cenário desenhado, preparam-se os acontecimentos da batalha final que decidirá os destinos da Jerusalém terrena.

III
A GRUTA DO MAGO

Goffredo, o rei cristão, escala a montanha que leva à gruta onde habita, desde tempos imemoriais, o mais famoso "mago cristão" da Terra Santa. Mais acima dele, está o palácio encantado onde sua filha Almirena e Rinaldo jazem cativos. Goffredo anuncia ao sábio que pretende ir libertar, ele mesmo, com seus soldados, a filha e o seu futuro genro.

– Não o faça – diz o astrólogo cristão. – Os monstros do inferno estão todos à solta ao redor do castelo, e sem uma força sobrenatural ninguém poderá derrotá-los.

– Minha espada está abençoada pelo Senhor dos Exércitos! Que outra força maior pode haver no universo? – diz o rei, empreendendo a subida com seus soldados.

Infelizmente, tudo resulta num desastre completo: os monstros infernais, ignorando os poderes superiores que movem o rei cristão, lançam-se sobre os invasores e quase os dizimam. Com as barbas chamuscadas e a honra enxovalhada, Goffredo retorna, então, à gruta, ligeiramente mais humilde.

– Há algo que possa me ofertar para que eu faça frente a essas feras? – pergunta ao mago.

O velho sábio mostra, então, ao rei algumas varas mágicas.

– Só isto...? – diz o rei, sentindo o peso das varinhas.

– Moisés abriu o Mar Vermelho com uma delas – relembra o mago cristão, serenamente.

– Não foi a vara, mas o poder do Senhor!

– Decerto. Ele está também nestas varas.

Goffredo e os sobreviventes do primeiro massacre escalam novamente a montanha, desta vez para obterem uma vitória completa e triunfal sobre os demônios que protegem o castelo enfeitiçado. Ao tocar a vara no portão do palácio, todo o cenário se esfarela e surge no local um bosque misterioso.

– Grande maravilha! – diz o rei, e com ele os seus homens.

Mas ainda há criaturas espalhadas por ali, ávidas por espalhar o mal. Rinaldo, vindo de outro lado, ingressa no bosque e começa a arremeter contra as árvores, como se fossem monstros. Uma nuvem de maus espíritos levanta voo, e logo em seguida as mesmas árvores renascem. Rinaldo, numa corrida louca, consegue desvencilhar-se das árvores demoníacas e alcançar o local onde sua amada Almirena está. Armida encosta um punhal na garganta da princesa cristã.

– Agora morra, odiosa rival!

Rinaldo, num pulo, arremessa-se com sua espada na direção da bruxa, mas, no último instante, espíritos infernais erguem uma muralha de fogo ao redor dela, impedindo a consumação do golpe.

– Fúrias infernais! – grita Armida, enfurecida. – Que todas as forças do Averno se lancem contra esses cães idólatras!

Mas antes que as falanges do inferno subam todas à Terra, o rei cristão, que acaba de chegar, faz uso de sua vara, vibrando-a contra o chão, à maneira de Moisés. No mesmo instante o cenário novamente se desfaz, e agora estão todos numa campina deserta, podendo-se ver ao fundo as muralhas de Jerusalém.

Armida, vendo tudo perder-se, também desaparece, deixando Rinaldo, Almirena e seu pai livres para poderem abraçar-se e comemorar.

Passado o breve instante da confraternização, Goffredo anuncia a Rinaldo que já é hora de lançarem o assalto final contra as muralhas de Jerusalém. Ao longe eles avistam as forças sarracenas deixarem os portões, sob o comando do rei Argante e da rainha de Damasco. Ambos estão reconciliados, e preparam-se para defender a Cidade Santa dos muçulmanos.

Ao sinal estrepitoso das trombetas, o horrendo combate começa.

***

Após um dia inteiro de luta, os cristãos conseguem tomar de volta Jerusalém, a cidade sagrada que agora voltará a ser novamente sua propriedade exclusiva.

O rei mouro e a rainha de Damasco, acorrentados, são trazidos à presença de Goffredo.

– Eis o arrogante Argante! – diz Goffredo, saboreando a vingança.

O rei sarraceno vasculha sua mente em busca de algo digno para responder.

– Argante está vencido, mas não o seu coração! – diz ele, afinal.

Sucumbidos diante do Deus cristão, os "infiéis" alcançam o perdão divino após converterem-se a Ele por meio do batismo.

E assim, estando todos reconciliados, unem suas vozes para que "só é feliz neste mundo quem fornece um propósito a um coração vazio".

A flauta mágica
de Wolfgang Amadeus Mozart

A flauta mágica, estreada em 1791, foi a última ópera escrita pelo compositor austríaco Wolfgang Amadeus Mozart. Ela disputa, junto com *Don Giovanni* e *As bodas de Fígaro*, o título de ópera favorita dos admiradores do gênio de Salzburgo.

Representante da ópera popular e do espírito iluminista, *A flauta mágica* tornou-se, desde a sua estreia, um sucesso absoluto. O enredo feérico e alegórico – com personagens de fábula vivendo peripécias fantásticas num ambiente exótico – aliado à música incomparável de um gênio incontestado garantem o fascínio desta verdadeira "lição de felicidade", como já foi definida esta ópera.

Mozart e o libretista Emanuel Schikaneder se inspiraram em três outras obras – "*Oberon, rei dos Elfos*" de Wranitzky, "*Thamos, rei do Egito*" de Gebler, e "*Lulu ou A flauta mágica*" de Liebskind – para criarem a sua própria obra, na qual ainda injetaram vários elementos da crença maçônica. O resultado foi uma ópera ao mesmo tempo leve e profunda, permitindo vários níveis de leitura, que vão desde uma simples aventura até um tratado iniciático e filosófico.

I
A DEMANDA DO PRÍNCIPE

Estamos num ambiente agreste e rochoso, ao centro do qual há um templo rústico de aparência egípcia. Ao redor só se ouvem o canto dos pássaros e o farfalhar dos ramos de algumas árvores (as quais, graças à influência mágica do templo, sobrevivem intactas ao clima árido).

De repente, porém, o ruído apressado de passos – os passos acelerados de quem foge – se sobrepõe a todos os outros. É o príncipe Tamino que surge, aos tropeços, a contornar uma grande rocha. Ele traz na mão um arco inútil, enquanto a aljava chacoalha vazia às suas costas, pois o caçador caçado não teve tempo sequer de desvencilhar-se dela.

– Socorro! Socorro! – grita o príncipe, já sem meios de alcançar a salvação.

Atrás dele não demora a surgir uma serpente enorme com jeito de dragão. Tamino repete o pedido desesperado de ajuda, mas seu último apelo só serve para aniquilar o seu fôlego. Vencido sem nem mesmo ter lutado, o príncipe tomba ao chão. Logo atrás dele, a serpente-dragão suspende a perseguição, cravando suas pupilas esverdeadas sobre a caça abatida. Pairando acima do príncipe desacordado, ela passa sobre a vítima indefesa a sua enorme língua vibrátil, ao mesmo tempo em que duas gotas amarelas brotam das suas presas encurvadas.

Neste instante, porém, a porta do templo se abre e dele emergem três mulheres envoltas em véus alvos como a neve. Cada qual traz nas mãos uma lança prateada, cujas pontas de diamante faíscam ao sol. As três jovens lançam ao animal um brado selvagem de guerra – "Morra, monstro, pelo nosso poder!" – e, em seguida, lhe atravessam o coração com três fulminantes e simultâneas estocadas.

Após abaterem a fera, as três damas se põem a observar o jovem caído. Todas são unânimes em reconhecer-lhe um grau supremo de beleza.

– É digno de um quadro! – diz a mais enlevada.

Elas decidem comunicar o achado à princesa que vive no templo.

– Talvez este belo jovem possa devolver-lhe a paz e a alegria – diz uma delas.

Mas há um detalhe: qual delas se prontificará a avisar a princesa?

Nenhuma, já se adivinha, pois todas preferem ficar vigiando o jovem.

Uma rápida discórdia se estabelece e, quando já estão a um passo de estraçalharem reciprocamente os véus, a única solução possível se impõe pela boca da primeira dama:

– Iremos todas, e está acabado!

E assim fazem, deixando o belo Tamino abandonado ao chão.

***

Assim que as três damas retornam ao templo, o príncipe recobra os sentidos.

– *Vivo*?!... Ainda estou vivo? – diz ele, incrédulo, a apalpar-se.

Ao avistar ao seu lado a serpente abatida, Tamino dá um pulo tão veloz que, um segundo depois, já está em pé. Agora já não há mais dúvida alguma: ele foi salvo por um poder superior.

Tamino regozija-se, mas logo um som, ainda distante, atrai a sua atenção.

– Uma flauta! Sim, ouço uma flauta!

Tamino corre a esconder-se.

Não demora muito e um sujeito carregando às costas uma enorme gaiola cheia de aves aparece. Ele tem o corpo recoberto de penas verdes e executa em sua flauta uma linda melodia, acompanhada, de tempos em tempos, por estes dois animados refrões:

> Um passarinheiro, eis o que sou!
> E todos gritam por onde eu vou:
> "Vejam só como canta e rebola,
> Pois todas as aves tem na gaiola!"
>
> Mas quisera uma rede também fabricar,
> Capaz de mil donzelas aprisionar,
> E depois trocá-las por mel e por queijo,
> E dar tudo à amada, em troca de um beijo!

Esse caçador inveterado de aves se chama Papageno, e é muito surpreso que escuta uma voz, vinda do nada, lhe perguntar:

– Ei, passarinheiro empenado, quem é você?

– Sou um homem feito você! – responde Papageno. – E se lhe perguntasse, agora, quem é você?

– Filho de um príncipe, senhor de muitas terras e gentes, também sou um príncipe tal como ele.

– O quê? Então, para além destas montanhas, também há terras e gentes?

– Milhares!

– Que ótimo! Então poderei negociar por lá as minhas aves!

– Antes, diga-me, ó homem feito eu, que terra é esta na qual nós estamos.

Papageno balança o enorme topete de penas e chacoalha os ombros.

– Como vou saber? Não sei sequer como vim ao mundo!

Diante dessa resposta o príncipe finalmente faz o que tem vontade de fazer desde o começo: começa a rir para valer.

– Quer dizer, então, que não sabe quem são seus pais, e nem onde vive?

– Só sei que perto daqui está a minha cabana, que me protege da chuva e do frio.

– E vive do quê?

– Da caça e da pesca, e também dos serviços que presto à Rainha da Estrela Cintilante.

Ao ouvir o nome, Tamino imagina se não se tratará da poderosa Rainha da Noite.

– Você já viu esta rainha?

– Ver a Rainha da Estrela Cintilante? Ora, mortal algum pode pôr os olhos sobre ela!

"Então é aquela mesma sobre quem meu pai me alertou!", pensa Tamino, enquanto observa, curiosíssimo, a figura de Papageno.

– Por que está me olhando? – pergunta a criatura alada.

– Porque ainda não sei se você é um homem ou um pássaro.

Tamino avança alguns passos para estudar melhor o estranho ser.

– Não se aproxime! Sou homem, sim, mas possuo uma força sobre-humana!

– Oh, então foi você que matou a serpente?

Papageno, que só agora avista a serpente caída, dá um pulo de susto.

– Ela está viva...? – diz ele, escondendo-se atrás da sua gaiola.

– Decerto que sim. Não foi você quem a matou?

– A serpente...? Oh, sim, sim! É claro que fui eu! Pois não sou caçador?

– Como o fez, se não traz arma alguma consigo?

– Já lhe disse que possuo uma força sobre-humana.

Neste instante as três damas reaparecem, um tanto nervosas.

– Papageno maldito, venha cá!
– Quem são estas mulheres? – pergunta Tamino.
– Eu negocio minhas aves com elas em troca de vinho, pães e figos.
– Pelos trajes e pelo talhe, devem ser muito belas.
– Duvido muito. Se fossem belas, por que esconderiam o rosto?
– Papageno maldito! – repetem as damas.
– Aqui estou, minhas queridas! – diz o homem-ave, apresentando a gaiola. – Aqui estão os pássaros que lhes prometi!

A primeira dama se adianta e entrega uma garrafa cheia ao negociante.

– Hoje minha senhora lhe pagará com água, e não com vinho.
– E, no lugar do pão doce, aqui está uma pedra – diz a segunda ama.
– E hoje, em vez de figos, meterá na boca este cadeado – diz a terceira, selando a boca de Papageno.

Papageno, completamente mudo, agita os braços recobertos de penas.

– Quer saber a razão do castigo? – pergunta a primeira dama.

O homem-ave agita freneticamente o enorme topete.

– É para aprender a não ser mentiroso e maledicente! Repita: foi você mesmo quem matou esta serpente?

Papageno, humilhado, faz que não com a cabeça.

– Fomos nós, jovem príncipe, que o fizemos.

A primeira dama estende algo ao príncipe.

– É um retrato da filha da nossa grande princesa – diz ela. – Se os seus belos traços sensibilizarem o seu coração, então é certo que terá um destino feliz e glorioso.

As três damas se retiram, deixando Tamino e Papageno igualmente mudos – o primeiro, de admiração, e o segundo por causa do cadeado.

***

Tamino, pela simples visão do retrato da princesa, tomou-se de amores por ela.

– Eu faria de tudo para tê-la, para sempre, em meus braços!

Ele já vai se retirar quando as damas reaparecem.

— A rainha escutou suas palavras – diz uma – e acredita que você seja o homem capaz de salvar a sua filha, a princesa Pamina.
— *Pamina*...! Então este é o seu lindo nome! – diz o príncipe, encantado. – A senhora disse que ela deve ser salva. Ela está presa?
— Sim, um demônio perverso a raptou.
— E onde se esconde esse demônio maldito?
— Nas montanhas, num castelo fortemente vigiado.
Então, soam três toques de clarim.
— O que é isso? – assusta-se Tamino.
— É nossa rainha quem vem – dizem as damas, curvando as cabeças.

De repente, para grande espanto do príncipe, o cenário rochoso e agreste se dissolve no ar e ele se vê no interior de um majestoso salão. No centro está uma mulher trajada de negro, sentada num trono repleto de estrelas. Seus cabelos e o rosto são negros como a noite, enquanto os olhos resplandecem como duas luas cheias.

— Não tenha medo, ó, príncipe – diz a Rainha da Noite, com voz cavernosa. – Meu semblante está carregado porque um vilão perverso raptou minha filha. Mas, se você conseguir resgatá-la, eu lhe afirmo que ela será sua para sempre.

Nem bem diz essas palavras e o salão se dissolve, juntamente com a Rainha da Noite, deixando Tamino duplamente perplexo.
— Diga-me, ó, papagaio humano: foi uma alucinação o que vi?
Papageno aponta para a boca chaveada.
— Hm, hm, hm…! Hm, hm, hm...!
Antes de se retirar, uma das damas anuncia a Papageno que a rainha concedeu-lhe o perdão.
— Pronto, já pode tagarelar outra vez! – diz ela, retirando o cadeado.
— Ufa! Que alívio! – exclama o passarinheiro.
— Pode tagarelar, mas não mentir!
— Não, não! Jamais tornarei a mentir! – diz ele, mentindo.
— Quanto a você, nobre príncipe, a rainha lhe envia este presente.
Tamino toma nas mãos uma magnífica flauta dourada.
— Leve-a sempre consigo – diz a dama. – Ela o protegerá de todos os perigos.

– E lhe dará o poder de tornar alegres os tristes, e amados os solitários – diz a outra.

Tamino se despede cortesmente, e Papageno faz o mesmo.

– Quanto a você – dizem as damas ao homem-ave –, acompanhe o príncipe até o castelo de Sarastro. A partir de hoje você será o seu servo.

– Ao castelo de Sarastro?! – exclama o passarinheiro. – Oh, não, lá não irei! As senhoras mesmas disseram que ele é feroz como um tigre!

– Vamos, covardão! Leve isto, então!

Papageno recebe das mãos de uma das damas um pequeno carrilhão.

– Pelo Pica-Pau Amarelo! Mas o que há aqui dentro?

O passarinheiro agita a caixa, e dela soa um concerto afinado de sinos.

– Tal como a flauta, é um item mágico destinado a protegê-los. Agora, vão!

– Mas como acharemos o castelo? – indaga o príncipe.

– Três jovens nobres irão acompanhá-los, indicando-lhes o caminho.

E assim partem todos em direção ao castelo do temido Sarastro.

**

Um salão em estilo egípcio nos surge, agora, diante dos olhos. Estátuas de Horus com sua cabeça adunca de ave adornam os recantos das paredes recobertas de hieróglifos.

Um escravo negro chamado Monostatos tem diante de si a figura indefesa da princesa Pamina, que outros escravos trouxeram acorrentada.

– Então quer dizer que tentou fugir esta noite, garota? – pergunta o mouro, enraivecido. – Sabia que, por causa disso, pode perder a sua linda cabecinha?

– A mim só importa a dor que isso possa causar à minha mãe – diz ela, resignada.

Monostatos, ignorando o sofrimento da jovem, lança um grito aos demais:

– Fora, todos! Quero ficar a sós com esta fujona!

A flauta mágica

Fora do palácio, porém, Papageno acompanha tudo, dependurado no galho de uma árvore em frente à janela. Cautelosamente, ele resolve pular para dentro, mas seus braços, que acostumou a tomar por asas, não conseguem impedir que ele desabe ao chão.

– Sangue de Anúbis! – exclama Monostatos, ao avistar aquela figura recoberta de penas estatelada no chão. – É o diabo em pessoa!

Papageno, ainda esparramado, ao ver o carcereiro medonho também o toma pela mesma entidade maléfica, e devolve o cumprimento:

– Pelo bico de Hórus! É o Maligno em pessoa!

Mas o mouro é o mais assustado, e trata de fugir assim que vê a criatura recoberta de penas começar a reerguer-se.

– Quem é você? – pergunta, do fundo da peça, a vozinha assustada da princesa.

– Nobre Pamina! Sou Papageno, fornecedor oficial de aves e favoritíssimo da corte de vossa mãe, a Rainha das Estrelas Cintilantes! – diz ele, reconhecendo na princesa a mesma figura do retrato.

– Oh, que maravilha! E o que veio fazer aqui?

– Vossa mãe encarregou-me de resgatá-la – diz o homem-ave, assumindo, por conta própria, o papel de salvador.

– Só você?

– Ah, e um sujeitinho que se diz príncipe. Vossa mãe permitiu que ele também tomasse parte na minha heroica demanda.

Neste momento o homem-papagaio sente uma comichão nos lábios que o obriga, afinal, a dizer a verdade.

– O príncipe se chama Tamino, e a ama sobre todas as coisas.

– Oh, que delícia! É a minha frase predileta! Poderia, por favor, repeti-la?

– O príncipe a ama sobre todas as coisas!

Subitamente, porém, o rosto da princesa se torna sombrio.

– Meu bom amigo, se Sarastro o descobrir aqui...

– Decerto que não iria retornar! – diz, jovialmente, o passarinheiro.

– Não ria, meu amigo! Antes de matá-lo ele o submeteria a todas as formas de tortura!

– É mesmo...? – diz Papageno, menos jovialmente. – Bem, já que a ideia a assusta, vamos embora.

Pamina já vai saindo com o seu salvador quando se detém, desconfiada.

– Espere! E se você não passar de um espírito perverso a serviço de Sarastro, com a missão de me arrastar a uma cilada?

– Ora, vejam! Eu, um espírito perverso? – diz Papageno, ofendidíssimo. – Logo eu, o espírito mais puro do mundo!

– Desculpe! – diz ela, afagando o topete eriçado do homem-ave. – Você tem o coração mais dócil e generoso do mundo!

Diante dessa carícia, Papageno relembra, amargamente, que é um homem-ave solitário.

– Dócil e generoso, sim, mas de que me adianta, se o céu não me concedeu nenhuma Papagena para nela exercitar as minhas maravilhosas virtudes?

– Tenha paciência, amigo – diz ela, acarinhando-lhe o topete. – O céu haverá de lhe recompensar, enviando-lhe uma boa companheira.

E assim, reconfortado por essa risonha promessa, Papageno desaparece, levando consigo a filha da Rainha da Noite – ou das Estrelas Cintilantes, como ele prefere dizer.

***

O cenário, agora, é um bosque frondoso.

No seu centro estão três templos erigidos por algum arquiteto egípcio ou maçom. O do centro traz a inscrição "Templo da Sabedoria", enquanto os da direita e da esquerda trazem, respectivamente, os nomes de "Templo da Razão" e "Templo da Natureza". Três pequenos gênios – aqueles mesmos jovens nobres que a Rainha da Noite prometera enviar para ajudar Tamino – conduzem o jovem príncipe na direção dos templos. Cada qual traz uma palma de prata nas mãos, e é com voz suave, mas firme, que advertem Tamino:

– Nestes três templos o aguardam algumas provas iniciáticas que você deverá vencer com o ânimo e o discernimento de um adulto.

Ao chegarem ao pátio que conduz aos templos, os gênios dão as costas ao príncipe, deixando-o a sós.

"Três gênios e três templos!", pensa ele, exercitando o seu discernimento esotérico. "Deve haver nisso algum profundo simbolismo aritmético!"
– Será esta a mansão dos deuses? – diz ele, avançando em direção ao templo da direita, que é o da Razão. Ao colocar o pé no primeiro degrau, porém, ele escuta algumas vozes murmurarem no interior, e decide, primeiro, escutar o que elas dizem.
– Para trás! – bradam as vozes, ensurdecedoramente.
Tamino, precavido, compreende logo que convém escutar a voz da Razão – ainda mais quando ela é gritada a plenos pulmões.
– Vou tentar antes o da esquerda – diz ele, avançando para o Templo da Natureza.
Mas, também ali, a voz da Natureza o expulsa em altos brados, e ele decide entrar, finalmente, no Templo da Sabedoria.
Desta vez Tamino é recebido por um senhor carrancudo, a quem chamam de Orador, e que lhe faz a seguinte pergunta, apenas um tom abaixo das gritarias anteriores:
– O que procura aqui, jovem intrometido?
O príncipe vasculha na sua mente até encontrar esta resposta correta:
– Procuro o Reino do Amor e da Virtude.
Não era má resposta para se dar ao porteiro do Templo da Sabedoria. Infelizmente, ela só serviu para torná-lo ainda mais carrancudo.
– Magnífica resposta seria essa – diz ele – se tivesse o amor e a virtude a conduzi-lo realmente. Mas quem o move, isso bem sei, é apenas o desejo de matar e de vingar!
Tamino compreende, então, que é hora de falar mais grosso.
– Meu senhor, a vingança eu reservo apenas para os maus! – diz ele, altivamente.
– Aqui não encontrará nenhum homem mau – retruca o Orador.
– Como não? Sarastro não reina aqui?
– Sim, Sarastro reina aqui, no Templo da Sabedoria.
– Então adeus, pois aqui deve ser o Templo da Hipocrisia!
– Espere! – diz o Orador. – Por que odeia tanto Sarastro?
– Porque ele é um tirano, ora!
– Baseado em que afirma isso?

— No fato de seu Sarastro bondoso ter raptado uma jovem e indefesa princesa! Não basta?
— Quem lhe disse isso?
— A mãe da pobre donzela!
— Quer dizer que uma mulher lhe disse tudo isso? Ora, mulheres adoram mentir!
— Não é verdade, então, que Sarastro raptou a filha da Rainha da Noite?
— Sim, é verdade.
— E onde está ela?
— Não posso dizer.
— Canalhas! Já a sacrificaram?
— Um juramento sela meus lábios.
— Magnífico! Também aqui usam cadeados?

O Orador não compreende, e Tamino, observando as trevas que se adensam com a chegada da noite, sente-se tomado por uma súbita inspiração:

— Este é, na verdade, o Templo das Trevas! Quando nele penetrará a verdadeira Luz?
— Quando a amizade guiar os seus passos.

O Orador se retira, deixando Tamino a sós com a sua raiva.

— Malditos chavões esotéricos! Quando verei se dissipar esta noite eterna?

Vindo do nada, um coro invisível lhe responde, então, um tanto sarcasticamente:

— Muito em breve, ou nunca!
— São os espíritos noturnos! – diz ele, maravilhado. – Digam-me, ó, potências do astral, se minha adorada Pamina ainda vive!
— Sim, sua adorada Pamina ainda vive – respondem as vozes.

O príncipe fica tão feliz que, sacando a sua flauta dourada, começa a executar uma música encantadora, que termina por atrair os animais todos do bosque.

— Que magia sublime a desta flauta, capaz de atrair os animais! – diz ele, ao parar de tocar. – Pena que não possa, também, atrair a minha doce Pamina!

De repente, porém, escuta o som de outra flauta, vindo de algum lugar.

– É a flauta de Papageno! – diz ele, espantado. – Talvez esteja com a princesa!

O príncipe e o homem-ave haviam se separado no transcurso da busca, e agora, por um feliz e musical acaso, estavam a um passo de se reencontrarem.

– Continue tocando! – grita o príncipe, enquanto sai à sua procura.

Dali a pouco, Papageno e a princesa chegam, exaustos, ao mesmo local.

– Onde estará o príncipe? – diz Papageno. – Tenho certeza que escutei a sua flauta!

– Vamos, toque de novo! – grita a princesa.

Papageno sopra a sua flauta e Tamino responde.

– É ele, o príncipe! – grita Papageno.

– Não pare, toque outra vez!

Infelizmente, este "concerto para flautas e gritos" só acaba servindo mesmo para atrair a atenção do carcereiro, que finalmente consegue reencontrar a sua ex-prisioneira.

– Arrá...! Aí está a fujona! – exclama Monostatos, ressurgindo.

Monostatos ordena aos servos que tragam imediatamente as correntes, enquanto a princesa, trêmula de medo, implora a Papageno que faça algo.

O homem-ave lembra, então, do carrilhão portátil que a Rainha da Noite lhe dera, e começa a sacudi-lo com desespero:

– Vamos, chocalho! – diz ele, enquanto sons de sinos se espalham, provocando uma extraordinária alteração na atitude do carcereiro e de seus ajudantes.

– Veja, Papageno! Estão todos dançando! – diz Pamina, entusiasmada.

– Sim, e cantando também! – diz Papageno, tapando os ouvidos.

São versos abomináveis, é verdade, mas servem ao menos para distrair o carcereiro e seus ajudantes dos seus péssimos propósitos.

Dali a pouco, porém, uma terceira melodia vem acrescentar-se à do carrilhão e dos carcereiros, executada, agora, por trompetes e tambores.

– Uma marcha! – diz Papageno. – Significa que alguém poderoso está por chegar!

De fato, ninguém menos que o poderoso Sarastro chega logo em seguida para complicar definitivamente as coisas para a princesa e seu fiel ajudante.

– O que diremos a esse tirano? – diz Papageno.

– A verdade! – responde Pamina. – Mesmo que ela soe como um crime!

Precedido por um grupo sisudo de sacerdotes, Sarastro surge, então, instalado em um magnífico carro puxado por três parelhas de leões.

– Viva Sarastro, nosso ídolo, a quem veneramos! – gritam os sacerdotes.

O rei pousa um olhar sisudo sobre a princesa, que, de joelhos, trata de improvisar rapidamente uma explicação para a sua fuga.

– Sarastro poderoso! Fugi da lascívia deste lacaio pérfido que, por meios vis, pretendia apoderar-se do meu amor!

Monostatos empalidece de medo, ao contrário de Sarastro, que permanece sereno.

– Nada tema, minha jovem – diz o rei. – Já li em vosso coração que ele pertence a outro homem. Não a obrigarei a me amar, mas também não lhe darei a liberdade.

– Alteza, gostaria de retornar para a minha mãe – diz ela, quase implorando.

– Isso não é possível. Perderia a felicidade caso retornasse para ela.

Pamina está tentando entender a qual felicidade ele se refere quando, de repente, Monostatos, a um sinal do rei, faz com que o príncipe Tamino seja trazido à sua presença.

– É ele, o príncipe! – diz ela, que mesmo sem jamais o ter visto o reconhece pelo nobre semblante, e também pela flauta reluzente que traz enfiada no bolso.

Tamino e Pamina se abraçam calorosamente, para espanto de todos.

– Basta! Isso é demais! – ruge Monostatos, encontrando uma boa ocasião para recair nas boas graças do seu senhor. – Permita, alteza, que eu puna o atrevimento desse intruso! Seguindo as suas ordens, este pica-pau esverdeado tentou raptar a vossa mais bela prisioneira, mas eu consegui impedi-lo!

Sarastro ergue a mão, com perfeita majestade.

– Não precisa dizer mais nada – diz ele, com um semblante que promete uma generosa recompensa. – Lacaios, deem imediatamente a este fiel servidor...

– Oh, não alteza, não são necessárias recompensas! – diz Monostatos, curvando, reverente, a cabeça. – Vosso reconhecimento é a única recompensa que almejo!

– ...setenta e sete chicotadas!

Monostatos é levado de rastos, enquanto o restante, com admirável prudência, trata de louvar-lhe a justiça e a sabedoria.

– Viva Sarastro! Sua justiça é divina!

Sarastro ordena, em seguida, que o casal de príncipes seja encapuzado e levado ao interior do templo, onde deverão se submeter, segundo manda o ritual esotérico, a um severo processo de purificação.

II
A PROVAÇÃO

Uma vistosa procissão, encabeçada por alguns sacerdotes carecas, atravessa um bosque de palmeiras com troncos de prata. As folhas dessas árvores são todas de ouro, e é delas que são feitas as dezoito cadeiras dispostas no átrio de um majestoso templo votado a Ísis e Osíris, o casal divino da extinta crença egípcia. Atrás de cada cadeira ou trono, estão dispostas dezoito pirâmides com um chifre preto ornado de ouro. No meio dessas pirâmides está a majestosa pirâmide principal.

Sarastro, logo atrás dos sacerdotes, empunha o seu ramo prateado. Ele anuncia ao casal divino que um príncipe veio de longe para contemplar "a mais viva das luzes".

Os sacerdotes sopram por três vezes as suas trompas douradas.

– Junto do príncipe está Pamina, jovem princesa – diz, ainda, Sarastro. – Sua mãe intenta destruir o nosso templo, além de escravizar o povo com suas superstições. Por essa razão, e pela vontade expressa dos deuses, decidi casá-la com o jovem Tamino.

Neste ponto o Orador – aquele mesmo senhor azedo que recebera Tamino na porta do Templo da Sabedoria – põe em dúvida se ambos os príncipes serão capazes de vencer as duras provas iniciáticas a que deverão ser submetidos.

– Se fracassarem, tanto melhor para eles, pois gozarão, antes do que nós, das delícias da morada de Osíris – proclama Sarastro, com sua lógica mística reconfortante.

E é assim que, em plena noite, em meio a uma tormenta que se anuncia por meios de trovões distantes, Tamino e Papageno são encapuzados e levados ao átrio de um templo não muito longe dali. Comparado com o bosque das palmeiras prateadas, é um lugar sinistro e acabrunhante, com suas ruínas de pirâmides e colunas partidas.

– Muito bem, retirem os capuzes! – ordena o Orador aos sacerdotes.

O príncipe e o homem-pássaro ficam atônitos ao se verem naquele lugar desolador.

– Para onde foram os sacerdotes? – pergunta Tamino, com as vistas ofuscadas.

– Para as profundezas do Amenti! – diz Papageno, referindo-se ao inframundo egípcio.

– Silêncio! – ordena Tamino. – Você não está em condições de entender o que vai se passar.

– Pelo bico de Horus se não estou morrendo de medo! Estou até com febre!

– Coragem, Papageno! Lembre-se de que é um homem!

– Ai, meu senhor! Estou me sentindo muito mais um frango d'água!

De repente, o Orador retorna com os sacerdotes. Todos portam tochas, cujas flamas reverberam ferozmente nas trevas. Um instinto ancestral faz com que as penas de Papageno se retraiam extraordinariamente, deixando-o esquálido feito uma garça.

– Pronto! É o fim de tudo! – exclama ele, num tom de arara.

Um olhar fulminante do Orador reduz Papageno ao silêncio.

– O que os traz aqui, intrusos? – pergunta ele, num tom ameaçador.

Tamino, relembrando que o porteiro adora respostas esotéricas, remexe outra vez no seu cérebro e encontra esta resposta:

– Quem nos traz aqui são a Amizade e o Amor.

– Estão preparados para morrerem, de mil maneiras horríveis, em nome dessas duas coisas sublimes? Ainda é tempo de desistirem! – diz ele, em seguida, brandindo a tocha na cara dos dois.

Papageno, sentindo fumegar o topete, exclama, apavorado:
– Bem, considerando que ainda há tempo...
Mas o braço resoluto de Tamino o reduz novamente ao silêncio.
– Não desistiremos! – diz ele, audazmente. – A sabedoria guiará nossos passos, e a doce Pamina será a nossa recompensa!
– Muito bem, isso vale para ele – diz Papageno, desvencilhando-se. – Quanto a mim, renuncio alegremente a essas provas em troca de permanecer com todas as penas no corpo.
– Papageno, não desista! – diz Tamino, puxando-lhe o topete.
– Perdão, meu senhor, mas não fui feito para martírios! Tudo quanto desejo é continuar a caçar meus passarinhos e, se Ísis e Osíris assim permitirem, arrumar uma Papagenazinha para mim!
– Pois jamais terá uma Papagena se renunciar a essas provas! – exclama o Orador.
– Ai de mim! – geme, desolado, o homem-ave. – Mas como são essas provas?
– Terríveis!
– Terríveis...!!
– Sim! É preciso que se submetam a todas, sem recuar nem mesmo diante da morte!
– Bem, talvez eu não precise tanto assim de uma Papagena...
– É justamente o que Sarastro tem reservado para você.
– Uma Papagena mesmo, tal como eu?
– Uma fêmea da sua mesma espécie, linda e jovem.
Papageno alisa o topete, pesando os prós e os contras.
– Posso vê-la antes de se iniciarem as provas?
– Pode vê-la, mas sem lhe dirigir a palavra. Isso também vale para você, príncipe, que poderá ver a sua princesa, mas sem dirigir-se a ela.
Tamino e Papageno prometem que não falarão com elas.
– Tomem muito cuidado, pois as mulheres são hábeis em armar ciladas – adverte o Orador. – Muitas vezes um homem paga com a morte a confiança que deposita nelas!
O Orador sai com os demais sacerdotes, deixando tudo novamente nas trevas.
– Ei, carecas! Deixem conosco um archote! – grita o homem-ave.

Tamino tenta acalmar o seu companheiro quando, vindas do subterrâneo, surgem três figuras recobertas de véus.

– Pelo olho de Horus! – exclama Papageno. – Que as serpentes do Amenti me devorem se não são as três damas da Rainha das Estrelas Cintilantes!

E são mesmo. Mas o que farão ali?

– Justos céus! – bradam as três, ainda mais impressionadas que eles. – Vocês dois estão perdidos! Pobres miseráveis, daqui não sairão com vida!

– Bem, acho que isso decide tudo! – diz Papageno, decidido a escapar.

– Psiu! – diz o príncipe, com o dedo em riste. – Não sabe que não devemos conversar com mulheres?

– Não direi mais nada, pois já escutei o bastante!

Tamino detém o homem-ave, enquanto a primeira dama os alerta de que a Rainha da Noite está ali perto.

– *A rainha, aqui*?! – exclama Papageno, duplamente surpreso.

Tamino, irado, cerra o bico do homem-ave com as duas mãos.

– Idiota! Não fale com elas!

– A rainha introduziu-se no templo – diz a dama. – Não acreditem nesses sacerdotes! Quem se submete a eles mete o corpo e a alma no inferno!

– Não lhes dê ouvido! – diz Tamino ao companheiro.

– Por que se tornou nosso inimigo? – queixa-se a dama.

Tamino balança a cabeça, recusando-se a responder.

– Deixe que eu respondo! – diz Papageno, descerrando o bico.

– Silêncio, maldito! – diz o príncipe, lutando para mantê-lo calado.

De repente, uma gritaria promovida pelos sacerdotes, no interior do templo, soa como um brado de alerta.

– Horror e blasfêmia! O portal sagrado foi profanado! Que essas mulheres queimem no inferno!

Uma fuzilaria de raios e trovões faz um eco pavoroso ao brado dos sacerdotes. Imediatamente as três damas desaparecem, enquanto Papageno se encolhe, de cócoras, esmagado de medo.

– Desta vez é o fim de tudo! – geme ele, com as mãos na cabeça.

Mas ainda não é. Logo os sacerdotes retornam com os seus archotes, e um deles enfia um capuz no príncipe, levando-o consigo.

— Sua constância foi premiada!

Papageno vê Tamino ser conduzido como um condenado que se leva à execução, e se congratula consigo mesmo:

— Se tal é o prêmio, bem faço em permanecer inconstante!

Mas um segundo capuz, posto agora sobre a sua própria cabeça, põe um fim à sua ilusão, e Papageno, tal como o príncipe, também é levado dali.

***

Pamina repousa, intocada, num florido jardim. Ao seu redor há um conjunto de árvores dispostas em forma de ferradura. Um raio de lua ilumina seu rosto, enquanto Monostatos, nas sombras, a observa.

— Tão bela e indefesa! — diz o carcereiro, lutando para conter o ímpeto de avançar sobre ela. — Arre, vá! Um beijinho só não há de ser punido!

Monostatos diz a si mesmo que, mesmo feio, também tem o direito de amar, e, antes de praticar o seu crime, não esquece de revesti-lo com o manto dourado da poesia.

— Feche os olhos um pouquinho, ó, divina lua, enquanto sacio o meu desejo! — diz ele, mas mal acaba de falar e um trovão estoura no alto, enquanto um tremor violento sacode o chão.

— Set embalsamado...! — grita Monostatos, pulando para longe.

De dentro da terra emerge, então, a figura assombrosa da Rainha da Noite. Pamina, acordando, a reconhece e pula para os seus braços.

— Diga-me, minha menina, onde está o jovem príncipe que encarreguei de salvá-la? — pergunta a rainha.

A jovem lhe explica que ele cumpre uma série de provas iniciáticas.

— Danação! — diz a mãe, levando as mãos à cabeça. — Então jamais tornaremos a estar juntas!

— Proteja-me, mamãe! — diz a princesa, enterrando-se nos braços da rainha.

— Ai de mim, que já não posso lhe oferecer proteção alguma! Ao morrer, o miserável do seu pai cedeu a Sarastro o Círculo Solar dos Sete Poderes!

– Círculo do quê?!
– O Círculo Solar! Sarastro traz esse emblema no peito, e ele lhe confere o poder que, por direito, deveria ser meu!
– E o que faremos, então?
– Você fará! – exclama a rainha, sacando das vestes um afiado punhal. – Vê isto?
Pamina sacode a cabeça, temerosa.
– Afiei a sua lâmina durante sete noites, com o pensamento voltado a Sarastro! – revela a rainha. – Você enfiará o punhal até o cabo no peito do miserável e me restituirá o emblema mágico!
– Não, mamãe...! – diz a princesa, aterrorizada.
– Calada, menina! Só há um meio de voltarmos a estar juntas: que você enfie este punhal no peito do tirano! A vingança mais infernal consome o meu coração, e é preciso que você a leve a cabo!
Os olhos da Rainha da Noite fulguram de ódio, enquanto seu rosto negro ainda mais se entenebrece, a ponto de Monostatos (que a tudo observa, escondido) sentir-se verdadeiramente fascinado por ela.
– Adeus, minha querida, tenho de partir! – diz a rainha. – Faça o que sua mãe lhe implora, e tornaremos a estar juntas para sempre!
A Rainha da Noite desaparece, deixando sua filha com o punhal afiado.
– Matar, eu?! Oh, não! Como poderia? – diz ela, com os olhos fixos na lâmina.
De repente, porém, ela sente o punhal ser-lhe arrebatado das mãos.
– Uma arma tão terrível não fica bem em mãos tão suaves! – diz Monostatos, triunfante. – É com ele que pretendia executar o seu crime nefando?
– Não, não!... Eu...
Monostatos tem os olhos arregalados e seus dentes reluzem de satisfação.
– Só há um meio, agora, de salvar a sua vida! Entregue-se a mim!
– Cão infernal! Eu lhe digo que não!
– O meu amor ou a morte! Escolha!
– Monstro! Escolho a morte!

A flauta mágica

— Pois tanto melhor! Terei ambas as coisas!

Tomado por uma ira lúbrica, Monostatos suspende a lâmina, e está prestes a deixá-la cair sobre o peito da jovem quando Sarastro irrompe no jardim, feito uma aparição.

— Demônio! O que pretende fazer? – diz o rei, ferocíssimo.

Monostatos cai de joelhos e tenta explicar-se:

— Meu senhor! Tentava, apenas, impedir que esta viborazinha consumasse um crime de lesa-majestade contra a vossa realíssima pessoa!

— Já sei de tudo! Desapareça!

Monostatos desaparece com uma rapidez ainda maior do que aquela com a qual Sarastro surgira.

— Sua mãe é um pérfida louca, e não faz outra coisa senão tramar a sua vingança pelos subterrâneos do templo! – diz o rei à jovem princesa. – Mas eu não permitirei que a vingança triunfe!

***

O príncipe e o homem-ave estão prisioneiros, agora, num enorme átrio. Um sacerdote lhes retira os capuzes, e os deixa sozinhos, não sem antes adverti-los de que devem continuar a observar absoluto e irrestrito silêncio se não quiserem ser fulminados por raios e trovões.

— Como gostam de raios! – diz Papageno, remodelando o topete. – E estes átrios e templos que nunca se acabam!

— Silêncio! – diz Tamino.

— Que saudades da minha cabana e das minhas aves canoras!

Neste instante Papageno se dá conta de que está com o bico seco.

— Que sede! Os miseráveis não nos deram, até agora, nem um gole d'água!

— Se parasse de falar não secaria o bico! – Brotando do próprio solo, surge uma velha horrível com uma concha d'água.

— Osíris despedaçado! Quem é essa bruxa? – diz Papageno, dando um pulo de susto.

— Tome, meu anjo! – diz a criatura, estendendo-lhe a concha.

— O que é isso? Veneno?

— Tome de uma vez, não há perigo – diz o príncipe.

Papageno cheira a substância e depois a ingere.
– Ah! – suspira ele. – Era água, mesmo!
Depois, devolvendo a concha à velha, lhe pergunta:
– Diga-me, *jovem encantadora*: todos os hóspedes deste reino são tratados assim, como reis?
– Exatamente!
– Papageno cabeçudo! – exclama Tamino. – Aí está você a tagarelar outra vez com mulheres!
– Mulher?! – diz o passarinheiro, antes de dirigir novamente a palavra à bruxa. – Bom, *minha jovem*, se é esse o tratamento que costumam dispensar aos hóspedes, não devem esperar que eles retornem!
– Exatamente! Eles nunca retornam! – diz, risonhamente, a velhota.
– Me diga uma coisa, ninfa adorável: quantos invernos possui?
– Dezoito invernos e dois minutos.
– É mesmo? Exatamente isso?
– Exatamente!
– E, linda assim, deve ter um namorado!
A velha faz que sim, agitando euforicamente a concha.
– E é mais jovem que você? – diz Papageno.
– Não! Tem dez anos a mais! – responde a velha.
– E posso saber como se chama o felizardo?
– *Papageno*!
– Quê?! – diz ele, assombrado. – Então há mais Papagenos espalhados por este mundo? E pode me dizer onde ele está?
– Está bem aqui na minha frente.
Papageno dá uma risada.
– Oh, é mesmo? E como se chama a minha bela namorada?
Antes de responder, porém, a velha retorna ao seu alçapão subterrâneo. Mas, antes mesmo que possa espantar-se com o sumiço da velha, Papageno é surpreendido pela brusca aparição, nos céus, de uma máquina flutuante toda recoberta de flores.
– Mãe de Osíris! O que é isso? – espanta-se ele, enquanto a nave aterrissa.
Do interior daquele disco voador extravagante emergem, então, os três gênios que haviam conduzido Tamino ao reino de Sarastro.

– Caríssimos gênios! Fico feliz em revê-los! – diz o príncipe.

– Viemos, em nome de Sarastro, devolver-lhes a flauta mágica e o carrilhão – diz um dos gênios, ao desembarcar, com os demais, da nave florida.

Eles também trazem consigo uma mesa recoberta de alimentos.

– Comam e bebam à vontade! Ao nos reencontrarmos pela terceira vez, caríssimo príncipe, a sua felicidade estará consumada!

Os três gênios reembarcam, não sem antes lançarem a Papageno esta advertência:

– Quanto a você, tagarela, mantenha o bico fechado!

– Como posso mantê-lo fechado com todas estas delícias? – diz ele, esfregando as mãos, e olhando para o príncipe. – Vamos lá, meu senhor, atiremo-nos antes que a terra engula tudo!

Mas Tamino, de posse outra vez da sua flauta, só pensa em tocá-la.

– Muito bom! – diz Papageno, de bico cheio. – Vejamos agora o seu vinho!

O passarinheiro estala o bico, em regozijo.

– Um néctar dos deuses!

Tamino, porém, alheio à gula do companheiro, continua a soprar sua flauta até o instante em que vê surgir à sua frente ninguém menos que a filha da Rainha da Noite. Extasiado, ele olha para a princesa, lutando, porém, para não lhe falar.

– Salve, príncipe abençoado! – diz ela, a sorrir. – Sou Pamina, a quem vieste salvar! Graças ao som maravilhoso da sua flauta consegui finalmente encontrá-lo!

O príncipe, porém, permanece mudo feito uma pedra.

– Então...? Não diz nada, meu salvador?

Tamino, com um gesto ríspido, ordena que ela se afaste.

– Papageno, o que houve? Diga o que há com o seu senhor!

O homem-ave, porém, com o bico cheio, também a repele, sem dizer palavra.

Diante dessa brutal recepção, a pobre Pamina se retira, em prantos.

– Bem vê agora, sr. príncipe, que eu também sei quando é realmente preciso não dar trela a essas araras! – diz Papageno, numa brevíssima pausa ao seu banquete.

Então, de algum lugar, soam três toques seguidos de trompas.
– Vamos, Papageno! – diz o príncipe, erguendo-se.
– Vamos aonde? – pergunta o outro, com uma broa enorme na mão.
– Esses três toques só podem significar um chamado!
– Um chamado? Então é o caso de aguardarmos mais um pouco – diz Papageno, retomando tranquilamente a sua broa.
– Irra, comilão!
As trompas tocam mais três vezes.
– Ouviu? – diz o príncipe aflitíssimo. – Vamos!
– Deixe estar, ainda falta outra série de três – diz Papageno, tomando um último gole. – Três toques em três vezes: eles adoram o número três.

Papageno, acostumado já às charadas aritméticas do esoterismo, não se engana, e é assim que, dali a pouco, as trompas soam pela terceira vez, completando a chamada.

Tamino, irritadíssimo, puxa o homem-ave pelo topete e ambos se encaminham aos subterrâneos de uma pirâmide, de onde partira o chamado.

– Está querendo dizer que vai entrar mesmo aí? – diz Papageno, incrédulo.
– *Nós* vamos! – diz Tamino, e é assim que os dois começam, verdadeiramente, sua perigosíssima prova iniciática.

***

Tamino e Papageno estão agora nos subterrâneos da Grande Pirâmide.

À frente deles está o Orador, carrancudo como sempre. Uma enorme pirâmide iluminada é carregada por dois sacerdotes, enquanto os demais trazem nas mãos pequenas luminárias em forma de pirâmide, é claro. Dezoito sacerdotes, divididos em grupos de seis, desenham com seus corpos mais três triângulos, completando a disposição cênica para o misterioso ritual que está prestes a iniciar.

– Como gostam de pirâmides! – sussurra Papageno, antes de ser atingido por uma cotovelada certeira do príncipe.

A flauta mágica

Os sacerdotes entoam um coro de invocação a Ísis e Osíris, recomendando-lhes o iniciado que está em vias de se tornar digno da seita.

Sarastro, que também está presente, acrescenta que Tamino ainda deve cumprir mais duas provas para fazer jus à mão de Pamina, que logo é trazida à cena. Ela está com um capuz, e é o próprio Sarastro quem o retira.

— Dê adeus ao príncipe Tamino, pois é pouco provável que torne a vê-lo com vida! — diz brutalmente o rei.

Pamina põe-se a chorar, mas suas lágrimas de nada servem e o príncipe é conduzido imediatamente a uma passagem sinistra, onde, sem mais conversas, é introduzido.

Tamino está agora num salão cercado de portas, enquanto Papageno, do lado de fora, tenta inutilmente entrar.

— Meu príncipe, diga por qual porta devo entrar, pois não tolero estar aqui fora, sozinho! — grita o passarinheiro.

Em desespero, ele lança-se a uma delas, mas uma voz irada o repele:

— Para trás!

Papageno tenta outra porta, mas a recepção é a mesma:

— Para trás!

— Ai de mim! — geme o homem-ave. — Estou apavorado e morto de sede!

Então o Orador, farto das lamúrias, anuncia que ele jamais poderá provar do júbilo divino dos iniciados.

— A mim bastaria, agora, provar uma taça de vinho!

— É o que quer?

— Sim, é o que quero!

Então uma taça de vinho é servida a Papageno, que a bebe até a última gota.

— Magnífico! — diz ele, estalando o bico. — Sabe o que me agradaria agora, excelente senhor? Uma bela companheirinha!

Papageno, meio embriagado, toma o seu carrilhão e improvisa uma canção na qual expressa, de mil maneiras repetidas, o seu desejo por uma mulher.

Então, a velha da água reaparece.

— Aqui está a sua companheirinha! Casemo-nos!

– Espera um instante, meu anjo! Acho que vou pensar melhor sobre a ideia!

– Não pense mais, Papageno! Se o fizer, ficará preso aqui, a pão e água, por toda a eternidade!

– Sozinho? A pão e água? – diz Papageno, coçando o penacho. – Pensando melhor, é preferível ficar com a velha e bem alimentado!

Papageno, obrigado a firmar seu compromisso por meio de um juramento, assim o faz, e no mesmo instante vê a velha transformar-se numa mulher-ave jovem e radiante.

– Minha Papagena! – diz ele, lançando-se aos seus braços.

Mas, em vez de abraçar a sua nova companheira, Papageno abraça apenas o ar.

– Vamos embora! Ele ainda não provou ser digno de você! – diz o Orador, arrastando a aflita Papagena para longe dali. Não nos siga! – adverte.

– Que eu afunde na terra se não a seguirei! – diz Papageno, tornando-se subitamente heroico.

E, no mesmo instante, a terra se abre a seus pés, engolindo-o instantaneamente.

* * *

Enquanto Papageno desce às profundezas da terra, a nave florida dos gênios realiza nos céus o seu voo silencioso. O dia amanhece, e a nave pousa suavemente num colorido jardim.

Imediatamente, os três gênios desembarcam, comentando alegremente entre si que falta muito pouco para que o sol nasça, livrando a terra das trevas da superstição.

– Mas vejam, ali! – diz um deles. – Aquela não é infeliz Pamina?

– Sim, é ela! – concordam os outros.

– Escondamo-nos, então, para descobrirmos o que se passa!

Pamina caminha em zigue-zague pelo jardim, enquanto seu rosto molhado de lágrimas revela o seu infeliz estado de espírito.

– Vejam! – cochicha um dos gênios. – Ela carrega consigo um punhal!

– Miséria e infortúnio! – diz o segundo, aflito.

— Vai, com toda a certeza, se matar! – profetiza o terceiro.

— Matar-me? – pergunta ela a si mesma, como se tivesse captado mentalmente a ideia. – E por que não, se além de sofrer o desprezo do homem que amo ainda devo matar outro, a quem sequer odeio?

Pamina já tem o braço erguido, pronto para aplicar em si mesma o golpe fatal, quando os gênios, num só pulo, impedem com três mãos decididas a queda da lâmina.

— Não faça isso! O príncipe a ama! – gritam os três, em uma só voz.

Pamina, aturdida, exclama, incrédula:

— Que dizem? Tamino me ama, então?

— Sim, ele a ama!

— E por que me ocultou o seu amor?

— Não podemos lhe dizer. Mas venha conosco e o verá enfrentar a própria morte por sua causa.

É uma Pamina agora radiante quem escuta tais palavras.

— Ama-me com fúria, é isso?... Irá se matar por mim?...

— Sim! Vamos! – dizem os gênios, a conduzirem-na para as Duas Montanhas, local pavoroso onde Tamino está prestes a sofrer a sua mais rude prova.

***

À primeira vista, as Duas Montanhas não parecem ser tão pavorosas assim: na primeira delas há até uma cascata cujas águas rumorejam como numa canção. Mas, quando se olha para a outra montanha, a impressão de horror se converte em realidade, pois uma fogueira crepita ali, tornando o horizonte vermelho como a face rubra do perverso deus Set.

Tamino, a um passo da sua iniciação, é conduzido ao centro desse cenário aflitivo por dois guardiões trajados com armaduras sinistras e impenetráveis. Elas são negras como o carvão extraído das galerias mais profundas do inferno, e são capazes de encher de medo o coração do homem mais audaz. Duas línguas de fogo ardem acima dos seus capacetes, e um pouco acima deles está uma inscrição impressa em hieróglifos negros, no alto da pirâmide:

Aquele que transpuser este temível caminho
Purificado estará pelos quatro elementos.
E ver-se-á elevado da terra aos céus,
Onde, iluminado, privará dos segredos de Ísis!

Tamino, intrépido, lança-se de uma vez ao caminho das provas, e é quando ouve a voz de sua amada Pamina:

– Espere, Tamino, quero vê-lo uma última vez!

O príncipe, cauteloso, pergunta aos guardiões se pode dirigir a palavra à bela intrusa.

– Sim, pode falar-lhe! – dizem eles.

Tamino e Pamina, frente a frente, se abraçam.

– Deixe-me, Pamina, pois devo, agora, enfrentar o medo e a morte!

– Deixe-me ir com você! Eu o conduzirei! – diz ela, resoluta.

– Você tem autorização para ir comigo?

– Sim, eu o acompanharei! Toque a sua flauta e ela protegerá nossos passos!

– Como sabe que ela tem tal poder?

– Foi meu pai quem a confeccionou, extraindo-a de uma raiz mágica e milenar!

Tamino e Pamina, seguidos pelos guardiões, atravessam trechos sucessivos onde as chamas crepitam e a chuva encharca; onde o vento açoita e o trovão ensurdece; onde a terra se abre e os céus se misturam.

Tamino, porém, sem jamais deixar de tocar a flauta mágica, consegue atravessar o negro caminho com sua amada princesa até que ambos estejam a salvo em uma amena região, onde um templo iluminado os espera.

– Eis, ó, iniciados, a morada sagrada de Ísis! – proclamam os guardiões.

Tamino e Pamina, felizes, ingressam, afinal, no templo sagrado.

***

Papageno também está ao pé das Duas Montanhas e clama pela sua adorada Papagena.

— Onde está você, amada? – diz ele, a assoprar sua flauta. – Aqui está o resultado de minhas infinitas imprudências: completamente só e infeliz!

Papageno, acometido pelo mesmo desespero que quase provocara a morte da princesa, toma uma corda que traz na cintura e procura uma árvore para dar cabo da sua própria vida.

— Viver mais para quê? Desde que a perdi, amada Papagena, minha vida perdeu todo o sentido!

Papageno sobe em um galho, arma o laço e, depois de passá-lo ao redor do pescoço, prepara-se para arremessar-se à morte. Antes de jogar-se, porém, resolve dar um a chance à sorte, contando até três.

Papageno diz "Um!", e nada acontece.

Papageno diz "Dois!", e nada acontece.

Papageno diz "Três!", e nada acontece.

— Nada! É o que dá confiar em numerologias místicas! Adeus, mundo de ilusão e mentira!

Neste momento, porém, os três gênios surgem em sua nave florida e gritam-lhe do alto, com todas as forças:

— Espere, maluco! Não faça isto!

— Não há mais o que esperar – diz Papageno, decidido. – Vocês não sabem o que é perder uma companheira!

— Espere! Toque o seu carrilhão e terá sua amada de volta!

Papageno não pensa duas vezes e põe-se a chacoalhar o carrilhão. Uma música sublime se espalha pelos céus, e os três gênios descem da nave. Junto com eles está Papagena, que vai correndo juntar-se ao seu colega de espécie. O homem-ave, de tão feliz, torna-se gago.

— Pa-pa-Papagena, é você?

Ela, no mesmo estado, repete:

— Pa-pa-Papageno, é você?

O casal empenado se abraça, feliz, sem perceber que a Rainha da Noite e Monostatos estão logo abaixo, na entrada do templo, juntamente com as três damas. Todos tramam uma última perfídia.

— A sua filha será, então, minha esposa? – diz Monostatos, a selar um acordo.

— Sim. Cumprido o acordo, ela será sua mulher! – responde a rainha, irada.

Então um trovão tremendo, seguido do ruído semelhante ao de uma enchente, os apavora. Uma treva profunda desce sobre os cinco, e logo o chão se abre, engolindo-os.

Assim que o chão se fecha um sol radioso volta a brilhar. Sarastro, tendo ao lado o casal de príncipes, bem como o casal de Papagenos, anuncia que o poder do mal foi vencido, e que, doravante, a luz divina da beleza e da sabedoria irá brilhar em todo o mundo.

La Gioconda
de Amilcare Ponchielli

Difícil imaginar um autor subindo ao palco trinta vezes seguidas para ser ovacionado, mas foi exatamente isso o que aconteceu a Amilcare Ponchielli na noite de estreia de sua ópera *La Gioconda*, em 1876.

Esse triunfo espetacular, porém, teve seu preço: ao longo dos anos e de diversas outras óperas realizadas, esta se tornaria a única a conquistar a posteridade.

La Gioconda baseia-se numa peça ultrassentimental de Victor Hugo, e se tornou célebre, entre outras coisas, pela inclusão de um balé operístico, a *Dança das Horas*, que Walt Disney recriaria muitos anos depois, bem ao seu estilo surreal, no desenho animado *Fantasia*, de 1940.

Apesar de abusar do melodrama e de situações absurdas, Ponchielli conseguiu agradar a todos os gostos, desde os conservadores até os inovadores, alcançando aprovação entusiástica de público e crítica.

I
A BRUXA

Estamos em Veneza, no século XVII.

O mais famoso carnaval da Europa está em seu apogeu. Em frente à Igreja de São Marcos há o desfile ininterrupto de pierrôs, arlequins e de toda espécie de criaturas fantásticas mascaradas.

No meio da verdadeira multidão que perambula pulando e cantando está Barnaba, um espião do tirano de Veneza. Ele está fantasiado de cantor, com a viola de gamba pendurada num dos ombros. Sua imagem, ao mesmo tempo alegre e festiva, inspira igualmente receio:

— Fujamos, antes que comece a cantar! — dizem os mascarados, às gargalhadas, ao vê-lo tomar a viola e começar a arranhar os primeiros acordes.

Barnaba toca mal e canta ainda pior, mas sua canção é providencialmente abafada pelo coro dos marinheiros e também pelos sinos da catedral, que repicam alegremente.

— Chegou a hora das regatas! — grita Barnaba, convocando o povo para a disputa náutica.

Barnaba dedilha sua viola e improvisa um canto baixinho, que fala da sua condição de espião e delator a serviço do doge que governa Veneza.

— Meu ofício é caçar as moscas que desagradam ao doge, mas ainda mais feliz eu seria se pudesse caçar aquela linda borboleta!

Barnaba refere-se a Gioconda, a jovem pela qual está perdidamente apaixonado. Ela é uma cantora de taberna, e agora ruma para a igreja, levando a mãe cega pelo braço.

— Bendita cegueira que me permite ser conduzida pela sua mão! — diz a mãe, agradecida.

Gioconda abraça-se à mãe, depositando-lhe um beijo no rosto, ao mesmo tempo em que é observada com olhos de rapina pelo espião.

— Lá vem a borboletinha! — diz Barnaba a si mesmo, como um ávido colecionador.

Gioconda chega aos degraus da escada e pede à sua mãe que a aguarde ali.

— Descanse um pouco, mamãe, enquanto vou procurar o meu amado Enzo.

Enzo Grimaldo é um príncipe exilado, inimigo do Doge.

— Pode ir, minha filha – diz a velha cega, tomando um rosário nas mãos. — Enquanto espero, ocupo meu tempo em salvar minha alma, orando à Virgem Santíssima!

Gioconda dá um beijo na mãe e segue em busca do príncipe, até dar de cara, em plena praça, com o mascarado Barnaba.

— Um momento, minha querida! — diz ele, atrevidamente.

— Quem é você?

— Alguém que a ama!

Então, reconhecendo-o pela temível viola, Gioconda se impacienta.
– Você outra vez! Vá para o inferno com sua viola!
Barnaba, bufando de desejo, agarra a jovem, que tenta desvencilhar-se.
– Nojento! Largue-me!
A mãe cega, ao escutar o grito da filha, põe-se em pé.
– Gioconda! É a sua voz! O que houve?
Mas a jovem já fugiu das garras do espião, que agora tem os olhos postos na cega.
– A mamãezinha! – diz ele a si mesmo. – Se a tiver em minhas mãos, a borboletinha também estará!
Neste instante, porém, o príncipe Enzo surge, trazendo consigo o vencedor da regata. Logo atrás vem Zuane, o perdedor, alvo da zombaria de todos. Barnaba o observa com interesse.
– Ali está alguém sempre útil aos propósitos do Inferno: o ressentido!
Barnaba aproxima-se do derrotado.
– Que injustiça! – diz ele, pousando-lhe uma mão amiga no ombro. – Como pôde perder para aquele medíocre?
Zuane responde de olhos baixos:
– Meu barco está muito velho, eu acho...
– Velho? Tolice! É o melhor barco de toda Veneza! O problema é que ele está enfeitiçado!
– Enfeitiçado...?
– É claro! Doutro modo, jamais teria perdido para aquela bacia flutuante!
Zuane, encontrando uma explicação para o fracasso, enche-se de revolta.
– Claro, um feitiço!
– Está vendo aquela velha sentada ali? – diz Barnaba, apontando para a mãe de Gioconda. – Que tal lhe parece? Pois eu lhe digo que hoje cedo a vi lançar um feitiço sobre o seu barco!
– Um feitiço! Mas como o fez, se nem mesmo enxerga?
– Eia, tonto! O diabo enxerga por ela!
– Uma bruxa, então?
– Sim, e dê-se por feliz por ela não tê-lo feito afundar!

– Feiticeira maldita!
Neste instante alguns curiosos se aproximam.
– O que houve? – pergunta um operário.
– Aquela velha! – diz Zuane. – Não é cega coisa nenhuma!
O operário dá uma sonora gargalhada.
– É claro que não! É uma mendiga, e todas elas se fingem de cegas!
– Pois lhe digo que ela é muito pior que uma mendiga: é uma bruxa! Saiba que só perdi a regata porque a maldita lançou um feitiço sobre o meu barco!

Logo o boato se espalha e o povo encontra uma distração à altura para substituir o final da regata.
– Vamos lançar na água a bruxa!
– Isso, vamos afogá-la!
Em poucos segundos, alguns pares de braços robustos agarram a pobre velha e a arrastam até o centro da praça.
– Gioconda, socorro! Em nome de Cristo, o que é isso? – grita a cega, em vão.
Barnaba, vendo o sucesso do seu plano, retira-se discretamente.
– Convém, depois de atirada a primeira pedra, escapar à avalanche!
Mil vozes se erguem no tumulto, mas nenhuma em defesa da miserável.
Enquanto isso, Gioconda, que já está com seu amado Enzo, percebendo o tumulto, corre para lá e toma um choque ao ver a mãe cercada pela multidão irada. Descabelada e coberta de imundície, a cega parece, agora, a bruxa que todos queriam que fosse.
– Enzo! – grita Gioconda. – Por favor, faça algo!
O príncipe, fantasiado de marinheiro, atira-se destemidamente no meio da multidão. Após afastar uma dúzia de brutos, consegue aproximar-se da cega.
– Saiam! Deixem esta pobre mulher em paz!
De espada em punho, ele consegue impedir o massacre.
– Imbecis! Quem lhes disse que esta pobre mulher é uma bruxa?
Mas a multidão está sedenta de emoção, e não quer dar ouvidos à razão.
– Queimem a megera! Lancem-na à água!

Enzo, vendo que sozinho não poderá deter a massa enfurecida, pede que um ou dois espíritos lúcidos tentem controlar a situação, enquanto vai buscar seus companheiros.

Assim que Enzo parte, chegam ao local Alvise, o chefe da Inquisição, e Laura, sua esposa.

– Gentalha maldita! – diz o inquisidor. – Não sabem se divertir sem armar uma confusão!

Depois de ordenar aos soldados que rachem algumas cabeças, um clarão é aberto e ele aproxima-se do local onde se encontra o alvo de todas as iras.

– É uma bruxa! – dizem as vozes. – Enfeitiçou um barco para que afundasse!

– É mesmo? – diz Alvise, com desprezo.

Avistando Barnaba, que ele sabe tratar-se de um espião aliado, ele o converte imediatamente em única testemunha confiável:

– Você, tocador de viola! Diga o que aconteceu aqui!

– Esta feiticeira fez com que Zuane, sabidamente o melhor barqueiro de toda Veneza, perdesse a regata!

– E pode me dizer como uma velha cega pôde realizar tal proeza?

– Decerto, grande senhor! Graças a um feitiço que ela lançou sobre o barco!

Gioconda, dando um passo à frente, grita com todas as suas forças:

– Canalha mentiroso!

– Quem é você? – diz o inquisidor.

– Sou filha desta pobre mulher, e me chamo Gioconda.

– Oh! A famosa cantora?

– Sim, todos me conhecem como a mais famosa cantora de toda Veneza, e sabem que minha mãe só faz orar, o dia todo, a Deus!

De repente, a voz salvadora de Enzo repercute na multidão;

– Gioconda! Estou chegando com meus companheiros!

Enzo e cerca de uma dúzia de marinheiros chegam para armar um cordão de defesa em torno da cega e de sua intrépida filha. Laura, a esposa do inquisidor, fixa o rosto do príncipe disfarçado e reconhece nele o seu atual amante.

– Hum, aqui tem coisa! – diz Barnaba, ao ver o semblante de Laura.

Então, ao avistar o rosário nas mãos da cega, a esposa do inquisidor resolve intervir e mostrar ao amante como também sabe ser justa.

– Esperem! Vejam o que a velha traz entre os dedos!

Laura ordena à cega que erga a mão, e um grito de espanto varre a praça.

– Um rosário sagrado!

Instantaneamente, todos se voltam em defesa da cega.

– Se fosse uma bruxa – diz Laura –, sua mão estaria agora queimada e coberta de chagas!

A cega, com os olhos úmidos, volta-se na direção da voz salvadora e lhe oferece o rosário em agradecimento pela sua intercessão.

– Que Nosso Senhor e a Virgem Santíssima a abençoem!

Laura recebe o crucifixo e o mostra ao povo como quem suspende uma relíquia, e depois faz menção de ajoelhar-se diante da cega.

– Louca! Não faça isso! – diz-lhe o esposo, baixinho, travando-lhe o braço.

Rapidamente, ele saca uma bolsa cheia de moedas e a atira para Gioconda.

– Tome, cantora! E que isto ponha um ponto final na confusão!

Enquanto todos comemoram, Barnaba, que naturalmente já reconheceu o príncipe, aproxima-se disfarçadamente e lhe sussurra:

– Enzo Grimaldo, príncipe de Santafior! Que prazer em revê-lo!

Enzo, sentindo-se descoberto, fica mortalmente pálido.

– Não sei quem seja este Grimaldo – gagueja ele.

– Calma, não tenho pressa alguma em denunciá-lo como inimigo público de Veneza. Antes, preciso esclarecer algo: quem é sua amante, afinal, Gioconda ou a doce esposa do inquisidor?

Enzo torna-se duplamente pálido.

– É inútil mentir – diz Barnaba, com os olhos fixos no rosto do acusado. – O amor irradia uma luz tão ofuscante que máscara alguma a oculta.

O silêncio de Enzo é resposta suficiente.

– Muito bem, ouça o que tenho a propor-lhe. – diz o espião – Hoje haverá uma reunião no palácio do doge e Alvise passará a

noite toda a bajulá-lo. Que tal fugir com a doce Laura, enquanto seu esposo discute os altos destinos de Veneza?
– Quem é você, intrigante?
Barnaba aproxima a boca da orelha de Enzo e lhe diz, num tom rouco e ameaçador:
– Não entendeu ainda? Sou o homem que tem o poder de, agora mesmo, mandá-lo para a forca!
Barnaba mostra sua insígnia de espião do doge, e Enzo quase desmaia de medo.
– Inferno e danação! Então estou mesmo perdido!
– Ainda não! Basta que se afaste de Gioconda, deixando-a para mim. Em troca, terá a sua amada Laura. Coloque-a em seu barco, hoje à noite, e deixem Veneza para sempre!
Enzo, apesar de amaldiçoar o espião, aceita o trato e parte para fazer os preparativos da fuga. Mas, tão logo ele desaparece, Barnaba entra na igreja e, avistando um escrivão fantasiado de pierrô, convoca-o a exercer ali mesmo as suas funções.
– Vamos, Isepo, anote aí o seguinte – diz o espião –: "Ao chefe da Inquisição: cumpro o dever de informar-vos de que esta noite vossa esposa fugirá num barco com o príncipe Enzo, expondo ao deboche público a vossa honra e a autoridade do excelentíssimo doge".
O que Barnaba não percebe, porém, é que bem atrás deles, estão Gioconda e sua mãe. A cantora ouve tudo perfeitamente e quase desmaia sobre o banco.
– Muito bem, agora dê-me o bilhete e desapareça.
Barnaba dobra bem o escrito e ruma em direção à Boca do Leão – uma estátua de pedra, com o formato de uma cabeça de leão com a boca escancarada, dentro da qual se inserem as denúncias anônimas em Veneza.
– Escancara a goela, leãozinho! Trago mais um bocadinho para ti! – diz o delator, colocando ali a denúncia, enquanto os foliões ao redor começam a deitar pelo chão, vencidos pelo sono e pela bebedeira. Já no interior da igreja, Gioconda continua inconsolável:
– Ai, minha mãe, quanta tristeza! Minha vontade é de morrer! – diz ela, tentando encontrar conforto no ombro materno.

II
O ROSÁRIO E A FUGA

É noite cerrada. Numa pequena ilhota situada na lagoa Fusina está neste momento o príncipe foragido Enzo Grimaldo, com seu barco ancorado. Foi batizado, sabe-se lá por que, com o nome de *Hécate* – a deusa grega da feitiçaria. Enzo aguarda apenas o surgimento da esposa do inquisidor para fugir com ela para bem longe da amaldiçoada Veneza, governada pela tirania do doge.

– Já passa da meia-noite! – diz ele, aflito. – Terá acontecido algum imprevisto?

Neste momento, com a lua já alta, surgem na praia duas figuras humanas.

– Quem são eles? – diz Enzo, alarmado, ao capitão do barco.

O velho lobo do mar toma a luneta e, após fixar as duas figuras, põe fim à ansiedade.

– Não se preocupe – diz ele, seguríssimo. – São apenas dois pescadores noturnos.

Mas não são dois pescadores noturnos, e sim o espião Barnaba e seu fiel ajudante, o escrivão Isepo. Barnaba, tendo trocado a viola de gamba por uma vara de pescar, nem por isso deixa de exercitar a sua voz, cantarolando um dos refrões mais populares do extenso repertório dos pescadores da região.

– *Vai, pescador, mergulha fundo a tua isca, para que resulte feliz a tua pesca!*

Os dois passam em frente ao barco de Enzo e são aplaudidos pelos marujos, e somente quando já estão um tanto afastados Barnaba cochicha ao assistente:

– Percebeu? São cerca de oitenta tripulantes, com três dezenas de remos e dois canhões de pequeno calibre. Vá avisar os soldados ocultos na floresta!

Enquanto isso, no convés, o príncipe Enzo aspira a brisa noturna e comenta feliz com o capitão:

– Está um vento bom! Ele nos ajudará a fugir com mais rapidez!

Enzo dispensa o capitão e fica a sós, no aguardo da amante, até que, de um braço da laguna, surge abruptamente um segundo barco, impelido pelos remos.

— É ela...! — diz o príncipe, correndo até a extremidade da proa.
Enzo espera que o barco se aproxime mais e pede que lhe joguem o cabo.
— Depressa! Tragam-na a bordo!
Logo, do interior da embarcação, surge a figura de Laura. Agilíssima, ela transpõe a amurada do seu barco e ingressa no *Hécate* com a mesma desenvoltura de um pirata das Antilhas. Barnaba, que assiste a tudo em terra, não resiste à tentação de lançar seus votos irônicos de boa viagem à fugitiva.
— Boa sorte, grande dama!
Laura, que até então esteve com o rosto colado ao de Enzo, volta-o na direção da voz:
— Você ouviu? — diz ela, assustada. — Eu conheço essa voz odiosa! É do espião!
Enzo também a reconhece, mas tenta tranquilizá-la.
— Fique calma, foi ele quem tramou tudo! Fizemos um acordo de cavalheiros!
— Mas não vê o seu sorriso? É um sorriso esculpido no inferno!
— Acalme-se, estamos numa ilha deserta. Daqui a pouco zarparemos para a liberdade!
Enzo dá um beijo na amada e vai procurar o capitão, deixando Laura a sós no convés. Após admirar a lua e as estrelas, ela avista uma imagem azulada da Virgem Maria instalada num pequeno nicho do mastro, como uma deusa marinha. De mãos postas, a esposa do inquisidor ajoelha-se e começa a orar fervorosamente à Virgem Santíssima para que ela a auxilie no seu propósito de trair o marido e fugir com o amante. Entregue inteira à sua devoção, ela não percebe que, de uma portinhola do porão, surge pé ante pé a figura encapuzada de Gioconda. Ela traz um punhal na mão e vem disposta a vingar-se daquela que lhe fez perder o homem da sua vida.
— Derrame sobre mim, Virgem Mãe, a vossa bênção e proteção! — diz Laura, de joelhos, quando a voz da rival estala feito um chicote no meio da treva:
— Derramará sobre vós a maldição, sua adúltera!
Laura, ainda de mãos postas, volta-se para a intrusa.
— Deus misericordioso! Quem é você?

– Sou a Vingança! – diz Gioconda, brandindo o punhal. – Você roubou o homem que amo, e agora pagará com a vida por isso!

Laura reconhece a figura de Gioconda e decide lutar pelo homem que ama.

– Você está certa! Eu o amo como o ar que respiro! – diz ela, pondo-se em pé.

Louca de ira, Gioconda suspende o punhal, pronta para enterrá-lo no peito da rival.

– Morra, maldita! – grita ela, mas o punhal, no alto, recusa-se a descer, como se uma mão invisível a impedisse de consumar o seu crime. Ao mesmo tempo, surge na laguna o barco do inquisidor.

– Veja, não é mais preciso que eu a puna, pois ali vem o seu castigo! – grita Gioconda.

Laura, ao reconhecer o navio do esposo, quase sofre um desmaio.

– Não! – grita ela, atirando as mãos para o alto. – Valei-me, Virgem Santíssima!

Na sua mão direita está enrolado o rosário que ela recebeu da mãe de Gioconda. Ao ver a relíquia da sua mãe, Gioconda sente apagar-se a sua ira.

– É o rosário da minha mãe adorada!

Numa mudança radical de atitude, Gioconda retira seu manto e cobrindo com ele a sua rival, ordena-lhe que retorne ao seu barco e fuja enquanto é tempo.

– Mas eu devo fugir com Enzo! – diz Laura, atônita.

– Não há mais tempo, acredite! Retorne ao seu barco e desapareça daqui!

Laura, preocupada agora apenas em salvar sua vida, regressa às pressas ao seu barco, ordenando ao contramestre que os retire dali com a máxima discrição e velocidade.

Em terra, o espião Barnaba, ao perceber a fuga, começa a acenar para o barco que traz o inquisidor.

– Depressa, se quiser pôr as mãos na adúltera!

Ao mesmo tempo, o príncipe Enzo reaparece no convés.

– Laura, onde está você?

No lugar dela, porém, encontra Gioconda.

– Ela fugiu – diz ela, apontando para o barco que, ao longe, desaparece veloz.

– Louca! O que faz aqui? Por que ela fugiu?
– O remorso falou mais alto em seu coração!

Gioconda aponta para a imagem da Virgem, como se tivesse partido dela a inspiração para a fuga.

– Laura fugiu, mas eu não! Quem agora o ama mais?
– Calada, víbora! Tenho certeza que você armou tudo isto! Mas está enganada se pensa que não irei livrar minha adorada Laura das garras daquele monstro!

O monstro, porém, está cada vez mais próximo, e é da sua boca que parte a ordem para que se efetue um disparo de canhão. Uma bola escaldante de ferro passa zunindo e põe abaixo o mastro principal do navio do príncipe, dando-lhe uma amostra satisfatória da disposição do rival.

– Cão infernal! – grita Enzo, brandindo o punho.

Gioconda informa a Enzo que Barnaba delatou-o ao famigerado Conselho dos Dez.

– O tirano de Veneza já sabe que você retornou e pretende garroteá-lo!
– Rio-me do tirano e do seu garrote vil! – diz Enzo, cuspindo ao mar.

Os marujos não estão achando graça nenhuma nas balas de canhão que, uma após outra, estão devastando o navio.

– Fujamos, senhor, ou seremos estraçalhados! – exclama o contramestre.

Mas Enzo está decidido antes a morrer do que se render. Assim, indiferente ao terror dos marujos e da mulher que o acompanha, toma um archote e começa a colocar fogo nas velas do barco.

– Este barco jamais será seu, tirano perverso! Adeus, Laura amada! – grita ele, em meio às labaredas, antes de atirar-se às águas revoltas da laguna.

Gioconda, por sua vez, pula de volta para a margem, pois seu amor ainda não chegou ao extremo de matar-se por um homem que morre com o nome de outra na boca.

III
O CANTO DOS GONDOLEIROS

Estamos agora num dos quartos do palácio do inquisidor. É um quarto tão grande que um arqueiro pode arremessar uma flecha da entrada sem que ela alcance o outro extremo da peça.

Ainda é carnaval, e os gritos dos foliões insistem em avitar o sossego de Veneza. Alheio a tudo, o inquisidor ordena que sua esposa infiel seja trazida até o quarto. Apesar de ela ter conseguido retornar incógnita ao palácio na noite anterior, ele sabe muito bem o que ela tentou fazer, e é com o olhar frio e perverso que ele a vê entrar nos aposentos, vestida num traje belíssimo e repleta de joias.

– Aproxime-se! – manda Alvise, lacônico.

Laura, de cabeça erguida, chega perto do esposo. Sem dizer uma palavra, ela fixa nele os seus olhos admiravelmente serenos.

– Vamos, fingida! Já é hora de retirar a máscara! – grita Alvise, numa explosão súbita de ira.

Laura empalidece horrivelmente, e apenas consegue gaguejar, quase inaudivelmente:

– O que... disse...?

– Basta de fingimentos! Bem sabe que somente a sua fuga covarde de ontem impediu que eu exercesse sobre você a minha vingança!

Alvise agarra a esposa e a puxa violentamente para si.

– Agora você não me escapa!

Laura, aterrada, sente o hálito escaldante do esposo arder-lhe no rosto.

– Louco! O que está dizendo?

– Estou dizendo, traidora, que você vai morrer!

Alvise retira do bolso um vidro azul.

– Beba isto! Dou-lhe uma chance de escapar à humilhação da forca!

Pela janela entra o ruído do canto dos gondoleiros, uma das tradições mais apreciadas do carnaval veneziano.

– Deite-se e beba! – diz Alvise, mostrando o leito. – Antes que o canto termine, beba todo o conteúdo, ou então o meu punhal será forçado a realizar o trabalho de tirar-lhe a vida!

La Gioconda

Alvise exibe o aço diante do nariz da esposa, obrigando-a a optar pelo vidro azul.

– Muito bem, eu o beberei – diz ela, resignada.

Laura apanha o vidro, como um autômato, e vai deitar-se, enquanto Alvise fecha a cortina do leito. Depois, ruma até a janela, para que a canção dos gondoleiros abafe os gemidos da morte.

Enquanto Alvise observa, da janela, a festa dos gondoleiros, Gioconda penetra furtivamente no quarto, trocando o vidro do veneno por um outro contendo um sonífero poderoso.

– Beba-o logo! – cochicha Gioconda, voltando a ocultar-se.

Laura bebe de uma vez todo o conteúdo e lança alguns gemidos, altos o bastante para que seu esposo se convença de que ela começa a morrer.

Alvise espera que a canção dos gondoleiros se encerre antes de retornar ao leito. Após abrir a cortina, depara-se com o vidro vazio e a face serena daquela que julga definitivamente morta.

– Está vingada a minha honra – diz ele sem qualquer emoção.

**

Alvise vai confraternizar no salão ao lado com boa parte da nobreza de Veneza. Nobres das mais diversas procedências acotovelam-se a fim de disputar a companhia do grande inquisidor.

– Atenção, todos! – diz Alvise. – Assistiremos agora à celebríssima Dança das Horas!

Dançarinas dispostas em círculo dão-se as mãos e começam a executar os passos delicados da dança. São quatro grupos de Horas: as da Aurora, as do Dia, as da Tarde, e as da Noite, cada grupo representado a rigor.

Enquanto a dança prossegue, entra o espião Barnaba, sempre com a viola pendurada às costas. Ele traz pela mão a velha cega, mãe de Gioconda.

– Sr. Alvise, veja quem surpreendi na capela de vossa residência!

Alvise olha com nojo para a cega.

– De novo essa bruxa? O que faz aqui?

A pobre senhora, sem poder confessar que orava pela salvação da mulher que, certo dia, impedira-a de ser linchada pela multidão, põe-se a mentir, mesmo que com grave risco para a salvação da sua alma.

– Orava, meu senhor, pela salvação dos mortos!

Alvise, transtornado pelos últimos acontecimentos, agarra rudemente a velha, tal como fizera havia pouco com a esposa, e lhe grita:

– Feiticeira infernal! De que mortos está falando?

Barnaba dá uma risada, enquanto Enzo, disfarçado, tudo observa.

– O que esta criatura faz aqui? – pergunta Alvise a Barnaba.

– Esta boa senhora orava por vossa esposa.

Ao escutar isso, o príncipe fugitivo empalidece sob a máscara, e deixa escapar estas palavras:

– Laura...! *Morta*...?

Alvise, vendo a surpresa e a tristeza desenhar-se em todos os rostos, grita enfurecido:

– Por que essas caras? Que ninguém aqui dentro se entristeça quando eu próprio me regozijo!

O príncipe exilado perde o controle e posta-se destemidamente diante de Alvise.

– Eu, que amei Laura muito mais que você, tenho o direito de me entristecer!

Um espanto absoluto desfigura o rosto do inquisidor.

– Quem é você, atrevido?

Enzo, liberto do medo, arranca a máscara e anuncia-se:

– Sou Enzo Grimaldo, príncipe de Santafior, exilado pela tirania do doge! Ele já me tirou a pátria, e agora a mulher que eu amava! Nada mais pode me tirar!

Gioconda, que também está ali perto, ao escutar as palavras de Enzo experimenta uma mistura de inveja e admiração.

– Que palavras duras de ouvir! Oh, Deus, o quanto ele a amava!

Barnaba, afastando-se do invasor, vai em direção à velha cega:

– Muito bem, sua bruxa! Desta vez não escapará à sua sina!

Gioconda, atravessando a maré humana, corre até Barnaba. Sem retirar a máscara, ela lhe implora:

– Salve-a, eu lhe imploro!

La Gioconda

— Minha cara, homens como eu não prestam favores. Nós negociamos.
— *Negociar*, diz você?
— Naturalmente. Posso deixar sua mãe em paz, mas quero algo em troca!

Gioconda, então, sabendo de antemão qual é o preço para evitar que sua mãe seja vilipendiada e Enzo garroteado, faz o que julga inevitável:
— Liberte minha mãe e deixe Enzo partir de Veneza, e serei sua pelo tempo que quiser!

Barnaba hesita um instante, mas não demora a aceitar.
— Libertar os dois! É algo muito difícil, mas que bem valem o risco!

Enquanto Gioconda e Barnaba fecham o acordo, Alvise anuncia a todos a pena cruel que impôs à esposa. Após conduzir os convidados ao seu quarto, expõe-lhes o corpo de Laura, deitado em seu esquife.
— Matei-a em defesa da minha honra!

Enzo, ao ver o corpo de Laura imóvel, e crendo-a, de fato, morta, saca um punhal e investe contra o inquisidor, mas os guardas são mais ágeis e impedem o golpe.

Alvise, são e salvo, dá uma gargalhada que ecoa por todo o aposento.
— Não se desespere, traidor de Veneza, pois logo irá fazer companhia à adúltera!

Enzo é levado de arrasto, deixando Gioconda e a mãe entregues ao mais negro desespero.

IV
A MÁRTIR DO AMOR

Gioconda está, agora, às margens do Canal Orfano, nas ruínas de um palácio abandonado. É noite, e ela aguarda a chegada de Enzo, que Barnaba, conforme o acordo firmado, deverá libertar.

De repente, uma pequena barca avança pelas águas escuras do canal. Gioconda, pondo-se em pé, vai ver quem é.
— Graças a Deus, são vocês! — diz ela, ao ver dois barqueiros desembarcarem o corpo adormecido de Laura.

– Não foram vistos?

– Temos certeza que não – dizem os dois.

Em rápidas palavras eles explicam como conseguiram praticar o seu inacreditável feito, bem debaixo das barbas de Alvise e sua numerosa guarda. Gioconda, porém, não está interessada em peripécias inverossímeis, mas em colocar o corpo ainda vivo sobre uma cama.

Gioconda estende um saco contendo todas as suas economias aos barqueiros, mas eles recusam.

– A remuneração da amizade é a própria amizade – diz um deles, comovendo intensamente a jovem, a ponto de ela lhes pedir um segundo favor.

– Minha mãe desapareceu! – diz ela, aflitíssima. – Percorram todas as ruas de Veneza em sua busca, pois tenho um mau pressentimento!

Os dois partem imediatamente, enquanto Gioconda observa a sua rival adormecida. Após retirar das suas vestes o veneno que Laura deveria ter tomado, ela abre o vidro e leva-o até a boca.

– Eu mesma o beberei! – diz ela, pois não pretende continuar a viver depois de ter perdido o grande amor da sua vida.

Antes, porém, que o faça, lhe sobrevêm novamente a tentação de matar a rival. Ela não está ali indefesa sobre o leito? Por que lhe entregar, afinal, de mão beijada, a felicidade? Só porque ela salvou a vida da sua mãe? Mas não o fez apenas para impressionar Enzo, que ali estava, assistindo a tudo?

"Ainda há tempo para apunhalá-la e apoderar-me de minha felicidade!", pensa ela, enquanto toma nas mãos o punhal que, já outra vez, tivera a chance de utilizar. Seus olhos, em seguida, voltam-se para Laura, completamente indefesa. Desta vez não há rosário algum nas mãos da rival para amolecer o seu coração! Gioconda chega a suspender novamente o punhal, mas outra vez se sente incapaz para fazer valer o seu egoísmo. "Não, isso é para os fortes!", pensa ela, sabendo-se fraca demais para praticar o mal. Ao mesmo tempo, se sente forte o bastante para praticar o bem – um bem que lhe será fatal!

Gioconda sente girar no cérebro um turbilhão de dúvidas até ouvir a voz de Enzo, única capaz de pôr um fim às suas vacilações:

– Gioconda, você está aí?

A jovem corre até a entrada do canal e vê Enzo chegar, com o rosto encoberto.
– Graças a Deus! Conseguiu escapar!
– Barnaba libertou-me durante a noite, só Deus sabe o porquê!
– O que disse a você?
– Que viesse encontrá-la aqui.
– E você desejava realmente me encontrar?
– Não, Gioconda. Quero apenas partir com a minha tristeza.
– Não partirá sozinho, desgraçado! – diz a jovem desprezada, apontando para o leito onde Laura jaz ainda adormecida.
Ao vê-la, Enzo corre desnorteado até lá.
– Laura! Por que trouxe seu corpo para cá?
– Ela ainda vive, e vocês devem fugir!
Diante dessa felicidade imprevista, Enzo quase perde o juízo.
– *Laura, viva*?! Fugirmos os dois?
Gioconda desvia o rosto, amargurada, por ver a felicidade estampada naquele rosto adorado. Ela sabe que essa felicidade é tão intensamente egoísta que não restará para ela uma única palavra de gratidão.
"Oh, Deus, retira-me deste mundo!", pensa Gioconda, entregando-se à esperança de uma felicidade celestial que a faça esquecer a dor profunda do seu coração.
Enzo, enquanto isso, tenta acordar a sua amada, mas seus esforços não resultam em nada.
– Sua mentirosa! Laura está morta...! – grita Enzo.
Pondo-se em pé, ele saca um punhal e avança para Gioconda.
– Abutre infernal! Como ousa zombar de uma morta e de um coração moribundo?
Gioconda, diante dessa piada macabra, explode num riso histérico.
– Vai me matar, então? Pois faça-o, não quero outra coisa!
Gioconda oferece o peito, enquanto o riso lhe sacode o busto.
– Castiga a minha estúpida generosidade, pois ela bem o merece!
Então, quando o punhal vai perfurar o peito de Gioconda, a voz de Laura, subitamente desperta, impede Enzo de consumar o seu crime.
– Enzo, é você...? O que faz aqui...?

O príncipe atira-se de volta ao leito da amada.

– Laura, minha amada...! Você está viva...!

Os dois se beijam enlouquecidamente, enquanto Gioconda desvia o olhar, sofrendo novo desgosto.

– Gioconda, você também está aí? – diz Laura, voltando os olhos para a sua salvadora.

A jovem cantora balança a cabeça, conformada.

– Sim, estou.

– É a você, então, que devo a minha felicidade?

Gioconda não responde, mas está tudo bem claro. Laura e Enzo, com os corações agradecidos, vão pôr-se de joelhos diante da sua redentora.

– Santa amiga, para sempre eu lhe serei grato! – diz-lhe Enzo, e suas palavras são como a pá de cal lançada sobre as últimas esperanças de um amor que se converteu em mera amizade.

Um barco se aproxima. Gioconda avisa os dois amantes para que embarquem.

– Fujam para bem longe desta Veneza sórdida! – diz ela, apressando-os.

Antes que os dois embarquem, Gioconda vê reluzir novamente no peito de Laura o rosário materno, e mentaliza uma prece para que ele traga de volta a sua pobre mãe.

Gioconda vê o barco sumir e já se prepara para dar um fim à sua triste vida – o vidro do veneno continua ali, convidativo – quando escuta o ruído de um bote que se aproxima.

É Barnaba quem reaparece para cobrar a sua parte no trato.

Só e indefesa, Gioconda lança-se ao chão, clamando por sua Mãe Divina.

– Virgem Santíssima, afaste de mim o Demônio!

Logo Barnaba surge, como que convocado das trevas.

– Aqui estou, minha cara – diz ele, com a respiração ofegante.

Gioconda lança um grito de terror e tenta fugir, mas Barnaba a impede.

– É assim que pretende honrar o nosso pacto?

A jovem, então, mostrando-se subitamente resignada, deixa de resistir.

– Pois seja, honrarei o nosso pacto.

Barnaba sorri.

La Gioconda

– Finalmente terei você, meu sonho de amor!

Gioconda, descabelada, pede que ele aguarde um instante enquanto ela se recompõe. Das suas vestes ela retira algo que Barnaba toma inicialmente por um pente, mas o brilho da lâmina logo o faz ver que se trata de um punhal.

– Não tente nada, pois terminará morta!

Então, Gioconda, sabendo que não terá meios de matar o inimigo, ergue o punhal e o faz descer sobre o seu próprio peito. Seu corpo cai sem vida sobre o solo, enquanto Barnaba, cego de ira e frustração, cola a boca à orelha da morta para sussurrar-lhe esta infernal revelação:

– Matei a sua mamãezinha, ouviu?... Afoguei-a...!

As perfídias deste mundo, porém, já não podem mais alcançar Gioconda, só restando ao perverso infeliz amaldiçoar a alma daquela mulher que tão heroicamente o sobrepujou.

La Bohème
de Giacomo Puccini

La Bohème fez sua estreia no dia 1º de fevereiro de 1896. Baseada na obra *Cenas da vida boêmia*, do escritor Henri Murger, a ópera de Giacomo Puccini se insere perfeitamente no estilo "realista poético" que ele adotou para realizar as obras da maturidade. Tal como o Verdi de *La Traviata*, Puccini quis desembaraçar a ópera italiana dos temas pomposos e pseudo-históricos que, ainda à sua época, eram considerados os mais apropriados ao gênero.

Com *La Bohème*, "o músico das pequenas coisas" oferece ao público um drama sentimental sob o cenário singelo da boemia do Quartier Latin, em meados do século XIX. Apesar da atmosfera patética, seu enredo não tem nenhuma peripécia extravagante, nem heróis grandiloquentes ou vilões perversos e astutos. Puccini deseja apenas que provemos das emoções de uma história de amor interrompida por culpa exclusiva da fatalidade trivial de uma doença.

Graças ao seu extraordinário talento musical, Puccini conseguiu transformar este folhetim romântico aparentemente banal numa obra artística madura, serena e equilibrada.

I
VÉSPERA DE NATAL

Num sótão minúsculo do Quartier Latin, em Paris, por volta de 1830, sobrevivem a duras penas dois jovens estudantes. Eles se chamam respectivamente Rodolfo e Marcello, e se acreditam artistas – o primeiro intitula-se poeta, enquanto o segundo jura ser um pintor. Sejam ou não aquilo que acreditam ser, o certo é que ambos possuem inteligência e cultura mais que suficientes para morrerem de fome numa cidade que valoriza, antes de tudo, a posição social e a riqueza.

Na noite fria de inverno em que pela primeira vez os avistamos, eles estão às voltas, como sempre, com o tormento rotineiro da falta de dinheiro. Rodolfo, postado na pequena janela que escancarou, apesar do frio cortante, olha pensativamente para fora. Diante dos seus olhos alvejam os telhados vizinhos cobertos de neve. Uma nota de um franco extraviada seria facilmente perceptível sobre aquela brancura, e talvez por isso mesmo ele mantenha os olhos insistentemente fixos ali.

Atrás dele, seu companheiro de infortúnio, sentado num banco projetado para testar a resistência óssea do seu ocupante, tenta devolver à tinta congelada da sua palheta alguma viscosidade, bafejando-a. Diante dele, num cavalete bambo, está uma tela quase em branco, na qual ele retoca pela milésima vez as cinco pinceladas aplicadas quinze dias atrás. Marcello tem medo da próxima pincelada assim como o toureiro novato receia a segunda investida do touro. A única coisa pronta da sua obra-prima inacabada é o título grandioso *A passagem do Mar Vermelho*, e assim continuará a ser por muito tempo.

De repente, o jovem pintor se levanta e deixa escapar um suspiro de impotência e frustração.

– Ufa!... Sinto-me submergir neste Mar Vermelho!

O pincel voa longe, e ele desaba no banco outra vez, com grande risco de desconjuntá-lo.

– Ainda hei de afogar nele uma dúzia de faraós! – acrescenta, numa ameaça simbólica a todos os negocistas balofos daquela Paris mercantilista que se nega a financiar o talento indigente.

Então, percebendo o amigo imóvel à janela, Marcello dá um grito:

– Ei, Rodolfo, feche esta janela! Está nos congelando!

Rodolfo, desiludido de encontrar francos perdidos, conseguiu, pelo menos, arrancar daquele instante melancólico uma reflexão que julga poética, e é com a entonação de um menestrel que ele a comunica ao amigo:

– Estava observando as chaminés plebeias de Paris, sempre ativas, e comparando-as com a nossa estufa aristocrática, mergulhada no seu ócio indolente e perpétuo.

Marcello lança um olhar involuntário à estufa, que o frio intenso converteu numa espécie de protótipo dos refrigeradores do futuro. Ali estão abrigados, em estado de saudável congelamento, os ossos nus de uma asa de galinha e as cascas de meia batata há muito consumida.

– Que frio! Já me esqueci até mesmo de como é suar! – diz o poeta.

– Está vendo as minhas mãos congeladas? – pergunta o pintor, espalmando-as. – Parece que acabei de retirá-las do interior do coração de Musetta.

Musetta é a amante do pintor, que não prima muito pela constância no amor.

– Mas o que quer você? – diz Rodolfo, sob o efeito de nova inspiração. – O amor não é mais que uma estufa, na qual o homem é a lenha...

– ...e a mulher é a grelha! – completa Marcello, com uma gargalhada.

De repente, Rodolfo, tomado por uma inspiração eminentemente prática, dá um grito:

– Lenha...! Bem lembrado! Vamos quebrar este banco inútil e convertê-lo em lenha!

Mas Marcello tem uma ideia melhor, que servirá também para colocar um ponto final nas suas incertezas artísticas.

– Queimemos o Mar Vermelho! – diz ele, retirando a sua tela do cavalete.

– Não, espere! A tinta vai nos envenenar! – diz o poeta. – Tenho uma coisa melhor!

Rodolfo remexe num baú e retira um manuscrito imenso de suas primeiras poesias – um amontoado de versos sem valor algum, dentre os quais se destacam, se assim se pode dizer, um "poema cômico-heroico" pífio e um abominável "drama histórico" em versos intitulado *Semíramis, olhos e alma*.

– Adorável *Semíramis*! Pelo menos nesta noite você nos aquecerá! – anuncia Rodolfo, enquanto Marcello risca um dos seus últimos fósforos.

Um clarão rapidamente se faz nas folhas esparramadas no interior da estufa.

– Ah, doce prazer! – diz o pintor, espalmando as mãos.

La Bohème

Neste momento a porta empenada range como um tigre ferido e surge Colline, outro gênio ignorado que o tempo há de colocar no pedestal da glória. Ele se presume um filósofo, e acaba de retornar do sebo de um velhote mesquinho com meia dúzia de livros devastados pelas traças.

– Nada feito – diz ele, atirando os livros sobre a mesa. – O miserável não aceita penhoras na véspera de Natal.

– Por que não, santo Deus?! – exclama Rodolfo, assombrado. – Justo na noite mais cristã do ano é que se nega o favor aos mais necessitados?

O filósofo fixa a efêmera fogueira de papel, que logo se consome.

– O que é bom dura pouco – diz ele, com uma filosofia pouco inspirada.

– Jogue de uma vez o segundo ato de *Semíramis*! – diz o pintor. – Este entreato está muito morno!

Rodolfo, tomado por um súbito remorso, relembra que há ali uma cena que ele julgava tórrida.

– Quatro beijos!... Havia quatro beijos nessa cena!

– Que disse? Quatro?! – exclama o filósofo, fazendo menção de salvar das chamas o segundo ato.

– E uma mão lúbrica pousada sobre um seio – acrescenta Rodolfo.

– Depressa...! – diz Colline, atirando-se à estufa.

Rodolfo e Marcello, porém, o impedem.

– É tarde. Tudo está consumado – diz o poeta, lançando o resto ao fogo.

Neste instante entra no sótão outra promessa do mundo artístico parisiense: o músico Schaunard. Como um emissário da Providência, ele traz consigo lenha, comida, vinho e até mesmo charutos.

– Nome de Deus! – gritam todos juntos, sem poder acreditar.

Schaunard joga dinheiro para o alto, gritando:

– Com as congratulações do Banco da França!

A alegria é tamanha que ninguém lembra de indagar como conseguiu todo aquele dinheiro.

Assim que se instalam na mesa, porém, surge à porta a figura do proprietário do cubículo.

— Volte outra hora, sr. Benoît – diz Rodolfo, de boca cheia. – Não vê que não cabe mais uma agulha aqui dentro?

— O trimestre, senhores – diz o senhorio, estendendo a mão.

Marcello, tornando-se subitamente cortês, ordena que lhe deem a cadeira que, instantes antes, quase se transformara em lenha.

— Tome um gole de vinho, sr. Benoît.

Benoît toma e imediatamente retorna à carga.

— Conforme a sua promessa do mês passado...

— Fala do trimestre em atraso? – diz o pintor, com indiferença. – É claro, veja ali de quanto precisa.

Marcello aponta para o maço de dinheiro, para horror dos demais.

— Não, não! Vai queimar tudo com aluguéis? – diz-lhe baixinho o poeta.

— Quantos anos o senhor tem, sr. Benoît? – pergunta Marcello, imperturbável.

— Muito mais do que vocês – diz o senhorio. – Mas o que importa isso?

— É que noutro dia viram-no no café Mabil, sabe, com uma certa beldade no colo...

— Café Mabil...? – diz o proprietário, empalidecendo. – Oh, sim, trata-se de uma velha amiga...

— Novíssima amiga!

— Bem, um homem, mesmo depois de uma certa idade, tem de se divertir...

— E como! Era bem rechonchudinha!

— Mas não uma pipa, senhores! Fornidazinha, eu diria! Mulheres magras vivem doentes. Vejam a minha esposa, por exemplo...

Neste ponto Marcello esmurra a mesa e põe-se em pé.

— Como disse?! Quer dizer, então, que é casado, sr. Benoît?

O senhorio, constrangido, tenta explicar-se:

— Mas, senhores, pensei que já soubessem...

— O meu senhorio é casado e anda por aí com jovenzinhas "fornidas"? Por favor, sr. Casanova, retire-se já do nosso honesto refúgio! Esta noite é santa, e tais assuntos pedem outra ocasião!

Todos os outros se associam à santa indignação de Rodolfo, e é assim que o devasso sr. Benoît é posto para fora da morada dos justos.

La Bohème

— Meus amigos, está pago o trimestre! — diz Marcello, erguendo um brinde em meio a um coro esfuziante de vivas e risos.

***

Empolgados por esse triunfo moral, os quatro amigos decidem estender a comemoração até o café Momus.
— Lá estaremos entre os serafins descidos dos céus! — diz Marcello, poeticamente.
— O quê? Está falando daqueles anjos decaídos? — grita Rodolfo.
— Oh, não, meu amigo! — retruca o pintor. — Estes amaldiçoados possuem cavanhaque e fedem a enxofre, enquanto que os meus anjinhos possuem longas tranças e exalam o mais divino perfume!
— Vamos, então! — diz Marcello.
Rodolfo, porém, lembra, no último instante, que precisa terminar um artigo.
— Está bem — diz Colline. — Esperamos você na portaria. Cinco minutos!
Os três amigos saem e Rodolfo senta-se à mesa bamba para compor o seu artigo. Mas qual redator será capaz de concluir um parágrafo diante da expectativa de uma noitada no Momus?
— Diabo! — diz ele, desistindo logo após a segunda tentativa.
Então, ouve-se uma batida tímida à porta. O poeta, suspeitando o retorno do senhorio, grita com maus modos:
— Maldição! Quem é?
Uma vozinha responde, quase inaudível:
— Perdão, senhor...
Rodolfo ergue-se e corre à porta.
— Deve ser Musetta, em busca de Marcello.
Ao abrir, porém, ele se depara com uma jovem desconhecida. Ela é pequenina e muito magra.
— Desculpe incomodá-lo. Minha vela apagou-se... — diz ela, de olhos baixos.
Ao observar o rosto constrangido da jovem, ele a convida a entrar.
— Vou acendê-la para você. Entre, por favor.

Mas, tão logo põe os pés no interior, a jovem é tomada por uma violenta crise de tosse.

– O que foi? – perguntou ele, assustado.

– As escadas... – sussurra ela, por entre os intervalos da tosse. – Aqueles degraus todos...

E mais não consegue dizer, caindo desmaiada nos braços do poeta. Rodolfo borrifa o rosto da jovem com água e ela acorda aos poucos.

– Está melhor? – diz ele.

– Sim, acho que estou... – diz ela, numa vozinha chiada de asmática.

Rodolfo lhe oferece vinho.

– Vamos, tome um pouco.

Os lábios dela, finos e pálidos, ganham uma nova coloração.

– Obrigada – diz ela, afastando o copo.

Rodolfo, observando-a de perto, exclama baixinho:

– Nossa, como é linda...!

A jovem, que ouve melhor do que respira, cora ligeiramente.

– Posso acendê-la? – pede ela, mostrando a vela que, mesmo durante o desmaio, permanecera entre seus dedos.

– Sim, claro! – diz ele, aproximando a chama.

Um reflexo amarelo ilumina os dois rostos, que estão muito próximos.

– Obrigada – diz a jovem, fazendo menção de se retirar.

– Já vai...? Por que tanta pressa? – diz Rodolfo.

– Tenho de ir – responde ela, mas ao chegar na porta uma lufada de vento torna a apagar sua vela.

– Oh, que tola! – exclama ela, vexada.

Rodolfo se encaminha até a porta, e outra lufada apaga, agora, a sua própria vela.

– Essa não! – exclama ele, na escuridão.

– Perdão, senhor! Eu sou mesmo uma atrapalhada!

– Nada disso – diz ele. – Tateie de volta até a mesa.

– Acho que perdi, também, a minha chave – diz a vozinha, no escuro.

– Procure-a. Já estou chegando.

Rodolfo retorna do mesmo modo que a jovem, e depois, pondo-se de quatro, começa a tatear o chão, em busca da chave, até finalmente encontrá-la. Antes, porém, de devolvê-la, ele a coloca no bolso.

– Encontrou-a? – pergunta ela.

– Ainda não. Ajude-me aqui.

Pela respiração ofegante da jovem, Rodolfo percebe que ambos estão muito próximos.

– Quem sabe para este lado – diz ele, estendendo a mão, até tocar inadvertidamente no peito da jovem.

– Senhor...! – grita a jovem.

– Perdoe-me! Sou mesmo um pateta!

Então ele lembra que aquela é noite de lua cheia.

– Espere, fique onde está! Vou abrir a janela e tudo ficará claro como o dia!

Rodolfo escancara a janela e a luz prateada ilumina o minúsculo quarto. A jovem está sentada na cadeira, um tanto desconfiada.

– Nada tema! – diz o poeta, aproximando-se.

Eles ficam em silêncio durante algum tempo, e então ela, mais calma, pergunta o que ele faz.

– O que faço?! – diz ele, meio sem jeito. – Bem, eu escrevo.

– Escreve?

– Sim, sou poeta. Apesar de miserável, vivo como um milionário esbanjador, atirando para o alto a única coisa que possuo, que são as minhas pobres rimas. Felizmente, de vez em quando dois belos olhos, assim como os seus, vêm roubar-me alguns versos, deixando em troca um tesouro de esperança.

A jovem, que não compreendeu metade do que escutou, deixa escapar um sorriso confuso.

– Mas e você, linda jovem, quem é? – pergunta Rodolfo, quebrando o silêncio.

– Eu me chamo Lúcia, mas todos me conhecem por Mimi.

– *Mimi*...? Curioso, temos um gato com esse nome nas vizinhanças, que anda o tempo todo pelos telhados. De vez em quando ele entra aqui para jejuar conosco. Mas diga-me o que você faz.

– Sou costureira, mas gosto, acima de tudo, de bordar lírios e rosas, pois fazem-me lembrar do amor, dos sonhos, e daquilo que homens como você chamam de...

– *Poesia*...! – diz ele, em coro com ela. – Mas por que o apelido?

– Não sei – diz ela, sem jeito. – Desde pequena me chamam assim.

De repente, porém, a voz de Schaunard irrompe do pátio.

– Rodolfo! Estamos esperando!

– Estou terminando! Já desço!

– Quem é? – diz ela.

– Um de meus amigos.

– O que está fazendo aí em cima, sozinho? – diz o músico, insistente.

– Não estou mais sozinho! Nos encontramos no Momus!

– Vamos, Schaunard! – diz Marcello. – Não vê que o poeta recebeu a visita de uma musa?

Os amigos se vão, e Rodolfo e Mimi, à luz do luar, se descobrem apaixonados. Um beijo espontâneo sela a atração, mas ela, subitamente arrependida, faz menção de ir embora.

– Por quê? – aflige-se ele.

– Vá com seus amigos.

– E deixá-la sozinha?

Então Mimi toma coragem para fazer uma sugestão.

– E se me levasse com você?

Rodolfo fica extasiado.

– Claro, vamos juntos!

O poeta dá o braço à bordadeira, e ambos abandonam a peça estreita para mergulharem na amplidão enluarada da noite.

II
A MUSA DO MOMUS

O café Momus, onde a boemia do Quartier Latin vai se distrair, está situado numa praça, entre lojas de toda espécie. Pessoas de todas as classes passam por ali, de dia ou de noite, entre as quais Rodolfo e Mimi. Eles perambulam como dois pardais felizes em meio à gritaria promovida pelo exército de vendedores ambulantes. Todos eles compõem uma verdadeira legião estrangeira de comerciantes avulsos, empenhados em vender caramelos, flores, tortas, bugigangas, frutas, castanhas, boinas, echarpes, bengalas, brinquedos e tudo quanto se possa trocar por dinheiro.

Schaunard, o músico, acabou de comprar num brique um cachimbo e uma corneta, e vem juntar-se ao casal, assoprando o seu desafinado instrumento.

Rodolfo, enxergando uma loja de modista, toma uma galante decisão.

– Venha, vou comprar-lhe um gorro! – diz ele, arrastando Mimi.

Enquanto isso, Colline, o filósofo, tenta vender em vão um dos seus livros destroçados.

– Basta, não percamos mais tempo com esses filisteus! – diz ele a Marcello. – Entremos no café e imitemos esses burgueses, comendo até rebentar!

– E bebendo até cair! – acrescenta o filósofo.

Marcello e Colline juntam-se a Schaunard, e os três entram alegremente no Momus. Uma espécie de névoa perpétua produzida pelos charutos paira sobre todas as mesas. Schaunard empunha sua corneta e, arrancando do instrumento a sua nota mais grave, simula o apito de um barco atravessando o nevoeiro.

Os três avançam até apoderarem-se de uma mesa miraculosamente vaga. Colline, entretanto, irritado com o aperto e a fumaceira, ordena aos demais que o ajudem a levar a mesa para fora.

– Vamos para a calçada, isto aqui está irrespirável!

Com a mesa suspensa, os três atravessam todo o salão e ganham a rua outra vez.

– Perfeito! – diz Colline, e a mesa é posta junto com as demais.

Após trazerem as cadeiras eles se instalam como três paxás, no exato instante em que Rodolfo e Mimi reaparecem.

– Viva! Aí estão! – grita Marcello, erguendo uma taça transbordante na direção da costureira.

Rodolfo a esconde nos braços, simulando uma crise de ciúmes.

– Ei, Don Juan! Tire os olhos daqui!

Mimi, agradavelmente surpresa, pergunta se Rodolfo é ciumento.

– Um homem apaixonado tem que ter sempre cuidado! – diz o poeta, improvisando um verso.

Ele apresenta Mimi aos amigos, enquanto Marcello encomenda ao garçom uma ceia de luxo. Uma algazarra infantil desperta, em seguida, a atenção dos convivas.

– Vejam, é Parpignol, com seus brinquedos! – diz a jovem, encantada.

Empurrando sua carroça repleta de quinquilharias, é o vendedor de brinquedos, de fato, quem surge na rua, perseguido por um cortejo ensurdecedor de moleques.

– Parpignol e sua trupe! – grita Rodolfo, após tomar o gorro novo de Mimi e começar a acená-lo.

– Meu gorro! – diz ela, reapoderando-se da sua preciosidade.

Um coro de risos explode entre os quatro rapazes, em meio ao alarido da molecada:

Pare a carroça toda enfeitada!
Seja gentil, ó, bom Parpignol!
Nos dê a corneta, o apito e a espada,
E também o bumbo do espanhol!

Rodolfo ajeita o gorro em Mimi e lhe dá um beijo, enquanto Colline lhe dirige esta pergunta:

– Diga lá, Mimi: não é coisa dulcíssima o amor?

– A mais doce de todas! – diz ela, radiante.

Marcello, porém, ao lembrar de sua inconstante Musetta, torna-se mal-humorado.

– Não exagere! O amor pode ser mel ou ser fel!

– Perdão! Eu o aborreci? – diz Mimi, envergonhada.

– Não foi nada, adorada! Ele está apenas infeliz! – explica Rodolfo.

– E lá vem a causa – diz Schaunard, apontando para uma esquina.

Musetta, uma jovem de ar provocante, vem em direção ao café, de braço dado com um burguês idoso e cambaleante.

– Quem é aquele pavão desbotado? – pergunta Mimi, baixinho, ao ouvido de Rodolfo.

– É Alcindoro, o atual "provedor" de Musetta – sussurra-lhe Rodolfo.

Musetta avista os amigos e ruma direto para eles, deixando para trás o amante carregado de pacotes.

– Minha querida, vamos descansar! – bufa o velhote. – Estou mais exausto que um estivador!

Musetta, seguindo adiante, ergue o braço e estala os dedos.

La Bohème

— Basta de queixas, Lulu!

Lulu é o apelido que a jovem dá ao amante, transformado em seu cachorrinho.

— Finalmente! – diz ela, ao vê-lo chegar esbaforido. – Agora, Lulu, puxe aquela cadeira ali e ponha um fim aos seus resmungos!

— Meu coraçãozinho, eu já lhe pedi para usar os apelidos somente na intimidade! – diz Lulu, humilhado.

Mimi, mais que todos, está impressionada com os trajes da jovem libertina.

— Como é elegante! Qual é o seu nome?

Marcello responde num tom elevado, para que a recém-chegada o escute:

— Seu nome completo é "Musetta, a Perversa". É mais volúvel que uma gata no cio e alimenta-se exclusivamente de corações estraçalhados.

Alheia aos comentários, Musetta toma um prato e, após cheirá-lo com nojo, arremessa-o ao chão.

— Cruzes...! Isto é comida para porcos!

Os cacos de louça e os restos de comida espalham-se pelo chão.

— Meu coração, outra vez...! E as nossas lições de polidez? – diz Alcindoro.

— Meu Deus, o filisteu também é poeta! – grita o filósofo.

— Quando aprenderem a servir uma comida decente nesses lugares, meu caro Lulu, saberei ser polida! – retruca Musetta, olhando com desprezo para o garçom que, de quatro, recolhe os cacos.

Neste instante, na rua, um grupo de estudantes, a quem a indigência completa só permite tomar assento nos bancos das praças, reconhece a *mademoiselle*.

— Vejam, é Musetta! – diz Sartine, o líder dos *miserables*.

Todos explodem num riso debochado. Logo depois ouve-se uma voz sem dono entoar um refrão sujo que há muito tempo corre, feito um enxurro, por todas as ruas e becos do Quartier Latin.

Musetta, como toda a Paris bem informada, já o conhece – especialmente a sua rima final indecente –, e seu rosto incendeia-se como o de uma Erínia ao escutá-lo.

— Covarde! Não diz nada, você? – grita ela a Lulu.

– Minha querida! – balbucia ele. – É preciso classe! Vamos, então, nos atracar com a plebe?

Ao ver que Marcello também não sai em sua defesa, Musetta se enfurece duplamente.

– Covardes à direita e à esquerda! Covardes por todos os lados!

Por vingança, ela começa então a cantarolar uma das mil canções que circulam pelo "baixo mundo" parisiense, exaltando as mil delícias de ser cortejada.

– Para mim, chega...! – diz o pintor, erguendo-se para aplicar uma lição na amante.

– Calma, rapaz! – diz o filósofo. – Lembre-se de que a paciência é a mãe das virtudes.

Como filosofia, a frase soa lamentável, embora o pensamento que reproduz para si mesmo, logo em seguida, esteja um grau acima: "Bem faço em fumar meu cachimbo e ler os meus gregos!".

Então, numa loucura repentina, Musetta descalça o sapato e suspende a perna até encostar o pé no nariz de Alcindoro.

– Ai, ai, dor infernal!... – diz ela, espremendo o dedão no nariz do velho amante.

– *Baiz o gue é isdo*? – fanhoseia o velho.

– O que é isto? Eu lhe digo o que é isto! É este sapato ordinário que você me comprou! Vá agora mesmo à sapataria trocá-lo por um número maior!

Tão logo Alcindoro toma o rumo da loja, Musetta atira-se de bruços sobre a mesa, esparramando o busto inteiro sobre ela, até alcançar Marcello, do outro lado. Tomando nas mãos o seu rosto atônito, ela lhe aplica um beijo escandaloso.

– Enfim, o *grand finale*! – diz Schaunard, entendido que é em questões musicais.

A ceia transcorre alegremente até o instante em que o garçom traz a conta.

– O quê...? *A conta...?!* – diz Rodolfo, a quem a penúria desacostumara de tais coisas.

– Quem está com o dinheiro? – diz Schaunard. – Marcello, não ficou com você?

– Eu pensava que sim! Mas, vejam, nada tenho!

O pintor puxa para fora todos os bolsos vazios, enquanto Schaunard leva as mãos à cabeça:

– Desapareceu o meu tesouro!

Musetta, então, em mais um gesto audaz, arranca a conta da mão do garçom.

– Dê-me esta droga!

Neste instante vem chegando a banda militar, aumentando a gritaria na rua.

– Ouça bem, carregador de bandejas – diz ela ao garçom. – Aquele senhor distinto que estava comigo retornará daqui a pouco. Ele pagará tudo. Consegue entender isso?

O garçom balança afirmativamente a cabeça.

– Muito bem, está tudo resolvido! Vamos embora! – diz Musetta. – Agora, meus amigos, sejam cavalheiros e carreguem-me! Não estão vendo que estou descalça como uma vendedora de fósforos?

Marcello e Colline tomam a musa do Momus nos braços e a carregam triunfalmente pela rua, misturando-se à banda que desfila pela rua.

– Vejam! É Atena à frente dos seus exércitos! – diz o filósofo, encantado.

– Não, é a Liberdade à frente dos desvalidos! – grita outro.

Musetta desaparece rua abaixo, em triunfo, e somente então Alcindoro reaparece no café.

– Cadê Musetta? – pergunta ele, com o embrulho dos sapatos novos nas mãos.

O garçom estende a conta e, no mesmo instante, o pobre Lulu compreende tudo. Com um gemido de desgosto ele desaba sobre a cadeira.

III
A BARREIRA DO INFERNO

Estamos agora em frente ao cabaré principal da Barreira do Inferno – uma região de Paris pouco frequentada pelas famílias. Em frente ao cabaré estão sentados dois guardas da ronda, velhotes e bigodudos. Amanhece, e eles bocejam como dois leões marinhos ao redor de um fogareiro improvisado. A cancela que impede o acesso à Barreira está fechada.

– Ei, vocês! Abram esta droga! – gritam, de repente, alguns lixeiros recém-chegados.

Como os guardas permanecem a dormir, os garis impacientes começam a rolar o cabo das vassouras nas grades, como presidiários revoltados – afinal, está nevando, e não é nada agradável ficar parado naquele descampado gelado.

– Diabo! Acordem, dorminhocos!

Finalmente um dos guardas acorda e, depois de coçar-se todo, vai abrir a cancela.

– Vamos, passem de uma vez!

Os garis passam chacoalhando as pás e as vassouras dentro dos carrinhos, enquanto do interior do cabaré ainda se escutam os últimos ruídos da orgia noturna recém-terminada.

De repente, soa bem nítida a voz de Musetta, a cantarolar:

– No copo o prazer, e na boca o amor!

Os guardas, outra vez sentados e encolhidos, se entreolham, oscilando os bigodes, até surgir a carroça das leiteiras. Com um suspiro de contrariedade, o segundo guarda se levanta para abrir a cancela. Junto com a carroça entram os vendedores ambulantes, a venderem o pão e a manteiga do café da manhã. Mimi está misturada entre eles, embora não traga nada para vender. Ela vasculha tudo, como quem procura um endereço, mas às vezes um violento acesso de tosse a obriga a suspender a busca.

– O senhor poderia me informar onde fica a taberna onde trabalha um pintor chamado Marcello? – pergunta ela ao guarda, após recuperar o fôlego.

O velho aponta para o cabaré que, ao amanhecer, como num conto de fadas, se converte numa respeitosa taberna.

– Obrigada – diz ela, aproximando-se.

Marcello trabalha ali, pintando algumas cenas copiadas traço por traço das ilustrações de uma velha novela do Marquês de Sade. Sua obra-prima *A passagem do Mar Vermelho*, transformada agora em outro quadro intitulado "O Porto de Marselha", está pendurada na entrada.

Sem coragem de penetrar naquele antro, Mimi pede a uma criada que vem saindo que retorne e peça a Marcello para vir falar-lhe ali mesmo na rua.

– Mimi...! O que faz aqui? – surpreende-se o pintor.

Ao ver que ela tosse violentamente, Marcello a convida a entrar.

– Não, não posso! Rodolfo me mataria!

— Mas, por todos os diabos, o que veio fazer aqui?

— Quero pedir a sua ajuda! Rodolfo está me enlouquecendo com seus ciúmes! Ele me vigia até mesmo à noite, a ponto de tentar decifrar os meus sonhos por qualquer palavra que eu diga.

— Que há de mal nisso? Ciúmes são a prova mais evidente de amor!

Mimi chora, desesperada.

— Não, não é verdade! Rodolfo não me ama mais! Ele chegou até a me dizer que eu deveria procurar outro amante! Ele simula seus ciúmes para forçar a nossa separação!

— Bom, se vocês mais brigam que se amam, então devem mesmo se separar. Veja o meu caso: eu e Musetta nos damos bem porque nos amamos com alegria.

Marcello, como todo apaixonado, enxerga muito pouco sobre si próprio. Seja como for, graças ao seu conselho Mimi tem um lampejo súbito de bom senso.

— Sim, talvez seja melhor que Rodolfo e eu nos separemos...

— Espere, vou lá dentro acordá-lo, e vocês conversarão – diz o pintor.

— Rodolfo está aqui?!

— Sim, ele apareceu no final da noite, nervoso e abatido, dizendo ter fugido de você.

Marcello entra, e Mimi fica ali fora a tossir. Sua tosse é tão assustadora que provoca uma troca arregalada de olhares entre os dois guardas, encolhidos outra vez ao pé do fogareiro.

Mimi aguarda um pouco, mas ao ver a figura de seu amado surgir do interior do cabaré ela prefere sair correndo. Marcello vem junto com Rodolfo.

— Fugiu...! – diz o pintor.

— Parece ser o nosso destino: fugirmos um do outro! – responde o poeta.

— Então o seu amor é inconstante como as nuvens?

— Eu tenho ciúmes, Marcello! Não suporto vê-la exibir o tornozelo para qualquer um!

— Ora, viva! Isso significa, então, que você ainda a ama!

— Claro! Amo-a perdidamente, mas sinto que ela está condenada!

Marcello, temendo que Mimi os esteja escutando, tenta desviar o assunto.

– Repita que a ama, só isso importa!

– O que importa é que ela irá morrer, compreende? Em breve as garras da sufocação irão se apoderar do seu lindo pescoço, e então...!

Marcello tenta calar o amigo, mas ele precisa desafogar o seu desespero.

– Sou eu o culpado! Não posso permitir que ela continue a viver na mesma pocilga gelada onde eu vivo, um lugar infecto e insalubre onde a única coisa a prosperar é a miséria!

A atenção de Rodolfo é atraída para o ruído da tosse e dos soluços da sua amada, que permanece escondida a escutar.

– Mimi, você está aí! – diz ele, desvairado, correndo para os seus braços.

Rodolfo beija apaixonadamente a sua pequena e frágil amante.

– Vamos entrar! Aqui está muito frio!

– Não, não posso entrar! Não suporto aquele fedor!

Instantaneamente o ciúme volta a brotar no coração de Rodolfo. Terá Mimi entrado ali alguma vez?

Neste instante um riso estridente soa do interior do bordel convertido em taberna.

– É Musetta! – exclama Marcello, encolerizado. – Eu a conheço! Ela jamais ri desacompanhada!

O pintor abandona os dois amantes e volta enfurecido para o cabaré. O seu amor feliz voltou a ser o que era: uma ilusão perversa, de lábios borrados e longos cílios postiços.

– Adeus, Rodolfo, vou deixá-lo – diz Mimi. – Já retirei minhas coisas do nosso sótão, menos o gorro que você me deu aquela noite. Quero que fique com ele, como lembrança!

Rodolfo tenta impedi-la de partir, mas ela é mais rápida.

– Adeus, meu amor! Acabaram-se os ciúmes e as suspeitas, mas a amargura ficará para sempre!

Enquanto isso, no interior do cabaré, uma briga estourou. Gritos enraivecidos e ruídos de pratos espatifados atiçam a curiosidade de toda a rua.

– Sou livre, entendeu? – grita Musetta, como louca. – Não somos casados, danço com quem eu quiser! De noite ou de dia, entendeu? Sou dona da minha liberdade!

La Bohème

De repente, a porta escancara-se e Musetta surge despenteada e aos gritos:

– Adeus, pintor de paredes!

Emoldurado pela porta, como num quadro ordinário, Marcello é o retrato da ira impotente:

– Vagabunda...! Infiel...!

E é assim que, num mesmo instante, a infelicidade destrói dois pares de amantes.

IV
PRIMAVERA DO ADEUS

A primavera chegou, e Rodolfo está outra vez naquele mesmo sótão onde tudo começou. Seu amigo Marcello, convencido finalmente de que precisa fazer algo para sobreviver, está sentado diante do cavalete, a copiar uma estampa famosa. Um sorriso cínico e determinado ilumina seu rosto. O fato de ser incapaz de criar não o impedirá de tomar para si alguns farelos do rendoso negócio da arte.

– Copiar, copiar...! – diz ele, arreganhando os dentes a cada pincelada.

Rodolfo, por sua vez, desistindo de encontrar uma rima para um soneto pouco inspirado, relata ao amigo o encontro que teve, outro dia, com Musetta.

– Ela me cumprimentou, fazendo parar a carruagem – diz o poeta. – Perguntei-lhe como ia o coração e sabe o que ela me disse? "Não sei dizer; o veludo abafa-o completamente!"

Marcello arreganha os dentes novamente, mas é impossível saber o que pretende dizer.

– Pois sabe quem eu vi ontem, também? – pergunta o pintor. – Mimi!

Rodolfo arregala os olhos de surpresa.

– Viu-a...?

– Sim, ela também estava numa carruagem. Parecia uma rainha.

Então, disfarçadamente, os dois param de trabalhar e começam a relembrar as amantes perdidas. Rodolfo retira discretamente da gaveta o gorro de Mimi, enquanto Marcello espia, disfarçadamente, um pé de sapato de Musetta.

– Que horas serão...? – pergunta Rodolfo, afinal.

– Hora de não almoçar em ponto.

Felizmente, como por mágica, surgem naquele mesmo instante pela porta Schaunard e Colline. Eles conseguiram, sabe Deus como, arrumar um arremedo de almoço.

– Pão com sardinha! – anuncia o filósofo, colocando a garrafa d'água dentro do seu chapéu cheio de pedrinhas, como se fosse um balde de gelo, e é dessa forma que o banquete tragicômico tem início.

Enquanto devoram o pão e as sardinhas, todos se tratam por duques e barões, improvisando depois, sabe Deus com que ânimo, um arremedo de baile. Uma quadrilha é formada, e logo os quatro amigos estão rodopiando pelo sótão como se estivessem no mais refinado salão parisiense.

A bobagem tem fim quando Musetta, irrompendo pela porta, anuncia algo gravíssimo:

– Parem tudo, Mimi está à morte...!

Todos ficam paralisados, como se uma bomba tivesse estourado. Musetta pede que Rodolfo desça as escadas para ir auxiliar a ex-amante.

– Ela está aí? – exclama Rodolfo.

– Sim, desça logo e ajude-a a subir!

Rodolfo se arremessa escada abaixo, enquanto os demais improvisam um leito.

Mimi finalmente aparece, e Musetta corre a ampará-la. Após ver-se depositada no leito, ela olha para Rodolfo, envergonhada.

– Perdoe-me...! Eu não tenho o direito de vir procurá-lo...!

– Tem sim, meu amor, terá sempre esse direito! – exclama ele, emocionado.

Musetta arrasta Rodolfo para um canto e lhe revela que Mimi abandonou a casa de um janota, filho de um visconde, para vir morrer nos braços do seu verdadeiro amor.

Rodolfo, com os olhos úmidos, corre de volta ao leito de Mimi e a beija apaixonadamente, enquanto Musetta indaga a Marcello se há um copo de leite por ali.

– Não há nada – diz ele, vexado.

— Como sempre! – exclama Musetta. – Tome! – diz ela, retirando os brincos. – Penhore estas bugigangas e traga um litro de leite para a coitada!

Colline, apanhando com sombria determinação o seu sobretudo sovado, que já cobriu as costas de mais de uma dezena de parisienses, toma igualmente o rumo da rua. Schaunard o segue levando o cachimbo de estimação para o endereço fatal do penhor, onde os bens pessoais dos miseráveis de Paris, cedo ou tarde, vão terminar os seus dias.

Rodolfo fica ao lado de Mimi até anoitecer. Após dormir um sono perturbado, ela acorda e sorri ao ver Rodolfo sentado à beira da cama. Indiferente já às necessidades materiais deste mundo – dentre as quais a própria cura –, ela espera apenas que ele a faça escutar, pela última vez, algumas doces palavras de amor. Vendo-o, porém, incapaz de pronunciar seja o que for, é ela quem, por fim, lhe dirige a palavra:

— Grande como o mar é o meu amor por você...!

Rodolfo toma nos braços o corpo frágil de Mimi, permitindo que ela lhe sussurre ao ouvido:

— Diga... ainda pareço bela?

Rodolfo, em prantos, lhe confirma:

— Sim, adorada! Bela como a aurora!

A cabeça delicada da jovem recosta-se sobre o peito dele.

— Não mais como a aurora!... Talvez, agora, como o ocaso!

Rodolfo a devolve cuidadosamente ao leito e corre a pegar o gorro que tantas vezes acariciara. Às pressas, ele retorna e o ajeita com ternura sobre os cabelos desalinhados de Mimi, enquanto um raio de luar, tal como acontecera no começo do amor de ambos, entra novamente pela janela, revestindo-os de prata. E então a alma da jovem, finalmente liberta, atravessa o peito de Rodolfo e, após roçar docemente seu coração, sobe em direção à eternidade.

Tosca

de Giacomo Puccini

"Até aqui fui terno; agora serei cruel."

Com essa frase viril, Giacomo Puccini estabelece a comparação entre a sua nova ópera e a lacrimosa *La Bohème*, composta quatro anos antes. Inspirada na sangrenta peça de Victorien Sardou, *Tosca* estreou em Roma, em 1900, e sua primeira representação se deu no clima ideal da própria trama, já que durante a apresentação a rainha e o primeiro-ministro italiano foram alvos de uma manifestação de protesto dos anarquistas e socialistas. (Mais tarde circulou outra versão, dando conta de que os inimigos de Puccini espalharam o boato de que havia uma bomba no teatro.)

Puccini afirmou que *Tosca* foi escrita por Deus, e só depois reescrita por ele (na verdade, quem escreveu o *libretto* foram dois outros autores). Seja como for, fica difícil imaginar o Ser Supremo entregue à tarefa de exaltar a figura de Napoleão, o cônsul francês que, num futuro não muito distante, iria submeter o papa à humilhação pública de coroá-lo imperador.

Quanto ao aspecto técnico, Puccini absorveu as lições de Wagner, conferindo à orquestração um valor fundamental, tendo-lhe adotado inclusive a técnica do *leitmotiv* – tema recorrente e específico de um personagem ou situação – a fim de intensificar o apelo emocional da trama. Além disso, criou árias de extraordinária pungência lírica. A famosíssima "E lucevan le stelle" continua a ser presença obrigatória em qualquer coletânea das melhores árias de todos os tempos.

I
O FUGITIVO

Roma, 1800.

É um dia escuro e chuvoso, perfeito para os fugitivos.

Diante da igreja de Sant'Andrea um homem envolto num manto observa cautelosamente a fachada. Trata-se de Angelotti, fichado na polícia como traidor da pátria. A tirania monárquica em sua pátria é tão feroz que ele optou por tomar o partido de Napoleão Bonaparte, o primeiro-cônsul francês, que a propaganda revolucionária apresenta como defensor da causa liberal.

O fugitivo esgueira-se agora pelas ruelas e becos como um rato disseminador da peste.

– Irra! Soldados por toda parte! – diz Angelotti, enxergando em cada rosto masculino as mesmas faces bigodudas dos guardas que, multiplicados ao infinito, servem à tirania monárquica.

Ao ver surgir de uma esquina a figura de mais um desses cães de guarda reais, Angelotti atira-se para o interior da igreja. "Aos pés da santíssima Madonna encontrará a chave da capela particular da nossa família!", dissera-lhe sua irmã, a marquesa Attavanti.

Angelotti estuda atentamente o ambiente: na igreja há apenas três beatas de joelhos. Cabisbaixas, elas debulham seus rosários, repetindo a oração como um mantra hindu.

Angelotti avança até o altar, onde está a estátua da Madonna. Após dobrar o joelho, ele persigna-se, enquanto, com a mão desocupada, começa a tatear os pés da estátua, por debaixo do manto.

Subitamente, às suas costas, a reza silencia. Uma gota de suor frio desce pela espinha do fugitivo, junto com as gotas do cabelo molhado. A do suor é a mais gelada. Atarantado, ele recomeça a apalpar os pés da santa até que um grunhido, semelhante a um pigarro, congela-o outra vez. Com o rabo do olho ele espiona as velhas atrás de si. As três, esquecidas da reza, estão perfeitamente despertas e têm os olhos furiosos cravados nele. Angelotti não pode deixar de evocar as Greias, guardiãs da caverna que Perseu, no mito grego, devia penetrar antes de alcançar a morada da Medusa.

"Imbecil, encontre logo a chave!", pensa ele, recomeçando a tatear.

Quase no mesmo instante um pigarro triplo explode iradamente às suas costas. É uma tosse áspera de censura, anunciadora da vingança santa.

Então, antes que as Greias católicas lhe arremessem um raio vingador, Angelotti finalmente descobre o esconderijo da chave e ruma veloz na direção da capela dos Attavanti.

**

O fugitivo conseguiu entrar na capela e agora está lá oculto. Enquanto isso, desavisado de tudo, o sacristão aparece, vindo da sacristia. Ele traz na mão alguns pincéis e segue em direção a um andaime. No caminho, observa as três beatas e desvia o olhar, sabendo-se odiado por elas. Elas o detestam porque, mais de uma vez, já o flagraram lançando olhares para as paroquianas mais jovens.

Mas por que diabos o sacristão traz pincéis em sua mão?

É que a igreja de Sant'Andrea está novamente em reforma. Volta e meia os andaimes reaparecem, e também as brochas, os pincéis e a sujeirada toda. Alguém deve ganhar muito dinheiro com essas reformas. O sacristão não ganha, disso ele está bem certo.

— O dia inteiro lavando pincéis! — diz ele, rabugento, ao pé do andaime.

De fato, ele já está aborrecido com aquele vai e vem com os pincéis do pintor. Por que o borrador de paredes não lava lá em cima, ele mesmo, os pincéis?

— Olá, pintor, aqui estão! — grita ele.

Mas não há ninguém no alto do andaime.

— Sr. Cavaradossi! — grita o sacristão, para se certificar.

Nada do sr. Cavaradossi.

Então soam os sinos. É a hora do Angelus. O sacristão ajoelha-se como um burocrata celeste e cumpre o rito prescrito pelo Livro das Horas.

Antes que a reza termine, Cavaradossi reaparece. Ele é um tanto obeso e tem uma barba preta.

— O que está fazendo? — pergunta ele, vagamente surpreso, ao ver o sacristão ajoelhado.

Cavaradossi deve frequentar bem pouco as igrejas para não saber que um sacristão ajoelhado e de mãos postas está certamente a orar, ou então jamais viu aquele sacristão, especificamente, fazer aquilo. Sem esperar a resposta, ele sobe ao andaime, enquanto o sacristão afasta-se um pouco, pois um homem obeso começando a escalar um andaime inspira sempre um justificado receio.

Instalado no alto, Cavaradossi retira o véu que cobre a imagem da Maria Madalena que ele está quase terminando de pintar (além de restaurar as antigas pinturas, ele está criando algumas novas).

Ao ver a figura, o sacristão grita, surpreso:

– Pelas tripas esparramadas de Judas! É a cara daquela desconhecida que vem rezar aqui todos os dias!

Cavaradossi ri e admite ter usado a mulher como modelo.

– De fato, ela ora tão fervorosamente que resolvi transferir seus traços para o rosto da Madalena.

De relance, o sacristão espia as Greias católicas. Elas escutaram tudo e não há termo capaz de descrever a ira santa que se desenha em seus rostos. Se elas possuem alguma influência celeste, é certo que o andaime virá abaixo com o pintor herege e todos os seus pincéis.

Mas nada acontece, e elas, precavidas, tratam de ir embora antes que o raio desça dos céus.

Cavaradossi recomeça a pintar, dando os últimos retoques na sua obra. De repente, retira do peito um medalhão e põe-se a comparar a beleza da Madalena e a da sua amante Floria Tosca, uma cantora célebre em Roma. Apesar de Tosca ser morena, enquanto a judia da parede mais parece uma ondina germânica, Cavaradossi identifica uma secreta harmonia entre as duas.

– Recôndita harmonia! – diz ele, cantarolando os versos de uma canção.

O sacristão também acha que os elogios misturados à santa e a amante têm algo de escandaloso.

"Blasfemo!", pensa ele, enquanto sobe para recolher o cesto de comida do pintor.

O cesto, para surpresa do sacristão, está cheio e intocado.

– Está fazendo penitência?

– Estou sem fome – diz o pintor, indiferente.

O sacristão se vai, deixando o pintor a sós com a sua obra-prima. De repente, porém, enquanto pinta, Cavaradossi ouve o ruído de alguém a sair da capela dos Attavanti.

– Quem está aí? – pergunta ele, suspendendo o pincel.

É o fugitivo quem retorna, acreditando estar vazia a igreja. Assustado pelo grito, ele ensaia uma fuga, mas, ao reconhecer o pintor, lança um grito de alegria:

– Cavaradossi, meu amigo! Foi Deus quem o colocou aí em cima!

O pintor desce do andaime e vai abraçar o velho amigo.

– O que faz aqui?

– Fugi da prisão! Estou sendo caçado como uma lebre!

– Está exausto e fraco!

– Sim, não como nada desde a fuga.

Então, soa de fora um grito feminino.

– Mário, você está aí?

Cavaradossi corre até o andaime e, após embrulhar o almoço no lenço que havia na cesta, desce e entrega-o ao fugitivo.

– Esconda-se e leve isto! – diz o pintor, indo em seguida receber a amante.

Tosca esmurra a porta da igreja, como se fosse a porta de uma taberna.

– Abra de uma vez!

– O que houve? – pergunta o pintor, retirando a tranca.

– Por que está trancado aqui? – grita a mulher, desconfiadíssima.

– São ordens do pároco.

– Ah, é? E conversava com quem, posso saber?

– Com você – diz ele, mostrando o medalhão com o retrato da amante.

– Mentira! Escutei, lá de fora, o roçar de vestes femininas!

Cavaradossi dá uma gargalhada.

– Ora, como poderia escutar à distância e por detrás de uma porta o roçar de um vestido?

Vencida pelo bom humor do amante, Tosca inclina a cabeça para receber o seu beijo. Ao fazê-lo, porém, avista a estátua da Virgem e desvencilha-se rapidamente para ir fazer-lhe uma oração.

Após cumprir a devoção, ela retorna aos assuntos profanos.

– Espere-me à noite, na saída do palco, está bem? Iremos juntos para casa!

Cavaradossi dá um resmungo de concordância.

— O que houve? – diz ela. – Não gostou da ideia?
— Muito.
— Que modo frio de dizer! Ponha nisso uma exclamação!
— Muito!
— Assim está melhor. Não vejo a hora de estarmos juntos em nosso quarto!
— Está bem, amada, passaremos a noite juntos. Agora deixe--me trabalhar, sim?
— Está me enxotando?
— Preciso concluir hoje esta pintura! – diz ele, mostrando a Madalena no alto do andaime.
Tosca ergue os cílios negros e observa atentamente a imagem da santa.
— Quem é esta valquíria? – diz ela, intrigada pela beleza germânica da figura.
— Valquíria...?
— Sim, olhe os cabelos loiros e os olhos azuis! Parece uma amazona nórdica!
— Não é valquíria nenhuma, meu amor. Trata-se de santa Madalena!
Tosca aperta os olhos, enquanto vasculha algo no seu cérebro.
— Estes olhos azuis e melosos... Tenho certeza de que já os vi por aí!
— Tosca, por favor! Olhos azuis e melosos existem por toda Roma!
Mas Tosca não se deixa ludibriar e sobe até o topo do andaime para observar melhor.
— Ordinária! Eu sabia!
— Tosca...!
— É aquela marquesa carola, a tal Attavanti!
Cavaradossi acha tanta graça na perspicácia da amante que cai no riso.
— Está bem, é ela mesma!
Mas Tosca não acha graça nenhuma.
— Seu tratante! Então havia mesmo uma mulher aqui dentro!
— A marquesa é devota da Virgem. Tomei-a, apenas, como modelo, enquanto orava.
— Você deve estar louco se pensa que eu vou acreditar nisso!

– Mas é verdade! – diz o pintor. – Deixe de bobagens!
Tosca desce do andaime bufando de raiva.
– Olhe só a cara dela! Um olhar de deboche!
– É o olhar de uma pessoa orando!
– E desde quando alguém ora com esse sorrisinho devasso?
– Basta, Tosca, está passando dos limites!

Então, ao ver que o ciúme da amante diminui, ele toma seu rosto nas mãos.

– Olhos nenhuns se comparam a estes seus, ardentemente negros!
– Então pinte de negro os olhos da valquíria!
– Oh, minha ciumentinha! – diz ele, cobrindo-a de beijos.

Tosca parte finalmente, não sem antes recomendar outra vez:
– Não esqueça os olhos! Quero-os negríssimos, ouviu?

Cavaradossi gargalha pela última vez, e depois corre até a entrada da capela.

– Por que não revelou que eu estava aqui? – pergunta Angelotti.
– Tosca é muito devota, e poderia contar tudo ao confessor. E agora, o que pretende fazer?
– Abandonar Roma. Minha irmã, a marquesa, escondeu algumas roupas debaixo do altar.

Angelotti mostra, para grande espanto do pintor, um vestido, um véu e até mesmo um leque.

– O quê? Vai se disfarçar de mulher?
– É o meio mais seguro. Assim que anoitecer, partirei.
– Sua irmã o adora, não é?
– Sim, ela tem feito de tudo para livrar-me das garras de Scarpia.

Scarpia é o temível chefe de polícia de Roma, um homem cruel e implacável.

– Espere, tive uma ideia melhor – diz Cavaradossi, antes que o fugitivo volte a se esconder. – Tenho uma casinha logo atrás da capela. Atravesse o canavial e a encontrará.

Cavaradossi entrega a chave, e Angelotti começa a preparar um embrulho com as roupas.

– Se aparecer alguém, esconda-se no poço do jardim – diz o pintor. – Ele está vazio e conduz a um refúgio seguro.

Ouve-se o estrondo de um canhão.

Tosca

– É o canhão da prisão! – grita Angelotti. – Descobriram a minha fuga!
– Isso significa que Scarpia já está no seu encalço! Vamos, levarei-o pessoalmente ao esconderijo!

Os dois saem correndo, enquanto o sacristão retorna com os alunos do coro, um bando de adolescentes com as caras inchadas de sono. Nenhum deles parece empolgado com a ideia de passar as próximas quatro horas cantarolando salmos numa sacristia gelada.

Felizmente, o sacristão tem uma boa – ainda que equivocada – notícia a lhes dar.

– Souberam da última notícia? Napoleão foi derrotado em Marengo!

Uma onda de euforia agita os jovens, pois a derrota francesa resultará, certamente, numa grande festa popular, o que se confirma pelas palavras do sacristão:

– Sua Alteza dará um baile à noite no Palácio Farnese, e a divina Tosca cantará para todos!

Os alunos ingressam numa espécie de êxtase, interrompido, porém, pela chegada abrupta de ninguém menos que Scarpia, o sinistro chefe de polícia de Roma.

Ele está acompanhado de alguns guardas e do seu fiel agente Spoletta.

– Que pandemônio é este na casa de Deus?

Scarpia tem as pupilas negras como a noite. Duas olheiras escuras, como se fossem pintadas com rolha queimada, ajudam a tornar o seu olhar ainda mais tenebroso.

O sacristão quase não crê no que vê.

– Excelência...! Quanta honra...!

– Desapareçam todos! – grita Scarpia aos jovens, retendo, porém, o sacristão.

Depois, voltando-se para Spoletta, ordena-lhe que vasculhe tudo no interior da igreja.

– Temos um espião a soldo da França para recapturar e enforcar!

Spoletta é um eficiente agente da lei, e trata de cumprir rapidamente as suas ordens.

Tão logo ele desaparece, Scarpia volta-se para o sacristão.

– Um agitador jacobino fugiu de Castel Sant'Angelo. O que sabe sobre isso?

– Nada, senhor.

O chefe de polícia fecha os olhos e inspira profundamente.

– Não ouviu, então, o canhão de alerta?

– Oh, sim, senhor! O canhão eu escutei!

– E o que significa o canhão?

– Que um prisioneiro fugiu, senhor!

– Então, idiota, não pode dizer que não sabe *nada* sobre a fuga!

Após saborear o triunfo da sua lógica, Scarpia recomeça:

– Esse traidor da coroa fugiu e veio refugiar-se aqui!

Seu dedo aponta para o chão, como se o fugitivo estivesse escondido debaixo da terra.

– Aqui?! – pergunta o sacristão assustado.

– Sim! Leve-me à capela dos Attavanti!

O sacristão conduz o chefe de polícia e fica espantado ao descobrir a grade entreaberta.

– Vossa Senhoria tem razão! Alguém esteve aqui!

Scarpia revira o lugar e encontra o leque, esquecido na pressa pelo fugitivo.

– Um leque! – diz o sacristão. – Trata-se, então, de uma fugitiva?

– Trata-se de um espertalhão! Maldito canhão! Está claro que ele se assustou e fugiu!

Scarpia tamborila o leque fechado na palma da mão.

– Temos este indício! – diz ele. – Não há dúvida de que recebeu auxílio de alguém!

Scarpia revira o leque e descobre nele o brasão da marquesa de Attavanti. Os pés de galinha dos seus olhos contraem-se, pois é assim que ele expressa a sua satisfação.

– Este leque pertence à marquesa, irmã do traidor!

Scarpia retorna com o sacristão à sacristia e seus olhos pousam na pintura da Madalena.

– Esses olhos...! Eu os conheço! – diz o Sherlock italiano. – Quem pintou esta imagem?

– Foi o pintor Cavaradossi, senhor!

Os pés de galinha de Scarpia contraem-se duplamente.

– Cavaradossi, é claro! O amante da marquesa de Attavanti!

Na mente afiada de Scarpia, os indícios fecham-se como num círculo.

– O gorducho é um simpatizante dos regicidas franceses!

Do alto do andaime, um dos guardas mostra a cesta de comida.

– Encontrei isto, senhor!

Scarpia olha para o sacristão, indagador.

– É o almoço que entreguei há pouco ao pintor.

– O que havia dentro?

– Comida, senhor.

Os olhos de Scarpia o fuzilam sinistramente.

– Está debochando...?

– Não, senhor! De forma alguma!

– Diga então o que havia!

– Um frango inteiro, senhor. Também batatas gratinadas, cebolas, aipos...

– Basta! – grita Scarpia, voltando-se para o guarda, no alto. – Vire a cesta!

O guarda vira e não cai dela um farelo.

– Nada! Onde estão os restos do frango? – pergunta Scarpia, triunfante.

– Mas, senhor, não compreendo! A cesta estava cheia!

– Comeu tudo, decerto. Mas e os restos? E o guardanapo?

– Oh, não, ele não comeu nada! Disse estar sem apetite!

– Um gorducho sem apetite? Esta é forte!

– Sim, senhor, asseguro-lhe! Ele recusou o alimento!

– Então alguém comeu em seu lugar! Alguém muito esfomeado!

Neste ponto, o sacristão finalmente compreende.

– O fugitivo...!

No mesmo instante, batem à porta. Pelo vigor da voz, trata-se de Tosca.

– Vá abrir! – diz Scarpia, indo ocultar-se num vão escuro.

Tosca entra e vai direto ao andaime.

– Onde está Cavaradossi? – pergunta ela desconfiadíssima.

– Não faço a menor ideia – diz o sacristão.

Tosca fica vermelha de raiva.

– O miserável está me traindo!

Scarpia, saindo das trevas, surge diante da cantora. Eles já se conhecem de outros tempos, e Scarpia toma-lhe a mão com familiaridade, depositando-lhe um beijo. Depois, erguendo o olhar, observa a imagem de Madalena com um sorriso sarcástico.

– Nesta época depravada, minha cara, devemos dar graças a Deus quando uma mulher vem à igreja para orar, e não para pecar.

Tosca, com o raciocínio aguçado pelo ciúme, percebe logo a insinuação.

– A marquesa devassa esteve aqui! Como sabe disso?

Scarpia entrega o leque com o brasão à mostra.

– Maldita Attavanti! – grita Tosca. – Eu sabia!

Tomada de ira, a cantora sai correndo da igreja.

– Spoletta! – grita Scarpia. – Siga aquela mulher!

Após dispensar o sacristão, o chefe de polícia fica a sós diante do altar. Após mirar a imagem de Cristo, ele começa a curvar o joelho em reverência, mas interrompe subitamente o gesto.

– Minha Toscazinha adorada...! Por você sou capaz de renegar até mesmo a Deus!

II
A TORTURA

Scarpia está instalado no seu escritório, no Palácio Farnese. É noite de festa, e a janela que dá para o pátio está escancarada. Enquanto janta, ele consulta ansiosamente o relógio de bolso. É assim desde que começou a refeição: uma garfada no prato e uma espiada nas horas.

– Spoletta, a estas horas, já deve ter apanhado o fugitivo e o pintor! – diz ele, suspendendo o relógio, enquanto no pavimento inferior ouve-se a voz afinada de Tosca dar início ao baile em homenagem à rainha de Nápoles e à derrota francesa na Áustria (ninguém sabe, ainda, que foi justamente o inverso que aconteceu).

Scarpia rumina os seus pensamentos, enquanto aguarda alguma novidade. Napoleão, como sempre, é o alvo número um do seu ódio.

– É preciso cortar urgentemente as asas do corso maldito! – diz ele a si mesmo, a revirar entre os dedos a sua afiada espátula. – Agora que foi alçado ao cargo de primeiro-cônsul e virtual ditador francês, esse jacobino sedento de ambição lançará suas garras sobre toda a Europa! Eis no que deram as satânicas ideias iluministas: um soberano ilustre trocado por um Gengis Khan da plebe!

Uma campainha soa. É Sciarrone, outro oficial de Scarpia.

– Mandou me chamar, senhor?

– Sim. Quando Tosca encerrar sua apresentação, traga-a até mim.

Assim que Sciarrone sai, Scarpia esfrega as mãos: com o pintor submetido às mais horríveis torturas, Tosca não terá outra alternativa senão entregar-se a ele para pôr fim ao suplício.

Scarpia antegoza as delícias do prazer violento e usurpado, sua modalidade predileta do amor. Buquês de flores e declarações melosas decididamente não lhe agradam.

– O amor tem de ser tomado à força, e, depois de saciado, trocado por outro! – filosofa ele, enquanto toma o seu vinho. – Um homem de verdade deseja provar de toda a obra divina!

Spoletta regressa da busca.

– E então, capturou o fugitivo?

– Angelotti fugiu, excelência, mas o pintor foi capturado.

Scarpia ergue as sobrancelhas.

– Capturou Cavaradossi?

– Sim, senhor. Ele é cúmplice dos franceses, tal como Vossa Exelência havia anunciado.

– Cão traidor! Pagará caro por conspirar contra a pátria! Traga-o até mim!

Spoletta retorna dali a pouco com o pintor. Cavaradossi está com as roupas em tiras, pois lutou muito na tentativa de resistir à prisão. Sua barba negra está coberta de sangue coagulado e possui várias equimoses espalhadas pelo rosto.

– Sente-se, traidor – diz Scarpia a Cavaradossi.

– Estou bem em pé – responde o pintor, altivamente.

– Como preferir.

Um andar abaixo, ouve-se ainda a voz de Tosca.

– Esta voz! – exclama o pintor. – É Tosca!

Scarpia dá início ao interrogatório.

– O senhor sabia que um agitador a soldo de Napoleão escapou hoje de Castel Sant'Angelo?

– Não – diz Cavaradossi.

– Não é o que parece. Meus homens afirmam que você o acolheu na igreja.

– É mentira.

– Homens da lei não mentem, sr. troca-tintas, mas um traidor sim!

– Senhor, se me permite um aparte – diz Spoletta –, tenho o dever de relatar que o suspeito gargalhava enquanto revistávamos a sua casa.

– Sim, lacaio da tirania! – exclama o pintor, voltando-se para Spoletta. – E continuo a gargalhar!

Cavaradossi lança sobre as faces do agente um riso quase histérico.

– O senhor ri, mas eu lhe asseguro que está muito mais próximo de chorar – diz Scarpia, ordenando que se fechem todas as janelas.

A voz de Tosca, lá fora, transforma-se num simples murmúrio.

– Agora diga, traidor: onde está Angelotti?

– Ignoro!

– Deu-lhe comida?

– Não!

– Deu-lhe refúgio?

– Não!

– Quanto recebeu do espião para trair sua pátria?

– Patife!

– Muito bem, aqui será preciso o uso da força! Deseja mesmo passar pelos tratos?

"Tratos" é a maneira pela qual, em certos ambientes, se nomeiam maus-tratos.

– Desprezo as suas ameaças! – exclama Cavaradossi.

Lá fora, a voz de Tosca silencia, e dali a instantes, conduzida por Sciarrone, ela ingressa na sala.

– Mário! – exclama ela, assustada. – O que faz aqui?

Antes, porém, que o pintor responda, Scarpia ordena que o levem à sala de torturas.

– Não se assuste por tê-la mandado chamar – diz o chefe de polícia, já a sós com a cantora.

– Não tenho medo de nada – responde Tosca, recobrando a calma.

– Diga-me, meu anjo: havia alguém na igreja naquele dia, além de você e o pintor?
– Havia.
Scarpia abre um sorriso feliz.
– Muito bem, é assim que se faz! Quem era ele?
– O sacristão.
Scarpia torna-se subitamente escarlate.
– Não brinque! Trata-se de uma coisa séria!
– Está bem, eu esqueci de mencionar alguém.
– Ótimo, minha querida, ótimo! Ajude-me a punir um inimigo do rei!
– Além do sacristão, havia também os garotos do coro.
Scarpia perde completamente o controle e esmurra a mesa.
– Atrevida! Mais uma gracinha e será detida por desacato à autoridade!
Com a mão trêmula ele apresenta o leque da marquesa de Attavanti.
– Está vendo isto? O que este leque fazia lá?
– Como vou saber? Nunca o vi em minha vida!
– Sciarrone! – grita Scarpia. – Abra a porta e veja como vão as coisas por lá!
O serviçal entra na sala de torturas e retorna em seguida.
– O detido insiste em negar a cumplicidade com o fugitivo.
– Redobrem os tratos! Quero ouvir os seus gritos!
Após ordenar que a porta fique escancarada, Scarpia senta-se em sua cadeira.
– Abra bem os ouvidos, caríssima Tosca. Não tardará a escutar um belíssimo "dó de peito"!
Submetido a uma segunda e mais severa rodada de tortura, o pintor não resiste e um grito rouco de dor invade a sala.
– Seu miserável! – grita Tosca. – Mande-os parar!
– Talvez esteja curiosa para saber o que motivou um grito tão potente – diz Scarpia, assumindo um ar doutoral. – Neste momento o seu amante tem um anel de ferro ao redor da cabeça. Esse anel possui pontas de ferro muito aguçadas. A cada mentira daquele vil traidor, o anel é ainda mais apertado, fazendo com que o sangue lhe escorra da testa como escorria da testa do Divino Cordeiro!

Um novo grito de agonia põe Tosca quase louca, até que ela sucumbe, afinal.

– Cão infernal! Eu direi tudo!

Os pés de galinha de Scarpia contraem-se prazerosamente.

– Belamente trágica!... Sciarrone! Mande parar!

Alguns segundos se passam e a voz arfante do pintor ressoa de dentro:

– Não diga nada, Tosca!... Eu lhe ordeno!...

Scarpia ergue-se num pulo e fecha a porta com um chute.

– Diga de uma vez onde está Angelotti!

– Seu monstro! Está torturando a mim!

Scarpia abre novamente a porta e dá um urro raivoso:

– Não quero mais perguntas! Apenas apertem!

Cavaradossi recomeça a gritar até seus gritos se transformarem num ganido exausto.

– Basta! – grita a cantora. – Angelotti fugiu por um poço!

– Poço...? Que poço...?

– Na casa, atrás da igreja! O poço conduz a um abrigo!

Num arremesso triunfal, Scarpia reabre a porta.

– Basta, levem-no para a cela!

– Espere! Eu quero vê-lo! – exclama a cantora.

– Não aconselho – diz Scarpia. – Não é uma visão agradável.

– Quero ver se está vivo! Monstros, deixem-me vê-lo!

Scarpia manda trazer o prisioneiro. Carregado por dois guardas, Cavaradossi surge com os cabelos e o rosto encharcados de sangue, como se carregasse um capuz avermelhado.

Ao vê-lo, Tosca quase desmaia.

– Eu não disse? – diz Scarpia. – Tais visões não são para os anjos!

Tosca ajoelha-se diante do amante exaurido, que balbucia:

– Você... contou...?

– Não, meu amor, não falei nada! – diz Tosca, incapaz de dizer a verdade.

Mas o pintor lê a verdade em seus olhos e, num último esforço, enterra os dedos na garganta de Tosca.

– Traidora...!

Os soldados, num gesto veloz, impedem o prisioneiro de estrangular a mulher que acabou de salvá-lo. Ao mesmo tempo, outro guarda ingressa, de repente, sala adentro.

– Com licença, senhor!
– O que houve? – pergunta Scarpia, alterado.
– Marengo, senhor! Os franceses venceram!
– O que está dizendo, idiota? Napoleão foi derrotado, Roma inteira está comemorando!
– Houve um engano, senhor! Os austríacos é que foram derrotados!

Apesar de quase inconsciente, Cavaradossi recobra os sentidos ao escutar a informação:

– Viva a liberdade, a igualdade e a fraternidade...! – grita ele, antes de receber uma violenta pancada na cabeça e ser levado de arrasto.

– Levem este lixo daqui! – grita Scarpia. – Ainda hoje será fuzilado por alta traição!

Depois, furiosíssimo, volta sua ira contra o informante:

– Estúpido! Como ousa revelar, diante de todos, um segredo de Estado?

Aterrorizado, o mensageiro se retira, deixando Tosca a sós com Scarpia. Após tomar de um gole uma taça de vinho, o chefe de polícia recobra rapidamente a serenidade.

– Esqueçamos Marengo, temos um assunto mais importante a tratar.

Tosca compreende logo do que se trata.

– Miserável! Quanto quer pela libertação de Cavaradossi?

Mal ouve essas palavras, Scarpia começa a gargalhar, deliciado.

– Minha Tosca ousada! Está tentando me subornar...?
– Patife! Todos sabem dos seus métodos! Diga logo o seu preço!

Scarpia gargalha outra vez, lançando perdigotos de vinho sobre a mesa. Depois, reassumindo bruscamente a seriedade, lança sobre o busto da cantora um olhar significativo.

Compreendendo que o seu corpo será a moeda de troca para a libertação de Caravadossi, Tosca arregala os olhos de ira e repulsa.

– Canalha...! – diz ela, dirigindo-se instintivamente à janela.
– A janela é gradeada, minha cara. Além do mais, sua fuga me daria apenas o motivo para mandar executar imediatamente o pintorzinho.

— Cão danado...!
— Magnífica! Se soubesse como fica irresistível assim, toda cheia de ódio!

Scarpia levanta-se e, num pulo velocíssimo, agarra a cantora.

— Escute aqui! Nós vamos negociar este corpinho, compreendeu?

Misturando seu hálito fétido ao dela, ele tenta colar seus lábios aos da jovem, somente não se consumando o beijo ignóbil graças ao estrondo dos tambores, que começam a soar do lado de fora.

— Está escutando? — pergunta Scarpia, arregalando os olhos. — É o tambor dos condenados!

Tosca olha para a janela a fim de não ver mais o rosto de Scarpia. Mas o reflexo dele permanece nítido na vidraça, desfigurado pela luxúria.

— Tenho nojo de você! Nojo! — grita ela à vidraça.

Scarpia, num repelão, arremessa-a de volta ao canapé.

— Em menos de uma hora o seu amante estará morto — diz ele, enfurecido. — Decida-se, vagabunda!

Desesperada, Tosca começa a esmurrar o canapé.

— Virgem Santíssima! Que fiz para merecer tal provação? Eu, que na vida só fiz me dedicar ao canto, aos santos e a Deus! Por que, agora, sou tão castigada?

Scarpia, então, contaminado pelas lágrimas da cantora, tem um instante de fraqueza.

— Tosca adorada...! Estou lhe pedindo apenas um instante em troca de uma vida!

Tosca volta a observar as feições do chefe de polícia, mas sente apenas uma nova onda de repulsa.

— Canalha! Deixe-me em paz!

Neste momento, alguém bate à porta.

— Inferno! — grita Scarpia. — Entre de uma vez!

Spoletta entra, muito agitado.

— O que houve agora? O gnomo francês está às portas de Roma?

— Não, senhor. É a respeito de Angelotti.

— O que tem o fugitivo? Prenderam-no, afinal?

— Não, senhor. Ele suicidou-se antes de se entregar!

Os pés de galinha de Scarpia contraem-se vivamente.

– Ótimo! Uma bala a menos para desperdiçar contra um verme traidor! Tragam o corpo para cá. Irei pendurá-lo junto ao corpo do pintor para execração pública!

Spoletta sai, deixando Tosca a sós novamente com o seu algoz. A cantora, diante desta última notícia, deixou cair por terra as suas últimas resistências.

– Faça o que quiser comigo, mas liberte Cavaradossi.

Scarpia, senhor novamente da situação, reassume o seu ar autoritário.

– Eu o libertarei, mas antes é preciso simular a sua morte, pois não tenho a prerrogativa de conceder-lhe o perdão.

Scarpia chama de volta o fiel Spoletta.

– Preste atenção – diz ele, olhando fixamente o agente. – Quero que simulem o fuzilamento do pintor, tal como fizemos outro dia com Palmieri, entendeu?

– Fuzilá-lo como a Palmieri, senhor – repete o agente.

– Sim, exatamente como foi feito com Palmieri. Pode ir.

Spoletta sai e Scarpia volta a olhar para Tosca.

– Espere! Quero também um salvo-conduto para mim e Cavaradossi – diz a cantora.

– Está bem, e chega de pedidos!

Scarpia corre à escrivaninha e começa a redigir afobadamente o documento, enquanto Tosca o observa de perto. Ao ver, porém, uma espátula afiada ao alcance da mão ela sente uma vertigem insana e apodera-se do punhal improvisado, sem que Scarpia perceba.

– Aqui está! – diz ele, estendendo o salvo-conduto. – Agora, o pagamento! Aqui mesmo!

Scarpia toma no próprio bico da garrafa um longo gole de vinho e depois aproxima sua boca úmida dos seios da cantora. Antes, porém, de tocá-los, sente um raio gelado atravessar-lhe o coração.

– Este é o beijo de Tosca...! – diz ela, retirando-lhe do peito o punhal retinto de sangue.

Scarpia tenta gritar por socorro, mas uma golfada de sangue sobe-lhe até a boca, encharcando-lhe os dentes. Seu queixo, tingido por um cavanhaque escarlate, abre-se e fecha-se inaudivelmente como o de uma marionete. De bruços sobre a mesa, ele espalha as mãos mecanicamente, como quem tenta nadar, lançando ao chão o tinteiro e sua pena de ouro, com a qual assinou diversos decretos de execução.

– É seu próprio veneno que o sufoca! – diz-lhe Tosca, como uma Minerva impassível.

Scarpia lança sobre a mesa mais uma golfada de sangue misturado ao vinho, depois desliza lentamente até cair como um fardo sobre o tapete.

– Está morto – diz Tosca. – Já posso perdoá-lo.

Após retirar duas velas do candelabro, põe uma em cada lado do corpo. Depois, de posse do precioso salvo-conduto, abre a porta e sai para a liberdade com absoluta serenidade.

III
A FARSA MACABRA

Cavaradossi acaba de chegar escoltado ao presídio de Castel Sant'Angelo. Ele é levado para o topo da fortaleza, onde deverá ser fuzilado.

– Mário Cavaradossi? – diz o carcereiro.

O pintor confirma com a cabeça.

– Se quiser, há um confessor ao seu inteiro dispor.

– É mesmo? Posso estrangulá-lo, se quiser? – pergunta o prisioneiro.

– Vocês jacobinos são mesmo uns demônios! – rosna o carcereiro. – Trocam a própria salvação por um mau gracejo!

– A única pessoa a quem desejo falar é Tosca – retruca Cavaradossi.

– Vai lhe custar algo.

– Fala em dinheiro? O pouco que tinha, seus colegas honestos já me furtaram.

O carcereiro estuda o prisioneiro até encontrar algo que o interesse.

– O anel, ali. Deve valer alguma coisa.

Após comprar o silêncio do carcereiro com o último bem que lhe restou, Cavaradossi recebe uma folha de papel para redigir uma despedida. Antes, porém, de começar a escrever, sua mão paralisa-se e ele relembra o instante em que Tosca, certa feita, chegara à sua casa para mais uma noite de amor.

"As estrelas brilhavam e a terra exalava um doce perfume!", pensa ele, sonhador.

Cavaradossi parece escutar novamente o rangido do portão e o ruído de passos macios sobre o cascalho. Depois, revê, como se tivesse diante de si, o corpo nu da amada.

"Ai de mim!", pensa ele. "Esta época feliz já se foi, e agora só me resta morrer em desespero! E logo hoje – um dia em que, como nunca, amei tanto a vida!"

Enquanto Cavaradossi divaga, surgem Tosca e Spoletta.

– Tem dois minutos para despedir-se – diz o agente ao pintor, retirando-se.

Tosca aproveita os preciosos segundos para mostrar ao amado o salvo-conduto.

– O que é isto? – indaga ele.

– A sua libertação!

Cavaradossi lê sofregamente o papel, e ao fim tem os olhos injetados de ira.

– A que preço conseguiu isto?

Tosca conta-lhe todo o episódio que culminou no assassínio do chefe de polícia.

– Garante-me que não cedeu aos desejos do monstro?

– Jamais! – diz Tosca. – Antes, tirei-lhe a vida!

Cavaradossi toma as mãos da cantora e as beija apaixonadamente.

– Que lástima! Mãos feitas para amar, e não para matar!

Cavaradossi está tão aliviado com a perspectiva de salvar sua vida que não se dá conta de perguntar a Tosca como conseguiu entrar ali livremente após ter assassinado, em seu próprio escritório, o chefe de polícia de Roma.

– Devemos ser rápidos! Ainda não sabem que matei Scarpia! – diz ela, solucionando em parte o mistério.

Tosca, em poucas palavras, conta o plano arquitetado por Scarpia para simular a execução do pintor.

– Quando escutar os tiros, caia ao chão como morto – diz ela.

Cavaradossi concorda, entusiasmado.

– Pode deixar, saberei simular com perfeição!

– E, então, quando os guardas partirem, também partiremos!
– Oh, sim, minha adorada! Livres e juntos!
Spoletta retorna, trazendo consigo o pelotão de fuzilamento.
– Basta de lágrimas! – diz o agente.
Cavaradossi, sabendo de que Spoletta faz parte da trama, remete-lhe um sorrisinho cúmplice, e até mesmo simpático. Um sujeito chamado Spoletta não podia ser tão mau, afinal!
– Vamos, traidor! – rosna o agente, empurrando com exagero o pintor.
Cavaradossi chega próximo do parapeito, no alto da torre, enquanto o agente lhe oferece teatralmente a venda – um gesto que quase provoca um acesso de riso no pintor.
– Não, obrigado. Quero enxergar Tosca até o último instante – diz ele.
Tosca, no entanto, está tensa, e deseja ver tudo encerrar-se de uma vez.
"É uma farsa, mas uma farsa macabra!", pensa ela, ansiosa, até que Spoletta, perfilando-se ao lado do pelotão, ergue o sabre e ordena aos soldados que apontem os fuzis. Cavaradossi mal pode comprimir o riso: Spoletta gritando "Fogo!" é o desfecho perfeito para a mais soberba das piadas!
O grito não tarda, enfim, e o estampido das armas ecoa nos céus. Tosca, à distância, vê Cavaradossi desabar sobre o chão e seus olhos arregalados permanecerem fixos nela.
Spoletta cobre o corpo do pintor com um lençol e se retira do local junto com os soldados.
– Tem dois minutos para confirmar o óbito – diz o agente.
Tosca pode jurar que o agente contrai os pés de galinha de um dos olhos, da mesma maneira que Scarpia, e sente um calafrio de horror subir-lhe pela espinha.
– Mário...! – grita ela, lançando-se na direção do corpo encoberto.
Ao chegar, porém, descobre que o lençol está salpicado de manchas esparsas e vermelhas.
– Não, não! – grita ela, descobrindo, num único puxão, o corpo crivado de balas.
Tosca espalma as mãos sobre o rosto e grita histericamente:
– Morto, morto...!

Ela permanece ajoelhada ao lado do corpo até escutar a voz de Spoletta, que já retorna.

– Prendam a assassina de Scarpia!

Tosca, enlouquecida de ódio, grita para o agente:

– Seu calhorda miserável! Era tudo um truque, então!

Na sua mente, voltam-lhe as palavras do chefe de polícia: "Fuzilem-no tal como a Palmieri!". Palmieri era a palavra-chave da senha, ou algum infeliz enganado do mesmo modo! Scarpia jamais pretendera cumprir com a sua parte no trato!

Antes que Spoletta ponha as mãos sobre ela, Tosca corre até o parapeito, e é para Scarpia que ela fala uma última vez, antes de lançar-se para a morte:

– Cão negro! Pago a sua morte com a minha, mas Deus há de me dar um julgamento diferente do seu!

Spoletta corre até o parapeito apenas para ver Tosca, como uma ave liberta, desaparecer no abismo.

O barbeiro de Sevilha

de Gioacchino Rossini

Obra-prima da ópera bufa, *O barbeiro de Sevilha* foi composta, segundo o autor, em apenas onze dias. O fato de ter utilizado material de outras obras suas ajuda a explicar tamanha rapidez, embora ele fosse naturalmente prolífico – em menos de duas décadas, Rossini compôs 39 óperas.

O barbeiro de Sevilha, que é baseado numa peça de Beaumarchais, fez sua estreia em fevereiro de 1816. A primeira apresentação resultou num completo fiasco. Ao que parece, uma série de incidentes provocados pelos rivais do autor ajudou a prejudicar a encenação. (Eles eram fãs de um certo Paisiello, que já havia levado aos palcos, 35 anos antes, a mesma ópera.)

Alguns desses incidentes, porém, foram obra do azar ou do imprevisto, como a queda num alçapão do cantor que interpretava o personagem Basílio – ele teve de cantar a "ária da calúnia" com algodões no nariz. Outro fato involuntariamente cômico foi a presença no palco de um gato, que passou todo o final do primeiro ato miando e roçando-se nas pernas dos cantores.

A persistência de Rossini, no entanto, fez com que *O barbeiro de Sevilha* se convertesse, em pouco tempo, numa das óperas mais populares de todos os tempos.

I

FIGARO QUA, FIGARO LÀ

É madrugada numa praça deserta de Sevilha. À luz da lua podemos avistar uma casa enorme, com uma sacada espaçosa no alto. A casa está cercada por uma grade chaveada.

De repente, vindo de uma rua escura, surge um homem com uma lanterna. Cautelosamente, ele avança em direção à casa. Trata-se de Fiorello, o criado do conde Almaviva. Após olhar ao redor meia dúzia de vezes, ele faz sinal para que o seu senhor, oculto nas trevas, se aproxime também.

Logo atrás do conde, que está envolto numa capa, avança um grupo de músicos.

– Psiu! – faz o criado. – Devagar!

O grupo avança silenciosamente até chegar em frente à casa. Neste instante Almaviva dá a autorização aos músicos para que comecem a serenata.

Almaviva canta, ele próprio, os versos que falam da aurora a surgir risonha no céu.

– Mas e você, minha bela, por que não acorda? – diz ele.

Então, por entre a penumbra, o conde julga enxergar sua amada.

– Veja, Fiorello, no alto! É ela, a minha doce esperança!

Mas não é. Pelo menos é o que assegura o criado, muito mais preocupado em vigiar os arredores do que em avistar donzelas nas sacadas.

– Veja, meu senhor, já amanhece!

Retornando, então, ao mundo prático, o conde saca uma bolsa e a estende aos músicos.

– Aqui está o pagamento! Agora, desapareçam!

Os olhos de Almaviva miram a sacada, mas ela continua vazia.

– Pode ir, Fiorello. Vou aguardar mais um pouco.

O criado desaparece, deixando Almaviva sozinho.

Neste instante o conde escuta alguém descer a rua em sua direção. Trata-se de outro aficionado por música, pois vem cantarolando uma melodia.

Almaviva esconde-se sob uma arcada segundos antes de o intruso surgir. Ele canta a plenos pulmões e, se desta vez não conseguir acordar a rua inteira, ninguém mais o fará.

– Abram alas para o faz-tudo! Já para a barbearia, que o sol raiou!

Imediatamente Almaviva reconhece o dono daquele vozeirão.

– É Fígaro...! – diz ele, ainda oculto.

Fígaro é o barbeiro mais popular de Sevilha e, certamente, o mais gritão também.

– Não há ofício mais nobre que o meu! – continua ele a cantar. – Lâminas, tesouras e pentes estão sempre à mão! E também os truques que tanto ajudam a embelezar as damas e os cavalheiros!

A voz do barbeiro ecoa nos casarões e vai se perder nas ruas transversais.

– Eis Fígaro, o melhor dos barbeiros! Todos o chamam, todos o querem! "Dê-me a peruca, raspe-me a barba! Faça a sangria e entregue o bilhete!"

Já se vê que o eficiente barbeiro também exerce o ofício de mensageiro.

– Fígaro aqui, Fígaro lá! Fígaro para cima, Fígaro para baixo! Ele é o faz-tudo, e clientes jamais lhe faltarão! E sem os seus serviços moça sevilhana alguma se casará!

Muito bem, vamos para o salão! – diz ele, concluindo o seu estardalhaço de todas as manhãs.

– Fígaro amigo, já cedo na rua? – diz o conde, aparecendo.

– Sr. conde! Quanta honra! Que faz um nobre tão cedo na rua?

– Psiu, não revele a minha presença!

Fígaro compreende logo o que se passa e dá adeus ao conde, mas Almaviva o detém.

– Espere, talvez você me seja útil!

– Eis a frase que mais escuto!

– Vou contar-lhe o motivo de estar aqui a esta hora.

Almaviva cola sua boca à orelha do barbeiro e sussurra o seu segredo:

– Vi ontem no Prado uma flor de formosura! Ela é filha de um médico ranzinza, recém-chegado a Sevilha.

– E mora nesta bela casa, não é?

– Sim, meu caro! Passei a noite inteira vigiando-a, feito um ladrão!

– Pois saiba, meu amigo, que neste caso o queijo se derrete sobre o macarrão!

Fígaro adora reproduzir ditados italianos em plena Espanha.

– O que quer dizer? – pergunta o conde, confuso.

– Quero dizer que sou o faz-tudo desta casa! Sou, nela, desde o barbeiro até o veterinário!

– Oh, que boa sorte!

O barbeiro de Sevilha

— E tem mais: o médico não é o pai da florzinha, mas o seu tutor.

Neste momento, surge finalmente na varanda a figura esbelta de Rosina.

— Escondamo-nos! — diz Almaviva, puxando Fígaro pela manga.

Rosina olha, aflita, em todas as direções, mordiscando o seu lencinho.

— Ai de mim! Ele não veio...!

— Vim, sim, adorada! — diz o conde, surgindo das sombras.

Sem pestanejar, a jovem retira das profundezas do decote um pequeno bilhete, e está prestes a arremessá-lo quando o tutor surge também na sacada.

— Esconda-se! É Bartolo, o médico! — avisa Fígaro, ainda nas sombras.

— Que papel é este? — diz, no alto, o velho.

Rosina, acostumada a mentir, responde com firmeza:

— É a ária da "Inútil Precaução". Estou decorando-a para cantá-la no próximo sarau.

— "Inútil Precaução". Que título estúpido! — diz o médico.

— Trata-se da ária favorita da nova ópera da moda, sr. Bartolo.

— Sim, outra daquelas gritarias modernas impertinentes!

Enquanto o velho censura a modernidade, Rosina aproveita para deixar cair o bilhete.

— Oh, que desastrada, deixei cair a ária! — diz ela, mordiscando o lencinho. — Por favor, sr. Bartolo, poderia descer e apanhá-la para mim?

O velho abandona a sacada e, apesar da idade, começa a descer afobadamente as escadas em direção à rua. Aquele papel só pode ser algum bilhete misterioso, e convém resgatá-lo.

— Depressa, recolha-o! — grita Rosina a Almaviva, inclinando-se no parapeito.

O conde, lá embaixo, de braços abertos, espera que a folha termine de rodopiar, mas há um vento importuno que teima em mantê-la no ar, feito uma pomba.

— Vamos, caia de uma vez! — diz o conde, saltitando, enquanto ouve-se o estrondo das passadas do tutor em direção à rua.

— Pronto, apanhei-a! — diz ele, retornando às sombras no instante em que o médico aparece.

– Onde está a ária maldita? – diz Bartolo, investigando o chão com o seu monóculo.
– Que lástima, sr. Bartolo! – grita Rosina, do alto. – O vento carregou para longe!
– Sangue de Judas! Em que direção?
Rosina dá pulinhos, aflita, apontando para todos os lados.
– Aonde? Aonde? – pergunta o velho, virando o monóculo em todas as direções.
– Lá! Lá!... Foi para lá...! – diz ela, apontando para o nascente.
O velho aponta seu monóculo na direção do sol que desponta.
– Ai! Ui! – grita ele, com o sol a faiscar-lhe na lente.
Então, ao dar-se conta da trapaça, o médico fica escarlate.
– Sua espertinha! Quer me fazer de palhaço?
– Não, sr. Bartolo! Garanto-lhe que não!
Vencido, o tutor retorna para o interior da casa, decidido a mandar murar a sacada.

***

Após os habitantes da casa recolherem-se, Almaviva busca a claridade para ler o bilhete.
– Vejamos! – diz ele, desdobrando a folha.
Com o queixo escorado em seu ombro, é Fígaro quem reproduz em voz alta a mensagem:

> "Caro admirador: a sua persistência atiçou a minha curiosidade! Meu tutor deverá sair em seguida. Assim que ele o fizer, declare-me o seu nome e as suas intenções, pois doutro modo jamais terei como conhecê-las. Meu tutor é um cão de guarda implacável que me mantém em permanente vigília!"

Fígaro relê as palavras, deliciado com aquela intriga.
– Quem é, afinal, esse médico charlatão? – diz Almaviva.
– É um velhote metido a conquistador. Anda perto do centésimo inverno e, ainda assim, sonha em casar-se com a pupila para apropriar-se da herança.

O barbeiro de Sevilha

Nem bem Fígaro termina de dizer isso, e a porta da casa se abre. Os dois correm a se esconder.

– Não a abra para mais ninguém! – diz o médico, saindo. – Se Don Basílio chegar, que me espere.

– Bem sei aonde vai a estas horas, e com tanta pressa! – sussurra o barbeiro ao conde. – Vai apressar os papéis para o casamento!

– Tratante! – rosna Almaviva. – E quem é esse Don Basílio?

– É o professor de música de Rosina. É cúmplice do velhote no propósito de casar a menina.

– Bem, vou vê-la – diz o conde, rumando para a casa. – Mas, por precaução, não direi que sou conde. Quero que ela me ame pela minha virtude, e somente depois pela minha nobreza.

Fígaro coça a cabeça, contrariado.

– Ai, ai, ai! Este quer tudo, o molho e o queijo!

Almaviva corre ao pé da grade e apresenta-se:

– Minha doce Rosina! Sou Lindoro, um pobre estudante, mas muito sincero.

Rosina, que estava escutando-o, desaparece abruptamente.

– O que houve? – diz o conde, perplexo. – Uma criada a chamou?

– Talvez a tal precaução – diz o barbeiro, só para si. – Que jeito de se apresentar!

– Ajude-me, Fígaro! Preciso me encontrar com ela!

– Bem, meu senhor, a coisa não é tão simples assim... Existem os riscos!

– Seja generoso, meu caro, e me ajude!

Fígaro ergue os olhos ao céu e murmura:

– Ai, ai, ai! O conde já se crê um pobretão!

– Riscos, meu amigo! *Altíssimos riscos...!* – repete ele, caprichando na entonação.

Só então o conde compreende.

– Fígaro amigo! Está claro que o recompensarei!

O barbeiro sorri, aliviado.

– Estamos falando de ouro, meu senhor?

– Ouro...! Ouro, sim!

– Ouro a varrer?

– O quanto quiser! Mas invente já um plano para que eu possa avistar a minha amada!

– Um plano? Muito bem, aquela palavrinha destravou magicamente o meu cérebro. As ideias começam a jorrar como a lava no interior do vulcão!
– Dê-me logo uma ideia!
– Bem, podemos disfarçá-lo de soldado.
Almaviva pensa um pouco, mas sacode a cabeça.
– Não, isso vai ficar muito confuso! Conde, estudante e soldado! Daqui a pouco nem eu mesmo saberei mais quem eu sou!
– Ai, ai, ai, meu senhor! Como espera entrar na casa como um reles estudante? Entre como um soldado, e será respeitado. Hoje chega um regimento, e o coronel é meu amigo. Vou pedir-lhe que lhe ceda uma requisição de alojamento. Por meio dela você poderá entrar na casa do velho bestalhão!
– Bravíssimo! Que plano genial!
– Mas, atenção! É preciso apresentar-se embriagado!
– Embriagado? A troco do quê?
– Só assim o velhote não dará pela coisa! Qualquer asneira que disser será atribuída ao vinho.
– Genial! Diga-me, agora: a sua barbearia fica aqui perto?
Fígaro ensina direitinho Almaviva a ir até lá para disfarçar-se.
– Há cinco perucas na vitrine, não há como errar! – diz o barbeiro.
O conde parte imediatamente, a cantarolar como se fosse mesmo um estudante:
– Ó, dia feliz! Já ouço tilintarem os doces sinos do amor!
Fígaro também está feliz, e cantarola à sua maneira:
– Ó, dia feliz! Já ouço tilintarem as doces moedas de ouro!

***

Estamos agora no luxuoso quarto de Rosina. Móveis rococós e espelhos cristalinos compõem uma moldura digna da sua beleza. Ela está só e traz uma carta nas mãos.
– Lindoro, que belo nome! – diz ela, encantada.
Rosina vai e vem pelo quarto, abanando-se com a carta.
– Bem sei que o sr. Bartolo irá se opor, como das outras vezes. Pior para ele, pois verá uma pomba converter-se em víbora! Mil artimanhas empregarei antes de renunciar ao meu desejo!

O barbeiro de Sevilha

Rosina revira, ansiosa, a carta nas mãos.

– A primeira artimanha será enviar esta carta a Lindoro. Mas como fazê-lo sob a vigilância feroz desse Argos caduco?

De repente, ela tem uma lembrança providencial.

– Fígaro, é claro! O meu fiel alcoviteiro irá me ajudar mais uma vez!

Rosina manda a criada chamar imediatamente o barbeiro, que aparece dali a meia hora.

– Como está, gentil senhorita? – diz o barbeiro.

– Aborrecidíssima! Morro de tédio!

– Como pode se entediar uma moça tão bela e saudável?

– Diga-me, Fígaro: de que me adiantam a beleza e a saúde se devo consumi-las nesta verdadeira tumba na qual o sr. Bartolo me aprisionou?

Como se tivesse sido chamado, o tutor chega da rua.

– Danação! É o sr. Bartolo! – diz a jovem, ocultando a carta.

Fígaro esconde-se às pressas, antes que o médico entre no quarto sem qualquer aviso.

– Você viu por aí aquele barbeiro maldito? – pergunta o velho à pupila.

– Não, e desejo menos ainda ver o senhor e o seu mau humor!

Rosina abandona o quarto, simulando uma grande ira.

– Cada vez mais atrevida! – diz o velho. – Está pegando os trejeitos daquele tosquiador de cabeças!

No mesmo instante ele dá um grito que retumba pela casa.

– Berta...! Ambrogio...!

São os dois criados da casa. Ela é magra feito um caniço, e ele gordo feito uma pipa. Os dois estão ocupadíssimos em espirrar e bocejar, respectivamente. Bartolo dirige-se, primeiro, à mulher:

– Diga-me, sua sonsa: viu, por acaso, Rosina falar hoje com o barbeiro?

Um sonoro *atchim*! e uma nuvem de perdigotos são a sua resposta.

– Pode se virar para o lado, porcalhona, quando for espirrar? – exclama o velho, enxugando o monóculo. – Responda: viu Rosina falar com o barbeiro?

– *Atchim...*!

– Asquerosa! Já não lhe proibi o uso do rapé?

Bartolo volta-se para Ambrogio:

– Vamos, responda você, hipopótamo!

– *Uaaaahhh...!*

– Estão de deboche, os dois? Respondam: viram o barbeiro ou não?

Berta assoa-se com a mão – um hábito saudável trazido da roça – e finalmente responde:

– Na verdade, eu não sei se o vi, meu senhor, mas... *atchim!*

– Basta! Fora, os dois!

Bartolo recomeça a limpar o monóculo quando soa a campainha.

– Graças a Deus! Deve ser a besta do professor!

Os degraus da escada rangem, anunciando a subida de Don Basílio.

– Muito bem, chegou rápido! – diz Bartolo ao visitante. – Vamos logo ao que interessa: como lhe disse há pouco, Rosina será minha esposa amanhã, por bem ou por mal!

O professor inclina respeitosamente a cabeça.

– Confio que seja. No caminho para cá, no entanto, fui informado de que o senhor adquiriu recentemente um poderoso rival.

– Um rival?! Quem é esse patife?

– O conde de Almaviva, senhor. Ele anda rondando a casa.

– Júpiter embalsamado! O que faremos para afastá-lo?

Don Basílio, mestre supremo na arte de difamar, apresenta logo a solução:

– Uma boa calúnia, sr. Bartolo, resolverá o problema.

– Não, vai demorar muito!

Don Basílio sorri, superior.

– Talvez o senhor não saiba, mas a calúnia é um gás muito veloz. Como uma brisa sutil, a calúnia se introduz nos cérebros até deixá-los inchados e prestes a explodir. Ávido de extravasar, ele escapa rapidamente pela boca e vai se juntar ao vento, que corre célere por toda parte, até virar uma tempestade que uiva e retumba, afinal, como um furacão na floresta. Quando isso acontece, a sua vítima é carregada nas asas de um vendaval, não tendo outro caminho senão se afastar para muito longe.

Bartolo dá um suspiro de enfado.

– Seu tagarela! Se a sua calúnia for tão lerda quanto a explicação, morrerei antes de casar!
– Não tardará tanto, senhor. Em quatro dias a reputação do conde rolará pela lama.
– Meu santo Estrupício...! Mas já não lhe disse que me caso amanhã?
Tomando, então, Basílio pelo braço, o médico o leva até o escritório.
– Vamos redigir de uma vez o contrato de casamento!

***

Mal desaparecem os dois conspiradores, Fígaro reaparece.
– Então, é este o plano: casar Rosina às pressas! Melhor avisá-la de uma vez!
Antes disso, Rosina reaparece por conta própria.
– Ouça, pobrezinha! – diz o barbeiro, fechando a porta. – Bartolo pretende casar-se com você amanhã!
– Amanhã?! Não pode ser!
– Bartolo e Don Basílio se enfiaram no escritório para redigirem juntos o contrato de casamento!
– O professor de música também está metido nisso?
– Sim, não sabe que ele trabalha num cartório?
Rosina, de repente, lembra-se do seu admirador recente.
– Diga-me, Fígaro, quem é este tal de Lindoro?
– Oh, é um estudante miserável que veio a Sevilha concluir seus estudos.
– Miserável...?
– Sim, mas pretende fazer fortuna.
– Ao menos ambicioso, então...?
– Sim, mas infelizmente surgiu-lhe um empecilho.
– Empecilho?
– Sim, ele apaixonou-se por uma bela donzela.
Rosina quase desmaia de aflição.
– Por que chama de empecilho...?
– Estudantes apaixonados não conseguem mais estudar, minha cara.
– E esta donzela... mora em Sevilha?

– A dez passos de onde ele fez para ela, esta manhã, uma serenata.

– E ela é muito bela?

Fígaro aponta para o espelho.

– Veja por si mesma e diga se eu minto!

Rosina quase desmaia de felicidade.

– Diga-me, Fígaro: como hei de conhecer o meu novo admirador?

– Escreva-lhe um bilhete, dizendo que retribui o seu afeto.

– Não é preciso! – diz ela, triunfante, apresentando a carta escrita há pouco.

– Oh, sua marotinha! Enganou-me direitinho!

Fígaro apanha a carta e vai cumprir o seu ofício de mensageiro, enquanto Rosina dá pulinhos de satisfação diante do espelho. Logo em seguida, porém, Bartolo reaparece.

– Sua sonsa! Vi o barbeiro deixar a casa às pressas! O que ele veio fazer aqui? Entregar-lhe a resposta do bilhete que você deixou cair hoje cedo da sacada?

– Que bilhete, sr. Bartolo? – pergunta Rosina, calmamente.

– Já disse! Aquele que você deixou cair hoje cedo, do balcão!

Num gesto veloz, o velhote toma a mão da jovem.

– Carvões do inferno! O que significa este dedo sujo de tinta?

– Não é tinta, é tintura de iodo. Machuquei o meu dedo.

– O dedo de escrever recados desavergonhados a seresteiros!

Bartolo apanha o bloco sobre a mesa e crava o monóculo sobre ele.

– Cinco folhas! E um picote no lugar da sexta! Cadê a sexta folha?

– Usei-a para embrulhar bombons que mandei a Marcelina.

Bufando de raiva, Bartolo apresenta a pena ainda úmida.

– Se não escreveu nada, porque ela está molhada?

O médico sacode a pena, respingando algumas gotículas, e é com uma adorável pintinha preta sobre o lábio que Rosina pronuncia uma nova e adorável mentira:

– Usei-a para pintar uma florzinha no meu novo bordado.

– Onde está o bordado?

– Mandei a Marcelina, junto com os bombons.

O barbeiro de Sevilha

– Já chega! – grita Bartolo. – Até amanhã não sai mais do quarto!

O velho sai e passa a chave duas vezes, tornando Rosina definitivamente sua prisioneira.

A jovem, entretanto, em vez de atirar-se na cama e encharcar de lágrimas o travesseiro, ergue-o e pega uma chave extra que está sempre ali oculta.

– Velho tonto! Então acha que pode trancafiar a astúcia feminina?

***

Após o incidente com Rosina, a casa parece sossegar um pouco. Berta, a empregada, aproveita para cheirar algumas pitadas do seu amado rapé.

– Delícia das delícias! – diz ela, enquanto retira do seu estojinho de laca uma boa pitada do seu tabaco.

Berta está no auge do seu prazer quando batem à porta.

– Pronto, acabou o sossego! – diz ela, depois de espirrar.

Berta abre a porta e dá de cara com um soldado.

– O que quer, sr. milico?

O soldado – que não passa do conde Almaviva disfarçado – pergunta, com a voz empastada:

– O sr. *Bartoldo*...?

Da sua boca se escapa um odor forte de álcool.

– O que quer, neste estado, com o sr. Bartolo?

– Pode deixar que eu resolvo – diz o próprio, surgindo abruptamente.

Após despachar Berta de volta para a cozinha, ele mira o visitante:

– Muito bem, o que deseja?

– Sr. *Bartoldo*?

O doutor aplica o seu monóculo sobre o soldado.

– Você está bêbado! Retire-se!

O soldado, no entanto, se faz de desentendido.

– Vossa Senhoria é o famoso sangrador?

– Sangrador do seu nariz! Rua, já disse!

O conde, no entanto, trocando as pernas, atira-se aos braços de Bartolo.

– Dr. *Bartoldo*, meu renomado colega!

O médico tenta desvencilhar-se, mas o abraço do conde é sólido feito uma amarra.

– Somos colegas! – diz Almaviva, babujando-lhe o ombro. – Sou o veterinário do regimento!

– Largue-me! O que quer comigo?

Como quem toma um grande susto, Almaviva liberta o doutor do seu abraço e põe-se a procurar nos bolsos, com a mão vazia, o papel que já está na outra.

– Procura isto? – diz o velho, tomando-lhe o documento.

O soldado mira bem a folha, muito sério, até explodir num riso alegre.

– Isto, isto! A requisição!

– Que requisição?

– Uma requisição de alojamento, caro colega!

O velho põe-se a ler, enquanto a ex-prisioneira Rosina espia discretamente.

– Um soldado! O que fará aqui? – diz ela a si mesma, avançando pé ante pé.

Ao perceber a presença de Rosina, o soldado-conde fica aturdido, e tenta explicar-se:

– *Sou Lin-do-ro*! – diz ele, numa mímica labial, aproveitando-se da distração do doutor.

Rosina, ao compreender, quase desfalece.

– Posso escolher o meu quarto? – pergunta o falso soldado.

– Não vai para quarto nenhum! Tenho um certificado de dispensa que me desobriga de hospedar soldados e oficiais.

Bartolo corre até a escrivaninha para procurar o certificado, enquanto o soldado retira do bolso outra carta. Ele está prestes a passá-la para a jovem quando o doutor dá um grito de triunfo:

– Aqui está, leia! – diz ele, apresentando o certificado de dispensa.

O soldado finge que lê, e depois joga o documento para o alto.

– Bobagem! Recebi ordens expressas de me alojar aqui!

– Se o certificado não basta, tenho outro mais convincente! – diz o doutor, saindo em busca da sua bengala de castão de ferro.

O barbeiro de Sevilha

– Oh, uma batalha! – grita o soldado, encantado. – Também é adestrado nas armas, feito eu?

Neste instante Rosina, temendo o pior, aparece na sala.

– *Você aqui*?! – grita o tutor, abestalhado. – Como saiu do seu quarto?

– A porta está empenada, sr. Bartolo – inventa ela. – É inútil trancá-la.

– Em guarda! – grita o conde disfarçado de soldado.

– Seu bêbado, volte já para a sua guarnição ou o denunciarei ao seu comandante! – diz Bartolo, esgrimindo a sua temível bengala.

Almaviva rodopia, num passo de espadachim, até chegar próximo de Rosina. Em seguida, deixa cair a sua carta, sobre a qual Rosina arremessa o seu lencinho.

O doutor vê o lenço caído, e logo se dá conta da tramoia.

– Espere! Traga-me o lenço!

Bartolo revira-o e encontra junto uma folha.

– Uma carta...! – grita ele, triunfante.

Ao lê-la, porém, descobre tratar-se, apenas, de um rol de roupas sujas (a prevenida Rosina traz sempre um consigo para a eventualidade de alguma troca de emergência).

Mas o tutor não está disposto a se deixar enganar de maneira tão bisonha, e rasga o rol em mil pedaços.

– Vamos, me dê a carta!

A esta altura Berta já retornou da cozinha, alarmada com os gritos. Ao ver o soldado de sabre na mão e o tutor com a sua bengala em riste, ela põe-se a gritar por socorro, aumentando o escândalo.

Fígaro, que também estava na casa, preparando a espuma para a barba do médico, também aparece. Ele carrega a navalha numa das mãos e uma bacia cheia de sabão na outra.

– Que pandemônio é este? – grita ele com seu vozeirão, aumentando ainda mais a algazarra.

Junto com ele, entra também Mimi, o gato da casa, engrossando com seu miado estridente o coro retumbante dos demais moradores.

– Retire-se, beberrão! – grita o doutor, brandindo a sua bengala.

– Exijo o meu quarto! – grita o soldado, esgrimindo o seu sabre.

– Parem, senão vou gritar! – grita Rosina, agitando os braços.

Berta, por sua vez, já está gritando há muito tempo, enquanto Mimi, misturando-se por entre as pernas dos combatentes, termina por encontrar um refúgio seguro sob as saias de Rosina.

De repente, alguém começa a esmurrar a porta, do lado de fora.

– Silêncio, todos! – ordena o barbeiro.

– Quem está aí? – diz Bartolo.

– O oficial da guarda! Abram imediatamente!

A porta é aberta e um oficial bigodudo e mais quatro soldados invadem a sala.

– Muito bem! Quem provocou toda esta bagunça? – diz o oficial, oscilando o bigode.

O doutor e o falso soldado acusam-se mutuamente.

Ao ver, porém, o estado do soldado, o oficial compreende tudo.

– Está detido, beberrão!

Antes, porém, que os guardas o agarrem, Almaviva saca mais uma carta.

– De novo? – grita Bartolo, enfurecido. – Este sujeito é um soldado ou um carteiro?

A leitura da carta, porém, provoca uma mudança completa de atitude do oficial.

– Queira perdoar, senhor con...

– Está bem, pode se retirar. Não acontecerá mais nenhum conflito aqui dentro.

Para espanto do doutor, o oficial se retira servilmente junto com os seus guardas.

– Mas o que é isso...? – diz ele, aparvalhado.

– Sr. Bartolo, o senhor parece uma estátua de si mesmo! – diz Rosina, começando a gargalhar.

E é assim que Almaviva consegue dormir sob o mesmo teto da sua amada.

II
A INÚTIL PRECAUÇÃO

No dia seguinte, bem cedo, Bartolo trata de investigar o mistério em torno do soldado.

— Como é que um reles soldado reduz à subserviência um oficial?

Após passar a manhã inteira no quartel, ele descobre que ninguém conhece aquele soldado.

— Eu sabia! Um espião do conde! – diz ele, retornando às pressas para casa.

Bartolo retorna, mas não encontra o soldado, e vai enfiar-se no seu escritório. Dali a pouco alguém faz soar a campainha. Bartolo ouve o ruído de passos em direção ao seu escritório.

— A esta hora, quem será? – diz ele, irritado.

Batem à porta.

— Diabos! Entre, seja lá quem for!

Almaviva, desta vez travestido de professor de música, surge outra vez. Ele colocou um bigode e um cavanhaque postiços, além de uma peruca de poeta ultrarromântico (uma das cinco que ele vira na vitrine da barbearia de Fígaro).

— Posso saber quem é o senhor? – pergunta Bartolo.

— Chamo-me Don Alonso, um seu criado.

— O que quer?

— Sou professor de música e colega de Don Basílio. Como ele está indisposto, pediu-me que viesse em seu lugar para ministrar a lição da sua pupila.

Bartolo tem um espasmo de contrariedade.

— Basílio doente? É grave? Preciso vê-lo!

— Não se incomode, não é nada grave. Trata-se apenas de uma indisposição.

— Vou mesmo assim!

Ao ver que o velho não pretende desistir, Almaviva toma-o pelo braço.

— Se deseja obter informações do conde, trago-as comigo.

— Como sabe desse assunto?

— Don Basílio colocou-me a par de tudo. Ouça! Eu e o conde estamos hospedados na mesma estalagem, e esta manhã tive a esperteza de apoderar-me de um bilhete de amor escrito por ele.

— Outro bilhete?! Este conde devasso não faz outra coisa senão espalhar bilhetes lascivos por toda a cidade?

— Aqui está – diz o falso professor, estendendo o bilhete.

Sem se dar ao trabalho de ler, Bartolo já vai rasgar o papel quando Don Alonso o impede.

– Espere, tenho uma ideia melhor! Deixe-me entregá-lo à sua pupila. Direi que o recebi das mãos de uma prostituta, dando a certeza a Rosina de que o seu pretendente não passa de um sedutor barato.

Bartolo fica encantado: "Com certeza é colega de Don Basílio, pois pratica a mesma arte da calúnia!", pensa ele, antes de mandar chamar Rosina.

Alonso tenta reapossar-se do bilhete, mas o médico enterra-o no bolso do colete.

– Guardarei-o para uma ocasião propícia! – diz ele.

Dali a pouco a jovem aparece. Seu humor não é dos melhores, já que ela detesta a aula de música e, mais que tudo, o professor.

– Onde está o enfadonho? – diz ela, ao enxergar Don Alonso.

– Houve um contratempo, e vim em seu lugar – diz o substituto.

Almaviva curva-se, reverente, e Rosina não tarda a perceber de quem se trata.

– Comece a aula de uma vez, sr. Alonso – diz o tutor. – Quero ver em que estado está o aprendizado da minha pupila.

– Vamos executar a ária principal da "Inútil Precaução" – anuncia Don Alonso, indo ao piano.

Bartolo, irritado, esmurra a mesa.

– De novo esse lixo? Não tem nada mais elevado? Monteverdi, por exemplo!

Rosina dá um suspiro de tédio, enquanto abre a partitura.

– Monteverdi e seus madrigais rançosos? Não estamos mais na Renascença!

– "Inútil Precaução" é a ópera do momento, sr. Bartolo – diz o falso professor. – Todos sabem-na de cor e apreciam escutá-la na voz de uma bela donzela.

Ignorando as rabugices do tutor, Alonso e Rosina começam a executar a ária, ele ao piano, e ela com a sua voz. A execução é lamentável: enquanto Almaviva espanca as teclas como um datilógrafo, Rosina faz o que pode para escapar às ciladas vocais dos agudos. Mas o que irrita realmente o tutor é o tema da canção, exaltando o triunfo do amor sobre a mais vil tirania.

– Eu não disse que era ruim? – grita Bartolo, voltando-se em seguida para o falso professor. – Está proibido de ensiná-la a cantar essas indecências, compreendeu?

Neste instante Fígaro entra com a sua bacia espumante.

– Bom dia, sr. Bartolo! Hora da barba!

– Deixe para amanhã!

– Amanhã barbearei o regimento inteiro, senhor. Tem de ser hoje.

Bartolo fecha os olhos, buscando um resto de paciência nas profundezas de si mesmo. Após instalar-se na cadeira, ele aguarda que o barbeiro estenda a toalha escaldada sobre a sua face.

– Vamos com isso! Cadê a toalha?

– Está trancada no armário – diz o barbeiro, estendendo a mão. – Preciso da chave.

Bartolo, porém, é tão cioso do seu molho de chaves quanto uma beata do seu terço.

– Eu mesmo vou pegá-la! – diz ele, começando a se erguer.

– Por favor, sr. Bartolo! – diz o barbeiro, estendendo-lhe a mão. – Deixe que eu busco!

O médico está tão exausto que, afinal, deixa de lado esta utilíssima precaução e entrega o molho de chaves ao barbeiro.

– Vá, traga de uma vez a maldita toalha!

Fígaro desaparece, deixando Bartolo a sós com Rosina e o falso professor.

– Este barbeiro é outro tratante! – diz ele a Don Alonso. – É preciso estar atento!

Dali a instantes ouve-se um estrondo medonho de louças espatifando-se. Num pulo, o doutor põe-se em pé e vai correndo ver o que houve.

– Pelas barbas de Judas se esse ensaboador não irá pagar até o último prato!

Assim que o doutor sai, uma mola invisível arremessa os dois amantes para os braços um do outro.

– Bendito Fígaro! – diz Almaviva, beijando Rosina. – Diga-me, adorada! Você me ama?

– Amo-o, Lindoro! Amo-o acima de qualquer coisa!

– *Lindoro...?* – diz o conde, subitamente esquecido (um esquecimento justificável para quem já está no seu terceiro disfarce).

— Sim, não é este o seu nome, "Lindoro"? – exclama Rosina, também confusa.
— Ah, sim...! Lindoro, é claro...!
Um rumor de vozes anuncia o retorno do médico e do barbeiro. Rosina corre em direção ao piano.
— O que houve, afinal? – pergunta o falso Alonso, ao rever o tutor.
— Tudo em cacos! – diz o velho, seguido do barbeiro. – Vai pagar tudo!
Fígaro, que vem logo atrás, mostra a chave a Alonso, balançando-a.
— Graças a Deus...! – deixa escapar o professor.
— Graças a Deus o quê? – exclama Bartolo. – É porque não foi seu o prejuízo!
— Bem, pelo menos ninguém se machucou, doutor.
— O meu bolso se machucou!
Então, a sineta toca outra vez na entrada.
— Mas que entra e sai infernal! – grita Bartolo. – Quem é agora?
É Don Basílio em pessoa quem chega.
— Oh, sr. Basílio! Melhorou, afinal? – diz o tutor, satisfeito.
— *Melhorei*?! Melhorei do quê?
— Afinal, sr. Bartolo, vamos ou não fazer essa barba? – grita Fígaro, interrompendo.
Alonso vai até o tutor, que já está sentado, de toalha no peito.
— Sr. Bartolo, mande Basílio embora, antes que ele contamine a todos! Ele continua amarelo, é febre escarlatina! Pode nos contagiar!
Bartolo arregala os olhos.
— Sr. Basílio, volte semana que vem, preciso fazer a barba agora!
Don Basílio coça a cabeça, sem entender nada.
— Quem é esse cabeludo? – pergunta ele baixinho a Rosina, mirando Alonso.
Fígaro começa a cantarolar, impedindo qualquer conversa.
— *Laralá-laláááá...! A espuma bem quente e a navalha bem rente!*
Rosina avança até Don Basílio e o intima a retirar-se.
— Sr. Basílio, o que está esperando? Vá já para casa repousar!

O professor atira os braços para o alto e deixa a casa, furioso.

– Agora vamos retomar nossa aula, Don Alonso! – diz a jovem, empolgada.

– O quê? Rosina empolgada com os estudos? – espanta-se o tutor, com o rosto novamente tapado.

Rosina e Almaviva sentam-se lado a lado na banqueta do piano, enquanto Fígaro coloca seu corpanzil na frente do doutor como uma muralha.

– À meia-noite virei buscá-la – cochicha Almaviva a Rosina. – Já tenho a chave da grade.

Bartolo, porém, apesar da idade, escuta perfeitamente o cochicho.

"Melhor, desta feita, fazer-me de tolo!", pensa ele, enquanto Fígaro o barbeia. "Assim que puserem um fim nesta encenação, tomarei minhas providências!"

***

Após livrar-se do barbeiro, Bartolo manda seu criado Ambrogio chamar de volta Don Basílio:

– Diga-lhe que venha às pressas, e que lhe esclarecerei tudo!

Dali a instantes Don Basílio está de volta. Ele chega mais molhado que um pinto, pois Sevilha está debaixo de um tremendo temporal.

– Então nunca ouviu falar de Don Alonso? – pergunta o médico, após explicar-lhe a visita do outro.

– Pela peruca de Eliseu! Afirmo-lhe que jamais vi aquele sujeito em toda a minha vida! Esse farsante devia ser o próprio conde em pessoa!

Bartolo, enfurecido no último grau, decide precipitar as coisas.

– Vá chamar imediatamente o escrivão! Vamos celebrar as bodas hoje mesmo!

– Hoje?! Com este temporal?!

– Imediatamente, e mesmo que chovam navalhas!

Enquanto o professor vai tomar outro banho na rua, Bartolo tem outra ideia. Ele ainda traz no bolso o bilhete que o falso professor iria entregar a Rosina, mas que acabou ficando nas mãos do tutor.

— Sem querer, o patife me deu a minha melhor arma! – diz Bartolo, arreganhando os dentes.

Após chamar Rosina, o tutor lhe estende o bilhete.

— Quer notícias do seu amante? – diz ele, estendendo o bilhete. – Leia e verá que o seu estudantezinho não passa de um lacaio agenciando mulheres para um conde devasso!

Rosina não consegue acreditar que Lindoro seja apenas um agente do conde Almaviva.

— Leia, mas atenção! A carta, na verdade, foi redigida para uma prostituta!

Ao ler o conteúdo, Rosina enfurece-se tanto que decide punir o estudante casando-se com o tutor.

— Ponhamos um fim, de uma vez, a esta sórdida comédia!

Rosina está tão revoltada que revela ao tutor o plano da fuga.

— O miserável tem a chave do portão! Basta prendê-lo quando aparecer!

"Ó, ventura! Está agora inteiramente do meu lado!", pensa Bartolo.

— Não se preocupe, meu anjo! Deixe que entre! Vá se trancar no quarto, enquanto eu chamo a polícia! O miserável terá uma recepção digna de um arrombador de casas!

***

Estamos, agora, do lado de fora da casa. Envoltos em capas encharcadas, chegam Almaviva e Fígaro. Após abrirem o portão, encaminham-se para debaixo da sacada.

— Sacuda a lanterna, para que Rosina nos veja! – diz o conde ao barbeiro.

Do quarto, a jovem vê o reflexo e abre, com fúria, a janela.

— É você, patife! – grita ela.

O conde fica perplexo.

— Rosina amada! Em nome dos céus, o que houve?

— Estudantezinho maroto! Queria me atirar, então, nos braços do conde devasso?

Ao compreender que Rosina foi convencida pelo tutor de alguma calúnia, Fígaro convence-se de que é hora de o conde dizer a verdade.

O barbeiro de Sevilha

– Sr. conde, é chegada a hora de revelar a sua identidade! – diz o barbeiro.

Desvencilhando-se, então, da capa, Almaviva apresenta-se sem mais disfarces.

– Adorada Rosina, sou eu o próprio conde Almaviva!

Diante da revelação, a jovem não sabe mais o que pensar.

– Você... *o próprio conde?*

– Sim, adorada! Disfarcei-me de mil maneiras apenas para conquistá-la!

Neste instante, o barbeiro intercede.

– Por favor, meus pombinhos, acabem com isso antes que comece a dar tudo errado outra vez!

O conde e o barbeiro sobem ao quarto por uma escada que o dono da casa havia deixado solertemente à mão. Enquanto Almaviva e Rosina confraternizam, no alto, Bartolo ressurge lá em baixo e dá um pontapé na escada, lançando-a por terra.

– Pronto! – diz ele, esfregando as mãos. – Agora é só esperar a chegada da polícia!

Ao escutar o ruído da queda da escada, Fígaro corre à janela.

– Maldição! A escada caiu! – grita ele ao casal.

Rosina, ao mesmo tempo, avista Don Basílio e o escrivão surgirem na rua.

– Chegamos, enfim! – diz Basílio, encharcado. – Que banho!

Almaviva, porém, farto de fugas, decide ficar e levar aquilo até o fim.

– Diga aos patetas que subam a fim de celebrar o casamento – diz ele a Fígaro.

Fígaro faz o que Almaviva lhe pede, e logo Basílio e o escrivão entram pela porta da frente e vão ter com os noivos. Ao ver, porém, Almaviva no lugar do noivo, Basílio paralisa-se.

– Onde está o dr. Bartolo? – pergunta ele. – Não é ele o noivo?

– O senhor se enganou, Don Basílio. O noivo sou eu – diz o conde, oferecendo-lhe um saco de ouro. – Dê-nos logo o contrato para que o assinemos!

– Não, não! Isso cheira a traição!

– O ouro não bastou? – diz o conde, cochichando-lhe. – Este segundo presente talvez o convença!

O conde exibe, discretamente, uma pistola oculta sob o colete.

Suficientemente convencido, Don Basílio e o escrivão dão início, afinal, à lavratura do contrato de casamento entre o conde de Almaviva e Rosina.

Mal trocam o beijo nupcial, porém, Bartolo e alguns soldados irrompem no quarto.

– Muito bem, aí estão! – grita em triunfo, o doutor. – Soldados, prendam os ladrões!

Atirando-se à frente, Almaviva dá um grito:

– Alto lá! Sou o marido desta jovem, e como tal exijo respeito!

Bartolo dá uma espécie de mugido.

– Marido?! Ficou louco?

– Não, sr. tutor, não estou louco. Rosina e eu acabamos de nos casar. Aqui está o contrato, lavrado pelo escrivão e assinado pelas demais testemunhas!

Bartolo, em desespero, tenta se apoderar do contrato para fazê-lo em pedaços, mas o conde é mais rápido e o esconde no bolso, junto com a pistola.

– Sr. Bartolo, pretende destruir um contrato legal diante do escrivão e dos agentes da lei? Resigne-se, eis o que lhe digo. Já não há mais nada a fazer senão tornarmo-nos todos bons amigos e comemorarmos algo que não pode mais ser desfeito. Quanto ao dote da noiva, ele é todo seu, sr. Bartolo, pois sou rico o bastante para dispensá-lo.

Ao escutar isso, um sorriso de imenso alívio brota no rosto do velho médico. Aos poucos, ele mostra-se disposto a aceitar o fato consumado, até chegar ao ponto de filosofar:

– Contra o destino, não adianta querer resistir!

– Realmente, sr. Bartolo – diz Rosina, caindo no riso –; contra o amor, qualquer atitude não passa de uma "inútil precaução"!

E assim, com o novo casal feliz, o doutor sem qualquer prejuízo e o barbeiro muito bem recompensado, chega ao fim a comédia dos amores de Almaviva e Rosina.

Salomé

de Richard Strauss

Baseada na peça teatral do célebre escritor inglês Oscar Wilde, *Salomé* é a ópera mais famosa do compositor alemão Richard Strauss, que viveu entre 1864 e 1949.

Ópera expressionista por excelência, *Salomé* faz jus ao estilo polêmico do seu criador, investindo no escândalo e no exagero, chegando mesmo a beirar, em certos momentos, as raias da extravagância. Consta que a soprano Marie Wittich chegou a se recusar a interpretar certas cenas mais impactantes da ópera por julgá-las impróprias a uma "mulher decente".

Em termos musicais, Strauss também ousou bastante. Além de fazer uso de vozes expressivas, o compositor privilegiou a orquestração, dando contornos verdadeiramente sinfônicos à representação cênica. Outro aspecto original da ópera é a sua verossimilhança temporal: sua ação transcorre num único ato, no tempo exato do banquete no palácio do rei Herodes.

Apesar das ousadias temáticas e formais, a ópera foi um sucesso imediato – desde a sua estreia, em novembro de 1905 –, e assim permanece até os dias de hoje.

***

Estamos no palácio do rei Herodes, na Judeia, nos dias do profeta Jokanaan (ou João Batista). O anunciador do Messias foi preso por ordem do tetrarca, permanecendo na cisterna do palácio real.

Enquanto Jokanaan aguarda a sua sorte, Herodes festeja com seus convidados no imenso e luxuoso salão do palácio real. Do lado de fora, o capitão da guarda observa de longe a figura da jovem enteada do rei.

– Salomé está deslumbrante...! – diz Narraboth ao pajem real.

O pajem, porém, parece mais impressionado com a lua, imensa e brilhante.

– Parece uma defunta a erguer-se da tumba!

– A mim parece uma bandeja de prata sob um fundo de veludo – diz o chefe da guarda.

Mas Narraboth está interessado mesmo é na figura da princesa.

– Salomé está divina...!

– Cuidado, não olhe tanto para ela! – adverte o pajem. – Seus olhos parecem apalpá-la!

– Veja como está pálida. Parece o reflexo de uma rosa branca num espelho de prata.

Dois soldados ali próximos também cochicham, fazendo comentários sobre o tetrarca.

– Apesar do festim, parece irritado – diz um deles.

– Alguém irá pagar pela irritação – diz o outro.

Neste instante ouve-se do interior da cisterna a voz do profeta.

– Depois de mim virá alguém maior do que eu! Dele não sou digno de atar as sandálias!

– Esse doido não vai calar a boca? – diz o segundo soldado.

– Cuidado com o que diz! Esse homem tem parte com o deus dos judeus, um deus terrível!

– Que deus é esse, afinal?

– Um deus colérico! Dizem que, por qualquer coisinha, faz chover fogo dos céus! Apesar disso, Jokanaan é um homem educado e até delicado.

– Delicado? Nunca o vi fazer outra coisa, desde que chegou, a não ser xingar todo mundo!

– Se você estivesse preso numa cisterna fedorenta também xingaria.

– Que coisas prega ele, afinal?

– Não sei, não entendo nada da sua religião.

– Então por que se assusta com ela?

– Por isso mesmo. Se a entendesse, veria que é tão estúpida quanto a nossa.

Mas a discussão sobre o prisioneiro logo é interrompida.

– Veja, a princesa está vindo para cá! – anuncia Narraboth. – Todos em guarda!

Os soldados perfilam-se enquanto Salomé se aproxima.

– Não olhe para ela! – adverte o pajem.

Salomé está alterada e resmunga de maneira irritada.

– Velho asqueroso! Não desgruda os olhos de mim! Aqueles olhos empapuçados sempre pousados no meu corpo! Como é que a minha mãe não percebe tais coisas? Oh, como eu odeio esses romanos depravados e grosseirões!

Salomé sente a brisa e aspira, aliviada. Seu rosto está voltado para a lua brilhante.

– Sopra, brisa suave, sopra inteira sobre mim!

Salomé agita as vestes, refrescando-se, espalhando pela noite os seus perfumes mais secretos.

De repente, a voz do profeta se eleva outra vez:

– Eis que já vem o Filho do Homem...!

Tomando um susto, Salomé pergunta a um dos guardas:

– Nossa, que vozeirão terrível! Quem grita dessa maneira?

– O profeta, princesa.

– Ah, aquele homem imundo, de quem o tetrarca se urina de medo?

O soldado não responde, pois teme os dois.

– Já o escutei gritar coisas horríveis sobre a minha mãe – insiste a jovem. – Será verdade?

– Não entendo uma palavra do que ele diz, alteza.

– Diga-me, soldado, esse profeta é jovem ou é outro velhote comedor de gafanhotos?

– Por debaixo da sujeira, deve ser bastante jovem, princesa.

Salomé fica pensativa, enquanto Narraboth, com o rabo do olho, mira seus lábios vermelhos.

De repente um lacaio surge do palácio.

– Princesa, o tetrarca a chama!

– Não quero voltar! – grita a princesa, enquanto Jokanaan continua a vociferar.

– Do ovo da serpente brotará o basilisco! E ele engolirá todas as aves!

– Que extravagância! – diz Salomé, entre o asco e o fascínio.

Então, num impulso, ela vira-se para o guarda:

– Guarda, quero ver esse homem!

O soldado arregala os olhos de espanto.

– Infelizmente, princesa, o tetrarca não permite que ninguém o aviste.

– Eu não sou ninguém, sou a princesa! Tragam o louco para fora!

Os guardas, porém, temerosos mais do rei que da princesa, relutam em obedecer.

– Sr. Narraboth! O senhor não pretende me desobedecer, não é?

Temendo perder a sua cabeça, o chefe da guarda também se recusa.

– Lamento, princesa, mas o tetrarca proibiu terminantemente.

Salomé, então, decide recorrer às artes da sedução para derrotar o temor.

– Faça a minha vontade, e amanhã verá um olhar ardente atravessar os meus véus! – diz ela, cochichando na orelha de Narraboth.

– Mas, alteza...

– E um sorriso embriagante, também...

Diante dessa perspectiva, o chefe da guarda termina cedendo. Voltando-se para os guardas, ordena-lhes que abram a cisterna e tragam o prisioneiro.

A pedra é arrastada e Jokanaan é puxado pelos braços.

– Oh! – diz Salomé, recuando dois passos.

Jokanaan tem a barba emaranhada e traz apenas um pedaço de tecido na cintura. A primeira coisa que o prisioneiro faz ao ver a luz do sol é perguntar pelo Messias.

– Quem é esse Messias pelo qual ele tanto clama? – diz a princesa.

– Ninguém sabe, alteza – diz Narraboth.

Mas o profeta não está interessado apenas no Messias.

– Onde está a prostituta idólatra? – diz ele. – Onde está a amante de assírios e caldeus?

"Ele fala de minha mãe!", pensa Salomé.

– Que ela se erga do seu leito pecaminoso e venha buscar o perdão dos pecados! – grita o profeta, mirando repentinamente os olhos da jovem.

Salomé, horrorizada, leva as mãos ao rosto.
– Que olhos terríveis! São como duas covas negras, de onde espiam os dragões!
Ao mesmo tempo, está impressionada com o aspecto físico do profeta.
– Apesar da sujeira, sua pele é clara como o leite! Decerto jamais foi tocada por mãos femininas!
Salomé aproxima-se lentamente do profeta.
– Alteza! – grita Narraboth. – Não deve...!
Mas ela, como a ave diante da serpente, está hipnotizada. Ao encarar o profeta, no entanto, é ele quem se revela assustado.
– Quem é você? Não quero seus olhos chispantes postos sobre mim!
– Sou Salomé, filha de Herodíades! – diz ela, excitada.
– Arrede, filha da Babilônia! Não ouse tentar o eleito do Senhor!
Jokanaan ofende a princesa de todas as maneiras, deixando-a ainda mais excitada.
– Princesa, por favor, afaste-se! – diz Narraboth, mas Salomé, antes de estar ofendida, parece muito mais lisonjeada.
– Soa como música aos meus ouvidos! Uma música vibrante e selvagem!
Acostumada à bajulação fútil dos seus pretendentes, Salomé está fascinada por aquela rústica sinceridade.
– Que ser fascinante! Um homem que diz o que pensa!
– Filha de Sodoma! Cubra a cabeça com cinzas e traga-me o Filho do Homem!
– Quem é esse Filho do Homem, meu adorado? Será tão belo quanto você?
Então, cega de luxúria, Salomé estende as mãos e percorre com elas as carnes brancas do profeta.
– Amo a sua pele e os seus músculos! Amo também a sua boca, e as coisas que você diz!
Salomé alisa os lábios do profeta, introduzindo o dedo em sua língua.
– Vamos, fale mais! Diga tudo o que pensa de mim!
Narraboth tenta desesperadamente afastar a princesa, mas é o próprio profeta quem a expulsa.

— Arrede, filha da Babilônia! Só ouço a voz do Senhor!

— Como pode ser? – diz ela, ainda tocando Jokanaan. – Seu corpo é o de um anjo e um leproso ao mesmo tempo! Eu amo os seus cabelos! Mesmo cobertos de sujeira, são como serpentes que se entrelaçam! A sua boca é como uma romã aberta por uma espátula de prata, e seus lábios vermelhos como as patinhas das pombas que erram pelo templo!

Salomé toma o rosto de Jokanaan nas mãos e aperta suas bochechas barbadas.

— A sua boca é um rubi que eu quero beijar...!

— Saia daqui! – diz o profeta. – Vá até a Galileia, procure o Filho do Homem, ele está numa barca ensinando os homens a salvarem suas almas! Vá e lhe peça o perdão dos seus pecados!

— Eu quero a sua boca, esta boca vermelha! Deixa-me beijar a sua boca!

Neste instante o profeta se desvencilha, retornando às profundezas da cisterna.

— Oh, não, volte! – grita Salomé, estendendo inutilmente as mãos.

Quase no mesmo instante, Herodes, encolerizado pela desobediência da jovem, surge para buscá-la pessoalmente. Junto dele está sua esposa Herodíades, mãe de Salomé.

— O que faz aqui? Retorne já ao salão, tal como lhe ordenei!

Salomé acompanha, contra a vontade, o rei e a sua mãe de volta ao salão.

Herodes, entretanto, tem o semblante preocupado.

— Que brilho estranho tem a lua esta noite! Parece uma bêbada desacordada sobre as nuvens!

— Deixe de dizer asneiras! – diz Herodíades. – A lua é a lua, e nada mais!

Os três retornam ao salão, mas Herodes não desgruda os olhos da enteada, deixando enfurecida a rainha.

— Pare de olhar para Salomé!

Herodes, sem dar a menor importância, chama a jovem para junto de si.

— Venha, minha menina! Venha beber comigo uma taça transbordante de vinho!

Herodes ergue a taça e a exibe à enteada:

— Venha molhar no vinho de César os seus labiozinhos de rubi, e eu beberei exatamente onde eles tiverem tocado!

Salomé recusa, e Herodes apanha uma romã numa bandeja cheia de frutas.

— Morda, adorada! Adoro ver a marca dos seus dentinhos impressa na polpa e na casca! Dê somente uma dentada e eu comerei o resto!

— Estou sem sede e sem fome! Deixe-me em paz!

Herodes sente-se ofendido, mas em vez de censurar Salomé volta-se irado para a esposa.

— Está vendo como educou mal a sua filha? Esses são modos de responder ao tetrarca da Judeia?

— Dei-lhe a educação que os descendentes de sangue nobre, como nós, recebem — diz Herodíades, enchendo-se também de empáfia. — Uma educação diferente da sua, filho de um condutor de camelos!

Apesar da balbúrdia no salão e de estar no alto do terraço, Salomé continua a escutar a voz terrível de Jokanaan. Todos os sinônimos existentes para o termo "prostituta", nas línguas dos hebreus e dos romanos, são utilizados por ele para designar Herodíades.

— Faça esse demônio se calar! — grita a rainha ao tetrarca. — Não vê que ele está me ofendendo?

— Melhor deixá-lo em paz — diz Herodes, assustado. — Esse homem tem um poder estranho.

— Seu medroso! Teme um judeu lunático?

Herodes, ofendido na honra, eleva a voz:

— O tetrarca da Judeia não tem medo de ninguém!

— Então por que não o entrega ao Sinédrio para que o executem de uma vez?

— Não, isso eu jamais farei! Ele é um feiticeiro, fala com o seu Deus!

Ao escutar essas palavras, quatro rabinos que ali estão começam a debater se o profeta tem ou não o dom de falar com Deus. Como acontece sempre em matéria de crença, ninguém se entende.

— Esse homem é um impostor! Todos sabem que, desde Elias, os homens perderam o dom de ver e de falar com Javé! — diz o primeiro rabino, com absoluta convicção.

Outro rabino imediatamente contesta:

– Mentira! Elias não viu Javé em pessoa, mas somente a sua sombra!

– Viu Javé, sim, em toda a sua glória! Javé resplendece, tanto no claro quanto no escuro!

– Isso é doutrina herética, importada dos gregos pagãos!

A partir daí a discussão se incendeia, e todos começam a gritar tão alto, acusando-se mutuamente de blasfemos e heréticos, que Herodíades tapa as orelhas.

– Faça estes asnos se calarem! – grita ela ao tetrarca, quase histérica.

A gritaria, porém, redobra de fúria quando a discussão evolui para a figura do Nazareno, o misterioso pregador que anda pela Judeia curando leprosos e transformando água em vinho. Trata-se de se saber se o curandeiro é ou não o Messias predito pela tradição judaica. Alguns nazarenos que estão por ali entram na discussão, engrossando a balbúrdia.

– Ele é o profeta Elias! – diz um dos nazarenos.

– Blasfêmia e abominação! Elias subiu aos céus há mais de trezentos anos!

– Ele é o Messias...!

– Ele não é o Messias...!

Ao mesmo tempo em que os religiosos esbravejam e Herodíades grita para que se calem, continuam a ecoar da cisterna as ameaças coléricas de Jokanaan, transformando o salão numa espécie de hospício.

– O milagreiro ressuscita os mortos! – diz um nazareno.

Herodes torna-se pálido como um sudário.

– Não pode ser! Seria terrível se os mortos retornassem à vida!

Herodíades exclama, irritada:

– Imbecis! Se esse homem ressuscitasse mesmo os mortos, já estaria vivendo em Roma, no palácio do imperador! Qual soberano não gostaria de ter ao seu lado um mago ressuscitador?

A discussão não teria fim caso um urro altíssimo, vindo da cisterna, não colocasse um ponto final em todas as disputas:

– Todas as nações da Terra se reunirão para apedrejar a Grande Prostituta...!

– Ninguém será mesmo capaz de fazê-lo se calar? – grita Herodíades, pondo-se em pé.

Jokanaan também anuncia um destino funesto para os reis:
– Então, no dia em que as estrelas caírem dos céus como figos maduros, também cairão dos seus tronos todos os reis da Terra!
Herodes encontra um meio para distrair-se daquela terrível voz:
– Salomé, dance para mim!
Mas nem Salomé nem sua mãe querem que ela dance.
– Dance, adorada, eu lhe suplico! – insiste o tetrarca.
– Não dance...! – grita Herodíades.
– Dance e lhe darei o que me pedir!
Salomé, ao escutar isso, arregala os olhos.
– O que eu pedir...?
– Sim, até mesmo a metade do meu reino!
Mas Salomé não está interessada em reinos inteiros ou pela metade.
– Jura pela sua coroa, tetrarca, que me dará o que eu lhe pedir?
– Juro, juro! Agora dance, vamos!
Herodes sente um vento frio arrepiar-lhe a pele por debaixo do manto e a coroa escaldar-lhe ao redor da cabeça. Com um gesto de raiva, ele a retira da cabeça, jogando-a longe.
– Agora dance, minha filhinha! – diz ele, aliviado.
Salomé ordena aos lacaios que lhe tragam as sandálias e os sete véus.
– Estarei ouvindo direito? – diz Herodes, extasiado. – A Dança dos Sete Véus...!
Enquanto Salomé se prepara, a voz do profeta, do interior da cisterna, continua a ecoar:
– Quem é essa que vem de Edon e de Bosra, com seu vestido de púrpura? Por que suas vestes estão tingidas de vermelho...?
– Música, malditos, música! – grita Herodes, quase possesso.
Então as cítaras, os tambores e os címbalos começam a soar e uma melodia inebriante anuncia a entrada de Salomé, vestida apenas com os sete véus. Apesar de coloridos, eles são quase transparentes, mas a jovem, para que não se antecipe o clímax final da sua completa nudez, rodopia vertiginosamente, como uma serpente tentando livrar-se da sua antiga pele, a fim de dificultar a visão.
Um a um os véus vão caindo, até restar apenas o último, da cor do sangue.

— Minha menina divina! – balbucia o tetrarca.

Antes, porém, de completar a dança, ela abandona o palácio e corre até a borda da cisterna gradeada onde jaz o prisioneiro. Então, retirando finalmente o último véu, ela o deixa cair ali dentro.

Uma explosão de aplausos coroa a apresentação. Com o corpo coberto apenas pelo suor e pelo óleo perfumado, ela vai correndo ajoelhar-se diante do trono do tetrarca.

— Agora, cumpra a promessa! – diz ela, com olhos faiscantes.

— Claro, minha adorada, claro! – responde o tetrarca. – Diga, meu anjo, o que quer!

— Dê-me o que peço numa bandeja!

— Numa bandeja, sim...!

— Numa bandeja de prata!

— Sim, sim, numa bandeja de prata...!

Salomé permanece muda, deixando Herodes trêmulo de expectativa.

— Diga, meu amor: o que quer que lhe ofereça numa bandeja de prata?

Então, pondo-se em pé, Salomé fala bem alto para que todos ouçam:

— Quero, numa bandeja de prata, a cabeça de Jokanaan!

Herodes, mudo de assombro, começa a murmurar:

— Não, não...! Isso não...!

A mãe de Salomé, no entanto, está encantada:

— Bravos, minha filha! Nada melhor poderia pedir do que a cabeça do infame que insultou sua mãe!

— Não, não ouça a voz insensata da sua mãe! – grita Herodes.

— Peço para meu próprio deleite! – diz Salomé.

— Não, esqueça! Dou-lhe metade do meu reino!

— Não quero reino nenhum! Quero a cabeça!

— Dou-lhe a minha esmeralda gigante!

— Não quero esmeraldas gigantes! Quero a cabeça!

— Dou-lhe todos os pavões brancos!

— Não quero pavões brancos! Quero a cabeça!

Herodíades, deliciada, cai na gargalhada.

— Ora, quem quer os seus pavões brancos?

— Jokanaan é um homem santo! – grita Herodes. – Quer atrair a cólera divina sobre nós?

Salomé, enquanto isso, permanece irredutível.
– A cabeça! Quero a cabeça!
Um coro de risos explode, fazendo com que Herodes se veja na iminência de ser desmoralizado. Que dirão do tetrarca que não cumpre a sua palavra?
Finalmente vencido, Herodes desaba sobre o trono.
– Deem-lhe o que ela pede...
Imediatamente o carrasco é enviado à cisterna, junto com alguns guardas. Salomé os acompanha. Após ter erguido a grade, ele desce os degraus da cova com uma espada na mão.
Os minutos se passam em angustiosa expectativa, mas nada se ouve.
– Por que não implora nem xinga? – diz Salomé, sem conseguir ver o que se passa lá dentro.
O silêncio continua até que o carrasco emerge da cisterna. Numa das mãos está a espada, vermelha e gotejante de sangue; na outra, a bandeja de prata com a cabeça decepada do profeta.
Salomé, ao ver a cabeça morta, sente reavivar-se o seu desejo.
– Oh, esta boca! É a mesma que ele não me permitiu beijar! E os seus olhos, por que estão fechados? Olhe para mim, Jokanaan...! Esqueça tudo e apenas olhe para mim...! E a sua língua, a víbora escarlate que proferiu mil injúrias contra a princesa da Judeia, por que silenciou?
Salomé toma a cabeça em suas mãos, ainda gotejante de sangue, e a admira:
– Sua cabeça me pertence agora, Jokanaan! Posso fazer dela o que quiser: jogá-la para o céu, para que as aves a levem, ou para o chão, para que os cães a devorem!
Penalizada de si própria, ela começa a lamentar-se:
– Ah, Jokanaan! Por que não olhou para mim, em vez de só olhar para o seu deus? Tivesse olhado uma só vez para mim e como teria me amado! Sim, tenho certeza que teria me amado!
Salomé beija a boca morta, enquanto no céu a lua vermelha mergulha no firmamento.
– Beijei a sua boca vermelha de sangue, Jokanaan! – diz ela, em êxtase. – Ela tem um gosto amargo, o gosto do amor! Mas que importa se é doce ou amargo? Beijei a sua boca, Jokanaan...!

As trevas descem sobre a Judeia, enquanto a voz de Herodes ordena que matem a sua enteada.

Um grupo de soldados, empunhando os escudos, avança na direção de Salomé. Em seguida, doze luas de ferro descem sobre ela, esmagando-a até a morte.

Eugene Onegin
de Piotr Tchaikovsky

Baseado no poema homônimo de Pushkin, *Eugene Onegin* teve sua estreia no dia 29 de março de 1879, no Teatro Maly de Moscou. O enredo relata, basicamente, a jornada arquetípica de um vaidoso, desde o momento em que é forte o bastante para desprezar até o instante em que deve confrontar-se, ele próprio, com o desprezo.

Apesar de Tchaikovsky pertencer a um grupo de músicos que advogava o cosmopolitismo musical – ao contrário dos nacionalistas intransigentes, que preferiam tratar apenas de assuntos russos e eslavos –, *Eugene Onegin* não escapou de ser, ela também, uma ópera tipicamente russa, repleta de temas musicais extraídos de canções populares. O enredo também expressa a paixão russa pelo estudo psicológico, desenvolvido ao longo dos diálogos e das cismas interiores dos personagens,

Eugene Onegin é uma ópera intimista, sem heróis nem vilões, na qual o que realmente interessa é a investigação atenta "do mínimo e do escondido", como dizia o maior dos nossos cismadores.

***

I
AS DUAS IRMÃS

Numa elegante casa de campo russa de fins do século XVIII vivem duas jovens chamadas Tatiana e Olga. Seus temperamentos são claramente opostos: enquanto Tatiana é sonhadora, Olga é realista.

A mãe das duas jovens se chama Larina, e está, neste momento cozinhando uma compota debaixo de uma árvore, num fogareiro portátil. Seu ouvido está atento à canção melancólica e nostálgica que as duas filhas entoam no terraço.

A canção fala do som triste de uma flauta, a reverberar num bosque durante o amanhecer. Larina, ao escutar as vozes das duas jovens, vê despertarem as suas próprias recordações.

– Oh, como eu amava Richardson...! – diz à sua serva Filipievna.

Richardson fora uma paixão pecaminosa do seu passado, um oficial da Guarda Real, viciado em jogos e farras, cujo comportamento desregrado terminara por impedir que se casassem.

Larina relembra tudo isso e, quando está prestes a ingressar num arrependimento amargo, aspira o aroma doce do caldeirão em ebulição. No mesmo instante ela, já uma senhora idosa e um tanto corpulenta, lança um suspiro que expressa uma resignação genuína e sincera.

– Uma vida amena e isenta de privações, no fim das contas, é uma dádiva maior que a própria felicidade – diz ela à serva, consolada com os aromas adocicados da compota.

Madame Larina não esquece também de reverenciar a memória do falecido esposo, um pacato conde idoso que não só a amara devotamente, como confiara cegamente em sua honestidade.

Aos poucos, porém, a canção que as duas filhas de madame Larina entoam é colocada em segundo plano pelas vozes mais fortes de cerca de duzentos camponeses russos, os mujiques. Eles cantam alguns versos que também falam de contrariedade – uma contrariedade bem mais concreta que a da condessa:

>Nossos pés incham de tanto caminhar!
>Nossas mãos racham de tanto cavoucar!

Vindos do calor abrasador do campo, eles trazem à sua senhora um feixe de trigo, simbolizando o final da colheita. Em seguida, ajoelhando-se diante de um retrato do czar e de um ícone de Nosso Senhor Jesus Cristo, assistem à missa oficiada pelo pope, sacerdote russo ortodoxo.

Finalmente, encerrada a parte devocional, a condessa retoma a palavra:

– Agora já podem festejar! Cantem, meus filhos, outra canção genuinamente camponesa! – diz ela, enchendo de regozijo a alma dos mujiques.

Tatiana e Olga, um tanto atrasadas, também chegam para confraternizar. Do terraço elas escutam os camponeses entoarem a canção "genuinamente camponesa" (composta, na verdade, por um aristocrata ocioso do século anterior). O tema é magnífico: a travessia de uma ponte de ripas de sabugueiro por um mujique "lindo como um morango".

A condessa aplaude, batendo de leve o seu leque fechado na palma da outra mão, sem ter avistado ainda as filhas, que acompanham tudo um tanto afastadas.

– Oh, como eu adoro essas canções! – diz Tatiana à sua irmã – Elas me fazem sonhar!

– Aí está ela novamente com seus sonhos! – diz Olga, sarcasticamente.

– O que há de errado nisso? – pergunta Tatiana.

– Os sonhos produzem melancolia.

– Adoro a melancolia!

– Pois eu a detesto! Ela evoca coisas que já não existem, ou que jamais existirão.

Olga, tornando-se também, a seu modo, sonhadora, prossegue na sua exaltação ideal da realidade:

– Que mais posso querer, tendo a juventude inteira em minhas mãos? Veja como ela brilha entre os meus dedos! Sou como uma criança, pois para uma criança basta aquilo que existe!

Neste momento a mãe avista de longe as duas filhas, e desde então os seus duzentos mujiques se convertem num único borrão humano, turvo e indistinto, do qual deseja rapidamente se desvencilhar.

– Obrigada pela homenagem, meus queridos! Vão e festejem em paz! – diz ela, dando a autorização para que eles retornem às suas isbás, que eram uma espécie de choupana, a fim de continuarem os festejos.

Enquanto entra, ela puxa discretamente pela manga o pope que oficiou a missa:

— Controle a vodca e vigie os excessos — diz, atirando para um canto o feixe de trigo.

Em dois tempos Tatiana e Olga estão reunidas à mãe no jardim, aspirando o perfume do caldeirão onde ferve a compota. Tatiana senta-se num banco e começa a ler um pequeno volume de versos.

— Lá vai Tatiucha meter o nariz, outra vez, nos seus livros! — diz Olga. — Veja, mamãe: diga-me se ela não está ficando pálida como uma página em branco!

Madame Larina concorda, e chega a ficar assustada.

— Tatiucha, você está doente?

— Não tenho nada, mamãe — diz a jovem, impaciente. — Este poema é emocionante.

Larina sente um arrepio ao escutar as palavras da filha.

— Minha filha, não leve tão a sério esses romantismos. Todos esses gestos nobres e cavalheirescos não passam de imaginação. Eu também acreditei neles um dia e sabe Deus quantas decepções e sobressaltos tive de amargar antes de compreender que heróis românticos só existem nos livros.

Neste instante, dois rapazes aproximam-se do jardim.

— Meu Deus, é o sr. Lenski! — diz Olga ao reconhecer o seu cobiçado pretendente.

Junto dele, vem outro jovem desconhecido, da mesma idade.

— Vamos para dentro! — diz a mãe, praticamente empurrando-as para o interior da casa.

Lenski e o outro rapaz são recebidos com uma amabilidade polida e discreta.

— Tomei a liberdade, sra. Larina, de trazer comigo um grande amigo — diz Lenski. — Ele se chama Eugene Onegin, e pertence a uma excelente família.

A palpitação cardíaca que madame Larina sente é quase tão intensa quanto a da sua filha mais nova.

"Um Onegin em minha casa...!", pensa, incrédula. Ela vê no visitante um provável pretendente para Tatiana.

— Seu amigo é bem-vindo a esta casa, sr. Lenski — diz Larina, enquanto Eugene retribui a acolhida com palavras e gestos de um perfeito gentleman russo.

Tatiana, mergulhada numa névoa ultrarromântica, vê no jovem um personagem saído, como por mágica, das páginas do seu livro de versos.

"Meu Deus, eu sinto que é ele!", pensa a jovem, certa de ter encontrado o grande amor da sua vida.

Lenski aproxima-se da irmã mais velha e deposita um beijo em sua mão enluvada.

– Sinto, Olga querida, como se uma eternidade tivesse transcorrido desde o nosso último encontro!

Olga, fiel ao seu perfil realista, corrige o abuso romântico:

– Um grande exagero, sr. Lenski! Ainda ontem nos vimos!

Lenski sorri, e depois de tomar a jovem pela mão, afasta-se, deixando Tatiana e Eugene a sós.

– Vocês vivem numa bela casa – diz ele –, embora não possa deixar de me perguntar se não se aborrecem, afinal, estando tão afastadas de tudo.

Tatiana parece não compreender direito.

– Aborrecer...? Decerto que não! Como me aborreceria tendo sempre à mão os meus livros?

Eugene deixa escapar um sorriso bondoso, que não exclui alguma ironia.

– É claro que a leitura é uma grande distração para o espírito, srta. Tatiana, mas há de convir que não se pode estar o tempo todo com um livro na mão.

– Por certo que não – diz a jovem, sorrindo. – Nos intervalos da leitura eu ponho-me a sonhar.

– A senhorita lê e dorme? Só isso?

Tatiana dá uma risada divertida.

– Não, eu sonho acordada, sr. Onegin!

– A senhorita quer dizer, então, que "devaneia"! – corrige ele, algo pedantemente. – E com o que devaneia no intervalo das suas leituras?

– Com tudo que não há e que eu gostaria que houvesse.

– Sonha, então, com o impossível? Imagino que isso só lhe traga melancolia.

– A melancolia não me desagrada. Convivo com ela desde a infância.

Uma nuvem parece pousar sobre o rosto de Eugene.

– Uma sonhadora, então... Sim, eu sei como é. Eu também já fui um sonhador.

Neste instante a mãe das jovens, que espiava a tudo de longe, decide retornar.

– Conheço bem esses semblantes juvenis – diz ela à serva. – Quando eles começam a franzir as sobrancelhas e a darem-se ares amargurados é hora de uma mãe previdente reaparecer.

A serva, porém, um tantinho mais experiente que a patroa, não precisa se aproximar para ter a certeza de que Tatiana já está perdida de amores pelo belo Onegin.

– Pobre Tatiucha...! – diz ela, enxugando no avental uma lágrima do tamanho de um ovo de pardal.

***

Depois que o sr. Lenski parte, levando consigo Eugene, Tatiana vai buscar refúgio no seu quarto, ficando na companhia da sua velha serva.

– Está na hora de dormir, Tatiucha – diz Filipievna, tentando conduzir a jovem ao seu leito. – Amanhã cedo temos missa.

– Não quero dormir – diz a jovem. – Diga-me uma coisa: você já se apaixonou?

– Deus me defenda, senhorita! Jamais pensei nessas coisas!

– Mas você se casou, não é?

– Claro! Mas no meu tempo ninguém casava por amor.

– Que horror! Quantos anos tinha ao se casar?

– Treze anos. Meu esposo se chamava Ivan, como quase todo mundo, e era dois anos mais novo que eu.

Tatiana fica perplexa:

– Casou-se aos treze anos e com um rapaz mais jovem?! Todas faziam isso naquele tempo? Imagine o que não fariam se chegassem a se apaixonar!

– Justamente. Casava-se muito cedo para escapar dessa doença.

Tatiana não consegue evitar o riso.

– *Doença*?! Considera o amor uma doença?

– A pior de todas: uma doença da qual o doente não quer se curar.

– Pois sabe o que eu acho? Que vocês prefeririam, naquele tempo, arrumar primeiro um provedor, para só depois se apaixonar!

– Senhorita...! – diz Filipievna, escandalizada.

Antes que Tatiana diga outra coisa, a serva passa a desfiar a longa história do seu casamento, desde o distante dia em que desfizeram a sua trança de solteira.

Mas Tatiana já esgotou o interesse pelas nostalgias sentimentais da ama, e a interrompe bruscamente para falar da sua atualíssima paixão:

– Filipievna, estou amando! – diz ela, num gemido.

– Aí está, tal como eu disse! – diz a serva, triunfante. – Olhe só essa voz...! Olhe só esses olhos...! Que o bezerro assovie no bucho da vaca se amar não é o mesmo que adoecer!

Tatiana, então, desiste de tomar a ama por confidente.

– Vá dormir, Filipievna! Quero pensar no meu amor!

Sem se ofender, a ama aprova entusiasticamente a ideia:

– Isso mesmo, menina, faça isso mesmo! Pense no janotinha mil vezes, e depois outras duas mil vezes até amanhecer! Muitas vezes isso basta para dissipar um entusiasmozinho tolo.

Assim que a ama deixa o quarto, Tatiana corre, entretanto, a cometer a maior loucura que uma recém-apaixonada pode cometer, que é a de redigir uma carta de amor. Mergulhada num êxtase febril, ela escreve a primeira frase da sua carta, mas rasga-a após relê-la.

– Não, não! É preciso que o sr. Onegin conheça toda a extensão do meu sofrimento!

Tatiana, em vez de armar-se de paciência e aguardar que ele torne a procurá-la, escolhe o caminho da humilhação abjeta: "Puna-me com o seu desdém, sr. Onegin, mas se tiver um mínimo de piedade pelo meu estado miserável, *por favor, não me abandone!*". Não satisfeita, conclui ainda com a última promessa que um conquistador volúvel deseja escutar: a de que será uma "esposa fiel e mãe virtuosa".

Certa de ter escrito algo capaz de comover até mesmo o coração de um tigre, Tatiana relê mil vezes a sua carta desastrosa até suas pálpebras começarem a pesar. Quando parece que finalmente vai cair no sono, ela vê, surpresa, a ama reaparecer vestida no seu traje de igreja.

– Filipievna...! Por que está vestida assim?

A serva parece não entender.

– Ora, srta. Tatiucha! Pois não vamos, daqui a instantes, à missa?

Só então a jovem se dá conta de que já amanheceu.

– Que bom que já está em pé, avezinha madrugadora! – diz Filipievna, imaginando a jovem inclinada, outra vez, para as coisas do céu.

Tatiana, porém, a desilude, entregando-lhe a sua carta de amor.

– Por favor, peça ao seu neto para levar isto ao sr. Onegin!

Filipievna dá um suspiro resignado e, como boa serva russa, vai executar a sua ordem.

***

Durante a manhã inteira as duas irmãs consomem o seu tempo em colher as frutas maduras do pomar. Num cavalete de madeira, situado no centro daquele pequeno Éden, estão expostos os esboços de algumas pinturas que Olga e Tatiana vêm tentando completar ao longo de todo o mês.

São exercícios lamentáveis, verdadeiros arremedos despidos de qualquer qualidade, nos quais uma inspiração caótica e nenhuma técnica se encarregaram de aniquilar com qualquer possibilidade de êxito artístico. Borradas pelo verniz aquoso que o sereno lhes aplicou, as pinturas se apresentam agora surpreendentemente melhoradas, como se um *domovik* – uma espécie de duende do folclore eslavo – impressionista tivesse se ocupado em aprimorar durante a noite aquilo que a arte diurna das jovens tornara abominável.

Olga e Tatiana, alheias às telas, colhem suas frutas alegremente, enquanto cantarolam uma das mil canções populares que os mujiques, por força da repetição, introduziram nos seus cérebros.

Os versos bucólicos narram o convite que algumas camponesas fazem às amigas para que se juntem à sua dança. É preciso, diz a letra, que todas cantem, para que um "jovem bonito" venha juntar-se a elas. Quando ele finalmente aparece, entretanto, elas começam a arremessar-lhe cerejas, framboesas e groselhas vermelhas, "para que nunca mais lhes interrompa a diversão".

As duas irmãs estão repetindo o refrão quando são informadas de que Eugene Onegin está na propriedade. Tatiana, sentindo descer-lhe todo o sangue, desaba sobre o banco rústico do pomar.

"Meu Deus! Onegin veio responder pessoalmente à minha carta!", pensa ela, atarantada.

Tatiana toma nas mãos um pequeno ícone da Virgem e começa a orar-lhe fervorosamente. Com uma angústia indescritível ela ouve os passos do amado estalarem sobre o cascalho.

"Estúpida! Que tinha de lhe escrever aquelas idiotices?", pensa ela, aterrorizada.

Eugene Onegin surge, afinal, no pequeno Éden, não como Adão, mas como o próprio Deus, cuja simples presença faz emudecer as aves. Olga cumprimenta Eugene rapidamente, deixando-o a sós com a irmã. Sem qualquer introdução, ele passa, então, a falar da carta que recebeu.

– Srta. Tatiana, fiquei sinceramente comovido com as suas palavras, plenas de uma doçura e inocência das quais já havia me desabituado – diz ele, num tom estudado de quem decorou longamente cada palavra.

Tatiana, com o rosto escarlate e o coração apertado, pressente naquela introdução cuidadosa os sinais evidentes da recusa, confirmada pelas suas últimas palavras:

– Infelizmente, quando fala nas promessas de um lar e na perspectiva de nos casarmos, eu tenho o dever de informá-la de que não possuo o mesmo desejo. Se ambicionasse isso, creia-me que a escolhida seria você. Mas a minha índole não se inclina para uma vida em comum, que considero como pouco mais do que uma monotonia compartilhada a dois. Acredite, caríssima Tatiana: esse paraíso que você imagina lindo e eterno acabaria se transformando, muito cedo, num tormento para nós dois.

"Muito bem, o raio já caiu", pensa Tatiana, quase feliz pelo fim da angustiosa expectativa. Agora já sabe que a carta fora de uma ingenuidade pueril (oh, aquele desfecho estúpido!) e que deve encerrar a entrevista o mais breve e dignamente possível.

Eugene, porém, ainda tem algo a dizer:

– Minha caríssima Tatiucha, tenho um conselho que a experiência e a consideração que devo a você me obrigam a transmitir-lhe: aprenda a controlar os impulsos do seu coração. Eles poderão empurrá-la, um dia, para uma catástrofe moral.

Tatiana morde os lábios de vergonha: um arremate moral, como nas fábulas!

Não suportando tamanha humilhação, Tatiana ergue-se e começa a correr loucamente pelo gramado em direção à sua casa. Enquanto corre, voltam a ecoar na sua mente os versos da canção:

> Belas meninas, atirem nele cerejas,
> framboesas e groselhas vermelhas!
> Para que nunca mais interrompa
> nossos jogos e nossas canções!

II
CRIME E CASTIGO

É noite de baile na casa de madame Larina. Suas filhas valsam animadamente ao som da filarmônica local – um grupo de quatro ou cinco rabequistas dos vilarejos – junto com seus respectivos pares: enquanto Olga rodopia com Lenski, Tatiana o faz com Eugene. Tatiana, sem forças para expulsar Eugene do seu coração, resignou-se em ser sua amiga.

Madame Larina, reluzente de vaidade, observa as suas duas meninas trajadas com vestidos que quatro anos antes teriam causado assombro nos salões de Moscou ou São Petersburgo, ao mesmo tempo em que comenta com as amigas a felicidade de ter a filarmônica tocando em seu baile.

– Nunca imaginei tê-la um dia sob o meu teto! Uma honra para esta casa!

Os proprietários abastados da região – homens acostumados basicamente ao som das descargas dos fuzis e dos latidos dos seus cães de caça – também estão bem impressionados, embora pareçam um tanto incomodados com a estridência das rabecas, que os impede de divulgar, num tom perfeitamente audível, os excelentes resultados da última colheita.

O alvo principal das atenções, no entanto, é o par formado por Tatiana e Onegin. Todos são unânimes em censurar tal união, já que para eles Eugene não passa de um "beberrão viciado em cartas", havendo também a suspeita de ser socialista – algo que, para a gente do campo, o torna uma entidade das trevas.

Enquanto valsa, Eugene observa à sua volta os olhares oblíquos e dissimulados, além de escutar o sussurro maledicente que, em pouco tempo, o deixa francamente irritado.

– As moscas zumbidoras do vilarejo pobre! – diz ele, já meio alterado pelo ponche de amoras, preparado com o esmero habitual pela sra. condessa.

"Maldita hora em que aceitei o convite de Lenski para vir a este brejo!", pensa ele. Acostumado a frequentar os melhores salões de Moscou, Onegin está muito pouco à vontade naquele "arrasta-pé de província", e se torna ainda mais desconfortável quando a filarmônica, suspendendo a valsa, ingressa na execução de uma ruidosíssima polca.

Onegin abomina polcas, muito ao contrário de Tatiana, que as adora.

– Vamos, Geniucha! É "O galope da Babushka", a minha polca favorita!

Eugene, sem meios de recusar, vê-se obrigado a trotar pelo salão como um "polaco estulto".

"É sempre assim na província!", pensa ele. "Quando menos se espera, a polca imbecil!"

Tatiana, alheia à ira de Eugene, galopa com ele pelo salão, lançando uma gargalhada estridente – uma atitude surpreendente para uma moça que ele julgava, até então, um modelo de discrição.

"E dizer que cheguei a pensar em me casar com esta roceira espalhafatosa!", pensa ele, num exagero flagrante, já que os modos de Tatiucha são os de qualquer moça bem-educada da província, simples e espontâneos.

Eugene está a ponto de abandonar Tatiana em meio à dança quando a polca finalmente chega ao fim. Sem se despedir, ele toma a decisão de vingar-se do amigo que o arrastou àquele "salão de mujiques".

– Vou tirar Olga para dançar...! – diz ele, arreganhando os dentes.

Após tomar uma taça transbordante do ponche de amoras – seguramente o mais ordinário que já experimentou –, ele dirige-se resolutamente na direção de Lenski e de sua noiva.

– Conceda-me, altíssima donzela, a honra da próxima dança! – convida ele, num trejeito caricato.

Lenski, ao ver o amigo alterado, fica sem coragem para negar – jamais Eugene ousara humilhá-lo publicamente daquele jeito – e autoriza que Olga vá com ele.

Eugene, sem agradecer, enlaça acintosamente a cintura da jovem e a arrasta para o centro do salão.

Instantaneamente, os cochichos reacendem-se, logo alcançando o ponto da fervura: a noite, que já parecia totalmente perdida para o escândalo, parece recomeçar sob um novo e imprevisto brilho!

Lenski, retirado para um canto, fica ainda mais chocado ao ver a reação de Olga, que parece muito à vontade com o seu novo par: "Olga, cuidado! Os cochichos!", dizem seus olhos, numa alarmada advertência, mas nem ela nem Onegin parecem se importar com mais nada a não ser com a risonha perspectiva que, de repente, se abriu para eles naquele baile enfadonho. Eles dançam consecutivamente várias danças – inclusive uma nova polca, que Onegin executa agora com a desenvoltura de um verdadeiro polaco, intercalando no galope furioso saltos grotescos de cabrito.

Lenski decide pôr um fim à sua desonra. Em dez passos irados, corre até Olga e a retira dos braços de Eugene.

– Já chega! – diz ele, alterado.

Depois, voltando-se para Olga, grita-lhe:

– Quer dizer que com ele você dança todas as valsas que me negou?

– Que bobagem é essa, Vladimir? – diz a jovem, ainda tonta dos galopes.

– Ele acariciou a sua mão! Eu vi, e você permitiu!

– Louco! Você me ofende! Não quero vê-lo nunca mais!

Olga sai correndo e Lenski vai atrás, já arrependido. Após alcançá-la, tenta acomodar as coisas.

– Conceda-me a próxima valsa e será como se nada tivesse acontecido.

Mas para Olga algo aconteceu, e ela não está disposta a esquecer.

– Grosseirão! Você me ofendeu diante de todos!

Num impulso revoltado, ela corre de volta até Eugene e engancha seu braço ao dele, dando a entender agora, diante de todos, que ele é o seu novo par. Mesmo com seu modo rude, Onegin lhe parece muito mais viril e interessante que o noivo insosso.

Mas Lenski não está disposto a sofrer uma nova afronta pública, e decide tomar satisfações com aquele a quem já considera um ex-amigo.

– Quer dizer, então, que não satisfeito em infelicitar a pobre Tatiana agora pretende, também, desgraçar a minha pequena Olga?

Onegin, afetando surpresa, encara o amigo com franco atrevimento.

– Que choradeira é essa? Por que a irritação?

– O que pretende, afinal, com sua atitude vulgar? Não estamos numa taberna, mas numa casa de respeito, e o devemos à sra. condessa e às suas filhas!

– Eu, *vulgar*...? – grita Onegin, ofendidíssimo. – Você que é provou ser vulgar ao me trazer a este baile de matutos da província!

A essa altura as danças já foram suspensas e todos os convidados se aglomeram gulosamente ao redor dos dois rivais. Senhoras reumáticas que haviam passado a noite inteira presas às suas cadeiras arremessam-se agora com a agilidade de corças na direção dos gritos.

– Nossa amizade acaba aqui, entendeu? – grita Lenski.

Desta vez é Onegin quem fica assustado.

– Espere aí! Eu não pretendi, em momento algum, agir com desrespeito!

– Vi-o acariciar a mão de Olga!

– Não, é mentira!

– Acariciou, sim, e cochichou-lhe indecências ao ouvido!

– Outra mentira!

– Você me expôs ao ridículo, Eugene, e exijo uma reparação!

– Reparação?! Do que está falando?

Madame Larina, a dona de casa, assiste a tudo no último grau do terror.

– Pelo amor de Deus, rapazes! Contenham-se!

Suas vizinhas, porém, observam a cena com um gozo mal disfarçado. Aquela história da filarmônica vir tocar com exclusividade para a condessa ainda estava entalada em suas gargantas.

Onegin, atarantado, tenta consertar o seu erro com desculpas esfarrapadas, mas Lenski já tomou a sua decisão – a única capaz de resgatar a sua honra espezinhada. Após retirar a luva branca, aplica ao ex-amigo a bofetada irrevogável do desafio.

O estalo repercute no silêncio, obrigando Eugene a oferecer a sua resposta.

– Estou às ordens! Marquem-se a hora e o dia!

Sua voz repercute no salão como numa caverna marinha desabitada.

– Amanhã mesmo, canalha! – grita Lenski, escarlate.

– Canalha é você! – responde Eugene, e ambos só não se atracam a socos, feito cocheiros, porque são separados e retirados à força do salão.

Olga e Tatiana, abraçadas à mãe, assistem a tudo como a um incêndio devastador.

Durante o restante da noite, amigos tentam evitar o duelo, mas tudo resulta em vão: na manhã seguinte, bem cedo, os dois duelistas estão frente a frente para o desafio reparador.

***

Eugene e Lenski estão postados nas margens do moinho, local que os fundadores do povoado elegeram para celebrar seus duelos, uma das tradições russas mais amadas pela aristocracia.

Um certo Zaretski, especialista em questões de honra, preside a cerimônia, atento a todos os detalhes do ritual que considera uma verdadeira arte. Primeiramente pergunta se o ofensor está disposto a retirar a ofensa, "um ato jamais visto entre verdadeiros aristocratas". Lenski, empertigando-se, declara que não o fará. Depois, convida os padrinhos a examinarem as armas, revelando um conhecimento surpreendente para um homem que jamais pisou numa praça de guerra. Os padrinhos ficam satisfeitos, e o Zaretski declara as pistolas em perfeito estado de funcionamento.

– Agora, cavalheiros, queiram colocar-se de costas um para o outro – diz ele. – Quando eu der a ordem, caminhem dez passos e virem-se para atirar. Não haverá ordem para efetuar os disparos.

Lenski, com as costas coladas às do rival, começa, então, a refletir sobre o exagero daquilo. Por que, deixando a raiva de lado, os dois não se viram e vão à casa da condessa para colocar tudo em pratos limpos? Lá esclarecerão o tolo desentendimento como seres razoáveis que são, pedindo, antes de tudo, desculpas à condessa por terem agido em sua casa feito cossacos. Isso lhe parece perfeitamente praticável, a ponto de ser capaz de visualizar, numa névoa emocional, a cena da reconciliação, coroada por estalos de beijos e um alarido feminino de risos.

Zaretski, porém, percebendo estar diante de novatos – jovens ainda incapazes de compreender, em toda a extensão, a grandeza do ritual que protagonizam –, decide salvá-los da desonra de um desfecho sem sangue, reles e plebeu, dando ordem imediata para que comecem a marcha.

– Caminhem...! – grita ele, peremptório.

Os dois começam a trilhar os dez passos que os deixarão a uma distância suficiente para que possam demonstrar, ao mesmo tempo, a coragem e a destreza no manejo das armas. Ao chegarem ao décimo passo, eles viram-se velozes, com as armas apontadas.

Onegin é mais rápido, e alveja o coração do amigo com um tiro certeiro.

Lenski, cuja arma não chegou a ser disparada, sente o impacto do projétil e vê a figura do ex-amigo dissociar-se em duas. Seus joelhos dobram-se enquanto ele continua a ver dois Eugenes vaporosos cruzarem-se entre si, sem nunca reintegrarem-se.

Lenski lança uma golfada de sangue e cai morto, em seguida, de rosto no chão.

***

O tempo passou e a tragédia, aos poucos, foi sendo esquecida.

Onegin, protegido pelos pais ricos e bem relacionados, foi enviado ao exterior para um exílio voluntário. Normalmente, essas questões de honra, quando praticadas nas altas esferas, acabam sendo desprezadas pela polícia do czar, ocupadíssima que está em perseguir os agitadores políticos.

Tatiana e Olga, superado o trauma, seguiram suas vidas. Ambas fizeram excelentes casamentos, e agora desfrutam de uma vida confortável em magníficas residências de São Petersburgo. Quando as reencontramos, estão reunidas na casa de Tatiana, pois ali se realiza mais um dos bailes retumbantes oferecidos à alta sociedade russa pelo seu marido, o velho e riquíssimo príncipe Gremin.

Eugene Onegin, já retornado do exílio, conseguiu obter um convite para tomar parte no milésimo baile da sua vida, já que não sabe fazer outra coisa. Seus pais já faleceram, e ele dilapidou praticamente toda a herança no exterior, obrigando-se agora a reaproximar-se de algum parente bem situado. O príncipe Gremin é seu parente, apesar de um tanto distante.

Carregando nas costas quase trinta anos de absoluta nulidade, ele não possui qualquer realização humana ou profissional da qual se vangloriar, a não ser a de pertencer à sua própria estirpe – "Sou um Onegin! Isso não basta?", diz ele a justificar-se. Seu rosto murcho espelha uma alma vazia e sem propósito, e seu corpo todo, tal como agora está, encostado a uma pilastra do salão, sugere o de um navio irremediavelmente encalhado.

De repente, Tatiana entra no salão de braço com o esposo. Todos param para admirá-la, tecendo comentários sobre a sua beleza e também sobre o contraste que faz com o seu envelhecido príncipe.

Onegin, surpreendido pelo nome que um lacaio pronuncia audivelmente, parece despertar de um sono abrutalhado. Olhando para o lado, ele vê uma senhora carregada de joias.

– Com licença – diz ele. – Tatiana é o nome daquela senhora?

A velha confirma com a cabeça, tilintando os brincos como os pingentes de um lustre.

Apesar da pintura e das joias, Onegin reconhece, ao longe, nos olhos penetrantes e observadores os mesmos olhos que, num dia distante, conheceu como ingênuos e sonhadores.

– Como está linda...! – diz ele a si mesmo, começando a aproximar-se.

Após esperar que a maré dos favoritos se dissolva um pouco, ele se aproxima do príncipe reumático, apresentando-se como um seu parente distante, retornado de longa viagem ao exterior.

Viajantes ao exterior são tidas em alta conta na aristocracia russa, e por isso o príncipe recebe o parente quase anônimo, com um sorriso condescendente.

– A admiração que nutro pelo senhor, mais que o próprio sangue, obrigou-me a vir prestar-lhe nesta noite a minha mais sincera homenagem – diz Onegin, reproduzindo com perfeição uma das cinco fórmulas que traz sempre decoradas, enquanto Tatiana, um pouco afastada, o reconhece.

Afagado na sua vaidade, o velho príncipe abre um sorriso total, expondo a dentadura nova, cuja brancura excessiva denuncia a sua artificialidade.

– Tatiana, venha conhecer um parente! – diz ele, chamando a esposa.

Tatiana, experiente já nas técnicas do teatro social, consegue manter-se serena.

– Como vai, sr. Onegin? – diz ela, falando num tom alto e seguro: – Já nos vimos, certa feita, na província, não é mesmo?

Eugene confirma desajeitadamente:

– Sim, tive a honra de ser convidado, certa vez, a tomar parte num baile oferecido pela senhora sua mãe. Se não me engano, chegamos mesmo a dançar juntos uma valsa.

– Uma polca, sr. Onegin. O senhor adorava polcas.

Eugene tenta desmentir categoricamente – sempre detestou polcas! – mas a falsa informação já produziu efeito no velho aristocrata, veterano de uma dúzia de guerras travadas contra a Polônia. Imediatamente o joelho direito do príncipe começa a latejar – o joelho do qual ele manca desde o dia em que uma bala disparada por um soldado raso polonês esmigalhou-o – e seu humor muda radicalmente.

– Quer dizer, então, que o senhor é admirador dos polacos! – rosna ele, ultrajado.

Tatiana, pretextando algo, pede licença a Onegin, deixando-o a sós com o seu novo inimigo.

Enquanto ouve as reprimendas amargas do seu velho parente, Eugene tem os olhos postos na figura de Tatiana – uma Tatiana inteiramente nova, deslumbrante e seguríssima de si...!

No mesmo instante ele se convence de estar perdidamente apaixonado por aquela mesma jovem que, em outros tempos, tão friamente desprezara.

Desde então, ele concebe o projeto de vê-la novamente rendida aos seus encantos.

***

No dia seguinte Tatiana recebe uma carta de Onegin, quase idêntica àquela que ela, num momento de desatino romântico, lhe remetera. Seu coração, retornando aos dias emocionantes da inexperiência, julga renascer para o verdadeiro amor. Os últimos anos de abastança e conforto têm sido tão agradáveis, mas ao mesmo tempo tão enfadonhos! Sozinha no salão, ela relê pela milésima vez aquela carta, tentando identificar em cada palavra a sinceridade ou a insinceridade do coração do seu autor.

– Eugene me amará de fato? – pergunta-se ela, apertando a carta ao peito.

Então, como num sonho, ela vê de repente a porta do vestíbulo abrir-se e Onegin em pessoa entrar no salão vazio.

– Eugene... você...! – diz ela, aturdida.

Desvencilhando-se da soberba, ele corre a ajoelhar-se aos pés de Tatiana, enquanto ela vê-se posta no terrível dilema de perdoar ou de vingar-se do homem que a humilhara duas vezes.

Perdoar, sim, ela o quer! Mas um coração presunçoso será capaz mesmo de valorizar – ou sequer de entender – a sublimidade do perdão? Fazer isso não seria abrir as portas, novamente, ao desprezo?

Então, fazendo uso agora da mesma frieza que ele anteriormente demonstrara, Tatiana lhe repete as palavras finais da resposta que ele lhe dera naquela antiga manhã ensolarada.

– Sr. Onegin, peço-lhe que aprenda a controlar os impulsos do seu coração, pois eles poderão empurrá-lo, um dia, para uma catástrofe moral.

Eugene, abraçado desesperadamente às pernas de Tatiana, reconhece as palavras imbecis que proferira naquela fatídica manhã.

– Perdoe-me, Tatiucha, eu fui um estúpido, um perfeito idiota! – geme ele. – O coração inexperiente pertencia a mim, a mim, que jamais aprendi a amar!

Tatiana ouve as palavras, porém sem manifestar a menor sombra de emoção.

– Eugene, não o acuso de nada. Agi estupidamente. Naquela época o senhor não gostava de mim, e por isso recusou, creio até que com cordialidade, o meu amor. O que não posso entender é que agora, passado tanto tempo, tenha mudado de ideia. Não será pelo fato de eu ter abandonado a condição de uma moça tola da província e estar instalada agora numa situação social invejável?

Eugene descola-se dos joelhos e quase grita, escandalizado:

– Tatiana! Como pode pensar isso de mim?

Eugene Onegin

– Bem sei que sua situação é quase desesperadora – diz ela, com um discreto gozo. – É sabido em toda a corte que lhe faltam meios até mesmo para garantir a sua subsistência.
– E por isso decidi vir até aqui para mendigar o seu dinheiro. É isso o que quer dizer? – grita ele, pondo-se em pé, rígido como uma estaca.
Tatiana, assustada com aquela reação – e principalmente com os gritos que podem chegar até a cozinha, onde sua velha mãe ferve mais uma de suas aromáticas compotas –, decide retroceder.
– Não, meu caro, com toda a sinceridade eu lhe digo que não creio nisso – diz ela. – Mas, com a mesma sinceridade, lhe digo também que não posso lhe oferecer qualquer esperança de um reatamento. Meu destino é estar ao lado do homem a quem jurei fidelidade diante da Santa Igreja Ortodoxa, e a quem devo respeito e gratidão por ter-me proporcionado uma vida amena e isenta de privações.
– Você não é feliz com este homem... com esse velho asqueroso! – grita ele, transtornado. – A sua vida conjugal é uma farsa, compreende? Uma farsa obscena...!
Tatiana, adiantando-se, espalma uma bofetada na face do homem que ainda deseja.
– Sr. Onegin, foi o senhor mesmo quem me ensinou a obedecer os conselhos da experiência! E ela me diz, neste instante, que é meu dever antepor às solicitações baixas de uma paixão pecaminosa o compromisso de fidelidade assumido perante Deus e a sociedade! Vou privar-me agora da sua presença, recolhendo-me aos meus aposentos, e peço ao senhor que faça o mesmo, retirando-se desta casa. Se ainda lhe restar um mínimo de respeito, por favor, não me procure nunca mais!
Tatiana vai, num passo firme e resoluto, trancar-se em seus aposentos, deixando Onegin sozinho no vasto salão que – assim julga ele em seu desespero – sua amada jamais permitirá que volte a frequentar. Ele fica alguns instantes cabisbaixo, e então, de repente, se põe a correr em direção à saída, feito uma criança – a criança imatura que, a exemplo de Tatiana, continuará a ser até a morte.

Tristão e Isolda
de Richard Wagner

A lenda medieval de *Tristão e Isolda*, de origem celta, peregrinou muito tempo por toda a Europa até alcançar a Alemanha. Sendo uma das lendas mais populares de todos os tempos, recebeu inúmeras versões, das quais a ópera de Richard Wagner é, até hoje, uma das mais famosas.

Wagner, entretanto, tal como apreciava fazer nas suas adaptações operísticas, modificou bastante a lenda original, podando-a à vontade, a ponto de deixar em cena apenas o que considerava essencial à densidade dramática. A ópera começa com a história já no meio, quando Tristão, a pedido do seu tio, conduz a jovem Isolda até a Cornualha, numa viagem por mar.

Privada da maior parte das peripécias do enredo original, a ação ficou visivelmente prejudicada, resumida aos longos discursos nos quais os amantes reafirmam insistentemente a sua obsessão de alcançarem um "amor noturno" que transcenda a própria vida. Apesar disso, Wagner conseguiu tornar sua ópera tão extensa quanto a maioria das que realizou, preenchendo o enredo sucinto com árias longuíssimas e os seus característicos "voos orquestrais", de grandeza apoteótica.

Wagner, talvez fiel ao verdadeiro espírito da ópera, privilegiou a música em detrimento do enredo.

I
A VIAGEM

Isolda era uma bela princesa irlandesa, noiva de um coletor de impostos chamado Morold.

Um dia Morold foi às terras do rei Marken da Cornualha e envolveu-se numa briga com Tristão, sobrinho do rei. Após um combate feroz, Tristão matou o coletor e teve suas feridas curadas por Isolda.

Com o passar do tempo, Isolda terminou perdoando Tristão, e, justamente quando os dois chegaram ao ponto de se apaixonarem, o rei Marken decidiu tomar a jovem por esposa, encarregando Tristão de trazê-la para a Cornualha. Sem meios de declarar a Isolda o seu amor – o que equivaleria a trair a confiança do seu tio –, Tristão curvou-se ao destino de tê-la apenas como madrasta.

* * *

Estamos agora em alto-mar, no navio que conduz Isolda à Cornualha, onde deverá se casar com o rei Marken. A pobre princesa está imersa na mais profunda melancolia, pois além de ser obrigada a se casar com um homem que não ama, tem de sofrer, ainda, a indiferença daquele a quem ama.

Marken, apesar de ser um poderoso rei, é velho, e Isolda não deseja se casar com um velho.

– Se ao menos fosse jovem e esbelto! – diz ela a si mesma, comparando o tio com o sobrinho.

Isolda está reclinada num divã, sob uma tenda colorida erguida na coberta do navio, num cenário que remete vagamente ao de *As mil e uma noites*. Todo esse luxo oriental, no entanto, não basta para consolar o espírito da infeliz princesa.

"Pobrezinha! A quem falta o amor, falta tudo...!", pensa Brangane, a sua velha criada, a espiá-la de longe.

De repente, tanto a criada quanto Isolda interrompem os seus pensamentos. Uma voz claramente audível, começa a cantar no alto do mastro:

> Os olhos miram, saudosos, o oeste,
> Enquanto o barco voga para o leste;
> Serão os teus suspiros, jovem bela,
> Que enfunam minhas velas?

Isolda, escutando os versos, ergue a cabeça, ofendida:

– Miserável! Quem ousa debochar do meu sofrimento?

Sem obter resposta, ela chama por sua criada:

– Brangane! Quanto falta para chegarmos?

– Antes de anoitecer chegaremos à costa da Cornualha – diz a criada.

Isolda sente um arrepio de desgosto.

– Cornualha, lugar detestável! Para lá não quero ir!

A infeliz princesa enterra o rosto no travesseiro e começa a se lamentar:

– Oh, Brangane, quem me dera possuir o dom das antigas feiticeiras de desencadear tormentas em alto-mar! Que foi feito de nosso antigo poder? Ai de nós, que hoje só sabemos fazer bálsamos e chás! –Vamos, ventos malditos! Façam em pedaços este navio e tomem seus mortos como minha oferenda!

Brangane, temendo vir a fazer parte, ela própria, da oferenda, tenta acalmá-la:

– Pobre menina! Que dor é essa que tanto a infelicita?

Isolda, porém, sentindo-se abafada, ordena à criada que abra uma parte do toldo.

– Ar, ar...! Eu preciso de ar...!

Ao abrir-se a parte lateral do toldo, ela enxerga Tristão, que está no convés junto com seu escudeiro Kurwenal. Com o rosto transtornado, ela observa o causador de todo o seu sofrimento.

– Covarde...! – diz ela, inconformada. – Diga, Brangane, o que pensa daquele covarde que não sabe fazer outra coisa senão desviar os olhos de mim?

– Tristão, covarde? Mas todos não o chamam de valente?

– Valente...! Como pode ser valente um homem que consente em entregar a mulher amada a outro homem? Vá até ele, Brangane, e diga-lhe que a princesa da Irlanda quer falar-lhe!

– Não será melhor deixá-lo onde está?

– Não, quero-o aqui! Diga que venha prestar vassalagem à sua futura rainha!

Isolda ajeita-se em seu divã, reclinada como uma sultanesa, à espera do homem que a despreza.

Brangane comunica Tristão a ordem da princesa, mas ele tenta esquivar-se.

— Diga à sua senhora que não posso me ausentar do timão.
— Será perda de tempo, meu senhor. Ela não desistirá até tê-lo diante de si.
O escudeiro de Tristão resolve se intrometer.
— Se me permite, meu senhor, tenho uma excelente resposta a sugerir-lhe.
Tristão lança a Kurwenal um olhar de advertência:
— Veja lá o que vai dizer...!
— Asseguro-vos, meu senhor, que minha resposta estará à altura de uma princesa irlandesa! — Depois, voltando-se para a criada, lhe diz: — Diga à princesa que o sobrinho do homem que cede a coroa da Cornualha a uma princesa irlandesa não pode, jamais, ser seu vassalo, e sim o seu senhor!
Indignada, Brangane dá as costas aos dois e vai levar à sua senhora o recado desaforado, enquanto Kurwenal, pendurando-se numa das cordas da mastreação, começa a cantarolar:

> Um coletor, ao cobrar o seu tributo
> Sem querer, sua noiva encheu de luto,
> Sua cabeça jaz agora na Irlanda,
> Por conta dessa infeliz demanda!
> Um viva a Tristão, herói inglês,
> Que boa lição aplicou ao irlandês!

— Maldito! Desapareça daqui! — grita Tristão, expulsando Kurwenal a pontapés, enquanto Brangane, de volta ao aposento de Isolda, fecha o toldo completamente.
— O que houve? — grita Isolda.
— Ai, minha senhora, nem me pergunte!
— Diga de uma vez!
Brangane conta tudo, enquanto Isolda quase desmaia de desgosto.
— Ingrato! Quando chegou à Irlanda, quase morto dos golpes que o meu noivo lhe aplicou, foi das minhas mãos que obteve a cura!
Isolda relembra o dia em que descobriu a verdadeira identidade de Tristão, ao reconhecer na sua espada uma falha na qual se encaixava o pedaço de aço que retirara da cabeça do coletor.

– Com a sua própria espada estive a ponto de matá-lo! – conta ela a Brangane. – Mas, ao ver seus olhos, faltou-me coragem para puni-lo!

Isolda, desalentada, desaba outra vez sobre o divã.

– Que diferença daquele jovem terno e agradecido que vi partir de regresso à sua pátria! Não pode ser o mesmo que retornou para pedir a minha mão para o seu odioso tio!

Brangane tenta retirar o ódio do coração da princesa.

– Tristão veio apenas realizar uma embaixada a mando do seu tio.

– Não quero me casar com o velhote!

– Não diga isso, princesa! Ele não é tão velho assim! Ele é um poderoso soberano, e qualquer mulher estaria radiante por vir a tornar-se sua esposa!

– Nada disso importa, se hei de ter o desprezo eterno de Tristão!

– Ele não a despreza! Está apenas impedido de amá-la!

– Se me amasse, de fato, casaria-se comigo!

– Como poderia fazê-lo, minha senhora, sem trair a confiança do tio?

Isolda, porém, surda a qualquer argumento, só pensa em voltar a ser amada por Tristão. Após lançar à ama um olhar penetrante, ela a intima a ajudá-la:

– Se você tem algum meio de fazê-lo voltar a gostar de mim, diga o que devo fazer! Ou então desapareça para sempre da minha frente, lançando-se desta amurada ao mar!

Sem a menor vontade de afundar no oceano, Brangane decide tomar de vez o partido da sua senhora.

– Se a senhora deseja que Tristão continue a amá-la como antes...

– Não, Brangane, não me basta que ele me ame como antes – diz Isolda, determinada. – Quero que me ame muito mais do que amou, pois só assim não voltará jamais a me desprezar!

Brangane, aproximando-se mais de Isolda, resolve então revelar-lhe um segredo.

– Se é isso mesmo o que deseja, eu trouxe comigo uma certa poção que me foi dada por sua mãe antes que embarcássemos...

– Minha mãe...? – pergunta Isolda, arregalando os olhos de ansiedade, pois sabe que sua mãe conhece os segredos antigos da feitiçaria. – Ela lhe entregou uma poção do amor?

— Sim, minha senhora — diz Brangane, dando um suspiro. — Trouxe-a entre as minhas coisas.

Isolda torna-se quase histérica.

— Então, ande, vá buscá-la! O que está esperando?

Brangane traz um pequeno baú, dentro do qual estão dispostos vários vidrinhos.

— Aqui está! — diz Isolda, tomando um frasco negro.

— Largue isso, minha senhora! É a poção da morte!

— Pois seja! Beber dela não seria me libertar, para sempre, do meu sofrimento?

— Os mortos não podem amar — relembra Brangane.

Neste instante soa a voz de Tristão, ordenando aos marujos que baixem as velas.

Isolda fica aflitíssima, tomando as mãos da serva.

— Ouviu isso? Recolhem as velas! Sinal de que estamos chegando em terra!

Não demora muito e o escudeiro Kurwenal vem avisar do desembarque.

— Diga ao sr. Tristão que antes venha se desculpar — diz Isolda.

— Oh, meu Deus! Mais caprichos!

— Silêncio, atrevido! Não desembarcarei sem que Tristão venha até mim!

Kurwenal desaparece, enquanto Isolda ordena à criada que encha uma taça de licor, despejando-lhe no interior a poção do amor.

Assim que a taça está cheia, Tristão chega à tenda de Isolda.

— A princesa deseja falar comigo? — pergunta ele, na entrada. — Chegou a hora de conduzi-la ao desembarque.

— Não desembarcarei antes de acertarmos nossas contas.

— Que contas, alteza?

— O senhor tem uma dívida de sangue, contraída com a morte do meu noivo.

— Um juramento de paz já foi selado entre as duas coroas, alteza.

— Há um outro juramento que ainda não foi cumprido.

— Ignoro qual seja.

— Mas eu o conheço: é o juramento que fiz a mim mesma de vingar a morte de Morold. Uma vez já estive a ponto de vingá-lo, mas as forças me faltaram.

– Não a compreendo.

– Enquanto você dormia, jovem arrogante, tive-o à minha inteira mercê. Faltaram-me, no entanto, as forças para levar a cabo a vingança que o sangue do meu noivo reclamava.

Ao ver Isolda preocupada com o ex-noivo, Tristão sente uma onda de ciúme invadir seu peito:

– Ainda há tempo, senhora, de levar a cabo a sua vingança! – diz ele, oferecendo sua espada.

– Deixe disso – diz ela, virando o rosto. – Bem sabe que não poderia retribuir dessa maneira a acolhida do seu tio e senhor.

– A minha morte não a impedirá de tornar-se sua rainha e esposa. Declaro publicamente que a senhora está desobrigada, perante todos, de responder pelo seu ato.

Isolda, compreendendo que Tristão é sincero de verdade, decide mudar o tom.

– Então, já que é assim, melhor será que nos reconciliemos.

Um discreto espasmo dos seus lábios substitui, com vantagem, o mais belo dos sorrisos.

– Brangane, traga a taça da reconciliação! – diz ela à ama.

A criada aproxima-se com a taça transbordante, da qual Tristão e Isolda bebem cada qual a metade – e a partir desse instante seus atos passam a ser regidos apenas pela paixão.

II
NA CORTE DO REI MARKEN

Isolda já está instalada nos seus aposentos, no castelo do rei da Cornualha. É noite e, ao escutar o ruído dos cães de caça, ela sai para o jardim, junto com sua criada.

– Ouça, Brangane! São as cornetas! O rei partiu para a caçada!

Brangane, angustiada, morde as pontas do avental.

– Ai, ai! Que mau para um castelo quando o seu dono se afasta!

Dali a instantes Tristão chegará, bastando que Isolda apague o archote que ilumina o jardim.

– Oh, Brangane! Se você soubesse que delícia para mim é escutar essas cornetas!

– Cuidado, minha senhora! Há espias atrás de cada árvore e de cada moita!

– Tolice...!
– É verdade, todos a vigiam, e mais do que ninguém o cavaleiro Melot!
– Bobagens, Brangane! É imaginação sua!
– Oh, não, Melot tem olhos de lince! Ele adivinhou tudo logo na primeira olhada que lançou à senhora e ao sr. Tristão!
– Melot é o amigo predileto de Tristão. Mesmo que desconfie, não se atreveria a sugerir que a rainha trai o rei com o filho dele. Isto exigira provas que ele jamais poderia oferecer.
– Esse homem é astucioso, sra. Isolda! Ele forjou essa caçada para lançar a rede sobre vós!
– Pois eu digo que é o oposto: ele é tão amigo de Tristão que armou essa caçada para facilitar as coisas para nós. Por favor, Brangane, não feche a porta que Melot nos abriu! Ande. Em vez de tagarelar, vá apagar o archote para que Tristão possa se aproximar!
– Oh, maldita poção do amor! Acende a paixão e cega o entendimento!
– Apague de uma vez o archote!
– Por favor, sra. Isolda, deixe-o aceso!
Isolda, exasperada, corre até o archote e, depois de arrancá-lo da parede, arremessa-o na cisterna.
– Pronto, não há mais luz alguma!
Dali a pouco Tristão surge, quase invisível, por entre a treva noturna.
– Tristão, é você...?
– Sim, Isolda...!
Os dois se abraçam como duas sombras apaixonadas.
– Pensei que este archote maldito não fosse nunca se apagar! – diz ele.
– Eu própria o apaguei! – responde Isolda, orgulhosa.
Os dois abençoam a noite que os une, ao mesmo tempo em que amaldiçoam o dia que os separa.
– Como te odeio, ó dia! – diz ele. – Tua luz, como um farol da inveja, impede que Isolda seja minha!
– Sim, somente à noite, sobre o seu manto protetor, é que podemos pertencer-nos!

– Doravante seremos sempre "Tristão e Isolda"! Quero nossos nomes pronunciados sempre juntos!

– Juntos, sim, na vida e na morte – diz Isolda.

– Na morte...? Sim, na morte também! Unidos para sempre, desfrutaríamos de um amor eterno, não havendo mais a luz do dia para nos denunciar...

– E nem para nos separar!

Tristão e Isolda, em sua eloquência mórbida, não percebem que a alvorada já se anuncia. Antes, porém, que percebam qualquer coisa, Kurwenal, o escudeiro de Tristão, dá um grito de alerta:

– Atenção, meu senhor!

Mas o aviso vem tarde, e antes que Tristão possa escapar, o rei Marken e o melhor amigo de Tristão desembocam da floresta. Junto deles estão os guardas e os fingidos companheiros de caça.

Tristão vê os inimigos da sua felicidade surgirem juntamente com os raios do sol.

– A luz maldita, pela última vez...!

Melot, pondo-se ao lado do rei, mostra claramente de que lado está.

– Aí está, alteza, o traidor da sua confiança!

O rei Marken, porém, enojado de tudo, censura primeiro o salvador da sua honra.

– Não fale em confiança! Você também traiu a confiança do seu melhor amigo!

Depois, voltando-se para o sobrinho, diz-lhe também palavras duras:

– É com a desonra, então, que me paga o lugar de destaque que lhe dei na corte?

Tristão ouve de cabeça baixa as justas censuras do tio, preocupado apenas em saber se Isolda lhe fará companhia na noite eterna que está prestes a descer sobre si.

Então, sem que seja preciso indagar-lhe, Isolda ergue-se e lhe diz, diante de todos:

– Ao Reino da Sombra e da Morte o seguirei. Mostre-me o caminho.

Tristão, agradecido, dá um beijo na testa da amada.

– Cão traidor! – exclama Melot, de espada em punho. – Como ousa afrontar o rei?

Tristão saca a espada, mas, no último instante, lança-a longe, permitindo que o adversário o atinja mortalmente.

– Tristão! – grita Isolda, enquanto o jovem cai ao chão, quase sem vida.

III
A NOITE ETERNA

Tristão, mortalmente ferido, é levado às pressas para o seu castelo, numa região afastada. Deitado num divã, à sombra de uma árvore, ele se prepara para ingressar na noite eterna pela qual tanto ansiou. Kurwenal, auxiliado por um pastor de ovelhas, assiste àqueles que parecem ser os últimos instantes de Tristão na Terra.

– Se ao menos a sua curandeira viesse! – diz Kurwenal ao pastor. – Suba até a torre e veja se algum barco se aproxima!

– O mar é o mesmo de sempre: deserto e melancólico!

– Está bem, permaneça aí! Se avistar algum barco, toque uma melodia alegre!

Como não avista barco algum, o pastor começa a executar uma melodia triste. Enquanto isso, Tristão desperta da sua sonolência moribunda.

– Kurwenal... é você? – pergunta o cavaleiro, entreabrindo os olhos. – Onde estamos?

– No seu castelo, meu senhor.

– Esta música triste... de onde vem?

– Do pastor. Não está lembrado? Ele toca mais que pastoreia.

– Não estou, então, na Cornualha?

– Não, senhor.

Kurwenal explica que ambos estão no seu castelo em Kareol, e que Tristão foi transportado até ali por mar, após o ferimento sofrido pelas mãos daquele que julgava ser o seu melhor amigo.

– Não, não era aqui que eu estava – diz o cavaleiro, como quem recorda de um sonho muito vívido. – Estava no meu verdadeiro lar: o grande reino da noite eterna.

– Ai, meu Deus! Vai começar tudo outra vez!

– Apenas o amor que tenho por Isolda me fez retornar a esta luz que tanto odeio!

— Mas o que tem o meu amo, afinal, contra o dia? Por que essa paixão pelas trevas e pela morte? Viver é amar, e os mortos não amam nem fazem coisa alguma!

— Luz amaldiçoada, que ainda refulge em ti, amada Isolda! Estive nos portais da morte, Kurwenal, mas retornei para rever Isolda! Só ela tem o dom de me libertar das amarras que me prendem à vida! Ó, Isolda, apague outra vez o archote que me mantém preso a esta odiosa luz!

— Acalme-se, meu senhor, ainda hoje verá a sua Isolda. Como ela curou-o da outra vez, mandei chamá-la para que o salve novamente da morte.

Tristão alegra-se.

— Ela vem, então? Ó, fidelíssimo Kurwenal, como hei de lhe agradecer?

Tristão imagina ver ao longe um barco aproximar-se, mas a ilusão é desfeita pelo escudeiro, e logo o cavaleiro mergulha num estado de exasperação nervosa que o conduz rapidamente a um desmaio.

— Graças a Deus, ainda não é a morte! – diz Kurwenal, colando o ouvido ao peito do cavaleiro. – O coração ainda chama pela feiticeira! Ai, que tristeza! Eis no que se transforma um homem quando se deixa envenenar pela nefasta poção do amor!

De repente, porém, soa a melodia alegre no alto da torre.

— O pastor! Ele avistou o barco que conduz a feiticeira!

Kurwenal observa o mar aberto e logo enxerga o barco com a bandeira da Irlanda, enquanto Tristão, despertado pela alegre melodia, é tomado novamente por uma excitação febril.

— É Isolda? Minha doce Isolda vem me ver?

De repente, porém, o barco desaparece atrás de um recife.

— Ele sumiu! Kurwenal, você ainda o vê?

— Acalme-se, meu senhor. Logo estará à vista outra vez.

— Como pode saber? Ali naufragam muitos barcos! Diga-me: o piloto é confiável?

— Tão confiável quanto eu.

— Você não é confiável, pois também traiu o rei!

— Veja, o barco reaparece!

— Sim, é ele! Kurwenal, sou-lhe tão grato que seria capaz de lhe legar todos os meus bens!

— Quem sabe Isolda não traz um tabelião? – diz Kurwenal, brincando.

— Já a vejo! – grita Tristão, pondo-se de pé. – Ó, amada, que linda você está!

— Deite-se outra vez, meu amo! Eu a trarei para o senhor em meus próprios braços!

Kurwenal lança-se numa corrida em direção à praia, enquanto Tristão, em novo delírio, reconcilia-se inesperadamente com o dia e com o sol.

— Ó dia radiante, fonte de alegria! Graças a ti livrei-me das garras odiosas da morte!

Tomado por um delírio mórbido, Tristão rasga o curativo que protege a ferida, deixando que o sangue escorra aos borbotões.

— Jorre com força, meu sangue, jorre de alegria!

Cambaleando como um ébrio, ele tenta ir em direção à praia, mas as forças lhe faltam, e quando já está prestes a cair ouve a voz de Isolda:

— Tristão, aqui estou...!

Num arremesso, ela se abraça ao amado antes que ele caia.

— Isolda...! – diz ele, antes de ingressar na noite eterna pela qual tanto ansiou.

Isolda tenta reconduzir Tristão de volta à luz, na esperança de curar sua ferida, mas logo compreende que nada mais pode fazer.

— Tristão, não morra sem mim, pois cruzei os mares para vir morrer com você!

Isolda desmaia, por fim, sobre o corpo do seu amante, enquanto o pastor surge para avisar o escudeiro que um novo barco se aproxima.

— Danação! – grita Kurwenal. – É o barco com o rei Marken e o traidor Melot!

Abandonando o seu posto, ele corre para o portão.

— Depressa! – diz ele ao pastor. – Vamos fechar o portão, pois algo me diz que nós dois pagaremos o preço de toda essa brincadeira!

Dali a alguns instantes, Melot surge e lhes lança um grito feroz:

— Abram o portão, em nome do rei Marken!

Kurwenal, reconhecendo a voz do traidor, enche-se de cólera:

— É o patife, traidor do meu senhor! Vou pegá-lo!

O pastor tenta detê-lo, mas Kurwenal é mais rápido e, num instante, está do lado de fora. Sem dizer mais nada, ele não desperdiça a chance de vingar Tristão, enterrando a espada no peito de Melot.

– Morra, vil traidor! – diz Kurwenal, dando a pior morte possível a Melot, que é a de morrer pelas mãos de um reles escudeiro.

O rei Marken não tarda a chegar e grita com todas as suas forças ao ver a cena do assassinato:

– O que fez, maldito?

– Puni um traidor, alteza! – diz o escudeiro, pronto a avançar sobre o próprio rei. – Se veio em busca de mais mortes, satisfaça-se com a minha, pois Tristão não vive mais!

Junto com o rei está Brangane, a ama de Isolda, que atravessa correndo o portão.

– Onde está a minha senhora? – diz ela, pressentindo o pior. – Após tomar Isolda nos braços, ela tenta chamá-la de volta à vida: – Minha senhora, acorde! Eu expliquei tudo ao seu esposo, e ele já a perdoou! O rei já sabe que a traição foi obra da poção maldita que vocês beberam!

Mas Isolda não tem mais olhos a não ser para o corpo sem vida de Tristão.

– Vejam, ele sorri! Não ouvem esta doce melodia, que brota dos seus lábios? Nesta melodia infinita vou agora ingressar! Ó, felicidade, ó, felicidade suprema!

Isolda dá um longo suspiro, caindo morta sobre o corpo de Tristão.

A valquíria
de Richard Wagner

A valquíria é a segunda parte da tetralogia *O anel dos nibelungos*, obra máxima do compositor alemão Richard Wagner. Esta ópera teve sua estreia em 1870, em Munique, e se constitui na mais apreciada das quatro partes do ciclo do Anel.

Wagner se inspirou nos mitos escandinavos e germânicos para compor esta saga monumental, da qual tomam parte homens, deuses e seres fantásticos: juntas, as quatro óperas somam mais de dezesseis horas de um megaespetáculo que o compositor chamou de "obra de arte total", em razão de todas as artes ali se fazerem representar.

Wagner é um caso raro de artista que pôde realizar sua obra de maneira elaborada e tranquila, à sombra da proteção oficial dispensada por Ludwig II, o soberano excêntrico da Baviera que mandou erguer um teatro exclusivo para as apresentações das óperas do autor. Graças a isso, Wagner teve tempo de sobra – cerca de 26 anos – para elaborar, com todo o cuidado, a sua saga do Anel.

Como *A valquíria* é a continuação de *O ouro do Reno*, apresentamos, sob a forma de um preâmbulo, um pequeno resumo da primeira ópera. Ao final há também um resumo de *Siegfried* e de *O crepúsculo dos deuses*, as duas óperas que encerram o ciclo da tetralogia *O anel dos nibelungos*.

PREÂMBULO:
O OURO DO RENO

Após furtar das ninfas do Reno o ouro que repousa no fundo do rio, o anão Alberich, pertencente à raça dos nibelungos, fabrica um anel que lhe confere um poder absoluto. Para fabricá-lo, no entanto, ele deve renunciar ao amor, o que faz com perfeita naturalidade. Mais tarde, o anel termina caindo nas mãos de Wotan – a versão germânica do deus nórdico Odin –, que, por sua vez, acaba entregando-o a dois gigantes como pagamento por terem construído o Valhalla, a sua morada divina.

Esse anel, contudo, carrega uma maldição feita pelo anão, que é a de trazer a desgraça aos seus possuidores. Graças a isso, os gigantes brigam entre si e um deles morre, enquanto o outro, transformado num dragão, torna-se o guardião do anel.

Passados tais eventos – que pertencem à primeira ópera –, Wotan decide criar um herói capaz de recuperar o anel do dragão (já que ele próprio, por tê-lo dado em pagamento, não pode fazê-lo). Esse herói será o filho do casal de irmãos Siegmund e Sieglinde, protagonistas da ópera que agora começa.

***

I
A CASA DO FREIXO

Wotan, pai dos deuses, gerara com uma mulher mortal um casal de irmãos chamados Siegmund e Sieglinde. Quando ainda eram pequenos, ambos viram-se separados após o ataque violento de uma família rival, conhecida como o Clã dos Cachorros.

A menina, raptada por Hunding, um dos chefes do clã inimigo, acabou se casando com ele, enquanto Siegmund, após chacinar os parentes do raptor, tornou-se foragido.

Muito tempo se passou desde aqueles episódios sangrentos, e agora o jovem fugitivo está vagando numa floresta, em meio a um violento temporal. Tentando escapar da tempestade, ele penetra numa clareira e depara-se com uma estranha casa, cujo telhado é recoberto pela copa de um enorme freixo.

Exausto de peregrinar sob a chuva, Siegmund não hesita em buscar ali um abrigo. Antes mesmo de bater ele percebe, surpreso, que a porta da casa está aberta.

Não há ninguém à vista, e Siegmund penetra cautelosamente, admirado com o freixo instalado no meio da sala, cujo tronco grosso e enorme se estende para além de uma abertura do teto. Sem tempo para concluir se se trata de uma casa construída ao redor de uma árvore, ou de uma árvore plantada no interior de uma casa, seus olhos são atraídos logo em seguida pelo fogo convidativo da lareira.

Cambaleante, Siegmund caminha na direção do fogo, fazendo seus sapatos esguicharem água em pequenos espirros, até sentir as primeiras ondas do calor alcançarem seu corpo. Com um suspiro de alívio e exaustão, ele joga-se, então, no tapete felpudo e mergulha num sono profundo.

Sieglinde surge por uma porta interior. Alertada pelo ruído, ela imagina que seja o seu marido quem retorna da floresta, seja lá o que estivesse a fazer por lá naquela noite tempestuosa. Quando seus olhos pousam no intruso deitado sobre o tapete, ela leva a mão assustada à boca.

– Um intruso! Quem será?

Um ladrão não há de ser, isso está claro. Então, enchendo-se de coragem, ela o chama.

– Forasteiro, acorde!

O forasteiro vira de lado, mas permanece adormecido.

– Está exausto, o pobre! – diz ela, admirando o jovem. Apesar dos cabelos loiros revoltos e encharcados, ela reconhece por debaixo deles alguns traços familiares.

Sieglinde, pondo-se de joelhos, aproxima o rosto do jovem adormecido, até o instante em que ele, num ímpeto imprevisto e aterrador, desperta, urrando:

– Uma fonte...! Uma fonte...!

A mão do medo agarra Sieglinde e a puxa selvagemente para trás.

– Está sedento! – diz ela, compreendendo.

 Sieglinde vai correndo buscar água para o rapaz, e ele a bebe até se engasgar. Sua sede de curiosidade, contudo, permanece insaciada:

– Onde estou? Quem é você? – pergunta ele, assustado.

– Está na casa de meu esposo Hunding, a quem compete conceder-lhe abrigo.

– Seu esposo, decerto, não se negará a abrigar um homem faminto e desarmado – diz Siegmund, com receio de ser enviado de volta aos terrores noturnos da floresta.

– A Hunding, meu senhor, caberá decidir.

Sieglinde conduz o forasteiro até a mesa e lhe serve como alimento o cremoso hidromel, mas Siegmund, desconfiado, pede que ela o prove primeiro.

Sieglinde, surpresa com a desconfiança do forasteiro, faz menção de negar-lhe a bebida, mas logo em seguida, sentindo pena do seu estado miserável, permite que ele sacie a sua sede.

Siegmund bebe quase todo o conteúdo da jarra, e ao terminar sente uma espécie de premonição desagradável que o impele a partir daquela casa.

– Por que foge? – surpreende-se Sieglinde.

– Porque trago comigo a desgraça. Fugindo, impeço que ela se aproxime de você.

Sieglinde vê o jovem afastar-se, e quando ele transpõe a porta ela o detém:

– Espere, retorne! A desgraça já habita o interior desta casa!

Siegmund escuta essa frase com um prazer secreto: sua benfeitora, então, é infeliz no casamento! Imediatamente, ele retorna ao seu lugar.

– Aguardarei, então, o retorno do seu esposo.

***

Siegmund e Sieglinde permanecem em silêncio, enquanto a tempestade ruge fora da casa. Observando melhor a árvore instalada no centro da sala, Siegmund resolve tirar sua dúvida:

– Diga-me, senhora: esta árvore cresceu dentro da casa, ou a casa foi construída ao seu redor?

Sieglinde parece não compreender direito a pergunta.

– O que disse?

Neste momento, porém, escuta-se o ruído de passos do lado de fora.

– É Hunding, meu esposo – diz a jovem, afastando-se do forasteiro.

Siegmund fica impressionado ao ver Hunding atravessar a porta. É um homem alto, robusto e com uma barba enorme. Seus olhos azuis e gelados pousam imediatamente sobre o forasteiro.

– Encontrei-o caído em frente à lareira – apressa-se a esposa em dizer.

Hunding observa o bigode espumoso sobre o lábio do jovem e, logo depois, a jarra vazia.
– Da lareira o trouxe até a mesa, onde saciou-lhe a fome.
– Sim, meu esposo. Tal como ordena a lei sagrada da hospitalidade.

Hunding conhece a lei sagrada da hospitalidade – uma lei que gostaria de ver banida, caso o dever da tradição não fosse ainda maior que o seu ciúme. Após pendurar a lança e o escudo nos galhos do freixo, ele pensa no quanto o forasteiro se parece com a sua mulher. Tirando os cabelos molhados e cheios de folhas do forasteiro, pode-se dizer que são uma cópia exata um do outro.

– Qual é o seu nome? – diz ele, num tom seco.
– Wehwalt – responde o jovem.
– É filho de quem? – pergunta Hunding.
– Meu pai chama-se Wolfe que significa lobo.
– Wolfe? Só isso?
– Sim, nunca ouvi chamarem-no de outra forma.
– São apenas vocês dois?
– Tinha também uma irmã, mas a perdi junto com minha mãe.
– Como foi isso?
– Caçávamos eu e meu pai, pelas florestas, quando certo dia, ao retornarmos, encontramos nossa casa destruída. Minha mãe morrera e minha irmã fora raptada. Desde então passamos a vagar pelas florestas, feito dois lobos errantes, em busca do rastro da sobrevivente.
– Por que foge?
– Durante a busca fizemos muitos inimigos.

Hunding esteve largo tempo observando a face do jovem, em busca de sinais que denunciassem a sua periculosidade.

– Onde está o seu pai? – pergunta Sieglinde.
– Não sei, perdi-o de vista durante uma perseguição que sofremos. Encontrei apenas a pele de lobo que ele usava como manto caída sobre a relva. Desde então vago sozinho pela floresta, perseguido pelos homens e pela fatalidade.
– Imprudente, então, é o homem que lhe concede abrigo – diz Hunding, severamente.

A esposa de Hunding decide intervir a favor do jovem errante:

– Por que diz isso, senhor meu esposo? Ele está desarmado e não oferece perigo algum!

Hunding está prestes a expulsar a esposa da sala quando ela pergunta novamente ao forasteiro:

– Como perdeu suas armas, Filho do Lobo?

– Perdi-a na defesa de uma jovem a quem os irmãos queriam casar com um patife. Matei-os todos, mas, para meu infortúnio, ao final de tudo descobri-a morta sobre os corpos dos seus irmãos.

Sieglinde compartilha a dor do forasteiro, derramando lágrimas de pesar, ao contrário de Hunding, que não demonstra o menor sinal de piedade pela morte da jovem.

– A sua história faz lembrar-me uma estirpe odiosa, a quem decidi exterminar – diz o dono da casa. – Em vão procurei pelo seu último remanescente, e só por isso retornei. O destino, porém, quis que fosse encontrá-lo justo debaixo do meu teto.

Após colocar-se em pé, o homenzarrão apresenta seus votos de boa noite:

– Eu me chamo Hunding, e por esta noite o autorizo a estar sob o meu teto – diz o gélido anfitrião. – Amanhã cedo, porém, esteja preparado para duelar comigo, pois já sei quem você é.

Antes que Siegmund responda algo, Hunding ordena à esposa que se retire com ele, deixando o hóspede indesejado a sós no salão.

Só então o Filho do Lobo compreende que foi apanhado em mais uma armadilha do destino.

***

Siegmund observa os últimos restos de lenha se apagarem na lareira. Na sua cabeça não passa a hipótese de ser morto na manhã seguinte, nem a de ser carregado pelos braços vigorosos das valquírias em direção ao Valhalla, onde estão reunidos os guerreiros mortos.

"Tenho de encontrar uma arma!", pensa ele, pondo-se a vasculhar a sala com os olhos.

De repente, um tição da lareira acende-se e a sua luz vai refletir-se sobre algo que parece encravado no tronco do freixo. Siegmund ergue-se e vai ver que reflexo é aquele.

Ao chegar perto ele descobre, com infinita surpresa, uma espada encravada.

– A espada prometida por meu pai! – diz ele, lembrando-se subitamente das palavras que o velho Lobo havia lhe dito antes de se separarem: "Um dia, quando estiveres só e desarmado na casa do teu pior inimigo, farei chegar-te às mãos uma espada salvadora!".

Após examinar a espada, Siegmund tenta puxá-la do tronco, mas ela não se move.

– Deve ser apenas um ornamento – diz ele, frustrado.

De repente, porém, sua atenção é desviada para o ruído muito sutil de alguém que se aproxima. É Sieglinde quem surge, avançando para o salão com passos de algodão.

– Senhora, não deveria! – cochicha ele, alarmado. – Hunding perceberá a sua ausência!

– Não se preocupe – diz ela, tranquilizando-o. – Dei-lhe um sonífero poderoso.

Siegmund sente, ao mesmo tempo, um alívio e um desejo imenso.

– Aproveite o sono profundo de Hunding e fuja da sua ira! – diz a jovem, certa de que o forasteiro haverá de encontrar a morte nas mãos do seu esposo.

– Jamais o farei! – exclama Siegmund. – Preciso apenas de uma arma para derrotá-lo!

Sieglinde sente um arrebatamento de esperança: se o forasteiro pudesse derrotar Hunding, ela estaria livre das mãos do homem que a tiraniza!

– Que espada é esta? – pergunta Siegmund, mostrando a espada enfiada no freixo.

Sieglinde sorri, penalizada.

– Esqueça, ninguém jamais conseguiu tirá-la daí!

– Mas é mesmo uma espada?

– Não é somente uma espada, mas a melhor de quantas já existiram.

Siegmund fica extasiado ao escutar tais palavras.

– Como foi parar ali?

Sieglinde conta, então, como tudo acontecera.

– Estávamos em meio aos festejos do meu casamento forçado quando um velho vestido com um manto azul e um chapelão desabado entrou no salão. Um de seus olhos estava encoberto pela aba, mas o outro, descoberto, dardejava um brilho penetrante e capaz de ofuscar.

– Quem era ele?

Sieglinde diz que o misterioso estranho não revelara, em momento algum, a sua identidade.

– A única coisa que fez foi sacar uma espada e enterrá-la no tronco – diz ela, fazendo um gesto com a mão –, advertindo a todos de que ela pertenceria àquele que fosse capaz de retirá-la dali. Desde então, muitos homens tentaram, mas nenhum deles foi capaz de vencer o desafio.

Siegmund compreende imediatamente que ele é o homem destinado a retirar a espada, e que aquela jovem é, de fato, a sua irmã desaparecida.

– Fique tranquila, eu retirarei a espada! – diz ele, e os dois se abraçam.

De repente, porém, a porta da entrada range, enchendo Sieglinde de medo.

– Quem está aí?! – pergunta ela, desvencilhando-se dos braços do irmão.

Um raio intenso de luz penetra pelo vão e os ilumina.

– Nada tema, é apenas a luz do luar! – diz Siegmund.

Sieglinde afasta os cabelos do rosto de Siegmund e reconhece, finalmente, a figura do irmão.

– O seu nome não é Wehwalt, não é mesmo? – diz ela, emocionada.

– Não, eu pertenço à estirpe dos Walsung.

Sieglinde quase desmaia de emoção.

– Um Walsung, tal como eu...! Será você o irmão que eu julgava perdido para sempre?

– Sim, sou Siegmund, e agora vou retirar a espada que meu pai me destinou.

O jovem toma nas mãos o cabo da espada enterrada no freixo.

– Nothung se chamará a espada que tornará a nos unir! – diz ele, confiante.

Com um único puxão, ele retira a espada do tronco, produzindo um ruído rascante.

– Este é o nosso presente de núpcias! – diz Siegmund, abraçando-se à irmã.

Aos poucos a luz do luar esmaece, tornando-os uma única sombra.

II
BRUNILDE

Estamos agora no topo de uma montanha. Varridas pelos ventos, as nuvens arremessam-se pelo céu numa corrida veloz, enquanto, bem mais abaixo, um homem vestido em trajes guerreiros permanece firme e inflexível, como se fizesse parte da própria montanha. Sua barba grisalha, açoitada pelo vento, espalha-se pelo rosto de traços severos, deixando à vista apenas dois olhos de um fulgor metálico.

De repente, sua cabeça volta-se na direção de outra figura igualmente armada.

– Vamos, já é hora de partir! – ordena o velho.

Brunilde – uma das valquírias geradas pelo deus supremo Wotan e pela deusa Erda com o propósito de se tornarem guardiãs do Valhalla – toma as rédeas do seu cavalo alado.

– Estou pronta, meu pai! – diz a jovem, uma linda moça de cabelos escarlates como o fogo.

– Um combate está prestes a ser travado na Terra. Um dos duelantes se chama Siegmund e o outro Hunding. Vá e dê a vitória ao primeiro, mas não traga o derrotado ao Valhalla, pois não o desejo aqui.

Brunilde está prestes a partir quando avista, no horizonte, a charrete da esposa de Wotan.

– Parece que teremos um combate feroz também por aqui! – diz Brunilde, divertida.

Em dois tempos Fricka chega em sua charrete puxada por uma parelha de carneiros. Antes, porém, que as duas rivais possam encontrar-se – Fricka, compreensivelmente, odeia Brunilde e suas irmãs –, a valquíria solta as rédeas do cavalo alado e alça voo com uma exclamação selvagem.

Wotan olha na direção da esposa, decidido a não demonstrar qualquer receio.

– Finalmente, encontrei-o! – diz Fricka, após descer da charrete.
– O que deseja, minha esposa?
– Que faça valer a sua justiça de deus supremo!

Wotan não diz nada, obrigando a esposa a explicar que, naquela mesma noite, fora invocada na sua condição de protetora sagrada do matrimônio para reparar um ultraje.

– Mais um...? – pergunta Wotan, quase inaudivelmente.
– O que disse?
– Eu disse para continuar – responde Wotan.
– Um nobre guerreiro teve sua honra aviltada por um reles errante das florestas. É meu dever favorecê-lo num duelo que deverá travar, ainda hoje, contra o ofensor.

Wotan, simulando espanto, arqueia as sobrancelhas.
– Por que punir aqueles a quem o amor reuniu?

Fricka, enojada, contesta prontamente:
– Não tente me reduzir ao nível de uma deusa da luxúria qualquer, Wotan. Você bem sabe que minha tutela se destina apenas ao amor matrimonial, e não aos amores profanos.
– Profano é o amor daqueles a quem o amor não reuniu – diz ele, voltando-se para a parelha que puxa a charrete da deusa. – Carneiros, minha cara, e não seres humanos, se reúnem sob o jugo.
– Está querendo defender a infidelidade? – grita Fricka, encolerizando-se. – E o que acha de uma união entre irmãos?
– Foi o amor quem os reuniu. Regozije-se com isso e abandone seu rancor.
– Então foi para isso que criou aquele casal incestuoso? Para que maculem as sagradas leis do matrimônio?
– Fricka, você não é capaz de entender o propósito profundo desta união.
– Que propósito profundo pode haver numa união criminosa?
– Um herói liberto dos compromissos divinos surgirá dessa união. Somente ele, ser humano e não divino, terá o poder de realizar aquilo que nem mesmo eu poderia.
– Ora, que absurdo! Como pode um homem fazer algo melhor do que um deus?
– Através de sua coragem.
– Coragem! Sua coragem lhe foi dada pelo deus que o criou!

A valquíria

O homem é um marionete divino, pois é dos deuses que tira a força e a vida; sem eles, não poderia vencer um mosquito!

Wotan, sentindo perder o debate, volta ao tema particular:

– Meu filho tem vivido só e desamparado como o filhote de um lobo.

– Pois que permaneça assim! – diz Fricka, conclusiva. – Retire dele a espada que lhe entregou. Sou a sua esposa, Wotan, e as leis divinas exigem que você resguarde a minha honra!

As leis divinas...! Wotan sabe que mesmo o deus supremo nasceu sob o jugo delas, e que elas conduzirão a todos, num futuro próximo, ao extermínio.

– Muito bem, Fricka, o que sugere que eu faça? – diz ele, finalmente vencido.

– Abandone Siegmund à sua sorte. Retire-lhe a espada.

– Sem a espada, ele morrerá.

– Que morra, pois. Assim terá a alegria de tê-lo logo ao seu lado.

Wotan, contrariado, apresenta a sua solução:

– Não o ajudarei, e isso basta!

– Não, não basta! É preciso também que a valquíria não o ajude!

– Brunilde é filha exclusiva de deuses! A decisão há de ser dela!

– Ela é sua filha e deve, portanto, obediência ao pai!

– Siegmund já está de posse da espada.

– Tire dela, então, o poder! Chame de volta a valquíria!

Wotan, dando um grito colossal, faz com que sua filha retorne.

– Agora desapareça da minha frente – diz ele.

– Não, antes quero ver registrada em sua lança os termos do nosso pacto – diz Fricka.

Wotan, a contragosto, inscreve na sua lança o juramento de abandonar o filho à própria sorte, e só depois disso a sua esposa, subindo na sua charrete, retorna aos céus.

***

Logo após o desaparecimento de Fricka, Brunilde reaparece.

– Chamou, meu pai?

– Sim – diz Wotan, sentando-se, desconsolado, num pedregulho.

– Pelo jeito Fricka venceu o combate – diz Brunilde, com um sorriso amarelo.

– Na verdade, eu próprio fui o autor da minha derrota, deixando-me apanhar no meu próprio laço.

Wotan tem os olhos marejados, e Brunilde, apiedada, ajoelha-se diante dele.

– Meu pai! Que desgraça aconteceu para se mortificar deste modo?

– A desgraça da ambição desmedida, minha filha! Ao tomar o anel do nibelungo, por meio da mais sórdida astúcia, atraí para mim a maldição que aquele negro objeto carrega!

Wotan conta a Brunilde toda a longa história do anel, desde o seu surgimento até o pagamento que fez dele aos gigantes em troca da construção do Valhalla.

– Em vão busquei a visão da sua mãe Erda, nas profundezas da Terra, para que me revelasse o fim de toda esta maldição. Ouça, minha filha: Alberich, o nibelungo vingativo, pretende reapossar-se do anel para exercer domínio absoluto sobre deuses e homens. Mas não é a ele que temo, e sim ao gigante que, transformado em dragão, detém atualmente a posse do objeto maldito.

– Fafner – diz a valquíria. – Ele matou o próprio irmão para apossar-se do anel.

– Só que não posso tomá-lo de volta – diz Wotan, pegando novamente a lança.

Após revirar a arma, onde inscreve em caracteres rúnicos todos os seus tratados e juramentos, Wotan mostra à filha o acordo firmado no qual utilizou o anel para pagar aos gigantes a construção do Valhalla.

– Um deus é escravo da sua própria palavra – diz Wotan. – Compete, pois, a outro que não eu reaver o anel antes que ele torne a cair nas mãos do nibelungo. E esse outro não pode ser nem um homem, nem um deus, mas um semideus, um homem com sangue divino.

– Por que não entrega a tarefa a Siegmund?

– Porque ele é meu filho e eu o amo! Não quero que, tocando o anel, deva renunciar ao amor. Minha filha, eis o que exijo de você: que deixe Siegmund perecer às mãos do seu adversário.

– Siegmund, o seu filho... *deve morrer*?!

– Sim, pois assim exige a lei divina maior.
– Não, isso não farei!
– Como ousa me contrariar? Faça o que digo! É seu pai quem lhe ordena!

Então, temeroso de ver outra mulher demovê-lo de sua nova resolução, Wotan monta em seu cavalo de oito patas e desaparece velozmente no ar.

Brunilde toma sua lança – uma lança que nunca lhe pareceu tão pesada como agora – e parte para impedir que o filho de deus se torne vitorioso no combate.

***

Brunilde cruza os céus em sua montaria alada até avistar os filhos de Wotan. Eles estão escalando uma montanha, na tentativa de fugir a ira de Hunding.

– Vamos descansar um pouco – diz Siegmund.
– Não...! – grita Sieglinde. – Hunding está muito próximo!
– Pois então basta de fugir! Aqui o aguardarei! – diz Siegmund, sacando Nothung, a espada de Wotan. – Está vendo? Com ela derrotarei o miserável que a raptou!

As palavras de Siegmund são sublinhadas pelo sopro estridente dos chifres.

– Ouça! – grita Sieglinde. – São as trompas de Hunding, anunciando a caçada! Nós, meu amado, somos a sua caça!

Um ruído feroz de latidos se junta ao ruído das trompas, aterrorizando o coração da jovem.

– Fuja, Siegmund! Que poderá uma espada solitária contra tantos inimigos?

Sieglinde cai desmaiada, enquanto a valquíria, abandonando o esconderijo, apresenta-se diante do seu meio-irmão.

– Quem é você? – diz o Filho do Lobo, assustado.
– Sou aquela que, em breve, o levará daqui – responde Brunilde.

Siegmund observa, atônito, a figura imponente da guerreira.

– Sou uma valquíria. Fui encarregada de conduzi-lo aos salões do Valhalla. Lá o aguardam seu pai Wotan e todos os nobres guerreiros que já deixaram este mundo.

Siegmund sente um estremecimento: somente os guerreiros condenados podem enxergar uma valquíria, e ele não só a está enxergando, como escutando o seu fúnebre anúncio.

– Minha irmã me acompanhará?

– Não, Sieglinde deve permanecer na Terra.

– Então também ficarei.

Brunilde, recolocando o capacete, lhe responde com voz firme:

– Aquele que enxergou uma valquíria não é mais senhor do seu destino.

– Então mate-me, pois só sairei daqui morto! – retruca o condenado.

Neste instante soam novamente as trompas de Hunding.

– Isso não tardará a acontecer, mas não será pela minha mão – diz Brunilde.

– Não acontecerá pela mão de ninguém! – retruca Siegmund. – Com a espada Nothung derrotarei o meu rival!

– Seu pai mudou de ideia, e a espada não possui mais poder algum.

Siegmund dá um riso de escárnio:

– Meu pai é o deus supremo! O deus supremo não muda de ideia!

– Muda, desde que a lei divina o obrigue.

Siegmund, então, volta os olhos à amada.

– Veja esta jovem! Devo protegê-la da ira do seu raptor. Se eu morrer, quem o fará?

Brunilde, que jamais experimentou o êxtase do amor, fica petrificada de admiração ao ver a que extremos de dedicação esse sentimento estranho pode levar um homem.

"Nulas são a vaidade e a luxúria perto do amor!", pensa ela, ao ver os irmãos abraçados.

– Não se preocupe, eu a protegerei – diz a valquíria, penalizada.

– Afaste-se...! – grita Siegmund. – Compete a mim defendê--la, e se não puder fazê-lo livrarei-a para sempre da sua servidão enterrando em seu peito a espada de nosso pai.

Diante dessa prova suprema de determinação, a valquíria finalmente sucumbe e decide conceder a vitória a Sieglinde, contrariando a ordem de Wotan.

Brunilde monta em seu cavalo e desaparece, enquanto Hunding, junto com os cães e os caçadores, aproxima-se do local onde os dois irmãos estão escondidos.

Rapidamente, uma massa de nuvens densas cobre o sol, transformando o dia em noite.

***

Raios e relâmpagos cortam os céus quando Siegmund, tomando a espada divina, abandona a irmã adormecida e vai receber o rival, que já o desafia:

– Apareça, Filho do Lobo! Não se deixe assustar pelo ladrido dos cães!

– Aqui estou, covarde! – grita Siegmund. – Saia das sombras e ficará mais fácil me achar!

– Você não passa de um homem sem honra! Fricka sagrada irá puni-lo!

– Fricka? Vai permitir que uma mulher combata em seu lugar?

Hunding finalmente aparece e, sem mais nada dizer, arremessa o primeiro golpe. Sieglinde, despertada pelos trovões e pelos gritos, observa o duelo com as mãos na cabeça. A valquíria, por sua vez, está postada, de maneira invisível aos mortais, entre os dois combatentes. Com seu escudo ela apara os golpes furiosos que Hunding arremessa contra o filho de Wotan.

– Agora, Walsung! Aplique o golpe! – ordena Brunilde.

Antes, porém, que Siegmund o faça, surge do nada a figura irada de Wotan.

– Afaste-se, filha perjura! – ordena ele à valquíria, fazendo depois em pedaços, apenas com um golpe da sua lança, a espada do seu filho.

Aproveitando-se do incidente, Hunding lança uma estocada certeira no peito de Siegmund, fazendo com que se cumpram os desígnios de Fricka.

– Siegmund...! – grita Sieglinde, antes de cair ao chão juntamente com o irmão.

Ao ver que nada mais pode fazer para defender Siegmund, Brunilde corre até Sieglinde e toma-a nos braços, levando-a em seguida para o seu cavalo alado.

– Brunilde, traga-a de volta! – ordena Wotan, no último grau da sua cólera.

Mas a valquíria desaparece no céu tempestuoso, levando consigo aquela que jurou defender.

Wotan, agora a sós com Hunding e o seu filho morto, contempla o triunfo da lei divina. Jubiloso, Hunding pisa no peito de Siegmund e retira a espada ensopada de sangue.

– Muito bem, você é o vitorioso! – diz o deus a Hunding, arremessando-lhe ao peito a sua lança. – Vá agora render graças a Fricka pela sua vitória!

Hunding, com a lança atravessada e os olhos esbugalhados, cai morto ao chão.

III
O ANEL DE FOGO

No topo de outra montanha estão agora as oito irmãs de Brunilde, também elas valquírias. Todas fazem uma pausa na sua viagem ao Valhalla, tendo deixado atravessados nas selas os corpos dos heróis recentemente mortos. Gerhilde, a mais vivaz e rechonchuda, após sacudir o pó da armadura, dá um suspiro e exclama abertamente:

– Digam cá, minhas irmãs: este vai e vem contínuo já não as cansa?

– Psiu! – diz Ortlinde.

– É, sim! Este leva e traz de mortos já começa a me repugnar!

– Cale-se! – ordena Waltraute, intrometendo-se. – Essa é nossa mais honrosa missão!

Antes, porém, que a discussão se torne violenta, Brunilde, surge nos ares trazendo o corpo de mais um guerreiro abatido.

– Finalmente! – grita Waltraute. – Por que a demora?

O cavalo de Brunilde espuma pela boca, exausto da cavalgada selvagem.

– Nossa, o que houve? – diz Schwertleite à irmã. – Está fugindo de alguém?

Brunilde tenta esconder o corpo que traz consigo, mas Waltraute logo o descobre:

– O que traz aí? – grita ela, intrigada com os cabelos longos de Sieglinde.

– Pelas Nornas! É uma mulher!

– Calem-se e ajudem-me! – diz Brunilde, retirando Sieglinde da sela.

As valquírias amontoam-se ao redor da jovem, ainda desacordada, mas é Gerhilde quem, como de hábito, começa a se queixar:

– Mulheres? Vamos ter de levar mulheres também ao Valhalla?

– Não é nada disso, suas tolas! – diz Brunilde. – Estou fugindo de nosso pai!

– Fugindo? O que andou fazendo? – pergunta Waltraute, assustada.

Brunilde, porém, avistando no horizonte uma nuvem negra, as alerta do perigo:

– Vejam, é nosso pai quem se aproxima!

– Mas o que esta infeliz tem a ver, afinal, com a cólera de Wotan? – diz Grimgerde, apontando para a jovem desmaiada.

Brunilde explica em poucas palavras todo o drama que resultou na morte de Siegmund.

– Por ter tentado defender o irmão desta jovem, contrariando a ordem expressa de nosso pai, transformei-me em alvo da sua ira!

– E quer estendê-la a nós todas também? – diz Grimgerde.

– A vocês, caras irmãs, só peço que me cedam um cavalo descansado, para que eu possa proteger esta pobre infeliz!

– Não se preocupe comigo – diz Sieglinde, que neste meio-tempo já havia acordado. – Você errou ao salvar minha vida! Siegmund está morto, e eu também deveria estar!

Brunilde aproxima-se da jovem e acaricia seus cabelos.

– Ele jamais me perdoaria se eu não a tivesse defendido.

Sieglinde, em pranto, pede a Brunilde que a atravesse com sua espada.

– A dor não poderá ser maior do que a produzida pela morte de meu irmão!

– Não pense em morrer – diz Brunilde –, pois em seu ventre já vive o fruto do amor!

Um trovão medonho anuncia a chegada de Wotan.

– Fuja, minha querida! – diz Brunilde. – Não é justo que pague por uma desobediência minha!

Brunilde pede às suas irmãs que levem Sieglinde para o leste.

– Leste...? Mas não é lá que se esconde o dragão Fafner? – pergunta Waltraute.

– Por isso mesmo. Wotan está impedido de aproximar-se dele graças à maldição do anel. Levem-na para a floresta, onde estará a salvo dos dois.

Antes que Sieglinde parta, Brunilde lhe entrega, envolto num pano, os restos de Nothung, a espada forjada por Wotan.

– Entregue os restos ao seu filho, quando ele estiver adulto. Depois de refundi-la, ele obterá com ela a vitória sobre o dragão, tornando-se o novo possuidor do anel.

Sieglinde parte com algumas valquírias, enquanto Brunilde prepara-se para enfrentar a cólera divina do seu pai.

– Venha conosco, Brunilde! – diz Waltraute.

Praticamente arrastada, Brunilde vai se esconder numa fenda junto com as irmãs, enquanto Wotan, descido da nuvem tormentosa, começa a gritar:

– Brunilde, sua perjura! Apareça!

Espremida na fenda, Brunilde faz menção de ir, mas as irmãs a impedem:

– Quieta! Deixe-o consumir parte da sua cólera!

Wotan, porém, não tarda a descobrir o esconderijo da filha.

– Vamos, suas megeras, digam logo onde Brunilde está!

– Por que nosso pai traz tamanha ira no peito? – diz, adiantando-se, a roliça Gerhilde.

– Saia da frente, é Brunilde quem busco! Ela desafiou a minha vontade e agora deve sofrer a sua justa punição!

Brunilde, então, desvencilhando-se das irmãs, adianta-se de cabeça erguida.

– Aqui estou, meu pai. Como sua filha, estou pronta a receber o meu castigo!

– Você não é mais minha filha!

Brunilde sente uma dor mais forte e profunda do que a produzida por qualquer violência física.

– Repudia-me...? – diz Brunilde, incrédula.

A valquíria

— Sim — diz Wotan, severamente. — De hoje em diante deixará de ser uma valquíria, estando banida para sempre da companhia dos deuses.

Todas as valquírias começam a chorar, menos a própria Brunilde, que permanece impassível.

— Aqui neste mesmo esconderijo você ficará adormecida e prisioneira de um anel de fogo, até o dia em que algum mortal se decida a libertá-la.

— Um mortal? — exclama Gerhilde, horrorizada.

— Sim, pois Brunilde pertence agora à estirpe humana. Seu destino será o de todas as mulheres, que é o de tornar-se serva de qualquer homem forte o bastante para tomá-la para si.

Horrorizadas, as valquírias cobrem o rosto de tristeza: Brunilde, serva de um homem mortal!

Wotan, na sua ira, excedeu realmente a qualquer expectativa, e agora ordena às irmãs de Brunilde que a deixem entregue ao seu destino.

Cabisbaixas, as valquírias se retiram, deixando Brunilde a sós com o seu pai. Ela ainda tenta explicar as razões da sua desobediência, mas Wotan mostra-se intransigente.

— Ao privilegiar o amor dos dois irmãos, você negligenciou o meu.

Brunilde sabe que nenhum argumento demoverá Wotan de aplicar o seu castigo.

— Confio que um homem nobre haverá de ser o meu libertador, e que a vida do filho daquele por quem perdi a minha divindade será preservada da sua cólera.

— Não espere que eu proteja a vida da mãe ou do filho do pecado! — grita Wotan.

— Maldito...! Ele é o herdeiro dos seus filhos!

Wotan decide encerrar a conversa, dando início aos preparativos do castigo.

— Prepare-se para dormir um longo sono, do qual somente o seu futuro senhor a despertará.

— Que seja, ao menos, um homem de valor e coragem! Um homem digno de mim! — exige a ex-valquíria.

Wotan, numa última manifestação de piedade paterna, termina por fazer esta concessão:

— Nenhum covarde terá o dom de despertá-la do seu sono – diz ele, aproximando-se da filha e depositando em seus olhos um beijo enfeitiçado.

Ao receber o beijo, Brunilde cai em sono profundo. Wotan a toma nos braços e a deposita num leito natural, feito de troncos, erigido no topo de um pequeno outeiro.

Wotan golpeia o chão três vezes com a sua lança, invocando Loge, o deus do fogo, para que erga um anel de chamas ao redor da filha. Esse anel impedirá que homens indignos se aproximem dela.

— Que todos quantos temem a minha lança jamais ousem ultrapassar estas chamas! – diz Wotan, antes de montar em seu cavalo e desaparecer junto com a sua nuvem negra.

E neste dramático ponto se encerra a ópera *A valquíria*.

***

COMPLEMENTO

Siegfried é a ópera que narra os eventos que se seguiram ao drama que acabamos de ler, e que podem ser assim resumidos: Sieglinde, após fugir para a floresta, perde a vida ao dar à luz o filho, que é adotado por um nibelungo chamado Mime, irmão de Alberich, o anão que deu origem a toda a saga.

Mime cria Siegfried como se fosse seu próprio filho, e tenta ele próprio forjar uma nova espada com os restos da antiga, na esperança de ser capaz de derrotar o dragão possuidor do anel.

Um dia Wotan, disfarçado de viajante, informa ao anão que somente um homem dotado de absoluta coragem poderá reforjar a espada. Siegfried é este homem, e ele consegue, de fato, soldar os pedaços, tornando-se apto a matar o dragão e ser o novo dono do anel maléfico.

Mime, porém, pretende matar Siegfried tão logo este obtenha o anel, algo que só não acontece porque um pássaro avisa o herói do perverso plano. Siegfried vai até o covil do dragão e, após matá--lo, retorna para decepar a cabeça do seu traiçoeiro pai adotivo.

O mesmo pássaro que alertou Siegfried da traição de Mime o conduz em seguida ao outeiro onde Brunilde, cercada por um anel de chamas, jaz encantada. Wotan tenta impedir que o neto se aproxime da sua filha, mas Siegfried, o único homem da Terra a não temer a ira do deus, o enfrenta e quebra a sua lança. Depois, penetrando nas chamas, incólume, ele retira Brunilde do sono punitivo com um beijo ardente, colocando um ponto final feliz na terceira parte da Tetralogia do Anel.

***

O crepúsculo dos deuses, última parte do ciclo do Anel dos Nibelungos, começa com a separação de Siegfried e Brunilde. Após libertá-la do sono punitivo, ele lhe dá a guarda do anel amaldiçoado, partindo em seguida para o castelo dos Gibichungen, uma nobre família germânica.

Nesse castelo, além de Gunther e de sua irmã Gutrune, vive um meio-irmão chamado Hagen, que é filho do nibelungo Alberich, o primeiro possuidor do anel.

Hagen, que herdou do pai a obsessão pelo anel, consegue fazer com que Siegfried beba uma poção do amor que o faz esquecer de Brunilde e se apaixonar por Gutrune.

De posse de um capacete mágico, Siegfried retorna a Brunilde com as feições de Gunther. Ela está imersa novamente no seu círculo de chamas, e é despertada por Siegfried com as feições de Gunther e conduzida até o castelo dos Gibichungen. Gunther lhe pedira que fizesse isso por desejar ter a ex-valquíria como esposa.

Ao mesmo tempo, Alberich pede a seu filho Hagen que mate Siegfried e se aposse do anel. O herói havia adquirido o anel ao despertar, pela segunda vez, a ex-valquíria.

Durante os festejos do casamento de Siegfried e Gutrune, e de Gunther e Brunilde, esta última reconhece Siegfried por ele carregar consigo o anel. Brunilde, a essa altura tomada de ira pela traição e também pela cobiça de possuir o anel, decide arquitetar o assassínio de Siegfried, revelando a Gunther e Hagen que o neto de Wotan possui um ponto fraco nas costas (ao matar o dragão, ele se banhara em seu sangue mágico, capaz de conceder a invulnerabilidade; uma folha, porém, ficara presa às suas costas, impedindo que o sangue protegesse aquela parte). Assim, durante uma caçada, Hagen apunhala Siegfried pelas costas, a fim de garantir a posse exclusiva do anel (o que termina não acontecendo, pois Siegfried, mesmo morto, não permite que Hagen lhe retire o anel do dedo).

Ao descobrir que Siegfried foi morto, Brunilde ergue uma pira para cremar o corpo. Tomada, porém, pelo remorso, ele termina por lançar-se à mesma pira, pondo um fim à própria vida.

No instante em que os dois amantes são consumidos pelas chamas, o rio Reno transborda, afogando Hagen e Alberich. Ao mesmo tempo, nos céus, um mar de chamas se eleva até atingir o Valhalla, destruindo o palácio celestial e todos os seus ocupantes divinos.

Após a hecatombe final, as ninfas do Reno reaparecem e retomam a posse do anel, fazendo com que a história retorne ao mesmo ponto de onde começara.

Aida

de Giuseppe Verdi

Uma das óperas mais famosas de todos os tempos, *Aida* foi composta por encomenda do governo egípcio para celebrar a inauguração do Canal de Suez, em 1869. Verdi, porém, criou tantos empecilhos ao planejamento que a ópera só foi estrear no Cairo dois anos após a inauguração do Canal.

Aida é considerada até hoje como o exemplar máximo do gênero "Grande Ópera", um tipo de representação caracterizado pela produção requintada, que muitas vezes degenerava em mera ostentação visual. No correr dos anos, as representações de *Aida* foram se tornando cada vez mais suntuosas, ao ponto dos produtores colocarem no palco cavalos e até mesmo elefantes de verdade.

Aida, como superespetáculo que é, possui desde árias, recitativos e coros de majestosa orquestração até balés suntuosos, estando o seu conjunto bem próximo da "obra de arte total" preconizada por Wagner. Verdi, porém, soube mesclar com mão de mestre a suntuosidade com a sensibilidade, reduzindo ao mínimo o histerismo das brilhaturas vocais a fim de dar tons mais humanos e intimistas às reações dos personagens.

I
A PRINCESA ESCRAVA

Palácio real de Mênfis, no Antigo Egito.

Ramfis, sacerdote supremo, está em reunião com o chefe da guarda real, o nobre Radamés. Ambos discutem o surgimento de uma nova rebelião dos etíopes (a Etiópia está submetida ao Egito).

— Asseguro-lhe de que estes cães não tardarão a invadir o Egito! – diz o sacerdote, alarmado.
— Invadir-nos, os etíopes? – exclama o chefe da guarda, incrédulo. – Como pode estar tão seguro de algo que nem mesmo nossos espiões constataram?
Ramfis dá um sorriso de desdém antes de responder.
— A deusa Ísis alertou-me, de maneira inequívoca, num oráculo. Acredite-me, Ramsés: seus espiões não são capazes de saber a metade do que sabe uma deusa.
Ramsés, porém, não se deixa impressionar pela arrogância do sacerdote.
— Sinto muito, Ramfis, mas preciso de um indício mais seguro.
— Não há indício mais seguro do que a profecia de uma deusa! – exalta-se Ramfis.
Radamés permanece em silêncio, deixando claro que não entrará em discussões teológicas.
— A rebelião é tão certa, sr. Radamés – diz Ramfis, após alguns segundos –, que a deusa indicou até mesmo o nome do único general egípcio capaz de esmagá-la.
Então, como num passe de mágica, Radamés passa a enxergar a coisa com outros olhos. Uma campanha militar é tudo do que ele precisa para subir na hierarquia militar egípcia. O nome indicado pela deusa certamente será acatado pelo faraó, um homem ainda mais supersticioso do que Ramfis.
— E quem seria, afinal, esse general? – indaga ele, afetando um certo desinteresse.
Ramfis dá um suspiro de alívio, como se Radamés tivesse compreendido finalmente o verdadeiro propósito daquela conversa.
— A deusa indica claramente que deve ser o senhor – diz Ramfis, com segurança.
Radamés, sem demonstrar emoção alguma, dá as costas ao sacerdote, como quem se retira para ponderar cuidadosamente, e depois volta-se para o sacerdote:
— Está bem. Informe ao faraó dos desígnios da deusa.
Ramfis cumprimenta, respeitosamente, o chefe da guarda.
— Transmitirei agora mesmo ao faraó a vontade expressa da deusa – diz ele, encaminhando-se para a saída. Antes, porém, que

alcance a porta, volta-se novamente: – A propósito, senhor: o templo sagrado está precisando de uma nova reforma.

Radamés, sem mover um músculo do rosto, responde:

– Não sou ministro, mas apenas o chefe da guarda, sr. Ramfis.

– Logo será o comandante supremo dos exércitos do faraó – responde o outro. – Um homem com muita influência.

Radamés alisa a têmpora direita com o dedo anular e responde com toda a naturalidade:

– Uma reforma do templo é, de fato, muito necessária.

– Uma reforma suntuosa, pois não...?

Uma faísca de ameaça brilha nos olhos de Radamés, mas Ramfis não se deixa intimidar.

– Muito ouro, sr. Radamés. Um templo digno do esplendor de Ísis.

Radamés sabe que as minas da Etiópia ainda possuem veios imensos do valioso metal.

– Revestiremos o templo de ouro. Um duplo revestimento.

Ramfis retira-se em regozijo, deixando Radamés num estado de espírito muito parecido:

– Comandar os exércitos do faraó e retornar vitorioso para os braços de Aida! Ó, ventura sublime!

Aida é a serva etíope da filha do faraó, pela qual o militar consome-se de paixão.

Radamés fica entregue um bom tempo aos seus devaneios, até o instante em que um servo anuncia a presença de Amneris, a filha do faraó.

– Que olhar de euforia é esse? – pergunta ela, ao entrar no salão.

Amneris é apaixonada por Radamés, embora ele a ignore.

– Amneris querida! – diz ele, sem poder esconder o motivo da sua euforia. – Quero informá-la em primeira mão de que comandarei as tropas que marcharão contra os etíopes!

– Uma guerra contra os etíopes?! – diz ela, mais desconcertada que satisfeita.

– Sim, Ramfis acabou de comunicar-me a vontade da deusa!

– Ísis comunicou-lhe isso?

– Sim, minha querida! Ela decidiu, em sua divina sabedoria, que deverei ser eu a comandar as tropas!

– Mas que eu saiba não há rebelião alguma em andamento na Etiópia.

– Há, sim, minha cara! Nossos espiões farejaram uma em andamento!

– Radamés, eu acho que alguém está mal informado nesta história. Meu pai disse-me, ainda ontem, ter sido informado por um espião de que os etíopes estão perfeitamente submissos e que não têm a menor condição de organizar uma revolta.

– Esse espião não passa de um idiota! – grita Radamés, subitamente alterado. – Descubra quem é, e mandarei cortar a sua cabeça, pois se trata, seguramente, de um traidor!

– Mas, Radamés, ele é um dos servidores mais antigos do meu pai...

– E daí? Isso não lhe dá o direito de contestar o vaticínio de Ísis, a deusa que serve ao Egito desde o começo dos tempos!

– Radamés, eu não sabia que você era tão devoto! – diz Amneris, com um sorriso desconcertado.

Alterando-se de vez, Radamés explode, então, numa vibrante defesa do sobrenatural:

– Eu não admito blasfêmias, Amneris! Sugerir que Ísis sagrada possa estar enganada é uma blasfêmia inadmissível, compreendeu? Um povo que faz chacota das coisas sagradas está fadado à ruína!

Amneris, porém, já está pensando em outra coisa.

– Radamés, pensei que você detestasse afastar-se de Mênfis. Você me disse mais de uma vez que existe uma pessoa da qual não deseja se afastar.

Radamés lembra de Aida, a serva de Amneris, e decide tomar a princesa por sua confidente.

– Na verdade, há, sim – diz ele, resolvido a abrir o coração para alguém.

– E posso saber quem é ela? – pergunta a princesa, certa de ser a eleita.

Mas Radamés não precisa mencionar o nome da escrava, pois naquele mesmo instante Aida entra pela porta. O olhar fascinado que ele lhe endereça é resposta suficiente.

Apesar de viver na condição de escrava na corte egípcia, Aida possui o mais nobre dos sangues, filha que é do rei da Etiópia. Um manto branco e quase transparente recobre a sua pele escura, deixando entrever por sobre a fina gaze as suas formas esguias e exuberantes. Mesmo descalça, ela transmite a cada passada uma impressão de serena segurança. Seus cabelos alisados escorrem, numa única trança, sobre o ombro esquerdo, deixando o outro ombro inteiramente despido.

Amneris, observando o fascínio de Radamés, não pode acreditar no que vê. "Então ele está apaixonado, na verdade, pela minha serva?", pensa ela, incrédula.

Aida aproxima-se de Radamés e lhe faz esta pergunta, com absoluta firmeza:

– Sr. comandante, é verdade o que dizem sobre o meu povo?

Radamés fixa seus olhos hipnotizados no rosto escuro e de traços perfeitos:

– Dizem muitas coisas sobre o seu povo, Aida, a maioria delas relacionada à sua rebeldia reiterada – diz ele, com um ar de censura. – Talvez cessem as críticas no dia em que o seu povo mostrar-se realmente disposto a submeter-se, de maneira sincera, à autoridade suprema do Egito.

Aida nada responde, mas seu silêncio basta para tornar implícito o seu desagrado.

– Os etíopes planejam atacar o Egito – diz Radamés. – Mas você nada deve temer, uma vez que não tomou parte na conspiração.

– Não temo por mim, mas por meu povo – diz a princesa-escrava. – Não acredito que meu pai possa estar tramando uma revolta, pois ele sabe das consequências terríveis de tal atitude.

Aida, mesmo expondo os seus receios, o faz com firmeza, pois ainda é a princesa da Etiópia.

Radamés prepara-se para responder quando o faraó em pessoa irrompe apressadamente pelo salão. Junto dele está o sacerdote Ramfis.

– Radamés, acabamos de ser informados de que os cães etíopes invadiram o Egito!

– Invadiram-nos? – grita Amneris.

– Sim, minha filha, e já marcham em direção a Tebas! O próprio rei dos etíopes comanda a invasão!

Aida sente uma comoção violenta:

– Meu pai...! – grita ela.

O faraó confirma, lançando um olhar furioso para a escrava:
– Sim, o perverso Amonasro está no comando dos seus cães bárbaros! Mas pode estar certa de que os bravos soldados egípcios saberão expulsá-los de volta para o deserto!

O faraó volta-se para Radamés:
– Radamés, eu o nomeio comandante supremo desta campanha. Ísis comunicou seu desejo nesse sentido a Ramfis, e eu concordo plenamente com o seu sagrado desígnio.

Radamés olha para o sacerdote supremo, vislumbrando em seus olhos um brilho de cumplicidade.

– Destrua os exércitos invasores – diz o faraó – e depois mande forjar correntes com o metal derretido de suas próprias espadas. Será nesses grilhões que os cães etíopes serão remetidos às minas para trabalharem, debaixo de sol e chicote, até a morte!

– Guerra e morte ao invasor! – grita Ramfis, inflamando-se.

Aida, ao descobrir que seu pai e o homem que ama estarão em campos opostos, mergulha na aflição:

– Oh, meus deuses! Por quem hei de orar? Por quem hei de chorar?

Aida sabe que a vitória do seu pai representaria a sua libertação e a possibilidade de, num dia mais ou menos próximo, tomar o lugar que lhe é de direito em seu país: o de rainha.

Mas de que lhe valerá a coroa, sem o homem que ama? Não será melhor que permaneça escrava no Egito – escrava dos egípcios e do seu próprio amor?

Aida compreende, então, que o seu destino é o de tornar-se traidora do seu povo ou do seu próprio coração.

***

Radamés, antes de embarcar para a guerra, reflete longamente sobre os fatos recentes: então era verdade mesmo que os etíopes tramavam uma insurreição? Ísis fora, de fato, capaz de identificar os sinais de uma revolta que a eficiente rede de espionagem do faraó não suspeitara? Ou teria sido tudo apenas uma extraordinária coincidência? "Talvez as duas coisas!", pensa ele, ainda mais assombrado. Tudo, então, desde a farsa do sacerdote, teria sido parte de um plano engendrado pela própria deusa para levar ao mesmo resultado! Neste caso, Ísis era, de fato, uma deusa infinitamente sábia, capaz de transformar a desonestidade de um sacerdote em instrumento de salvação do Egito! A menos, é claro, que o ardiloso Ramfis tivesse tramado a revolta junto com os etíopes, a fim de forçar o conflito!

Radamés, então, exausto de conjeturar, abraça de uma vez a devoção cega – "Cumpram-se os desígnios de Ísis!", diz ele a si mesmo – e toma a frente dos exércitos para destroçar os rebeldes.

Lástima que o rei inimigo seja, ao mesmo tempo, o pai da mulher que ele ama!

– Isso não importa – diz ele, afinal. – Rainha que é, Aida saberá compreender que sirvo ao faraó como os cães etíopes servem ao seu rei, não havendo, portanto, nada a me censurar!

E é com essa risonha esperança que Radamés marcha para a encruzilhada fatal da sua vida.

II
O TRIUNFADOR

A revolta etíope foi completamente esmagada.

Informada de que seu amado Radamés triunfou, a princesa egípcia Amneris prepara-se agora para receber de volta o comandante supremo do faraó. Ela está em Tebas, onde se darão os festejos.

– Onde está Aida com o cone? – pergunta ela, em seus aposentos.

Amneris está embelezando suas pálpebras com o *kohl*, uma tintura extraída da malaquita. Ela já pintou a parte superior das pálpebras de preto, e agora pinta a parte inferior de verde.

Aida, humilhada, surge portando o cone aromático que a princesa colocará sobre a cabeça. No correr do dia, com o calor, ele irá liberando o perfume sobre a peruca, deixando-a brilhosa e perfumada.

– Seu pai foi derrotado – informa-lhe a princesa. – Não pense, porém, que eu me regozijo com a sua infelicidade. Desejo que você continue a viver feliz neste palácio.

– Feliz...? – espanta-se Aida. – Como poderia, com meu pai e o meu povo escravizados?

– Pense no homem que você ama. O amor é um grande consolo.

Aida lembra imediatamente de Radamés, e seus olhos enchem-se de ternura.

"Maldita! Ela também o ama!", pensa a princesa egípcia, tornando-se cruel.

– Outro grande consolo é a morte de quem provocou o nosso sofrimento. Talvez você possa ficar um pouco menos triste ao saber que Radamés morreu durante a revolta.

– Radamés morreu?! – exclama Aida, aturdida.

– Sim, seu pai vingou-se da derrota matando nosso comandante supremo.

Aida finalmente fraqueja, deixando escorrer uma lágrima.

– Então é verdade! Você o amava, não é? – diz Amneris, a um passo da ira.

Ao ver, porém, que Aida não irá confessar o seu segredo, ela resolve dizer a verdade:

– Limpe suas lágrimas, Radamés está vivo. Mas, se você pensa que isso é bom para você, está enganada: o fato de ele permanecer vivo nos torna definitivamente rivais.

– Rivais...?!

– Princesas de duas coroas rivais e apaixonadas pelo mesmo homem: acho que isso basta para nos tornar inimigas eternas, não é?

Aida não responde nada, pois a uma serva não convém declarar-se rival da sua senhora.

Neste instante o ruído dos exércitos que retornam em triunfo desfaz o ambiente de rivalidade.

– Vamos receber Radamés – diz Amneris. – Ao ver-me ao lado dele, junto ao trono do faraó, você compreenderá que Radamés pertence à filha do faraó, e não à filha de um rei derrotado.

✷✷✷

Num dia que jamais poderá definir como afortunado, Aida vê seu amado Radamés desfilar em triunfo por Tebas. Com os carros abarrotados de armas e tesouros etíopes, Radamés é uma cópia egípcia exata dos césares romanos ao retornarem das suas pilhagens gloriosas.

Dentre os despojos de guerra, Aida avista, horrorizada, a figura do seu velho pai carregado de grilhões. Como ele está vestido com os trajes de um simples soldado, somente a filha o reconhece.

Entretanto, apesar de sujo de pó e de sangue, Amonasro não perdeu a sua altivez, e é com a voz firme que dirige estas palavras ao faraó:

– Recordai-vos, vencedor, do dever da clemência, pois se hoje o destino vitimou os etíopes, amanhã há de vitimar os egípcios!

O faraó, sem reconhecer Amonasro, sorri com fria superioridade.

– Antes de ameaçar, cão etíope, diga o que foi feito do vosso rei!

– Meu rei morreu heroicamente, e seu corpo retornou à Etiópia para receber as honras fúnebres!

Ramfis, o sacerdote supremo, pede ao faraó que execute todos os prisioneiros.

– O deus Ptah exige que estes revoltosos sirvam de exemplo!

O faraó, porém, em vez da ira, decide exercitar a sua generosidade.

– Basta de sangue – diz ele.

– Não, alteza, eles devem morrer! – diz Ramfis. – Se não forem punidos exemplarmente, tornarão a conspirar contra o Egito!

Radamés, porém, é do mesmo entendimento do faraó.

– Não vejo necessidade. O rei etíope está morto, e eles estão sem comando.

Não podendo exterminar os etíopes, Ramfis decide, ao menos, precaver-se contra a herdeira daquele bravo povo:

– Impeça Aida de deixar o Egito. Ela é filha do rei morto, e não deve retornar à sua pátria!

O faraó consente, ao mesmo tempo em que anuncia a sua intenção de casar sua filha Amneris com Radamés, o comandante supremo do Egito.

– Que o lótus seja posto ao lado do louro! – diz ele, ordenando que a coroa do matrimônio seja posta ao lado da coroa de ramos do triunfador.

Radamés sente o chão fugir-lhe dos pés, pois prefere herdar o coração da sua amada Aida do que a dupla coroa do Egito.

E é assim que os corações de Radamés e Aida mergulham na mais profunda tristeza.

III
O TRAIDOR

O templo de Ísis está situado às margens do Nilo. Não há pessoa, por mais importante que seja, que não invoque a mãe de todos os egípcios diante de qualquer aflição.

Um barco atraca nas margens do rio, e dele desembarcam Amneris, filha do faraó, e Ramfis, supremo sacerdote. Junto deles estão algumas servas e um punhado de guardas.

Amneris está ali para invocar as bênçãos da deusa para o seu casamento. Durante a noite inteira a herdeira real do Egito comprará a proteção de Ísis por meio de orações e ofertas. Seu maior pedido é que Radamés esqueça a serva egípcia pela qual continua cada vez mais apaixonado.

Amneris e Ramfis entram no templo, e logo em seguida Aida surge, com o rosto encoberto. Ela está ali para encontrar-se uma última vez com Radamés antes que ele deixe de ser seu para sempre.

"O que será que ele me dirá?", pergunta ela a si mesma, aflita, pois já decidiu matar-se caso Radamés lhe anuncie que irá, de fato, casar-se com a futura rainha do Egito.

"As águas sagradas do Nilo serão minha última morada!", diz ela, determinada.

De repente, porém, Aida é surpreendida pela aparição de Amonasro.

– Meu pai! Você aqui? – grita ela, assombrada. – Como escapou dos egípcios?

– Não interessa! – diz ele. – Vim para lhe ordenar que cumpra com o seu dever de filha e de futura rainha dos etíopes!

– Como hei de fazer algo, sendo uma reles escrava?

– Pode fazer muito! Descubra o caminho que os cães egípcios tomarão para atacar nosso país!

Aida fica perplexa:

– Os egípcios invadirão a Etiópia?

– Sim! Não satisfeitos em nos derrotarem militarmente, ainda pretendem invadir nosso solo sagrado, massacrando o nosso povo!

Aida sente-se colocada entre duas espadas, e ambas levam inscritas a palavra "traição".

– Por favor, meu pai! Não me peça para trair a confiança de Radamés!

– Maldita, você deve trair alguém! Esse é o preço que pagam os que aceitam servir a dois senhores! Quem prefere trair: os cães egípcios ou seu próprio povo?

– Não, não! Eu amo Radamés tanto quanto amo meu povo!

Tomado pela cólera, Amonasro aplica-lhe uma bofetada.

– Sua maldita! Repita isso e deixará de ser minha filha!

Amonasro está tão transtornado que vê surgir a sombra da sua esposa morta.

– Veja ali! É a sua mãe! Ela aponta para você um dedo acusador!

Atarantada, Aida olha na direção apontada pelo pai.

– Sua mãe a amaldiçoa! – diz ele, com tanta convicção que Aida também passa a enxergá-la.

Aida cai de joelhos diante do pai e do espectro da mãe.

– Piedade, meu pai! Piedade, minha mãe! Eu vos serei fiel!

Amonasro percebe a chegada de alguém.

– Ouça, é o cão egípcio quem chega! Cumpra com o seu dever!

Amonasro esconde-se atrás de uma palmeira e passa a escutar a conversa.

– Radamés, preciso saber quem você ama! – diz a escrava etíope.

– Amo você, Aida! Somente você! – exclama o comandante egípcio.

Aida beija-o apaixonadamente, até um ruído semelhante a um rosnado atrair a atenção de Radamés.

– O que foi isso? Há mais alguém por aqui?

Aida apressa-se a desmentir:

– Não se assuste, não há mais ninguém!

Radamés, então, sente-se na obrigação de revelar a Aida o que ela já sabe.

– Minha amada, estamos às portas de uma nova guerra contra o seu povo!

Aida não demonstra surpresa, mas indignação.

– Bem sei que o faraó pretende invadir meu país, pondo um fim definitivo à nossa liberdade!

– Sinto muito, meu amor, mas tenho deveres para com o Egito. É a vontade do meu senhor e soberano que esmaguemos o seu povo! Mas, vencedor ou derrotado, irei me casar com você!

Aida sente vacilar o seu patriotismo.

– Mas e Amneris? Não teme a sua ira?

– Não temo a ira nem mesmo do faraó!

– Amneris haverá de vingar-se, punindo o meu povo!

– Nada tema, eu a impedirei!

– Radamés, não há outra solução senão fugirmos!

– Fugir?! Fugir para onde?

– Venha viver comigo, em meu país! Você será recebido como um benfeitor da Etiópia!

– Mas, minha querida, então não compreende? Isso seria traição!

– É o único jeito, Radamés! Um de nós terá de trair o seu rei!

– Trair o faraó?

– Sim, é o mais justo, já que é ele quem faz questão de exercer a tirania!

– Aida! Trair o faraó sereia trair também os deuses sagrados do Egito!

Aida sente uma vontade louca de gritar: "Abandone, então, os deuses malditos para ficar comigo!", mas não pode fazê-lo, já que ela própria se mostra incapaz de renunciar aos seus.

Então, compreendendo que Radamés não pode trair o seu povo, ela lhe pede que diga, ao menos, que caminho as tropas egípcias tomarão para atacar a Etiópia.

– Pelo amor de Ísis, dê-nos uma chance de nos defendermos!

Radamés, sem forças para negar, acaba cedendo:

– As tropas seguirão pelos desfiladeiros de Napata.

Amonasro, saindo do seu esconderijo, brada em triunfo:

– Excelente! Os bravos etíopes farão do desfiladeiro um matadouro para os cães egípcios!

Radamés olha para a figura do velho, que ainda não sabe ser o pai de Aida.

– Quem é você, velho imundo?

Então, ao olhá-lo melhor, o reconhece.

— O prisioneiro que desafiou o faraó!
Amonasro levanta a cabeça com visível soberba.
— Sim, sou eu mesmo, cão egípcio!
— Mas você não estava agrilhoado na prisão? Como conseguiu escapar?
— Não interessa!
Radamés já puxa a espada para matar o etíope, quando Aida o impede.
— Não, Radamés, não faça isto! Ele é meu pai!
Radamés fica paralisado de espanto.
— Como disse?
— Sim, foi isto mesmo o que escutou, cão egípcio! Sou Amonasro, rei dos etíopes e pai de Aida!
Radamés fica duplamente perplexo.
— Você... *rei dos etíopes?*
— Sim, e lhe dou agora a oportunidade de tornar-se rei da Etiópia, casando-se com minha filha! – diz Amonasro, esquecido por um instante do ódio cego que sente pelos egípcios.
Ao receber esta oferta imoral, Radamés se dá conta, afinal, de que já traiu o Egito ao revelar a Amonasro o caminho das suas tropas.
— Um traidor! Sou um vil traidor! – geme ele, esmurrando o peito.
— Esqueça o tirano egípcio, e torne-se rei da Etiópia! – grita Amonasro.
A esta altura, com todos aqueles gritos, se torna inevitável que os ocupantes do templo saiam para ver o que está acontecendo.
— Que gritaria infernal é esta? – brada o sacerdote supremo, enquanto Aida e os seus pares dão-se conta, tarde demais, da estúpida imprevidência de terem ido discutir às portas do templo.
Amneris, ao ver Aida de mãos dadas com Radamés, grita, enfurecida ao seu noivo:
— Traidor! Que faz com esta serva às portas do templo?
Amonasro, sacando um punhal, avança em direção à princesa do Egito, mas Radamés consegue impedir que ele cometa mais este desatino.
— Louco! – grita ele ao velho. – Esta jovem é a herdeira do faraó!

— Eu sei...! – grita o velho, redobrando os esforços para matá-la. Ao mesmo tempo o sacerdote, colocado já a uma distância segura, clama com todas as suas forças por socorro.

Ao escutar os gritos retumbantes, Radamés decide, então, salvar a vida de Aida.

— Fuja, e leve consigo o seu pai!

A jovem hesita, mas os urros tremendos do sacerdote logo a obrigam a tomar o pai pela mão e a mergulhar com ele nas trevas.

Quando os guardas finalmente chegam, Radamés trata de inocentar Aida, confessando a sua culpa:

— Por amor a ela, traí o Egito. Que se cumpra em mim a justiça do faraó.

IV
A PUNIÇÃO

Em uma das salas do palácio real do faraó, Amneris, enfurecida, não se conforma com a fuga da sua rival.

— Oh, se Radamés me amasse! Eu o perdoaria por tudo! – diz ela, aos prantos.

Mas a herdeira da dupla coroa sabe que jamais poderá obter o amor de Radamés.

— De que adianta ser a rainha do Alto e do Baixo Egito se não posso ter o homem que amo?

Esmagada pelo desespero, Amneris não tarda a se convencer de que o Alto e o Baixo Egito não são mais que dois punhados de areia em comparação com o amor que sente por Radamés.

— Radamés teve coragem bastante para trair a pátria por seu amor! Somente um amor infinito pode produzir isso! Pois bem, mostrarei a ele que também sou capaz de sacrificar-me por ele!

E é assim que, mais uma vez, a traição triunfa em terras egípcias.

— Libertarei, sim, o homem que amo! – diz ela, determinada.

Após chamar um guarda, ordena-lhe que lhe traga Radamés.

— Trazer o prisioneiro? – balbucia o guarda, indeciso.

— Idiota! – exclama a princesa. – Não escutou o que eu disse?

Aterrorizado, o guarda desce ao calabouço real e não tarda a retornar com o prisioneiro. Após expulsar o guarda, Amneris joga-se nos braços de Radamés.

— Reconheça o seu erro e eu alcançarei o seu perdão diante do faraó! – diz ela.

Radamés responde, impaciente:

— Ora, Amneris, eu já o reconheci! Não está lembrada?

— Peça o perdão real! Implore, humilhe-se, e o faraó poupará sua vida.

— Poupará para quê? Para que eu me torne um servo, um escravo agrilhoado nas minas etíopes?

— Eu darei um jeito para que fuja! O rei etíope também não fugiu?

— Amonasro, aquele velho maldito! Antes tivesse sido enforcado!

— Peça perdão, Radamés! Implore ao meu pai! Rasteje aos seus pés!

— Rastejar, eu? Prefiro a morte!

— Mas, compreenda, meu amor! Você traiu a sua pátria! É preciso admitir o seu erro!

— Eu já o admiti, já disse! Errei, sim, mas por um motivo superior à honra ou a devoção à coroa!

Amneris desiste.

— Não vai, então, implorar o perdão a meu pai?

— Nem a ele nem aos deuses, pois o que está feito, está feito.

A princesa se encoleriza de desespero.

— Louco! Não compreende que morrerá?

— Perdido o amor, que me importa perder também a vida?

— A mim importa! Eu quero que viva, amado! Viva, Radamés, para o meu amor! Sacrificarei tudo, a pátria, o trono e a minha própria vida, por você!

— Tudo isso eu já fiz por Aida!

Amneris sente uma vertigem de ciúme.

— Cão infernal! Não repita esse nome!

— Amneris, então você não compreende? Mesmo que alcance o perdão, minha vida será, a partir de agora, a de um infame.

Compreendendo que é inútil implorar, Amneris silencia.

— Diga-me, o que foi feito de Aida? – diz Radamés. – Foi capturada e morta?

Amneris morde os lábios antes de resignar-se a dizer a verdade:

— A maldita fugiu.

– Então vive ainda!

– Somente ela. Amonasro foi capturado e executado sumariamente.

– Que a serpente Apófis o devore! – grita Radamés, sem demonstrar a menor emoção pela morte do homem que lhe ofereceu a coroa da Etiópia. – Quero saber onde está Aida!

– Não sei, nem quero saber! Desista dela, Radamés, e pouparei a sua vida!

– Não posso!

– Maldito! Deseja, então, ver meu amor se converter em ódio?

– Odeie-me! Prefiro a sua ira à sua piedade!

Diante desse último ultraje, Amneris decide remeter Radamés de volta ao calabouço. Dali a pouco Ramfis, liderando um cortejo de sacerdotes vestidos de branco, se encaminha para o calabouço.

Amneris, ao vê-los, leva as duas mãos ao rosto. Ramfis e seus sacerdotes são como as larvas da morte a irem de encontro ao homem que ama.

Ramfis, após descer as escadas recobertas de limo, está face a face com o traidor.

– Faça a sua defesa – diz ele, com severidade.

Radamés, porém, nada diz.

– Defenda-se, traidor! – exclama Ramfis.

Mas Radamés continua em silêncio.

– Já que nada tem a dizer, será sepultado vivo sob o altar de Ptah!

Amneris, que descera às pressas, enfurece-se contra os sacerdotes, lançando-se à frente deles.

– Cães sanguinários! Ministros do céu, mas sempre sedentos de sangue!

Ramfis, porém, é inflexível:

– Este homem traiu o Egito, e a ira divina reclama o seu sangue!

Determinado a fazer cumprir a punição, Ramfis ordena que Radamés seja retirado da prisão e levado imediatamente ao templo de Ptah, um dos deuses mais importantes do Egito.

– A ira do deus deve ser aplacada, ou todo o Egito perecerá!

Radamés é levado, agrilhoado e introduzido numa tumba, aos pés da estátua do deus. Ao redor dela estão diversas outras representativas de Osíris, o deus dos mortos.

Radamés apenas aguarda que os sacerdotes arrastem a laje sobre a sua cabeça para que a luz lhe seja suprimidos para sempre. Mas a única luz que ele lamenta não poder ver mais são os olhos de Aida:

— Celeste Aida! Pudesse ver, mais uma vez, a luz dos seus olhos! – geme ele, nas sombras.

De repente, ele ouve uma voz sussurrar ao seu lado:

— Olhe-me, Radamés amado! Olhe-me enquanto seus olhos ainda podem me ver!

Radamés corre até o canto e vê, por entre a penumbra, o rosto da mulher amada.

— Aida! O que faz aqui?

— Vim morrer ao seu lado!

Radamés, ao mesmo tempo feliz e triste, reluta.

— Não, Aida, não! Você é muito jovem! Ainda deve viver!

Mas ela está serenamente determinada:

— Viver sem você seria, para mim, a verdadeira morte. Veja, Osíris sagrado já surge das trevas! Ele nos conduzirá ao êxtase de um amor imortal!

Então, a pedra acima de suas cabeças começa a mover-se. Os dois amantes correm até o último feixe de luz e se olham pela última vez.

— Amá-la e depois morrer! Que coisa maior tem agora o faraó a me oferecer? – diz ele, enquanto Aida, liberta da sua servidão concorda, feliz.

— Acabou-se o sofrimento terreno! Para nós abre-se, agora, o céu! – sussurra ela, baixinho.

Mais um pouco e a luz deste mundo se apaga: Aida e Radamés já podem se amar.

La traviata
de Giuseppe Verdi

Com o título ousado, para a época, de "A desviada" (ou *La traviata*, como estamos habituados a conhecê-la), a ópera de Giuseppe Verdi estreou em Veneza, em março de 1853.

La traviata baseia-se na peça *A dama das camélias*, de Alexandre Dumas filho, um dramalhão lacrimoso que fala da redenção do pecado através do mais puro e desinteressado amor (o que não o impediu de ser tachado de imoral pela crítica conservadora francesa, inconformada pelo fato de a heroína ser uma prostituta, mesmo que virtuosa da primeira à última cena). Situando a trama na sua própria época – a ação transcorre nos idos de 1800 –, Verdi deu-lhe uma formatação intimista e muito distante da grandiloquência cênica que caracterizaria a sua megaópera *Aida*, de alguns anos depois.

A primeira apresentação de *La traviata* foi um fracasso – em boa parte devido à cantora obesa que, interpretando o papel-título, não conseguiu convencer no papel da cortesã frágil, à beira da morte. A partir da segunda apresentação, porém, a ópera começou a conquistar o coração do público, a ponto de ser considerada hoje uma das mais populares de todos os tempos.

I
A CAMÉLIA QUE EU TE DEI

É noite de gala no salão de Violetta Valéry, uma das cortesãs mais famosas de Paris.

Violetta é uma jovem de rosto belo e simétrico, embora apresente uma palidez acentuada que se estende pelo pescoço até alcançar o busto farto e generosamente exposto. Seus cabelos estão presos no alto da cabeça com alfinetes dourados, pendendo deles apenas uma mecha de fios negros e sedosos.

Violetta esteve acamada nas últimas semanas – uma doença pulmonar que a obrigou a suspender suas concorridas recepções noturnas. Seus gestos vívidos, porém, demonstram que ela retorna à sua vida de alegrias e prazeres com um entusiasmo renovado.

Sentada no seu divã vermelho predileto, ela observa seus convidados e admiradores, que não param de chegar para parabenizá-la pelo seu restabelecimento.

– Viva, é Flora...! – diz a anfitriã, apontando o leque negro na direção da recém-chegada.

Junto de Flora Bervoix, sua amiga predileta, está o seu protetor, o velho marquês D'Obigny. Ele avança pelo salão conduzindo sua amante como quem exibe um animal de raça cobiçado por todos. Seu prazer se torna ainda maior ao ver a inveja estampada nos olhos dos "jovens leões", frequentadores do salão mais jovens e belos do que ele, mas desprovidos de dinheiro e reputação.

Violetta ergue-se e corre alegremente na direção do casal.

– Que bom tê-la aqui! – diz ela, abraçando a amiga.

O marquês retribui as palavras da anfitriã como se tivessem sido dirigidas a ele próprio, fazendo um cumprimento elaborado ao qual Violetta não dedica a menor atenção.

Enquanto o velho coração do marquês se contrai de desgosto, ingressam dois outros figurões dos salões de Paris: o visconde Gastone de Létorières e Alfredo Germont.

Gastone apresenta imediatamente à anfitriã o jovem que trouxe consigo.

– Com licença, minha querida! – diz o visconde. – Quero apresentar-lhe Alfredo Germont. Ele é filho de Giorgio Germont, e tem uma grande admiração por você!

Violetta põe os olhos negros sobre o jovem e o elege, no mesmo instante, como o seu próximo amante. Seus cabelos frisados, o nariz romano e o olhar ingênuo bastam para que ela decida.

– Uma bela surpresa que o meu caríssimo visconde me traz esta noite! – diz Violetta, retirando a luva branca para que Alfredo

roce-lhe a ponta dos dedos com seu bigode macio e perfumado.
– Sentemo-nos! – diz ela, tomando Alfredo por um braço e o visconde pelo outro.

Sentada, então, entre as duas atrações masculinas mais importantes daquela noite, Violetta se sente perfeitamente segura e radiante para ordenar o início do baile.

***

Enquanto o baile transcorre, Violetta faz uma agradável descoberta.

– Sabia que Alfredo Germont veio todos os dias se informar sobre a sua saúde? – diz Flora. – Mesmo sem conhecê-la pessoalmente, ele já a idolatrava!

Violetta fica encantada, mas tenta esconder seu entusiasmo pondo em dúvida a afirmação.

– Ora, o cavalheiro sequer me conhecia! Só acredito escutando isso de sua própria boca!

Alfredo, que havia se retirado um instante, é chamado de volta às pressas.

– É a mais pura verdade, madame Valéry – diz o jovem. – Mesmo sem conhecê-la pessoalmente, a sua saúde foi objeto constante das minhas preocupações.

– Então o senhor é um prodígio de dedicação, pois nem mesmo o meu amado provedor me visitou com tal regularidade! – diz ela, referindo-se ao barão Douphol, o seu atual amante.

Imediatamente se instala um escândalo divertido na roda, obrigando o barão a prestar os seus esclarecimentos.

– Não seja injusta, minha querida! – diz Douphol, aflito. – Vim vê-la todos os dias, mesmo com toda a chuva que tem caído!

– Isso é o que eu chamo de a mais deslavada mentira! Nos últimos dias o senhor se limitou a mandar um lacaio em seu lugar, uma grosseria imperdoável! – diz Violetta, afetando uma mágoa profunda.

Durante alguns segundos as amigas de Violetta, pouco hábeis na ironia, ficam sem saber que reação demonstrar.

– Malvado, você...! Muito malvado! – diz ela, dando uma mãozinha às amigas.

Dissipada a dúvida, todas gargalham vigorosamente – era uma "piada", então! Junto com os risos, surge também um coro divertido de censuras à negligência do amante.

Enquanto o barão, vexado, tenta se explicar, Violetta apanha a concha de prata da poncheira e enche ela mesma a taça vazia de Alfredo.

– Como prêmio à sua dedicação, serei esta noite a sua Hebe!

O barão, pouquíssimo instruído nos clássicos, fareja alguma insinuação:

– Hebe...? Quem é Hebe?

Violetta cai novamente no riso, seguida de imediato pelas amigas

– Que vergonha, sr. Douphol! – diz ela. – Um barão deveria ter mais instrução!

Neste momento o marquês D'Obigny – o amante enfadonho de Flora, a quem ninguém presta atenção – tenta meter-se na conversa dizendo algo espirituoso:

– Veja, Violetta, sem querer você criou um verso magnífico: "*deveria um barão / possuir mais instrução!*"

Porém, ninguém ri da sua bobagem.

Alfredo, então, encarrega-se de informar ao seu rival – no íntimo, ele já considera o barão Douphol como tal – que Hebe era a jovem encarregada de servir o néctar aos deuses do Olimpo.

– Vamos ao brinde! – diz, de repente, o visconde Gastone. – Sr. barão, a honra é sua!

Mas o barão está chateado e transfere a incumbência ao marquês enfadonho. Sentindo chegar, afinal, o seu grande momento, o marquês D'Obigny limpa teatralmente a garganta com um sonoro pigarro e anuncia suas "primeiras considerações", obrigando Violetta a cassar-lhe imediatamente a palavra.

– Fale você, sr. Alfredo! Um jovem tão belo e inteligente deve saber manejar divinamente as palavras! – diz ela, ansiosa por escutar a sua voz.

Alfredo, porém, sentindo os olhos irados do barão postos sobre si, prefere também recusar.

– Perdoe-me, Violetta, mas não me sinto com inspiração suficiente.

Ao escutar seu nome ser pronunciado publicamente pela boca do homem que já ama ardentemente, Violetta sente uma espécie de vertigem amorosa subir-lhe até o cérebro.

– Eu insisto, *Alfredo*! – diz ela, pondo nesta palavra todo o ardor do seu coração.

Então, sem meios de repetir a recusa, ele aceita fazer o brinde, pronunciando um discurso tão trivial quanto a arenga abortada do marquês. Como são lábios jovens, no entanto, a proferirem aqueles mesmos lugares comuns – "Bebamos destes cálices felizes, que a beleza tornou floridos!", diz ele, entre outras banalidades –, todos aplaudem-no entusiasticamente.

Em seguida, Violetta, cercada por Alfredo e Gastone, ergue os braços e canta junto com todos uma alegre canção – uma repetição, em forma musicada, das invocações ao prazer feitas no discurso –, até o instante em que, tomada por uma forte vertigem, ela quase desmaia.

Amparada por Alfredo e o marquês, Violetta é levada a uma saleta contígua.

– O que houve, Violetta? – exclama Alfredo, ajoelhando-se ao pé do divã.

Antes, porém, que ela possa responder-lhe, o barão D'Obigny surge às suas costas, enfurecido.

– Deixe-a...! – diz ele, brutalmente.

Alfredo, puxado violentamente pela nuca, retrocede alguns passos até trombar de costas contra um enorme móvel de mogno. Olhares gulosos de escândalo acompanham a cena da porta, impondo-lhe a obrigação de uma resposta. Antes, porém, que vá tirar satisfações com o barão, seu amigo Gastone o dissuade com energia:

– Esqueça! Um bofetão daquele urso o lançaria por terra!

– Pior para ele! Eu o mataria depois, num duelo!

– Não, seu tolo: *ele* o mataria. Você não sabe sequer segurar uma pistola.

Gastone praticamente arrasta Alfredo de volta ao salão, deixando o barão a sós com a sua amante.

– O que houve, adorada? – pergunta ele, afagando-lhe os cabelos.

– Foi uma tontura, apenas... – murmura ela, voltando a si. Ao dar-se conta, porém, de que ele a despenteia em vez de afagá-la, ela o repele: – Vá até o salão e traga-me um copo de soda.

La traviata

Ao ver que o barão se retira, Alfredo corre para ver como está a mulher amada.

– Minha adorada, não se descuide da sua saúde! – diz-lhe ele, aflitíssimo.

Violetta recupera mais um pouco da cor ao escutar essas palavras.

– Já estou melhor, fui apenas um pouco negligente. Não deveria ter bebido.

– Se eu estivesse ao seu lado, isso não teria acontecido! Eu velaria o tempo todo por sua saúde como um verdadeiro guardião!

Violetta ri do exagero, e logo começa a tossir.

– Por que ri, minha amada? Não acredita em minha sinceridade?

Violetta, de repente, se torna mais séria.

– Sinceridade...? Como hei de saber?

– Violetta, eu juro que a amo há mais de um ano! Durante todo este tempo tenho sofrido e me alegrado com a mesma intensidade!

– Pois, então, deixe de me amar, jovem ingênuo! – diz ela, tomada de repente por uma espécie de remorso profético. – Uma mulher como eu jamais poderá estar à altura de um amor tão puro! Sejamos apenas amigos, Alfredo! Você sabe que eu não sou uma mulher como as outras!

– Eu amo você, Violetta! – diz ele, beijando-lhe a boca.

– Não, pare com isso! – diz ela, empurrando-lhe a cabeça. – Não comecemos algo que só poderá ter um final triste e desgraçado! Vá, antes que o barão retorne, ele está muito enciumado!

– Só irei se me der a promessa de que voltarei a vê-la!

Então ela retira apressadamente do vestido a camélia que o enfeitava.

– Leve isto – diz ela, estendendo-lhe a flor. – Devolva-me quando ela estiver murcha.

Ele calcula que a flor estará murcha em um ou dois dias.

– Amanhã...! – diz ela, compreendendo-lhe o cálculo.

– Está bem, amanhã! – diz ele, apoderando-se da flor como de um talismã.

Tão logo Alfredo parte, Violetta entrega-se ao turbilhão dos seus pensamentos.

"Amar e ser amada?... Jamais provei dessas duas coisas ao mesmo tempo! Um amor sério?! Serei realmente capaz de vivê-lo? Serei capaz de suportar essa nova febre, muito mais ardente que a da minha doença? Não, não, eu não saberia me devotar a um amor assim!... Devo apenas me divertir! Livre, sempre livre, assim devo prosseguir, mergulhando nos abismos da alegre volúpia!"

Violetta repete mil vezes a si mesma que permanecerá fiel apenas aos prazeres da devassidão, e que nada neste mundo irá fazê-la abdicar do ideal de vida que a acompanha desde a juventude.

II
A CASA NO CAMPO

Passados alguns meses, a vida de Violetta mudou radicalmente: agora ela está morando com Alfredo numa modesta casa de campo. Embora ainda não estejam casados, ela age como uma esposa fiel e devotada.

Alfredo saiu bem cedo para realizar uma caçada no lago, e retornou ao final da manhã. Ele está tão feliz quanto a amante, satisfeito de ter conseguido fazer com que ela abandonasse a sua vida de prazeres para ir viver com ele naquele retiro ameno, situado nos arredores de Paris.

Alfredo está na sala, retirando da cesta o único marreco que conseguiu abater. A ave está quase destroçada por conta do excesso de chumbo que o jovem inexperiente colocou na espingarda.

Neste instante, a criada chega, toda suada e coberta de pó.

– Olá, Annina! De onde vem assim, toda amassada?

– De Paris, meu senhor – diz ela.

– Paris? O que foi fazer lá?

Annina hesita em dizer a verdade, deixando Alfredo incomodado.

– Vamos, diga logo o que houve! Não gosto de mistérios!

– Fui vender, a mando da sra. Violetta, tudo quanto ela ainda possuía.

Alfredo cai das nuvens.

– O que disse? Vender o quê?

– Os bens da senhora. Os cavalos, a carruagem e o restante.

– Vendeu tudo? Mas para quê?

La traviata

— Para poder continuar a custear as despesas da casa, *naturalmente*.

Mais que a resposta, a entonação da última palavra põe um vermelhão no rosto de Alfredo.

— No tempo do sr. barão, ela não precisava se preocupar com tais coisas — completa a criada.

A verdade é que Alfredo, diante da oposição que seu pai fizera à sua união com Violetta, tivera sua renda cortada, ficando sem meios de custear a sua felicidade.

— Mas por que fez isso? Quase não temos despesas!

— No tempo do sr. barão, a patroa comia de tudo.

— Mas eu não entendo! Temos comida de sobra! — diz ele, mostrando o marreco esburacado.

— Em Paris compra-se filé embalado. Há fartura, escolhe-se à vontade.

— E pagam-se os olhos da cara!

— Naturalmente. O sr. barão fazia questão do melhor.

— *O sr. barão, o sr. barão!* Um agiota...! Um argentário...!

— Francês ou argentino, senhor, eu ficaria muito feliz em arrumar um desses para mim.

Então, dando-se conta de que está se explicando a uma criada, Alfredo toma uma súbita resolução.

— Quanto obteve da venda?

— Mil luíses, sr. Alfredo.

— Sr. Germont...! — grita ele, alterado. — Ainda sou um Germont!

Annina fica em silêncio, aumentando ainda mais o constrangimento.

— Irei agora mesmo a Paris. Não diga nada a Violetta. Volto no fim do dia.

Assim que Alfredo sai, Violetta aparece, vinda do seu quarto. Ela traz uma carta na mão. É da sua amiga Flora, que insiste em continuar convidando-a para as festas que não mais lhe interessam.

— Então, conseguiu? — diz ela.

— O seu advogado conseguiu mil luíses por todos os bens, minha senhora.

Violetta fica um tanto decepcionada.

— Não é muito, mas mesmo assim poderemos viver por mais alguns meses, talvez um ano. Alfredo ainda não voltou?

— Veio e tornou a partir. Deve retornar no fim do dia.

— Partiu sem me avisar? Estranho.

Violetta senta-se no divã vermelho – o único móvel que trouxe da sua casa – e fica relendo a carta de Flora, até amassá-la, aborrecida.

— Flora só quer saber de festas! Quando vai se endireitar?

Neste momento batem à porta.

— Vá ver quem é, Annina.

Um senhor de idade, de aspecto sisudo, entra na sala.

— Acho que a senhorita já me conhece – diz o velho, com ar superior.

— Certamente – diz Violetta, serena. – O senhor é Giorgio Germont, pai de Alfredo.

— Sim, do meu filho amado, que o seu feitiço lançou no caminho da ruína.

Violetta abandona o seu ar tranquilo.

— Devo adverti-lo, senhor, de que está em minha casa.

Violetta abre a porta outra vez, convidando-o silenciosamente a se retirar.

— Espere. Meu filho pretende se desfazer dos seus bens para custear a sua vida pecaminosa. A senhora sabia disso?

— Não, não sabia. E se soubesse não permitiria. Na verdade, eu própria já vendi os meus bens.

Violetta mostra ao velho o documento de venda dos seus bens, e este, sem ter mais o que dizer, rende-se à honestidade da jovem.

— Muito bem, isso basta para convencer-me dos seus bons propósitos. Mas infelizmente isto não basta para garantir a felicidade de Alfredo.

Violetta, pressentindo que Germont irá lhe pedir algo muito além das suas forças, desvia decididamente a cabeça.

— Sinto muito, minha jovem, mas meu sentimento paterno me obriga a pedir-lhe um sacrifício supremo.

Diante dessa terrível expressão, o coração da ex-cortesã se contrai.

— Não me peça, pois não poderei atendê-lo – diz ela, encarando-o.

— Terá de fazê-lo, se ama verdadeiramente Alfredo. É preciso que saiba que, ao arruinar a vida dele, está arruinando também a vida da sua irmã. Ela tem um noivo de nobilíssima família, que se recusa a casar-se com ela enquanto Alfredo não tornar o nome de nossa família honrado outra vez.

— E que tenho eu com isso? – diz Violetta, numa explosão quase irada. – Hei, então, de me separar de Alfredo apenas para agradar a esse noivo esnobe?

— É uma exigência que ele e a sociedade nos fazem.

Violetta medita e invoca uma solução parcial, que pretende definitiva.

— Me afastarei de Alfredo até que se realize o casamento.

Mas o velho balança a cabeça.

— Não basta.

— Santos céus! Quer, então, que renuncie para sempre ao homem que amo?

— Sim, é preciso o sacrifício supremo.

Violetta sente um novo arrepio. Outra vez aquela expressão horrenda!

Decidida, então, a defender-se desse assalto definitivo à sua felicidade, Violetta recorre a um recurso extremo:

— Sr. Germont, eu sou uma mulher doente. Alfredo é o anjo que a Providência, em sua divina bondade, concedeu aos meus últimos dias.

— O seu antigo amante pode continuar a lhe dar todo o conforto de que necessita.

Os olhos de Violetta enchem-se de lágrimas.

— Não estou falando de conforto material, sr. Germont! Tudo o que quero de Alfredo é o seu afeto, o afeto sincero e desinteressado que ele me tem proporcionado desde que nos unimos!

Envergonhado, Giorgio Germont toma as mãos da jovem e pede desculpas pela sua rudeza.

— Bem sei o tamanho do sacrifício que a perda do meu filho irá representar. Mas a senhorita é jovem, e com o tempo há de se curar e encontrar um novo amor.

— Quero viver com Alfredo! Ou então, se tiver de morrer, quero morrer nos seus braços!

— A união de vocês não foi abençoada pelos céus.

– Casaremo-nos, então, diante de Deus e dos homens!
– Isso seria apenas sacramentar o pecado diante de Deus, minha jovem.
– Nosso amor não é pecaminoso! É um amor sincero!
– É uma ilusão. Passado o encanto dos primeiros anos, descobrirá no fundo da taça quebrada do prazer apenas a amargura e o desencanto de uma decisão erroneamente tomada.

Violetta desaba no divã vermelho e começa a chorar.
– Por favor, diga a Alfredo que deixou de amá-lo – insiste o velho.
– Ele não acreditará!
– Fuja, então.
– Ele me seguirá!
– Ofenda-o de tal modo que ele nunca mais deseje revê-la!

Então Violetta, finalmente vencida, ergue-se e toma da pena para escrever a sua carta de despedida a Alfredo, enquanto Germont a observa com lágrimas de alívio e da mais genuína piedade.
– Que Deus a abençoe, minha jovem! – diz o velho, pousando paternalmente a mão sobre a cabeça de Violetta.

Germont retira-se, deixando a jovem a redigir a sua renúncia à felicidade.

***

Violetta voltou a estar só. Ela acabou de redigir a mentira virtuosa que porá fim à sua felicidade, e agora medita sobre seu destino. Um resto de egoísmo, porém, ainda insiste em debater-se nas profundezas da sua alma: por que, afinal, a felicidade da irmã de Alfredo, a quem nunca viu, e a do seu noivo preconceituoso deveriam prevalecer sobre a dela, uma pessoa que sempre agiu de forma absolutamente pura e honesta? E o pai de Alfredo, seria mesmo tão terno assim? Se ela tivesse defendido sua felicidade com unhas e dentes teria ele continuado a tratá-la daquele modo doce e compassivo? Ou a teria chamado pelo nome consagrado nos bordéis, chegando mesmo às bofetadas?

Violetta sabe, porém, que não tem mais forças para ser má, ou meramente egoísta, como nos dias viris do seu apogeu. Traiu o ideal das verdadeiras cortesãs de colocar à frente de tudo o seu próprio interesse, só lhe restando agora sacrificar a sua felicidade no terrível altar da virtude.

Ao terminar a carta de renúncia, ela começa a redigir uma segunda, endereçada a Flora Bervoix, aceitando o convite para o próximo baile em sua casa.

"Flora permanece feliz na sua vida de devassidão despreocupada", pensa Violetta, tentando encontrar ânimo para reingressar em sua antiga vida. "Quem sabe, em menos de um mês, eu também não possa estar conformada, debochando mesmo desta vida no campo, monótona e cheia de privações?"

Violetta pinga a cera do lacre na carta da amiga e manda a criada entregá-la.

Annina, porém, que escutou toda a conversa, está revoltada. Embora considere, no fim das contas a renúncia como a melhor das soluções – que futuro poderia lhe dar aquele janotinha desfibrado? –, ela não pode deixar de lamentar a facilidade com que Violetta permite que lhe ditem o destino.

– Minha senhora, juro que quase não a reconheço mais! – diz ela, ousando uma opinião. – Quer dizer que, após ter abandonado a sua vida maravilhosa em Paris para satisfazer um dândi apaixonado, agora vai abandoná-lo, da mesma maneira, por causa dos preconceitos morais de um velhote?

Violetta, porém, cansada de tanto ponderar, expulsa a criada:

– Cale-se, enxerida, quem pediu a sua opinião? Vá fazer de uma vez o que mandei!

Annina, envenenada também pelas boas intenções, recebe a sua parte.

***

Violetta está relendo a primeira carta, endereçada a Alfredo, quando o próprio surge pela porta. Já é noite, e um candelabro rústico ilumina a sala.

– Olá, meu amor! – diz ele, lançando-se aos braços da amada e dando-lhe um beijo.

Imediatamente ele percebe que ela oculta algo.

– O que está escondendo? – diz ele, desconfiado.

É a primeira vez que o ciúme fere o seu coração desde que ambos se uniram.

– São contas – diz ela, desviando o assunto. – O que foi fazer em Paris?

Agora é a vez dele de mentir virtuosamente.

– Fui resolver alguns negócios. Violetta, ouça: meu pai pretende visitar-nos.

– Oh, sim? – diz ela, aparentando serenidade.

– Ele está furioso comigo, mas tenho certeza de que irá adorá-la!

– Quem sabe... – diz ela, e começa imediatamente a chorar.

– Por que chora, amada?

Violetta faz um esforço tremendo para converter o choro em riso.

– Não é nada! – diz ela, olhando para o pequeno jardim que se avista da janela. – Alfredo, mesmo que você deixe de me amar, eu estarei sempre naquelas flores, junto de você!

Não podendo mais esconder o que se passa em seu coração, Violetta corre para fora da casa, e ele a segue. Ao pé do jardim, ele a abraça enternecidamente:

– Amada! Como não amar este coração que vive só para me amar!

No dia seguinte, ao retornar da sua caçada, ele não encontra Violetta, nem a criada.

– Onde estarão? Será que foram passear?

Dali a pouco surge o seu pai. O velho está simpático e cordato, o que deixa Alfredo tranquilizado. Os dois ainda estão cumprimentando-se quando outra pessoa surge na soleira da porta. Desta vez é um mensageiro trazendo uma carta de Violetta

– Uma carta dela? Mas o que é isso? Quem a entregou?

– Recebi-a de uma senhora num coche que se dirigia a Paris.

– Violetta foi a Paris? Sem me avisar?

Com os dedos trêmulos de aflição ele rompe o lacre e começa a ler as palavras mais terríveis que já leu em sua vida: as palavras que decretam a sua infelicidade.

– Não, não é possível! – diz ele, ao concluir a leitura.

Na carta, Violetta diz que, descobrindo-se farta daquela vida "enfadonha" do campo, achou melhor retornar a Paris para retomar a "existência pecaminosa" para a qual Deus – ou o Diabo – a lançaram ao mundo. "Não venha atrás de mim", diz ela no

La traviata

post-scriptum, "se não quiser sofrer uma humilhação atroz às mãos do barão Douphol, a quem já reintegrei na condição de meu amante exclusivo".

Alfredo chora desesperadamente, enquanto seu pai tenta consolá-lo.

– Não...! – grita Alfredo, desvencilhando-se. – Vou trazê-la de volta, ou então vingarei a traição!

Alfredo sai correndo porta afora, enquanto seu pai, trotando, tenta inutilmente alcançá-lo.

***

Estamos agora no suntuoso palacete que o marquês D'Obigny montou para Flora Bervoix. Ali acontece um baile de máscaras fabuloso, digno dos melhores *palazzos* de Veneza.

– Convidei também Violetta e Alfredo – diz Flora ao seu grupo –, mas não tenho esperança alguma de que venham. Aquele jovem tolo converteu a minha pobre amiga numa camponesa enfadonha.

D'Obigny olha espantado para a amante.

– Mas, querida! Então não sabe?

– Não sei o quê?

– Violetta já se separou do janota!

Um brilho de alegria incendeia os olhos de Flora.

– Separaram-se? Mas isso é maravilhoso!

– Encontrei ontem o barão Douphol, que me segredou o reatamento com Violetta. Ela pretende vir ao baile e fazer-lhe uma surpresa, retirando a máscara em meio ao brinde!

Flora se torna subitamente irada:

– Paspalhão...! Por que estragou a surpresa, antecipando tudo?

– Ora, não se zangue, meu docinho! Quis apenas prevenir este coraçãozinho emotivo! – diz o marquês, cutucando o seio da amante com o seu indicador rombudo.

– Tire a mão! – grita ela. – Você é um maçante, sabia? Sempre inconveniente! Sempre sem graça!

Logo, como num rastilho de pólvora, a novidade se espalha por todo o salão: a Dama das Camélias está de volta ao seu verdadeiro lugar! Uma expectativa ansiosa se instala, e todos começam a vigiar a porta da entrada, ávidos de serem os primeiros a identificarem Violetta em sua esperada reaparição.

Antes, porém, que ela surja, irrompe no salão um grupo fantasiado de ciganas. Flora corre a recebê-las, encantada com a algazarra, enquanto o marquês, metido entre elas, começa a estalar os dedos e a berrar "Olé!", confundindo-as com toureiras, mas ninguém ri das suas micagens.

As ciganas tomam as mãos de todos e começam a lê-las debochadamente. Flora é comunicada de que tem várias rivais, e de que o marquês há muito tempo deixou de ser um modelo de fidelidade.

– Minhas queridas, vocês estão enxergando mal – diz Flora. – Quanto a isso estou tranquilíssima!

Dali a pouco, no outro extremo do salão, surge um grupo ruidoso de *toreadores*. O líder do grupo canta uma canção maravilhosa que fala de como um certo Piquillo, toureador de Biscaia, tivera de matar cinco touros num só dia para conquistar o amor de uma andaluza.

A canção, aplaudidíssima, abre caminho para o começo do baile propriamente dito, mas, antes que os pares se lancem às danças, um convidado retardatário ingressa no salão. Ele não está mascarado, embora suas feições estejam distorcidas por uma violenta emoção.

– Veja, Flora! – diz-lhe uma das ciganas. – Aquele não é Alfredo, o ex-amante de Violetta?

– Sim, é ele – diz ela, preocupada. – Mas o que fará aqui sozinho?

Para piorar a situação, Violetta ingressa, em seguida, no salão. Ela está de braço com o barão Douphol, reintroduzido na função de provedor exclusivo dos luxos da amante.

Douphol é o primeiro a enxergar a figura ameaçadora do rival.

– O seu criançola está ali! – diz ele, baixinho, à amante.

Violetta empalidece, buscando apoio no braço do barão.

– Se ele se atrever a perturbá-la, o expulsarei desta casa a pontapés! – diz o barão, enfurecido.

Alfredo, porém, passa reto pelo casal e vai tomar lugar numa mesa de jogos. Uma sucessão de triunfos faz com que todas as

La traviata

atenções se voltem para ele. Um propósito sinistro está instalado em sua alma, e ele joga com mesma a determinação dos felizardos ou dos suicidas.

Informado de tudo, o barão logo percebe as intenções do jogador: Alfredo quer ganhar uma grande soma para tentar reaver sua amante.

– Deixem comigo – diz ele aos amigos. – Vou cortar as asas do frangote!

Douphol vai até a mesa e oferece-se para tomar parte no jogo.

– À vontade – diz Alfredo, sem fazer qualquer restrição. – Esta é a noite de depenar todos os patos.

As danças foram suspensas, e todos os convidados estão amontoados ao redor da mesa onde Alfredo pretende dar início à sua vingança.

E então o jogo começa.

Alfredo vence a primeira vez.

O barão propõe dobrarem as apostas.

Dobram-se as apostas.

Alfredo vence mais uma vez.

O barão pede nova rodada.

Flora sugere que o barão, perdendo, pague a estada do rival no campo.

O barão aceita e leva outro capote.

Um criado, então, intromete-se para avisar que a mesa está posta e o jogo é suspenso, ficando a revanche marcada para logo após o banquete.

Todos seguem para o salão principal, mas Violetta consegue ficar a sós alguns instantes com Alfredo no mesmo salão esvaziado.

– O que quer? – diz ele, com frieza.

– Por favor, tome cuidado com o barão! – responde ela, aflitíssima.

– Pare de tentar me assustar com esse imbecil! Não tenho medo dele nem de ninguém!

– Por favor, Alfredo, vá embora!

– Vou, se você for comigo. Do contrário, permanecerei até terminar o que vim fazer.

– O que pretende fazer?

— Você verá...!

— Deixe de ser criança, Alfredo! Nada do que fizer irá mudar a minha decisão!

— Mas talvez possa fazê-la se arrepender!

— Mesmo que me arrependa, jamais voltarei atrás! Fiz o juramento de abandoná-lo para sempre!

— Jurou ao barão?

Violetta confirma a mentira:

— Sim, jurei ao barão nunca mais tornar a vê-lo.

— Então você o ama?

Violetta gagueja, mas responde, afinal:

— Sim... eu... o amo...

Alfredo, transtornado, corre até a porta e grita a plenos pulmões:

— Depressa, venham todos...!

Os convidados, que já estavam se instalando à mesa do banquete, abandonam tudo e correm de volta à sala de jogos.

— Estão vendo esta mulher? — diz Alfredo, mostrando Violetta. — Devo-lhe o preço da estada que tive com ela no campo, durante o período mais feliz da minha vida. De modo vil permiti que ela se desfizesse de todos os seus bens a fim de financiar a nossa felicidade. Agora, diante de todos, cumpro o dever de ressarci-la do seu prejuízo!

Alfredo lança aos pés de Violetta o maço de dinheiro que ganhou no jogo. As notas se esparramam sobre o tapete, e logo em seguida a jovem cai desmaiada sobre elas.

Violetta é carregada sem sentidos pelo barão para um dos quartos do palacete, e somente a muito custo ele é impedido de retornar para estrangular, à vista de todos, o ofensor da sua amante.

Flora, horrorizada com o escândalo, vai às pressas falar com Alfredo.

— Sr. Alfredo Germont, se ainda tem alguma consideração por mim e pelo seu pai, que morrerá de desgosto se disto tudo resultar alguma tragédia, peço-lhe que se retire para sempre desta casa!

Alfredo, envergonhado e arrependido, deixa a casa sob um coro estrepitoso de vaias.

III
A MORTE DA CAMÉLIA

Violetta permaneceu acamada nas duas semanas seguintes, e no instante em que a revemos ainda se encontra em seu leito. Ao seu lado estão a criada Annina e o dr. Grenvil, seu velho amigo.

– Por favor, ajudem-me a ir até o sofá – diz Violetta aos dois, ainda muito fraca.

O doutor e a criada ajudam-na a chegar ao sofá, onde ela descansa, arquejante.

– Como se sente hoje? – pergunta Grenvil.

– O corpo ainda está fraco, mas a alma foi revigorada.

Violetta recebeu na tarde anterior a visita de um sacerdote, que lhe ministrou os confortos espirituais da religião.

Grenvil, por sua vez, convencido de não poder fazer mais nada pela jovem, retira-se discretamente.

– Adeus, meu bom amigo – diz ela, apiedada dos esforços vãos do velho médico.

Do lado de fora, Grenvil revela a verdade à criada: Violetta não tem mais que algumas horas de vida.

Annina retorna e encontra Violetta algo agitada.

– Que ruído é este nas ruas?

– É carnaval, minha senhora. Estão todos feito doidos: plebeus julgando-se nobres e nobres agindo feito plebeus.

Violetta ri-se da ideia da criada.

– Assim é, e você mesma parece uma condessa ranzinza!

Depois, ela pede que Annina vá levar metade dos vinte luíses de que dispõe para os pobres.

– Mas, minha senhora, não posso deixá-la aqui sozinha!

– Vá tranquila, não morrerei ainda.

Assim que Annina sai, Violetta reabre a carta que recebeu do pai de Alfredo. Nela, Giorgio Germont relata o resultado do duelo que o filho e o barão Douphol travaram após o incidente da festa na casa de Flora. Por um milagre de Deus, Alfredo vencera. O barão fora ferido sem gravidade, enquanto que Alfredo vira-se obrigado a partir para o estrangeiro.

"Contei-lhe por carta toda a verdade sobre a sua renúncia", dizia a carta. "Alfredo fez questão de retornar às pressas para vir pedir-lhe perdão. Como não me julgo mais com direito de intervir na vida de vocês, deixo que Deus justo e misericordioso os ilumine na escolha que decidam fazer."

Violetta sabe que o reencontro com Alfredo não implicará jamais um reatamento. Não há mais tempo para isso, senão para o restabelecimento da verdade. Com a mão cansada, ela pousa a carta no regaço e reclina a cabeça na almofada, enquanto escuta o eco das cantorias do povo na rua.

De repente, sem saber a razão, ela começa a respirar aceleradamente. Annina, em seguida, entra pela porta, toda alterada.

– Não precisa dizer nada, minha cara – diz Violetta, arquejante. – Eu sinto que ele chegou.

Alfredo, de fato, não tarda a surgir pela porta e lançar-se aos pés de Violetta. Ela está sentada ao sofá e cobre os cabelos do amado de beijos escaldantes do amor e da febre que a consomem.

– Por favor, perdoe a mim e ao meu pai! – diz Alfredo, soluçando.

– Não, não! Fui eu a culpada – responde ela, também aos prantos.

Ao erguer os olhos, Alfredo percebe que sua amada está entre a vida e a morte. Ela confirma, embora neste momento esteja inconformada.

– Ah, meu Deus! Ter de morrer tão próxima da felicidade...!

– Por favor, não morra! Deus não há de permitir uma separação tão cruel!

Enquanto os dois amantes se abraçam em desespero, Annina corre a chamar o médico. O pai de Alfredo, que estava na sala junto com ele, também corre até o quarto.

– Vim abraçá-la como a uma filha! – diz ele, mais arrependido que o próprio filho.

Violetta encontra forças para sorrir ao médico, que observa a tudo, impotente.

– Vê, meu amigo? Morro nos braços dos dois melhores homens que conheci!

Violetta retira do seio um medalhão e o dá a Alfredo, para que guarde dela eterna lembrança.

– Case-se com uma jovem pura e virtuosa, e não tenha receio de lhe mostrar minha imagem, pois estarei sempre nos céus, a velar pela felicidade de ambos!

Violetta, às portas da morte, já não sabe o que seja o ciúme ou a inveja, o veneno das almas que ainda desejam. De repente, porém, anuncia que a dor cessou, e é com um júbilo autêntico que ela grita:

– Sinto de novo um inesperado vigor...! Sim, torno a viver...! Oh, alegria...!

E é com essas palavras cheias de vida que Violetta ingressa na morte.

Bibliografia

Kobbé, Gustave. *O livro completo da ópera*, Rio de Janeiro: Jorge Zahar, 1994.

Riding, Alan; Dunton, Leslie. *Guia ilustrado Zahar de ópera*, 1ª ed. Rio de Janeiro: Jorge Zahar, 2010.

Suhamy, Jeanne. *Guia da ópera: 60 óperas resumidas e comentadas.* Porto Alegre: L&PM, 2007.

Grandes óperas. Coleção Folha. São Paulo: Ed. Moderna / Folha de São Paulo, 2011.

Impressão e Acabamento